BESTSELLER

Clive Cussler posee una naturaleza tan aventurera como la de sus personajes literarios. Ha batido todos los récords en la búsqueda de minas legendarias y dirigiendo expediciones de NUMA, la organización que él mismo fundó para la investigación de la historia marina americana, con la que ha descubierto restos de más de sesenta barcos naufragados de inestimable valor histórico y que le ha servido de inspiración para crear dos de sus series más famosas, las protagonizadas por Dirk Pitt y Kurt Austen. Asimismo, Cussler es un consumado coleccionista de coches antiguos, y su colección es una de las más selectas del mundo. Sus novelas han revitalizado el género de aventuras y cautivan a millones de lectores. Los carismáticos personajes que protagonizan sus series son: Dirk Pitt (*Tormenta en el Ártico*, *El complot de la media luna*), Kurt Austen (*Medusa*, *La guarida del diablo*), Juan Cabrillo (*El mar del silencio*, *La selva*) o el matrimonio Fargo (*El oro de Esparta*, *Imperio perdido* y *El reino*). Actualmente vive en Arizona.

Jack Du Brul es un afamado escritor de *techno thrillers*. Además de los libros protagonizados por Juan Cabrillo que ha escrito junto a Clive Cussler (*Corsario*, *El mar del silencio*, *La selva*), es el autor de una serie cuyo personaje principal es el intrépido geólogo Philip Mercer.

Biblioteca

CLIVE CUSSLER
y JACK DU BRUL

La selva

Traducción de
Nieves Calvino Gutiérrez

DEBOLS!LLO

Título original: *The Jungle*

Primera edición en Debolsillo: julio, 2013

© 2011, Sandecker, RLLLP
   Publicado por acuerdo con Peter Lampack Agency, Inc.
   551 Fifth Avenue, Suite 1613. Nueva York, NY 10176-0187,
   Estados Unidos y Lennart Sane Agency AB
© 2012, Random House Mondadori, S. A.
   Travessera de Gràcia, 47-49. 08021 Barcelona
© 2012, Nieves Calvino Gutiérrez, por la traducción

Printed in Spain – Impreso en España

ISBN: 978-84-9032-278-9 (vol. 244/43)
Depósito legal: B-13676-2013

Compuesto en Revertext, S. L.

Impreso en Liberdúplex,
Sant Llorenç d'Hortons (Barcelona)

P 322789

Prólogo

Este de China
1281 d. C.

Una densa niebla cubría el valle, extendiéndose hacia las montañas de los alrededores. Arrastrada por la ligera brisa, hacía que pareciese que las cumbres exhalaran su aliento. Vistos desde el suelo, los frondosos bosques eran más una masa compacta que árboles definidos. No había una sola criatura correteando por la alfombra de hojas y agujas de pino ni se escuchaba el canto de los pájaros. Todo estaba envuelto en un extraño silencio. Incluso los caballos del ejército estaban sumidos en la impenetrable penumbra. Lo único que delataba su presencia era el ocasional sonido de sus cascos.

El sol comenzó a disipar lentamente la bruma y, como surgido de las profundidades, el tejado del castillo emergió de la niebla dando la impresión de que estuviera suspendido por encima del suelo. Una película de humedad brillaba sobre las tejas de arcilla roja. A continuación surgieron los imponentes muros que rodeaban la ciudad. Las almenas de la muralla eran tan regulares como los dientes de un dragón. Desde la distancia era fácil ver a los guardias patrullando en lo alto de los muros, con las largas lanzas apoyadas cómodamente sobre sus hombros. Sabían que el ejército del gran Khan estaba cerca, pero parecían seguros de que las fortificaciones eran más que óptimas para mantenerse a salvo.

Se decía que en China una ciudad sin muralla era igual que

una casa sin tejado, por lo que cada aldea, por pequeña que fuese, contaba con muretes de piedra o, como mínimo, con un cercado de madera. El asedio y contraasedio se habían convertido en el método bélico más utilizado, y sus tácticas habían ido perfeccionándose durante un millar de años de conflictos.

Antes de conquistar China, los mongoles habían luchado como caballería ligera asolando la estepa y diezmando a sus enemigos con ataques rapidísimos. Pero se habían adaptado a los métodos chinos, aunque no sin cierta reticencia. Las semanas y meses, o a veces años, necesarios para penetrar los muros de una ciudad fortificada, utilizando esclavos capturados para llenar fosos y hombres con arietes bajo las fulminantes andanadas de flechas disparadas desde los parapetos, iban en contra de su arraigado deseo de obtener una victoria rápida.

Si las cosas salían tal y como estaban planeadas, y el sol que lucía a través de la niebla así lo indicaba, ese día se emplearía una nueva estrategia que haría de cualquier ciudadela amurallada una trampa de la que sería imposible escapar. Los pocos líderes militares de la región que aún no habían jurado su lealtad al Khan pronto lo harían o, de lo contrario, serían aniquilados de manera fulminante.

El ejército de quinientos guerreros a caballo y otros mil soldados a pie aguardó, durante una semana, justo al borde de la zona de cultivo de la ciudad. La cosecha había sido recogida, dejando los campos despejados y amarillentos. Eso les daría a los arqueros de la ciudadela una excelente oportunidad de acabar con cualquiera lo bastante estúpido como para lanzar un ataque directo. También significaba que tenían suficiente comida para aguantar un prolongado asedio, lo cual era de suma importancia para los defensores. Si el invierno llegaba antes de que cayeran las murallas, era probable que los mongoles regresaran al norte, a su capital, y que no volvieran hasta la primavera.

El general Khenbish tenía órdenes del Khan de tomar aquella ciudad antes de que los primeros copos de nieve salpicaran el tejado de su palacio. Si bien el Khan jamás le había honrado con su presencia, el general no tenía intención de decepcionar a su soberano, del mismo modo que tampoco lo haría con su mejor amigo. Solo deseaba que el gran líder no hubiera enviado a un emisario a presenciar la batalla. Menos aún a un hombre tan feo, de piel pálida y nariz grande y aguileña... además de unos ojos como los de un demonio. Khenbish admiraba su barba. Él no tenía más que un mostacho cuyos extremos caían a ambos lados de su boca y un vello ralo en el mentón, mientras que unos poblados rizos oscuros cubrían la parte inferior del rostro del observador.

El general Khenbish, a diferencia de otros asedios que había dirigido, esta vez no había ordenado fabricar docenas de escalas y torres, y tampoco trabuquetes ni catapultas. Tan solo había llevado consigo esclavos suficientes para atender las necesidades de sus soldados y construir dos torres con armazón de madera, ubicadas en el campo fuera del alcance de los arqueros de la ciudad. En lo alto de dichas torres había unos enormes conos de cobre abiertos hacia el cielo. En su interior, estaban revestidos por un fino baño de plata que habían bruñido hasta dejarlo bien reluciente. De la caja de madera que soportaba el peso de cada uno de los conos de casi dos metros y medio sobresalía un tubo semejante al de un cañón pequeño. Todo el ensamblaje superior se levantaba a cuatro metros y medio del suelo gracias a un entramado de madera que podía rotar y elevarse sobre un resistente cardán. Cuatro de los mejores hombres de Khenbish se encontraban en la parte superior de cada estructura.

Si el embajador del Khan tenía alguna pregunta acerca de las extrañas torres, se la guardó para él.

La yurta roja llevaba una semana montada al otro lado de las altas e impenetrables puertas de la ciudad. Como era tradición entre los mongoles, primero se montaba una tienda blanca y se daba a los líderes de la ciudad la oportunidad de pactar su rendición de forma pacífica. La sustitución de la tienda blanca de madera por la yurta roja indicaba un ataque inminente. Cuando la tienda roja se desmontaba y una negra ocupaba su lugar, era señal de que todos aquellos que permanecían dentro del recinto amurallado iban a morir.

Durante los días transcurridos desde que la yurta roja comenzó a montarse junto al camino que llevaba a las puertas, o bien había estado lloviendo o bien el cielo se había cubierto de oscuros nubarrones. Esa jornada era la primera que prometía un tiempo despejado, y tan pronto como Khenbish estuvo seguro de que el sol brillaría, ordenó a los esclavos situados al otro lado de los campos en barbecho que echaran abajo la yurta roja y levantaran su más siniestra versión.

Los arqueros dispararon a los esclavos en cuanto estuvieron a su alcance. Aluviones de flechas tan densos que parecían enjambres salpicaron la tierra que los rodeaba y algunos también dieron en el blanco. Cuatro esclavos cayeron fulminados; otros dos forcejearon con los astiles de madera que sobresalían de sus cuerpos. Los demás corrieron despavoridos, protegidos bajo el enorme bulto de la tienda negra que portaban.

De inmediato se enviaron reemplazos, que zigzaguearon de un lado a otro en un intento por conseguir que los arqueros errasen el tiro. La mayoría salieron victoriosos, pero unos pocos fueron abatidos y las flechas se clavaron más profundamente en sus cuerpos cuando cayeron a tierra. Pese a todo, se necesitaban una veintena de hombres para montar la tienda, y de esos veinte solo cinco lograron retornar a las líneas mongolas.

—Parece un derroche —comentó el observador con un marcado acento.

—Así es como se hace —respondió Khenbish sin girar su montura—. Tienda blanca; tienda roja; tienda negra. La muerte.

—El Khan no ha mencionado por qué se está atacando esta ciudad. ¿Lo sabéis vos?

Khenbish deseaba responder de forma cortante que los motivos del Khan no eran de la incumbencia de nadie, pero sabía que tenía que tratar a aquel hombre con el respeto que merecía su rango.

—El caudillo local no ha pagado al Khan la totalidad de los

impuestos correspondientes al año pasado. La cantidad era una nimiedad y el Khan, en su magnanimidad, podría haberla perdonado. No obstante, un correo real escuchó por casualidad al caudillo jactándose de su delito.

El Imperio era célebre por su servicio postal, con su cadena de casas de postas en las rutas más importantes donde los jinetes podían cambiar de caballo y continuar el camino o pasar los mensajes a los correos que habían descansado y aguardaban. De ese modo el Khan recibía las noticias de todos los rincones de sus vastas posesiones en cuestión de semanas o, en ocasiones, de días.

—Semejante transgresión —prosiguió Khenbish— no puede quedar sin castigo.

—«Dad al César...» —repuso el emisario.

El general hizo caso omiso de aquella referencia desconocida para él y levantó la vista al cielo. La niebla casi se había disipado por completo dejando un manto azul sobre el campo de batalla. Tiró de las riendas para hacer girar a su montura con el fin de echar un vistazo a los hombres que aguardaban detrás. Todos iban ataviados con una armadura de bambú completa y a lomos de recios potros, descendientes de los animales que habían permitido a las hordas mongolas atacar y conservar todo un continente. Una bolsa de piel untada de resina colgaba a un lado de la silla de cada jinete. El material era impermeable, y el contenido había sido cuidadosamente mezclado y medido por el mejor alquimista de Khenbish. Tras la caballería marchaban los soldados de infantería armados con lanzas bien afiladas, cuya altura casi doblaba la de los hombres.

—General —vociferó un ayudante de campo para captar su atención.

Él se volvió hacia la lejana aldea. A cada lado de las dos extrañas torres de asedio, un soldado agitaba una bandera de batalla roja; la señal de que estaban preparados.

Khenbish hizo un gesto al portador de su bandera. El hombre se adelantó para poder ver con claridad y agitó un estandarte de seda por encima de su cabeza. En el exterior de las torres, los hombres bajaron sus banderolas y se concentraron en las extrañas máquinas que habían llevado hasta el campo. Posicionaron el desgarbado artilugio de forma que el dispositivo cilíndrico alojado en la caja del tamaño de un féretro apuntase hacia la parte superior de la muralla. Uno de los soldados destapó el tubo en tanto que los demás giraban la caja a izquierda y derecha. Cuando alguno de los dos dispositivos apuntaba directamente a un arquero o vigía, el artilugio se quedaba fijo durante un momento.

Nada parecía cambiar. No se escuchaba ningún estrépito, ninguna detonación ni señal de que algo estuviera sucediendo, pero cada vez que esos barriles se centraban en un vigía, el hombre se agachaba de repente y ya no volvía a vérsele.

El emisario del Khan miró a Khenbish buscando algún tipo de explicación. El taciturno general estaba estudiando los parapetos a través del trozo de cristal oscurecido que tenía el tamaño de un espejo de mano de mujer. Instó al caballo con la rodilla para que se acercara y luego alargó el brazo para ofrecer el cristal.

El diplomático lo cogió del ornamentado mango de marfil y se lo acercó al ojo. Parpadeó rápidamente y echó un vistazo a la ciudadela amurallada por encima del borde para acto seguido mirar de nuevo a través del cristal.

El vidrio ahumado sumía la escena en una inquietante penumbra a pesar de la brillante luz del sol, pero no fue eso lo que le sobresaltó, sino los sólidos rayos de luz, tan delgados como la hoja de un estoque, que brotaban de las dos torres. Los haces de color escarlata surgían como lanzas de las extrañas estructuras y peinaban la parte superior de los muros. Mientras observaba, un guardia asomó la cabeza por el hueco entre dos almenas. Ambos rayos se dirigieron hacia él de forma inmediata. La luz le recorrió la cara y, pese a que había demasiada distancia como para estar seguro, el emisario creyó ver que los rayos se centraron en los ojos del hombre. En cuestión de segundos el indefenso guardia se agachó moviendo la cabeza con furia.

Apartó el cristal por segunda vez. El velo sepia desapareció; también los rayos de luz del color de los rubíes. Todo estaba en silencio salvo por los movimientos de las dos cajas de madera cuya finalidad, sin la ayuda del cristal, era imposible saber.

Su expresión de perplejidad se tornó aún más profunda.

—La mirada del dragón —dijo Khenbish sin volverse—. Así lo llaman mis hombres.

—Y vos —preguntó el enviado—, ¿cómo lo llamáis?

Khenbish tiró de las riendas para girar su montura.

—Una victoria segura.

—No lo comprendo. ¿Cómo funciona?

—En cada dispositivo hay un cristal octogonal de gran tamaño procedente de una mina del sur. No me preguntéis por su mecánica, pero utilizando un conjunto de espejos perforados canaliza la luz del sol capturada en el cono y la focaliza de tal manera que puede cegar temporalmente a un hombre si le da en los ojos.

—Y sin embargo, ¿es invisible?

—Aparece un pequeño punto rojo cuando alcanza su objetivo, pero el rayo solo puede verse a través del cristal que vos tenéis en la mano. —Centró la atención de nuevo en el caballo—. Ha llegado el momento de poner fin a este asedio.

El hombre del Khan contempló de nuevo las imponentes murallas y la gruesa puerta de madera. Parecía tan impenetrable como la gran muralla del norte de la capital. No alcanzaba a entender cómo cegar a unos pocos vigías podía poner fin al sitio. Pero claro, procedía de una familia de mercaderes y no sabía nada sobre guerra ni tácticas militares.

—¡A la carga! —ordenó Khenbish.

A pesar de que el emisario esperaba que hombres y bestias avanzaran enérgicamente hacia las lejanas murallas, emprendieron la ofensiva de manera sigilosa y pausada. El ruido de los cascos de los caballos quedaba amortiguado por tupidos sacos de lana, de modo que apenas hacían ruido al avanzar. Habían cinchado tan fuerte los arneses, las sillas y las alforjas que se apreciaba el habitual crujido del cuero, y los hombres apremiaron a sus monturas con quedos susurros. Al cerrar los ojos, el emisario fue incapaz de apreciar que cincuenta jinetes pasaban al trote por su lado. De todos sus sentidos, tan solo el del olfato detectaba el leve olorcillo a polvo que levantaban los cascos amortiguados de los animales.

Aunque no era un hombre de la milicia, sabía por instinto que aquella era la fase crítica del plan del general. Levantó la vista. El cielo continuaba despejado, pero una nube de polvo avanzaba hacia el campo de batalla. Su sombra incidía como un eclipse sobre las colinas detrás de la ciudad. Temía que la poderosa arma secreta de Khenbish quedara inutilizada si la nube se colocaba encima de ellos.

Hacía ya unos minutos que ningún vigía se había asomado. Podía imaginar la ansiedad y confusión que cundía entre los defensores al no saber qué les había atacado o cómo les habían dejado ciegos. No se trataba de una comunidad demasiado numerosa, y gracias a sus viajes sabía que la gente del campo solía ser supersticiosa. ¿Qué clase de brujería les había condenado a no poder ver?

Como un ejército de soldados fantasma, la columna de jinetes cruzaba los campos de cultivo a buen ritmo. Las monturas estaban tan bien adiestradas que no relinchaban siquiera.

La nube estaba todavía a unos minutos de distancia. El emisario hizo un cálculo mental con celeridad. Era algo inminente, y ni aun así los jinetes aceleraron el paso. El general inculcaba disciplina por encima de todo.

Una cabeza asomó por encima de la muralla, y la luz de ambos cañones giró hacia ella con tanta rapidez que apenas le dio tiempo a vislumbrar nada antes de que los rayos invisibles le quemaran las retinas. Khenbish se puso rígido sobre su caballo esperando escuchar un grito de alarma que diera a los arqueros la señal de disparar sus flechas. Apretó los dientes cuando escuchó un graznido desde lo alto. No era más que un cuervo posado en la rama de un árbol que tenían a su espalda.

El jinete que iba en cabeza alcanzó la puerta de madera y arrojó al suelo la bolsa que llevaba sujeta a la silla. Al cabo de un momento, otro hizo lo mismo. Luego otro y otro más. La pila fue creciendo hasta convertirse en un montón deforme contra la empalizada.

Por último, alguien dentro de las murallas demostró cierta inteligencia. Cuando asomó la cabeza por las almenas, justo a la derecha de la puerta, mantuvo una mano sobre los ojos y miró hacia abajo. Su grito de alarma resonó alto y fuerte en el campo de batalla. El elemento sorpresa se había perdido.

Los jinetes dejaron el sigilo a un lado y se lanzaron a todo galope. Los últimos arrojaron sus bolsas ante la puerta y dieron media vuelta. Se dispersaron mientras las flechas disparadas a tientas desde dentro de los muros oscurecían una vez más los cielos.

Pero no eran las flechas las que ocultaban el sol, sino la nube que se había ido aproximando en silencio. Y por algún capricho del destino, los vientos que la habían impulsado dejaron de soplar, de modo que se situó como un enorme parasol encima de la aldea. Sin la luz directa del sol, las armas de rayos de Khenbish eran inútiles.

Los centinelas se percataron de lo que se avecinaba y empezaron a arrojar cubos de agua a la pila de bolsas, que casi llegaba hasta mitad de la gruesa puerta de madera. El general se había anticipado a aquello y se había asegurado de que estuvieran cubiertas por una buena capa de resina para que el agua no pudiera penetrar en el interior.

Movidos por la desesperación, los arqueros aparecieron en el muro y apuntaron con cuidado antes de lanzar sus flechas. Los jinetes llevaban el pecho cubierto por armaduras y la cabeza resguardada por yelmos, pero tenían la espalda desprotegida, y las saetas no tardaron en dar en el blanco. En cuestión de minutos, varios caballos deambulaban sin rumbo por el campo mientras sus jinetes yacían en tierra, unos agonizando y otros totalmente inmóviles.

Uno de los hombres de Khenbish cabalgó pegado a la muralla, de pie sobre los estribos, con una flecha preparada en su arco de caballería. En la afilada punta de bronce llevaba un trapo enrollado empapado en brea que estaba ardiendo. Una vez disparó, tiró con fuerza de la rienda izquierda. El caballo conocía la señal y se tumbó sobre el flanco levantando una nube de polvo, sus patas piafaban de manera violenta en tanto que su pesado cuerpo protegía al jinete de lo que estaba a punto de suceder.

La flecha dio en la pila de bolsas junto a la puerta a la vez que arrojaban un cubo de agua desde el parapeto. La llama se convirtió en humo blanco y vapor, y luego nada. El tiempo en el campo de batalla poseía una elasticidad que desafiaba toda lógica. Pareció que transcurría una eternidad, pero la última brasa de la flecha tardó menos de medio segundo en abrirse paso hasta la bolsa y llegar a su contenido.

Los alquimistas que buscaban el elixir de la eterna juventud se habían tropezado con la proporción y composición del fuego químico, y por eso se le llamaba *huǒ yào* o medicina de fuego. Más tarde el mundo lo conocería como pólvora.

Al tratarse de un explosivo de combustión lenta, había que prensar la pólvora para que hiciera algo más que soltar un fogonazo y chisporrotear. La primera bolsa generó una llama humeante, prendiendo las que estaban en la parte exterior de la pila hasta que el fuego ascendió a varios metros de altura. La pira era lo bastante grande como para hacer estallar las bolsas enterradas en la base del montículo, y el peso de los sacos de encima comprimió los gases en expansión lo necesario para producir una explosión titánica.

La onda expansiva reverberó en el campo proyectando una oleada de aire caliente que llegó hasta donde se encontraban el general y el resto de los soldados de a pie. La deflagración tiró al embajador del caballo, que se sintió como si estuviera delante de un horno cerámico. El fuego y el humo se elevaban en el aire y las puertas salieron disparadas hacia el interior de la muralla hechas astillas. Los restos cayeron como guadañas sobre aquellos que se encontraban a su paso mientras que los arqueros y vigías situados en el parapeto fueron lanzados como muñecos sin vida; sus gritos se escuchaban por encima de la estruendosa explosión.

El hombre enviado por el Khan se puso en pie lentamente. Le pitaban los oídos y, al cerrar los ojos, la imagen de la explosión permanecía grabada a fuego en sus retinas. Era la segunda arma milagrosa que había presenciado ese día. Primero la luz cegadora y después aquella forma de contener el fuego en bolsas y liberarlo de golpe. Ciertamente, aquella era una tierra asombrosa.

En el campo de batalla, los jinetes dispersos se volvieron como si fueran un banco de peces y emprendieron la carga hacia las destrozadas puertas, donde el fuego devoraba la madera y los asombrados defensores deambulaban conmocionados. Ahora que la nube había pasado, el sol se reflejaba intensamente en las espadas que habían sido desenvainadas. Los hombres de las torres buscaban víctimas, pero la deflagración había aniquilado el espíritu de lucha de la guarnición.

El general Khenbish lanzó sus reservas de soldados de infantería para que siguieran a la caballería. Con un rugido casi tan estrepitoso como el estallido de la pólvora, los hombres atravesaron el campo de batalla deseosos de cumplir con la obra del Khan y de restaurar el honor perdido por el robo del que había sido víctima y, lo que era aún peor, por hacer que pareciera débil a causa de ello. Dejarían con vida a las muchachas más bonitas y a los jóvenes que pudieran utilizar como esclavos, pero los demás habitantes de la aldea serían pasados a espada y la villa entera sería arrasada. Clavarían la cabeza del caudillo local en una lanza en el poblado más próximo como recordatorio para aquellos que creían que la cólera de su Khan no era rápida y devastadora.

—Deseo saber más acerca de vuestro asombroso arsenal —dijo el embajador cuando Khenbish y él desmontaron.

No era una práctica común que el general tomara parte en la

matanza, y el embajador no tenía deseos de ver lo que estaba sucediendo al otro lado de la muralla.

—Os presentaré a mi alquimista. Él podrá explicaros con mayor detalle que yo. A mí me basta con que funcione. —Un ayudante de campo le entregó una copa de hueso y porcelana rebosante de té fuerte.

Mientras se dirigían hacia el bosquecillo donde aguardaban los siervos y el personal para ocuparse de las heridas producidas en la batalla, el embajador pensó en todas las cosas asombrosas que había presenciado durante los años que había pasado recorriendo aquella extraña nación. Había algunas que jamás revelaría, como las intimidades de las que había disfrutado con algunas concubinas del Khan. Y otras sobre las que jamás hablaría, por ser demasiado extrañas como para que alguien las creyese. Como la gran muralla, que tenía la altura y anchura de un edificio de piedra de cinco pisos y, sin embargo, se extendía de un extremo al otro del horizonte y más allá. Esa sola construcción empequeñecía toda la ingeniería romana que se expandía por Europa. También estaban los huesos de dragones, duros como rocas, que le habían mostrado en el desierto central; cráneos tan grandes como barriles de vino, con dientes como dagas y fémures tan altos como un hombre. Y además estaba lo que había visto ese día: un artilugio que arrojaba una luz tan intensa que era capaz de cegar a un hombre.

Por su propio bien deseaba saber cómo funcionaba aquella arma —Khenbish había mencionado alguna clase de cristal—, pero era consciente de que se trataba de otro enigma más que se llevaría consigo a la tumba.

Marco Polo caminó al lado del general, sin tener la seguridad de que sus compañeros venecianos fueran a creerse siquiera la más banal de las historias que pudiera contarles acerca de sus viajes por la China.

1

Birmingham, Inglaterra

William Cantor no había podido evitar estornudar frente al micrófono. La necesidad había sido tan grande que no le dio tiempo de volver la cabeza. Tuvo que tragarse las flemas que el estornudo había lanzado hacia sus conductos nasales, y cuando se sorbió la nariz, el sonido amplificado resonó en la casi desierta sala de conferencias.

—Lo siento —dijo con pesar y tosió cubriéndose la boca y volviéndose a fin de demostrar a las poco más de diez personas que habían asistido a su conferencia que no era un completo cernícalo—. Como americano, sé que en el Christ Church College (eso es, panda de paletos, fui a Oxford) suele decirse: «Puedo librarme de todo, pero no puedo librarme de este catarro».

La respuesta de los presentes pudo ser una risita educada o, más probablemente, una tos disimulada.

Dios Santo, cuánto odiaba las conferencias que se celebraban en edificios anexos o en bibliotecas de pueblo, donde los únicos asistentes eran pensionistas sin el menor interés por el tema y sin nada mejor en que emplear la tarde. En realidad, eran aún peores las que se organizaban en ciudades como Birmingham, tan deprimidas que parecía no salir nunca el sol y la gente de la sala solo asistía a ellas para entrar en calor antes de ir a pedir limosna o hacer cola para conseguir un plato de sopa en los comedores sociales. Había contado diez asistentes antes de subir al atril y no menos de catorce abrigos. Se imaginó una hilera de carros de la compra oxidados cargados a rebosar de desechos en el aparcamiento de la biblioteca.

—«No he contado ni la mitad de lo que vi.» —Una introducción mucho mejor que poner el micrófono perdido de microbios, pensó Cantor con abatimiento. Pese a todo, tenía sus metas, y uno nunca sabía, quizá la mujer bien abrigada situada hacia el fondo de la iluminada estancia fuera J. K. Rowling vestida de incógnito—. Estas fueron las últimas palabras que el gran explorador veneciano Marco Polo dijo en su lecho de muerte.

»Gracias a su legendario libro, *Los viajes de Marco Polo*, dictado a Rusticiano de Pisa mientras ambos languidecían en una prisión genovesa, sabemos que Polo, junto con su padre, Niccolò, y su tío, Maffeo… —Los nombres fluyeron de su boca a pesar de la congestión, pues no era ni mucho menos la primera vez que había dado esa conferencia en particular— …Sabemos que hizo numerosos descubrimientos increíbles y que contempló cosas asombrosas.

Hubo un cierto revuelo al fondo de la sala cuando un recién llegado entró desde la austera sala de lectura. Las sillas plegables de metal crujieron cuando algunas personas se volvieron para ver quién había llegado a la conferencia, dando seguramente por hecho que se trataba de otro mendigo procedente de Chamberlain Square.

El hombre llevaba traje y camisa oscuros, corbata a juego y abrigo de cachemir, que casi le llegaba al suelo. Alto y de complexión fuerte, levantó la mano a modo de disculpa y tomó asiento al fondo antes de que Cantor pudiera verle la cara. Aquello parecía prometedor, pensó el empobrecido erudito. Al menos la ropa de aquel tipo no parecía haber sido reciclada unas cuantas veces.

Cantor hizo una pausa lo bastante larga como para que el caballero se acomodase. Podría tratarse de un posible mecenas y no estaba de más empezar por ser considerado con el tipo.

—*Los viajes de Marco Polo* generaron debate incluso en su

época. La gente no creyó lo que afirmaba haber visto y hecho. No podían dejar a un lado sus propios prejuicios para creer que existía otra civilización distinta capaz de rivalizar o superar a los estados europeos. Más tarde, quedó de manifiesto una omisión evidente. En pocas palabras, a pesar de todos los años que pasó en China y de todo lo que escribió acerca de esas lejanas tierras, ni una sola vez mencionó su mayor logro, su imagen más icónica.

»Verán, en ningún punto de sus dictados a Rusticiano de Pisa menciona la Gran Muralla china. Eso es como si un turista de hoy en día dijera que ha estado en Londres, pero que no ha visto el London Eye. Esa espantosa noria puede ser algo que a un viajero entendido le gustaría olvidar. —Cantor hizo una pausa para las risas, pero recibió más toses—. Ah, sí, que se olvidara de mencionar la Gran Muralla, que se encuentra a poca distancia de Pekín, donde tanto tiempo pasó Polo, llevó a sus detractores a descartar toda su historia.

»Pero ¿y si la culpa es de aquel que transcribió y no de quien dictaba? —Ahí tenía previsto hacer un juego de palabras y mencionar al despótico magistrado genovés que había encarcelado a Polo y al escriba, Rusticiano, pero decidió no hacerlo—. Poco se sabe del hombre al que Polo dictó su historia mientras cumplían condena en una prisión de Génova tras la captura del explorador en la batalla de Curzola. El propio Rusticiano había sido capturado unos catorce años antes, después de la crucial batalla de Meloria, que marcó el inicio del declive de la ciudad-estado de Pisa.

»Rusticiano era, expresado en la lengua vernácula de hoy en día, un escritor romántico que consiguió cierto éxito antes de que fuera hecho prisionero. Piensen en él como en la Jackie Collins de su época. Eso le permitió comprender bien lo que atraparía la imaginación de sus lectores y lo que sería considerado algo demasiado fantástico como para creerlo.

»Teniendo eso en cuenta, yo lo considero no solo el hombre que sujetaba la pluma que plasmó en papel la historia de Marco

Polo, sino también su editor; un hombre que quizá pudo pulir algunos de los descubrimientos más controvertidos del explorador a fin de hacer el manuscrito más atractivo para las masas. A los nobles medievales, y eran ellos para quienes los autores de la época escribían casi exclusivamente, no les agradaría que China rivalizara con ellos ni que, en muchos casos, sobrepasaran sus logros en el campo de la medicina, la ingeniería, la administración social y, sobre todo, en la guerra.

Cantor guardó silencio durante un instante. La expresión en las caras de su audiencia iba del amodorramiento a la absoluta indiferencia. Les traía al fresco lo que él dijera, siempre y cuando estuvieran resguardados de la torrencial lluvia que azotaba la ciudad inglesa. Ojalá pudiera ver al hombre del traje oscuro, pero estaba oculto tras un mendigo corpulento que dormía en una postura casi erguida.

—Teniendo todo esto presente… que tal vez Rusticiano tomase notas durante el largo confinamiento que después editó en la versión final de los *Viajes* y que dichas notas explicasen algunos de los lapsus existentes en la historia de Marco Polo que han desconcertado a futuros eruditos haciéndoles dudar de la validez de todo el libro… he venido hoy aquí. —Aquella frase sonaba anticuada incluso al propio Cantor, pero estaba tratando de quedar como un erudito, y todos los catedráticos de Oxford hablaban empleando frases largas que podían llenar una página entera, e incluso más.

»Creo —prosiguió— que en algún lugar de este mundo se encuentran esas notas, esos fragmentos de la historia de Marco Polo que no lograron superar la tijera del censor medieval… es decir, el Vaticano… y que habrían suscitado muchas dudas entre los lectores contemporáneos. Desde que dejé el Christ Church… —No tenía sentido reconocer que no se había graduado— he cruzado Italia y Francia en busca de alguna pista acerca de dicho libro. Y creo que por fin, hace seis meses, la encontré.

¿Eran imaginaciones suyas o el tipo del traje oscuro se había espabilado al escuchar aquello? Cantor tenía la impresión de que la sombra al fondo de la sala había cambiado ligeramente de posición. Se sentía como un pescador que notaba el primer tirón en el extremo del sedal. Ahora tenía que asegurar el anzuelo antes de sacar su presa del agua.

—Me permitieron el acceso a los archivos de ventas de una pequeña librería especializada en libros antiguos situada en una localidad aún más pequeña de Italia que había sido fundada en 1884. Tienen una entrada en la que consta la venta de una copia de la obra original de Rusticiano, *Roman de Roi Artus*, en 1908. Junto con aquel volumen de la leyenda artúrica iba un manuscrito sin encuadernar.

»En esa época, las familias de la Inglaterra eduardiana estaban explorando Italia con el fin de expandirse. Piensen en *Una habitación con vistas* de E. M. Foster. —Para la mayor parte de aquella gente debía de ser *Una caja de cartón con una ventana de celofán*, pero Cantor sabía que en realidad estaba actuando para una audiencia de una sola persona—. Al igual que cualquier turista, estos viajeros se llevaron souvenirs de recuerdo. Muebles, esculturas, casi cualquier cosa a la que pudieron echar mano y que les recordase a Lombardía o a la Toscana. Había una familia en particular a la que le gustaban los libros, y regresaron con baúles cargados a rebosar, suficientes para llenar una biblioteca del tamaño de esta sala del suelo al techo. Algunos de los volúmenes se remontaban a un siglo antes de que Polo hubiera nacido. Esta familia fue la que adquirió las obras de Rusticiano.

»A cambio de una suma de dinero, me concedieron acceso limitado a su biblioteca.

Quinientas libras por una tarde, pensó Cantor con amargura. Últimamente recordaba la mayoría de las cosas con amargura. El actual propietario era un imbécil y un miserable que, sabiendo cuánto deseaba Cantor ver la biblioteca, no tuvo escrúpulos en sacar provecho del interés académico de un investigador de treinta años.

Cantor había logrado reunir la cantidad para una sola visita, pero había sido suficiente. Y por eso estaba allí, haciendo lo que había hecho durante los últimos meses. No tenía el menor interés en ilustrar a viudos y mendigos. Tan solo abrigaba la esperanza de encontrar un mecenas que le ayudase a financiar su investigación. El propietario del manuscrito había expresado de forma inequívoca que no estaba dispuesto a vender, pero que estaría gustoso de permitirle el acceso por quinientas libras al día.

El joven académico estaba seguro de que, una vez que publicara su investigación, la presión de las sociedades históricas obligaría al propietario si no a donar, sí al menos a dejar que alguna universidad importante autenticase la obra de Rusticiano, consolidando de ese modo la reputación de Cantor y, con algo de suerte, también su fortuna.

—El texto está escrito en francés medieval corriente, mi especialidad junto con el italiano de la misma época. Logré traducir solo una pequeña porción, ya que hice el descubrimiento casi al final de mi estancia en la biblioteca, pero lo que leí es asombroso. Es la descripción de una batalla que Polo presenció en 1281, en la que un general llamado Khenbish aniquiló a sus enemigos utilizando la pólvora, algo que Polo jamás había visto usar de ese modo, y un artefacto de lo más extraordinario que utilizaba un cristal especial para canalizar la luz del sol en un rayo, muy parecido a un láser actual.

Cantor hizo una nueva pausa. El tipo del traje oscuro se puso en pie y se marchó disimuladamente hacia la habitación contigua de la biblioteca. Había fallado al echar el anzuelo, había espantado al pez. Miró con desaliento los rostros sin afeitar de expresión hosca que tenía frente a él. ¿De qué servía continuar? Aquella gente tenía tantas ganas de escuchar su voz nasal e indiferente como él deseaba malgastarla con ellos.

—Ah, muchísimas gracias. ¿Alguna pregunta? —Se quedó sorprendido cuando alguien levantó su mano arrugada. La mujer tenía la cara cuarteada como una de esas muñecas hechas con medias de nailon—. ¿Sí?

—¿Puede darme algo de calderilla?

Cantor agarró su maletín, se colgó el impermeable del brazo y salió entre un coro de ásperas carcajadas socarronas.

Ya se había hecho de noche cuando abandonó la biblioteca. La impersonal extensión de Chamberlain Square estaba delimitada por la monstruosa biblioteca de hormigón, el edificio clásico de tres pisos que albergaba el ayuntamiento y el Town Hall, una edificación semejante a un templo griego. En el centro se encontraba el monumento a Joseph Chamberlain, que había sido un personaje relevante de aquella deprimente ciudad. Viendo aquella estructura a Cantor le parecía que unos ladrones se hubieran llevado toda una catedral gótica dejando solo uno de sus capiteles de más de dieciocho metros de altura.

Aunque los fundadores de la ciudad hubieran pretendido diseñar un espacio menos armonioso desde el punto de vista arquitectónico, les habría sido imposible. Tal vez lo habrían conseguido plantando allí una extraña nave para zepelines, pensó de manera crítica, o una iglesia oriental ortodoxa con cúpula bulbosa.

Había amainado y ya solo caía una ligera llovizna, y aunque Cantor se subió el cuello, el agua helada consiguió resbalar por la parte interior de su impermeable. Deseaba con todas sus fuerzas una buena ducha, un *toddy* caliente y que su irritada nariz dejara de moquear.

Su abollado Volkswagen estaba aparcado cerca de Newhall Street, y acababa de doblar por Colmore Row cuando un reluciente Jaguar se detuvo a su lado y la ventanilla del conductor descendió con un leve siseo.

—Doctor Cantor, ¿puedo hablar con usted? —dijo una voz cultivada, con acento europeo; francés, alemán, tal vez suizo, que a Cantor le pareció una mezcla de ambos.

—Ah, aún no tengo el doctorado —barbotó al reconocer al tipo del traje oscuro y corbata negra sentado al volante del lujoso sedán.

—Es igual, ha dado usted una conferencia muy interesante.

Me habría quedado hasta el final de no ser porque recibí una llamada que no podía desatender. Por favor, concédame unos minutos; es todo lo que le pido.

—Está lloviendo. —Sintió un pinchazo de dolor en los senos nasales cuando se inclinó para echar un vistazo al interior del coche.

—Aquí no. —El hombre esbozó una sonrisa, o al menos sus labios se entreabrieron dejando los dientes al descubierto—. Puedo acercarle hasta su coche.

Cantor miró calle arriba. No había nadie por allí y su vehículo estaba a cinco manzanas de distancia.

—De acuerdo.

Rodeó el largo capó y escuchó abrirse la cerradura electrónica del asiento del pasajero. Cantor se acomodó en la suave tapicería de cuero. Los numerosos acabados en madera del sedán relucían al tenue resplandor de las luces del salpicadero.

El desconocido puso la primera y comenzó a avanzar. El Jaguar hacía tan poco ruido que Cantor no se había percatado de que el motor había estado encendido todo el tiempo.

—Un socio mío escuchó la conferencia que ofreció la pasada semana en Coventry y le intrigó tanto como para hablarme de ella. Tenía que asistir.

—Perdone, no sé su nombre.

—Ah, le pido disculpas. Soy Tony Forsythe. —Se estrecharon la mano con torpeza, pues Forsythe tuvo que pasar el brazo derecho por debajo del izquierdo para no soltar el volante.

—¿Y qué interés tiene usted en Marco Polo, señor Forsythe? —preguntó Cantor.

Aquel hombre le dio mala espina. Tenía unos cuarenta años y unos rasgos bastante corrientes, pero su mata de pelo negro era tan espesa que podría tratarse de un peluquín. No obstante, había algo más. Cantor se dio cuenta de lo que era. Tenía unas manos grandes y callosas. Su apretón no había sido demasiado enérgico, pero la mano de Forsythe pareció tragarse la de Cantor. Según su experiencia, los hombres que vestían trajes de mil libras y conducían coches de sesenta mil no tenían callos.

—Podría decirse que soy aficionado a la historia y estoy interesado en ese manuscrito y su contenido.

William Cantor había buscado un pez, pero de repente tenía la sensación de que había pescado un tiburón.

—Hum, tengo el coche en Newhall.

—Sí, lo sé —dijo Forsythe. Aquello preocupó bastante a Cantor, pero el desconocido agregó—: Llegaremos en un santiamén. Ha mencionado que el propietario del manuscrito no estaba interesado en vender, ¿correcto?

—Sí, el hombre está forrado. Creo que me pidió que pagase por ver su biblioteca para crisparme los nervios.

—Pero ¿no se habló de ningún precio?

—Pues no. Solo pude permitirme pagar esas quinientas libras para visitar durante una tarde esa maldita biblioteca.

—Es una lástima —repuso Forsythe casi para sí mismo—. Una simple transacción económica hubiera sido preferible.

Para alivio de Cantor, el Jaguar giró a la izquierda hacia Newhall. Forsythe le dirigió una breve mirada.

—Supongo que no estará dispuesto a decirme el nombre del caballero, ¿verdad?

—Yo, uh… no creo que eso me convenga, ¿no le parece?

—Oh, claro que le conviene, amigo William. Sin duda le conviene y mucho.

El Jaguar dio un salto espectacular cuando aceleró de repente. Cantor divisó fugazmente su Volkswagen Polo de color azul al pasar de largo.

—¿Qué coño hace…?

El brazo de una persona que había estado tumbada y oculta en el espacioso asiento trasero rodeó el cuello de Cantor con la fuerza de una anaconda, ahogando las palabras en su garganta. Luego sintió un pinchazo seguido de un extraño sabor metálico en la boca. Tres segundos más tarde, William Cantor se sumió en la inconsciencia inducida por la droga.

Dado que sus padres habían fallecido en un accidente de tráfico en la M1 hacía mucho tiempo, y al no tener ni hermanos ni novia, nadie supo de la desaparición de Cantor hasta que al cabo de un mes su casero llamó a la puerta del diminuto piso de una habitación en que vivía. Una persona que afirmaba ser el propio Cantor pospuso de manera educada el puñado de conferencias que tenía programadas. Pasaron unos cuantos días más hasta que un informe de personas desaparecidas coincidió con el cuerpo sin cabeza ni manos que había sido hallado flotando en el Mar del Norte, en la ciudad pesquera de Grimsby, más o menos por aquellas fechas.

Había dos cosas en las que toda la policía involucrada estaba de acuerdo: la primera, que el ADN hallado en el apartamento de Cantor coincidía con el del cuerpo que habían sacado del agua. La segunda, que antes de que muriera, el hombre había sido torturado de un modo tan brutal que la muerte habría sido una bendición.

Debido a que todas las notas de Cantor sobre el manuscrito de Rusticiano se encontraban en su maletín, que jamás fue recuperado, las autoridades no supieron que había otro delito relacionado con su desaparición. Se había producido un chapucero allanamiento en una propiedad de Hampshire al sur del país, próxima a una ciudad llamada Beaulie. Aquello tuvo lugar dos días después de la última aparición confirmada de Cantor. La reconstrucción forense estableció que el propietario, un hombre viudo, sorprendió a los ladrones en pleno robo; que estos le abrieron la cabeza con una palanqueta dejada en la escena, sin huellas dactilares, y que huyeron presas del pánico sin tan siquiera tomarse la molestia de llevarse las fundas de almohada en las que habían metido la vajilla de plata de ley que ya habían recogido.

Ninguno de los policías reparó en el delgado hueco que había entre las numerosas hileras de libros de la biblioteca revestida de madera de aquella propiedad.

2

Región tribal, norte de Waziristán
Cuatro meses después

El pueblo de montaña no había cambiado en doscientos años. Excepto por las armas, por supuesto. Llevaban mucho tiempo por allí, ese no era el problema. Era más bien el tipo de arma lo que había cambiado. Siglos atrás, aquellos hombres de poblada barba llevaban arcabuces, cuyo cañón recordaba a una corneta. Luego llegaron los mosquetes seguidos por los fusiles Lee-Enfiled y, por último, los omnipresentes AK-47, que desde el norte entraban a raudales en la región gracias a la invasión soviética de Afganistán. Y eran unas armas tan buenas que la mayoría eran más viejas que los hombres que las portaban. Daba igual que estuviera defendiendo la región de una facción rival o se dirigiera a un retrete, un hombre no era un hombre si no tenía un AK en sus manos.

Todo aquello cruzó por la cabeza de Cabrillo mientras observaba a los dos jóvenes pastunes del norte, chicos que apenas habían dejado atrás la pubertad, con una barba incipiente cubriéndoles el mentón y las mejillas, intentando meter a un par de cabras en un camión con remolque descubierto. Los rifles de asalto colgados al hombro se les resbalaban una y otra vez hasta el pecho, golpeando a los animales con la fuerza necesaria para que se resistieran a ser manipulados.

Con cada movimiento, los muchachos tenían que hacer una pausa para cargársela de nuevo al hombro y luego intentar tranquilizar a las cabras de ojillos de sátiro. Juan estaba demasiado lejos para oír nada, pero podía imaginar los balidos asustados de los animales y a los jóvenes rogando con fervor a Alá para encontrar un modo más fácil de ocuparse del ganado. En ningún momento se les ocurrió dejar los rifles apoyados contra la desvencijada verja de estacas durante los sesenta segundos que tardarían en cargar a los animales sin nada que obstaculizara sus movimientos.

La escena podría haberle resultado cómica de no ser por los más de cuarenta hombres armados que había en el campamento.

Sí que había algo digno de admiración en aquellos chicos. A Juan se le estaba congelando el culo a pesar de estar bien protegido por el equipo más avanzado contra bajas temperaturas, mientras que ellos brincaban de acá para allá vestidos con solo un par de prendas de lana hechas a mano.

Claro que Cabrillo no había hecho otra cosa que pestañear en las últimas quince horas. Al igual que el resto de su equipo.

En el norte de Waziristán era tradicional construir los pueblos como ciudadelas en lo alto de montañas. El pastoreo y las actividades agrícolas se realizaban en las laderas que llevaban a la villa. Sus hombres y él habían tenido que refugiarse en una montaña adyacente para poder encontrar un puesto de observación óptimo con el fin de vigilar el campamento talibán. La distancia de un lado a otro del escarpado valle era de poco más de kilómetro y medio, pero les había obligado a subir a la cima helada y a respirar con dificultad debido a que se encontraban a una altitud de casi tres mil metros. A través de los binoculares pudo ver a un par de ancianos fumando un cigarrillo tras otro.

Cabrillo lamentaba el último pitillo que se había fumado mientras sentía como si sus pulmones estuvieran inhalando los últimos restos de un tanque de oxígeno ya agotado.

—¿Están arreando las cabras o preparándose para echarles un polvo? —preguntó una profunda voz de barítono a través del pinganillo de la oreja.

—Ya que las cabras no llevan puesto el *burka*, al menos estos chicos saben dónde se meten —metió baza otra voz.

—Silencio —dijo Cabrillo.

No le preocupaba que su gente perdiera la concentración. Lo que le preocupaba era que el próximo comentario fuera de su segundo al mando allí, Linda Ross. Conociendo su sentido del humor como él lo conocía, seguro que le haría reír a carcajadas con sus bromas, trataran de lo que tratasen.

Uno de los jóvenes pastores dejó por fin su AK de culata plegable y subieron los animales al camión. Cuando cerraron la puerta trasera el muchacho volvía a tener el arma cargada al hombro. El vehículo arrancó y no tardó en alejarse renqueando de aquel pueblo de montaña. Se trataba de un bastión de al-Qaeda, pero la vida en las agrestes montañas seguía su curso. Había que sembrar, pastorear y vender y comprar productos. Al-Qaeda y los talibanes compartían un sucio secretillo: a pesar de que sus seguidores eran fanáticos, necesitaban que se les pagara. Una vez gastado el dinero de la última y lucrativa cosecha, era necesario recurrir a los medios tradicionales de sustento para mantener operativos a los combatientes.

Había aproximadamente dos docenas de edificios en el pueblo. Unos seis estaban situados delante de la carretera de tierra que bajaba hasta el valle en tanto que el resto se alzaba detrás en la montaña, conectados por senderos. Todos estaban construidos en piedra, integrándose de ese modo en el inhóspito entorno, con tejados chatos y escasas ventanas. El mayor de todos era una mezquita con un minarete que daba la impresión de estar a punto de venirse abajo.

Las pocas mujeres que Cabrillo y su equipo habían visto llevaban *burkas* de colores oscuros mientras que los hombres vestían pantalón holgado debajo del gabán llamado *chapán*, y un turbante o gorro plano de lana conocido como *pakul*.

—Juan. —La delicada voz de Linda Ross, con su deje travieso, armonizaba con su aspecto de hada—. Echa un vistazo a la mezquita.

Con cuidado de no llamar la atención, Cabrillo giró sus binoculares unos grados e hizo zoom sobre la puerta de la mezquita. Al igual que los otros tres miembros de su equipo, estaba camuflado dentro de una trinchera en la ladera de la montaña, tapado con una lona cubierta de tierra. Eran todos invisibles incluso a pocos metros de distancia.

Al enfocar vio a tres personas saliendo de la mezquita. El que llevaba una larga barba gris debía de ser el imán, e iba flanqueado por otros dos mucho más jóvenes que, con expresión solemne, escuchaban lo que fuera que el hombre santo les estuviera diciendo.

Juan enfocó mejor. Ambos tenían rasgos asiáticos y carecían de vello facial. Su ropa desentonaba con aquella empobrecida región. Las parkas, aunque de colores apagados, eran de gran calidad y ambos calzaban botas de senderismo nuevas. Miró con atención al más bajo de los dos. Había estudiado su cara durante horas antes de iniciar la operación, almacenándola en la memoria para aquel preciso momento.

—Bingo —dijo en voz baja a través del seguro equipo de comunicación—. Ese es Setiawan Bahar. Que nadie le quite el ojo de encima. Tenemos que saber dónde van a alojarle.

El extraño trío subió sin prisas por detrás de la carretera principal, caminando despacio debido a la pronunciada cojera del imán. Según la información de que disponían, esa cojera se había producido durante la caída de Kandahar en 2001. Llegaron a una de las casas, las cuales eran imposibles de distinguir unas de otras, donde un hombre con barba los recibió. Hablaron en la puerta durante unos minutos y luego el dueño invitó a entrar en su casa a los dos muchachos indonesios. El imán dio media vuelta para regresar a su mezquita.

—De acuerdo, lo tenemos —señaló Juan—. De ahora en adelante no perderemos de vista esa casa para asegurarnos de que sigue dentro.

Cabrillo escuchó un quedo coro de voces:

—Recibido.

A continuación, contraviniendo sus propias órdenes, Juan dirigió de nuevo los binoculares hacia la carretera principal cuando un Toyota blanco, que probablemente tenía unos trescientos mil kilómetros en el cuentakilómetros, entró en el pueblo. Las cuatro puertas se abrieron nada más detenerse y se apearon unos hombres armados. Llevaban el rostro oculto por el extremo de sus turbantes. Se cargaron las armas al hombro antes de dirigirse al maletero del vehículo. Uno de ellos se inclinó y abrió la cerradura. La puerta se elevó lentamente gracias al sistema hidráulico y los otros tres apuntaron el cañón de sus AK hacia el interior.

Juan no podía ver qué, o más probablemente quién, había en el maletero, y aguardó expectante mientras uno de los combatientes bajaba el rifle para colocárselo bajo el brazo y echaba mano al maletero. Sacó a un quinto hombre, que hasta ese momento había estado dentro en posición fetal. Su prisionero llevaba lo que parecía ser un uniforme reglamentario del ejército estadounidense. Las botas también parecían militares. Estaba amordazado y le habían colocado una venda en los ojos. Tenía el pelo un poco más largo de la medida reglamentaria del ejército y era rubio. Estaba demasiado débil como para mantenerse en pie, por lo que se desplomó en el suelo tan pronto le sacaron del coche.

—Tenemos un problema —farfulló Cabrillo. Dirigió los binoculares hacia la casa donde estaba aislado Setiawan Bahar y le dijo a su gente que volcase su atención en lo que parecía ser la plaza del pueblo.

Eddie Seng no dijo nada en tanto que Linda Ross ahogó un grito y Franklin Lincoln maldijo.

—¿Sabemos algo de un soldado capturado? —preguntó Seng.

—No, nada —respondió Linda, su voz se volvió tensa cuando uno de los talibanes propinó una patada en las costillas al soldado.

—Puede haber sucedido en las treinta horas que hemos tardado en arrastrar el culo hasta aquí y colocarnos en posición

—apostilló Linc con su voz grave—. No hay razón para que Max nos comunicase una noticia como esa.

Sin apartar los ojos de la casa, Cabrillo cambió la frecuencia de la radio.

—*Oregon*, *Oregon*, ¿me copias?

La respuesta llegó de inmediato desde la ciudad portuaria de Karachi a más de ochocientos kilómetros al sur:

—Aquí el *Oregon*. Soy Hali, director.

—Hali, ¿hay alguna noticia acerca de un soldado estadounidense o de la OTAN secuestrado en Afganistán desde que iniciamos esta operación?

—Nada en los últimos teletipos y nada en los canales oficiales, pero ya sabes que ahora mismo estamos un poco al margen del Pentágono.

Cabrillo lo sabía demasiado bien. Unos meses antes, tras disfrutar de acceso de alto nivel a la inteligencia estadounidense durante diez años a través de su antiguo mentor en la CIA, Langston Overholt, la empresa privada de seguridad de Cabrillo, conocida como la Corporación, con base en un carguero errante llamado *Oregon*, se había convertido en un paria. Habían llevado a cabo una operación en la Antártida para frustrar una ofensiva conjunta entre Argentina y China con el fin de anexionarse y explotar un nuevo y enorme campo petrolífero en la prístina costa del continente meridional. Temiendo los riesgos geopolíticos que entrañaba, el gobierno de Estados Unidos les había dicho de forma clara y tajante que no siguieran adelante con la misión.

Daba igual que hubiera sido un éxito rotundo. El nuevo presidente los consideraba unos renegados y Overholt había recibido órdenes de no volver a utilizar jamás los exclusivos servicios que la Corporación proporcionaba. Langston había tenido que hacer uso de su considerable influencia en los pasillos de Washington para conservar su trabajo tras aquel episodio. En privado había confesado a Juan que el presidente le había echado tal rapapolvo que los oídos le habían estado pitando durante una semana.

Y eso era lo que había llevado a Cabrillo y a su pequeño equipo hasta ese lugar, uno de los pocos sitios del mundo que nunca había sido ocupado por un ejército extranjero. Incluso Alejandro Magno tuvo el buen juicio de evitar Waziristán y el resto de las regiones tribales del norte. Estaban allí porque un acaudalado ejecutivo indonesio, Gunawan Bahar, tenía un hijo que había huido para unirse a los talibanes, igual que hacía un par de generaciones los chavales estadounidenses se escapaban para unirse al circo. La única diferencia era que el joven Setiawan tenía la mentalidad de un niño de siete años y que el primo que le había llevado hasta ese lugar le dijo al reclutador de Yakarta que Seti quería ser un mártir.

Los jóvenes americanos se convertían en feriantes. El destino que aguardaba a Setiawan era el de convertirse en un terrorista suicida.

—Desde que te fuiste, Stone y Murphy han estado revisando cada base de datos a la que han podido echar mano —prosiguió Hali Kasim, jefe de comunicaciones del barco. Eric Stone y Mark Murphy eran los expertos en tecnología de la Corporación, además de tener otras responsabilidades—. No han encontrado noticias relevantes sobre ningún país de Asia central.

—Diles que se mantengan alerta. Busco a un tipo rubio con uniforme de la OTAN que parece estar sufriendo un calvario.

—Se lo diré —dijo Hali.

Cabrillo volvió a la frecuencia utilizada por la red táctica.

—¿Sugerencias? —inquirió Linda Ross de inmediato—. No podemos dejarlo aquí. Todos sabemos que en cuestión de uno o dos días será la estrella de un vídeo *yihadista* en el que le ejecutarán cortándole la cabeza.

—¿Eddie? —preguntó Juan, conociendo la respuesta.

—Sálvale.

—No hace falta que me lo preguntes —tronó Linc.

—No pensaba hacerlo. —Juan tenía aún la casa bajo vigilancia y no iba a cambiar de objetivo—. ¿Qué están haciendo?

—Le han puesto de pie —respondió Linda—. Tiene las manos atadas a la espalda. Han salido un par de chicos del pueblo para verle. Uno de ellos acaba de escupirle. El otro le ha dado una patada en la espinilla. Espera… los captores están echando a los chicos. Vale, le llevan por detrás de la plaza en dirección a la casa. Siguen caminando, siguen, siguen… Ya está. Tres casas a la izquierda de la de Seti.

—Linc, ocúpate del objetivo —ordenó Juan.

Hizo una pausa para que el corpulento ex SEAL apuntara con sus prismáticos y luego dirigió los suyos hacia los cuatro terroristas que estaban empujando al cautivo rubio dentro de una casa de piedra y barro igual a las demás.

Dos de los afganos se apostaron ante la sencilla puerta de madera. Juan intentó ver algo a través de la ventana abierta que había al lado, pero el interior de la humilde morada estaba demasiado oscuro para distinguir nada que no fueran vagos movimientos.

La Corporación había sido contratada para sacar al chico de Gunawan Bahar de al-Qaeda, no para rescatar a un soldado extranjero, pero al igual que pasó en la operación de la Antártida, la brújula moral de Cabrillo era la fuerza motriz que impulsaba sus actos. Salvar a aquel desconocido, aunque no le pagaran por ello el millón de dólares que Bahar ya había entregado, más la promesa de otros cuatro cuando su hijo estuviera en un avión de regreso a Yakarta, era igual de importante para él.

Juan recordó las lágrimas que empañaban los ojos de Bahar cuando le explicó durante la única reunión que habían mantenido que su hijo idolatraba a un primo mayor y que este le había convertido en un radical en una mezquita de Yakarta sin que nadie supiera nada. Gunawan le había dicho que, debido a los desafíos mentales a los que se enfrentaba Seti, el muchacho no podía unirse de forma consciente a una organización terrorista, de modo que había sido secuestrado y llevado a aquel refugio de montaña de al-Qaeda.

Cabrillo había visto el imperecedero amor que el padre profesaba al hijo en su expresión atormentada y lo había percibido también en su voz. Juan quería a sus compañeros como lo haría un padre, así que podía imaginar el tormento que estaba sufriendo Bahar. Si uno de los suyos hubiera sido secuestrado, removería mucho más que cielo y tierra para recuperarlo.

—Debes entender lo buen chico que es —le había dicho el padre—, un verdadero regalo de Alá. Desde fuera pueden verle como una carga, pero no saben el amor que mi esposa y yo sentimos por él. Puede que esté mal por mi parte pero, de nuestros tres hijos, el pequeño Seti es nuestro favorito.

—He oído eso mismo de otros padres con hijos con necesidades especiales —respondió Juan, entregándole el blanco pañuelo de algodón del bolsillo frontal de su chaqueta para que el hombre pudiera secarse los ojos. Al igual que la mayoría de los musulmanes, Gunawan Bahar mostraba fácilmente sus emociones—. La maldad del mundo real no le ha afectado.

—Eso es. Seti es inocente y seguirá siéndolo toda la vida. Señor Cabrillo, haremos cualquier cosa para recuperar a nuestro hijo. Su primo nos da igual. Sus padres le han repudiado porque saben lo que ha hecho. Pero usted debe devolverme a mi querido Seti.

Como muchos de los contratos privados que la Corporación había manejado durante años, aquella reunión había sido concertada por un misterioso intermediario llamado *L'Enfant*. Ni siquiera el propio Juan conocía al hombre que se hacía llamar «el Niño», pero los contratos que enviaba a la Corporación eran siempre legítimos, más o menos, y para que los clientes potenciales aparecieran en el radar del hombre, sus cuentas bancarias tenían que haber sido investigadas a fondo.

Juan había ordenado a Eric Stone y a Mark Murphy que pusieran la vida de su más reciente cliente patas arriba y que además consultasen la operación con Overholt de la CIA a modo de cortesía. Que en Langley estuvieran molestos con Cabrillo y con su equipo no significaba que Juan no se cerciorara por todos los medios de que Bahar no estaba siendo investigado.

Lo último que necesitaba ahora era trabajar para algún cerebro terrorista sin ser consciente de ello.

Gunawan Bahar había resultado ser lo que decía: un rico empresario indonesio apenado por el secuestro de su hijo que estaba dispuesto a hacer lo imposible con tal de que el muchacho regresara con su familia.

Tras estrecharse la mano, el deseo más ferviente de Bahar se había convertido también en el de Juan, y no solo por el dinero. Albergaba una profunda cólera hacia cualquiera que se aprovechara de un chico como Seti, y lo que pretendían hacer con el muchacho le encolerizaba todavía más.

Ahora Cabrillo se había responsabilizado de otra vida más: la del soldado capturado. Su deseo de rescatarle era tan intenso como el de salvar a Setiawan.

Juan miró con los ojos entornados hacia donde el sol se estaba poniendo sobre las montañas y estimó que disponía de otros treinta minutos hasta que atardeciera, y de una hora para que fuera noche cerrada.

—Eddie, Linc, vigilad al objetivo principal. Linda, te ocupas del paradero del soldado.

Juan continuó barriendo con los binoculares el resto del pueblo y la carretera de acceso.

Los tres dieron su conformidad y prosiguieron con su atenta vigilancia. No se les pasó por alto ningún detalle. Linc se aseguró de señalar que tras la pared de piedra donde tenían retenido a Seti había un hueco lo bastante grande para que Linda entrase por él, pero no para un hombre de su corpulencia. Linda informó que gracias a una cerilla encendida había visto que había dos talibanes en la casa con el prisionero y que, a juzgar por el ángulo de las cabezas de los afganos, lo más probable era que este se encontrara en el suelo.

Justo cuando el sol terminaba de ocultarse detrás de una helada cima, tiñendo de un intenso tono anaranjado las nubes que cubrían el cielo, Juan vio unos faros aproximándose por la carretera situada por debajo de ellos. Tres vehículos en un solo día: el camión de las cabras, el sedán con el prisionero y otro más. Aquello tenía que ser todo un atasco en una zona como esa, pensó.

El vehículo tardó varios minutos en realizar el arduo ascenso al pueblo de montaña y la luz diurna casi había desaparecido cuando por fin llegó lentamente hasta la plaza. Se trataba de un autobús escolar, aunque con la mitad de la largura normal, pintado de colores estridentes, con una tira de abalorios colgados en el interior del parabrisas y un portaequipajes en lo alto que estaba vacío. Ese tipo de camiones horteras eran las mulas de carga de Asia central; transportaban gente, animales y artículos de todo tipo. El equipo había visto cientos al pasar por Peshawar de camino hacia allí, pero no dos que fueran iguales.

Cabrillo se puso las gafas de visión nocturna; no tenían la resolución óptica de sus binoculares, pero le permitían distinguir con más detalle a la luz crepuscular.

Varios hombres bajaron del autobús. El primero iba desarmado y saludó al jefe tribal del pueblo con un afectuoso abrazo. A Cabrillo le pareció vagamente familiar y se preguntó si no habría visto aquella cara en alguna lista de los terroristas más buscados. Los tres siguientes llevaban maletines metálicos así como los siempre presentes AK.

Juan asumió al instante que se trataba de un oficial sénior de los talibanes y que los maletines contenían equipo de vídeo para grabar la ejecución del soldado. Eso quedó confirmado cuando uno de los guardias dejó una caja alargada en el suelo y levantó la tapa. El líder talibán se agachó para extraer una cimitarra de casi un metro sacada de *Las mil y una noches*, para el deleite de los demás.

La sutileza no era una virtud entre aquellos hombres.

Cabrillo describió a los demás lo que había contemplado y preguntó:

—¿Pensáis alguno lo mismo que yo?

—¿Que he roto la promesa que me hice a mí mismo al salir de Tora Bora de no volver jamás a esta parte del mundo? —respondió Linc.

—Eso también, sí —dijo Juan riendo entre dientes—, pero estaba pensando que tomar el autobús sería mucho más fácil que recorrer a pie los más de treinta kilómetros hasta nuestro todoterreno. El factor decisivo es si el soldado puede caminar tanto. Robar ese autobús despeja las incógnitas.

—A mí me parece bien —convino Eddie Seng.

—¿Linda?

—¿Qué hay del depósito de combustible? ¿Tiene la capacidad suficiente para llevarnos hasta allí?

—No hay ninguna gasolinera por aquí así que tienen que poder llegar como mínimo hasta Landi Kotal, la ciudad en la zona paquistaní del paso de Khyber, y puede que hasta Peshawar.

—Me parece lógico —apuntó Linc.

Linda asintió, luego recordó que nadie podía verla.

—De acuerdo. Nos llevamos el autobús.

La llamada musulmana a la oración de la tarde resonó en el pronunciado valle y los hombres reunidos en la plaza y algunos más del pueblo se dirigieron a la ruinosa mezquita. Los guardias permanecieron fuera de la edificación donde retenían al soldado y nadie salió de la casa donde estaba secuestrado Seti.

No había ningún generador en el pueblo, de modo que cuando la oscuridad se hizo más profunda encendieron faroles, cuya tenue luz podía verse a través de las ventanas de unas pocas casas. Las dos viviendas vigiladas contaban con dicho método de iluminación. El combustible era caro, por lo que los faroles fueron apagados uno tras otro al cabo de una hora. Al igual que la vida de gran parte de la población mundial, la de aquellas gentes se regía por la majestuosa rotación de la Tierra.

Cabrillo y su equipo continuaron vigilando el pueblo, cuyos habitantes dormían, a través de sus equipos de visión nocturna. Los dos centinelas montaron guardia durante otra hora antes de sucumbir también presas del sueño. No había el más mínimo movimiento, no salía humo de ninguna chimenea ni había ningún perro merodeando; nada.

Dejaron otra hora de margen para asegurarse antes de salir de sus trincheras.

Juan sintió el crujido de algunas articulaciones cuando se sacudió de encima el entumecimiento. Tantas horas de inmovilidad con aquel aire frío le habían dejado agarrotado. Lo mismo que los demás, se tomó un minuto para flexionar los músculos y recuperar la sensibilidad, moviéndose de manera pausada para no llamar la atención. Sus movimientos imitaban al taichi.

El grupo viajaba ligero de equipaje, tan solo contaban con las armas y el equipo necesarios para pasar una noche en la ladera de la montaña. Todos llevaban el rifle de asalto Barrett REC7 con luces tácticas bajo el cañón, pero cada uno iba armado con las pistolas de su elección. Cabrillo optó por la FN Five-seveN en una pistolera al hombro para poder sacar el silenciador adjunto con rapidez.

El terreno era escabroso, con rocas capaces de torcerte el tobillo y campos de piedras sueltas que podían provocar un ruidoso deslizamiento con solo dar un mal paso, de modo que el equipo se movió con cautela, cubriéndose entre ellos y con una persona vigilando constantemente el pueblo atento a la menor señal de movimiento. Los visores de infrarrojos les proporcionaban una ventaja sobre el paisaje y la oscuridad mientras avanzaban igual que espectros bajo el pálido resplandor de una milimétrica porción de luna.

Cabrillo los condujo hasta el pueblo, pegados a las paredes, aunque no tanto como para que sus uniformes rozaran contra la tosca piedra. Una vez alcanzaron un punto preestablecido, se detuvo y se colocó en cuclillas. A continuación señaló a Linda y a Eddie antes de indicarles que serían ellos quienes rescatasen a Seti en tanto que Linc y él se ocuparían del cautivo mejor protegido.

Mientras el corpulento ex SEAL le cubría las espaldas, Juan se aproximó a la parte trasera de la casa donde habían llevado al soldado y echó un vistazo a través de la ventana. A pesar de la mugre que cubría el único panel de cristal pudo ver tres catres en la habitación. Dos de ellos estaban ocupados por los cuerpos tendidos de hombres dormidos. El tercero no tenía sábanas, lo que significaba que no era muy probable que hubiera otro tipo deambulando por ahí.

El prisionero tenía que estar en la habitación principal de la casa que, si eran fieles a la tradición, sería una mezcla de sala, comedor y cocina. Su única ventana estaba cerca de la puerta, de modo que iban a entrar prácticamente a ciegas.

Juan hizo un gesto con las manos, como si estuviera separando el agua.

Linc asintió y se desplazó hacia la izquierda de la casa mientras que Cabrillo hacía lo mismo hacia la derecha. Ambos se detuvieron al llegar a la esquina. Un minuto se convirtió en tres, y Juan comenzaba a estar preocupado. Habían tenido que coordinar su asalto con el otro equipo y estaba esperando a que Linda hiciera un solo clic en la radio táctica para indicarle que Eddie y ella estaban en posición.

Gracias a que estaba aguzando el oído pudo escuchar un lejano zumbido, como el de un mosquito al fondo de una amplia habitación. Reconoció el sonido y supo que tenían que actuar en el acto.

Aquello podía ser una bendición o una maldición, pensó justo cuando Linda hizo la señal de que estaban listos. Linc también había escuchado el clic y Juan y él se movieron con tanta sincronía que rodearon la esquina de la casa al mismo tiempo, avanzando al mismo paso y colocando las manos en la misma posición.

Los ochenta y dos kilos de peso de Juan y los ciento ocho de Linc se combinaron con la inercia cuando ambos se abalanzaron sobre los guardias sentados que estaban dormitando, golpeando la cabeza del uno contra la del otro con algo menos de fuerza de la necesaria para romper huesos. Ninguno llegó a saber lo que había sucedido, pasando de estar sumidos en un plácido sueño REM a un estado próximo al coma en una fracción de segundo. Dejaron a los guardias en el suelo, sin olvidarse de ocultar sus AK debajo de una carreta de madera repleta de heno.

Aguardaron un momento para ver si el alboroto había sido detectado. Juan todavía alcanzaba a escuchar aquel débil zumbido. Se señaló la oreja y luego hacia el cielo nocturno. Linc le miró de forma inquisitiva, sin comprender lo que le decía.

Entonces Juan extendió los brazos y los batió como un avión en pleno vuelo. Linc abrió los ojos como platos. Sabía tan bien como Juan que solo había un tipo de avión sobrevolando el norte de Waziristán: la nave espía Predator.

No había razón para pensar que aquel pueblo era el objetivo del avión no tripulado, pero tampoco para pensar lo contrario. Era posible que la inteligencia sobre el líder talibán que había llegado en el autobús se hubiera filtrado a través de la cadena de mando y que el CENTCOM tuviera un avión espía armado sobrevolando la zona en busca de un blanco de oportunidad.

No le preocupaba que lanzasen un misil Hellfire en esos momentos. El protocolo establecía de manera inequívoca que la confirmación de la posición del objetivo tenía que ser verificada antes de poder disparar. Esperarían hasta que amaneciera para utilizar las avanzadas cámaras de la nave y dar la alarma.

Juan sentía el imperioso deseo de llamar a Lang Overholt y pedirle al viejo espía que averiguase si había alguna operación en marcha en aquel pueblo, pero dos cosas se lo impedían. Una era que no podía arriesgarse a hablar estando tan cerca del objetivo; y la otra, que Overholt podría hacerle el vacío o, peor aún, podrían hacérselo a él.

Si quería que la Corporación continuara disfrutando de las mieles del éxito, necesitaban reconciliarse con Washington, y pronto.

Espió por la ventana y al no ver nada más que su espectral reflejo se percató de que el cristal había sido oscurecido. Se acomodó el rifle a la espalda y sacó la pistola automática con silenciador incorporado. Linc hizo lo mismo.

La puerta no tenía cerradura ni pestillo. No eran más que siete tablones mal cortados de madera sujetos por otros cruzados.

Cabrillo empujó con la mano enguantada para comprobar la resistencia. La puerta se movió ligeramente, por suerte las bisagras estaban engrasadas con sebo de animal para que no chirriaran. Era la primera vez durante toda la misión que empezaba a sentir los gélidos dedos de la aprensión. Estaban poniendo en peligro su deber principal por aquello, y si algo salía mal, sería Setiawan Bahar quien pagara las consecuencias.

Empujó la puerta con algo más de fuerza y echó un vistazo a través de la rendija con sus gafas de visión nocturna. No había luz suficiente para que el sofisticado sistema electrónico captara los detalles, de modo que abrió un poco más la puerta. Notó que topaba contra algo que había en el suelo. Después de quitarse el guante, se puso en cuclillas y metió el brazo. Sus dedos tocaron algo frío y cilíndrico. Exploró el objeto y encontró otros dos iguales. Eran latas metálicas que formaban una pequeña pirámide. De haber abierto más la puerta, las latas habrían caído. Debían de contener canicas o conchas vacías para que sonaran al derrumbarse. Una sencilla alarma casera contra ladrones.

Juan cogió la lata de encima y la sacó, haciendo lo mismo con las otras dos. Entonces pudo abrir la puerta lo suficiente para que sus gafas de infrarrojos percibieran los detalles. Una fotografía grande de Osama bin Laden adornaba la pared del fondo junto a la puerta que daba al dormitorio. Vio una chimenea de piedra que llevaba tiempo apagada, una mesa baja sin sillas alrededor sobre una alfombra raída, algunas ollas y sartenes y unos bultos cubiertos de barro que supuso que eran de ropa. Había otra cama montada a mano derecha y otro guardia dormido contra la piedra y con un AK-47 sobre el regazo.

Frente a él se encontraba una segunda silueta poco definida. A Juan le llevó unos segundos dilucidar que se trataba de un hombre tendido en el suelo. Estaba de espaldas a él y hecho un ovillo, como si se protegiera el abdomen para no recibir patadas. Pisotear al prisionero era una costumbre entre los talibanes.

A diferencia de lo que sucedía en las películas, donde el sonido de una pistola con silenciador no era mayor que el de una cerbatana, la realidad era que un disparo hecho allí despertaría al hombre que se encontraba en el dormitorio y seguramente también a los vecinos.

Cabrillo entró en la casucha moviéndose despacio, pero sin vacilar. Se quedó inmóvil a medio paso cuando el guardia dormido resopló y chasqueó los labios. Podía escuchar los profundos ronquidos procedentes de la otra habitación. El guardia cambió de posición para ponerse más cómodo y volvió a quedarse profundamente dormido. Tras cubrir la escasa distancia que le quedaba, Juan se acercó al hombre y le asestó un golpe en la arteria carótida con el canto de la mano. El impacto cortocircuitó el cerebro del guardia el tiempo necesario para cortarle el suministro de aire a fin de dejarlo inconsciente.

Linc ya se había puesto manos a la obra. Cortó con su cuchillo los precintos de plástico que sujetaban los tobillos y las muñecas del prisionero mientras le tapaba la boca con su mano grande y carnosa para impedir que gritase.

El cautivo se puso rígido por un instante, a continuación se colocó boca arriba sin que Lincoln apartara la mano. Estaba demasiado oscuro para que viera lo que estaba sucediendo, de modo que se acercó su oreja y le susurró:

—Amigo.

Sintió que el hombre asentía, de modo que apartó la mano y ayudó al prisionero a levantarse. Se pasó el brazo del tipo sobre un hombro y, con Juan cubriéndoles las espaldas, apuntando a la puerta del dormitorio con la pistola, escaparon de la casa.

El prisionero cojeaba de forma ostensible a pesar de que Linc aguantaba gran parte de su peso. Los tres se alejaron del edificio manteniéndose al amparo de las sombras. Cabrillo había cambiado de nuevo a su rifle de asalto. Una vez llegaron a la plaza próxima a la mezquita se pusieron a cubierto detrás de un muro de piedra. Desde allí podían ver el autobús de estridentes colores aparcado en la calle. La luz de la luna daba un aspecto siniestro a los dibujos de la pintura.

—Gracias —susurró el cautivo con un marcado acento sureño—. No sé quiénes sois, pero gracias.

—No nos des las gracias hasta que estemos a salvo lejos de aquí —le aconsejó Cabrillo.

Un movimiento calle abajo captó la atención de Juan. Se acercó la mira del arma al ojo, con el dedo apoyado justo al lado del seguro. Un solo clic en el auricular de la radio le dijo que Linda y Eddie habían rescatado al muchacho. Miró con mayor atención. Ahí estaban, al final de la calle. Les respondió con un doble clic y los dos grupos se reunieron cerca del autobús.

Habían utilizado sedantes para dejar inconsciente a Seti, suponiendo que sería más fácil cargar con él a peso muerto que arriesgarse a que se pusiera a gritar presa del pánico. Linc tomó al chico que llevaba Eddie Seng pues, aunque su fuerza engañaba, este era bastante más menudo, y se lo cargó al hombro como lo haría un bombero. Eddie se colocó una delgada linterna en la boca, se coló por la puerta de acordeón del autobús y se dispuso a hacerle un puente.

Cabrillo escudriñó el cielo, con la cabeza ladeada para captar el sonido del Predator que estaba seguro que seguía ahí arriba. ¿Los estarían observando en esos momentos? Si era así, ¿qué pensaban los operadores de la base de las Fuerzas Aéreas de Creech en Nevada? ¿Eran un objetivo seleccionado y el operador del avión espía estaba en ese instante poniendo el dedo sobre el botón que lanzaría el letal misil antitanques Hellfire?

—¿Algún problema? —le preguntó a Linda para no darle más vueltas a algo sobre lo que no tenía el más mínimo control.

—Ha sido pan comido —respondió con una sonrisita jactanciosa—. Soltamos el gas anestésico, esperamos a que surtiera efecto y luego solo tuvimos que entrar y coger al chico. He dejado una ventana un poco abierta para que el gas se disipe. Despertarán con un dolor de cabeza monumental y sin saber qué ha pasado con su futuro mártir.

—¿Cuántos había en la casa?

—Los padres y dos de los hijos, además de Seti y su primo. —Una expresión preocupada apareció en el rostro de Cabrillo. Linda agregó—: A mí también me pareció extraño. ¡Ni un solo guardia! Pero es que los dos indonesios están aquí porque se han ofrecido voluntarios. No había necesidad de guardias.

—Claro —dijo Juan de manera pausada—, es posible que tengas razón.

—Ya está —anunció Eddie desde debajo del asiento del conductor, con una maraña de cables en la mano. Lo único que tenía que hacer era juntar dos de ellos y aquel gran vehículo diésel cobraría vida.

Era evidente que el ruido del motor atraería la atención, así que una vez que hubiera hecho el puente tendrían que largarse de allí tan rápido como pudieran.

Ataron a Setiawan a un asiento utilizando uno de sus arneses de combate. El prisionero, cuyo nombre no se habían molestado en preguntar, estaba en la fila de atrás. Linc y Linda ocupaban los dos primeros asientos, de modo que Cabrillo se posicionó en la parte trasera para poder cubrir la retaguardia.

Justo entonces se desató el infierno.

Un grito se alzó sobre el pueblo dormido procedente del lugar donde había estado retenido el soldado. Uno de los guardias que habían noqueado había recuperado la consciencia.

—¡Eddie, vamos! —vociferó Juan. Tenían un minuto o menos antes de que los hombres de la tribu se organizaran.

Seng juntó los dos cables creando un diminuto circuito eléctrico y acto seguido los retorció para que siguieran unidos. El motor hizo amago de ponerse en marcha, pero no arrancó. Sonaba igual que una lavadora con una piedra dentro. Pisó suavemente el acelerador, tratando la máquina con delicadeza, pero nada. Antes de que se calara, Eddie separó los cables, esperó un par de segundos y lo intentó de nuevo.

El motor rugió, pero se negó a arrancar.

Cabrillo no estaba pendiente del drama que tenía lugar en la parte delantera del autobús, sino que tenía los ojos clavados en la ventana trasera, atento a cualquier señal que indicara que los habían visto. De pronto surgió una figura de un angosto callejón entre dos casas. Juan se llevó el REC7 al hombro y disparó. Una lluvia de cristales cayó al suelo del vehículo mientras que las balas impactaban en la tierra a los pies del hombre. Las polvaredas levantadas por los proyectiles detuvieron en seco al tipo haciendo que perdiera el equilibrio y que cayera al suelo.

Juan se percató de que el hombre no se había tomado el tiempo de coger un arma antes de salir a investigar el ruido del motor. Podía haberle matado de un tiro, pero en vez de eso dejó que se arrastrara hasta ponerse a cubierto.

—¿Eddie? —gritó Cabrillo por encima del hombro, seguro de que el eco de los disparos había despertado a todos los *yihadistas* en un radio de casi un kilómetro a la redonda.

—Dame un segundo —respondió Seng, aunque en su voz no se apreciaba la menor tensión. Así era Eddie: frío en cualquier circunstancia.

Cabrillo escudriñó las calles lo mejor que pudo. Vio que en algunas de ellas se encendía una luz en las ventanas. Todo el pueblo iba a ir tras ellos en cuestión de minutos. Aunque el autobús les proporcionaría una buena posición defensiva, el equipo carecía de munición para un tiroteo prolongado. Si no salían de allí en los próximos segundos, jamás lo harían.

El motor arrancó y Eddie no le dio tiempo ni para calentarse antes de meter la marcha con dificultad y pisar el acelerador. El viejo autobús dio una sacudida como si fuera un rinoceronte asustado, desplazando la gravilla bajo sus desgastados neumáticos.

Un par de guardias salieron del mismo callejón que el primer hombre y abrieron fuego como locos, con el arma a la altura de la cadera, dando rienda suelta a su incontrolable furia. Ni una sola bala alcanzó el vehículo, pero mantuvieron a Juan tendido en el suelo, y cuando asomó la cabeza para tener una imagen visual, los hombres habían doblado la esquina. Disparó tres veces para mantenerlos a raya.

Aquel autobús tenía la aceleración de un caracol anémico, por lo que quedaron expuestos a los disparos procedentes de callejones y de detrás de muros de piedra mientras salían lentamente de la plaza. Una andanada barrió la hilera de ventanas haciéndolas añicos y provocando que una lluvia de cristales cayera en el interior. El ataque cesó de manera inexplicable, si bien las balas continuaron rebotando contra el techo y el capó que protegía el motor.

Y entonces pasaron a toda velocidad por delante de la mezquita donde el imán de barba canosa los contempló con estoicismo. Juan siguió vigilando junto a la ventana trasera para comprobar si alguien los seguía. Varios contendientes llegaron a la carretera principal, alzando los rifles por encima de sus cabezas como si hubieran obtenido una gran victoria.

Que pensaran lo que quisieran, musitó Juan mientras se dejaba caer en uno de los duros asientos. Hacía mucho que el relleno había desaparecido y podía sentir una barra metálica del armazón clavándosele en la carne. Aquella pequeña molestia hizo que se acordara del problema de mayor calado al que podrían tener que enfrentarse. El autobús pertenecía a un oficial superior de los talibanes, que ahora estaba seguro de reconocer aunque no recordaba el nombre. Había muchas probabilidades de que el ejército estadounidense lo tuviera bajo vigilancia. Y aunque era muy posible que no entendieran lo que acababa de pasar en el poblado, si querían muerto a aquel tipo, ese era el momento de que el avión espía lanzara el misil.

Regresó a toda prisa a la destrozada ventana trasera y observó el cielo. Eddie le vio a través del rajado espejo retrovisor que había frente al asiento del conductor.

—¿Ves alguna cosa?

—Nada en tierra, pero me pareció oír a un Predator cuando estábamos esperando para entrar, y si mi corazonada no se equivoca, el techo de este autobús es un blanco que no pasa desapercibido.

Una vez que el pueblo quedó atrás, la carretera discurría por el valle durante los primeros tres kilómetros, con amplios campos de cultivo a ambos lados. Juan había estudiado los mapas topográficos antes de la misión y gracias a ello sabía que más adelante se volvía empinada y con una docena de pronunciadas curvas. A la izquierda del camino se encontraba la pared del cañón en tanto que a la derecha el paisaje se cortaba en un abrupto precipicio. Una vez que llegaran a aquella sección no tendrían la más mínima maniobrabilidad.

Si fuera él quien estuviera al mando en Creech esperaría hasta que estuvieran a media bajada y entonces soltaría el Hellfire. Con eso presente, gritó por encima del estruendo del motor:

—¡Eh, soldado!

—¿Me dice a mí? —preguntó el hombre rubio.

—Conozco el nombre de los aquí presentes, de modo que sí. ¿Podrías recorrer unos veinticinco kilómetros a pie?

Cabrillo valoró que el tipo se tomara un momento para pensar su respuesta.

—No, señor. Lo siento, pero me han estado apaleando desde que me cogieron. No tengo nada roto, pero sí muchos desgarros. —Se levantó la camisa para mostrar un buen número de oscuros hematomas por todo el pecho y el abdomen a juego con el moratón del ojo izquierdo—. Tal vez pueda hacer ocho kilómetros en terreno llano, pero en estas montañas no conseguiré hacer ni uno.

—¿Por qué lo preguntas? —quiso saber Linda.

—El cañón puede convertirse en una trampa mortal si tenemos al Predator justo encima. Me estoy planteando deshacernos del autobús y volver a nuestro plan original.

Pedirle a Linc que cargase con el tipo sería demasiado, aunque Juan sabía que el grandullón lo intentaría con todas sus fuerzas. Consideró la posibilidad de realizar la caminata por etapas, pero cuanto más tiempo permanecieran en aquella región, mayor riesgo correrían de ser descubiertos por las innumerables patrullas de talibanes.

—Director, tenemos un problema —dijo Eddie de repente—. Veo unos faros aproximándose.

Cabrillo maldijo entre dientes. Pensar en ello había hecho que sucediera.

Las únicas personas que transitaban las carreteras a esas horas eran talibanes o aliados de al-Qaeda.

—¿Qué quieres que haga?

—Mantén la calma. Tal vez nos dejen en paz.

Los haces de luz gemelos brincaban en la oscuridad a unos ochocientos metros por delante de ellos en aquella carretera llena de baches. Entonces los faros iluminaron de un lado a otro el renqueante autobús al virar, deteniéndose acto seguido. El conductor había apostado el vehículo formando un control policial.

La buena suerte que les había acompañado al escapar del poblado se les había acabado.

—Y ahora ¿qué?

—Dame un segundo —respondió Juan con la misma serenidad que Eddie había mostrado antes—. ¿Qué clase de vehículo llevan?

—Para cuando sea capaz de distinguirlo ya será demasiado tarde —replicó Seng.

—Tienes razón —adujo Juan con aire sombrío.

Pese a que hablaba el árabe tan bien como un nativo de Riyadh, dudaba que fuera capaz de conseguir que se lo tragasen y poder superar el puesto de control, no con un tipo de etnia china, uno de color, un muchacho indonesio y una chica con toda la pinta de ser americana.

—Sortéalos y reza para que no haya un campo de minas junto a la carretera. Armas preparadas.

—Señor director —dijo el desconocido—. El dedo del gatillo lo tengo perfectamente.

Juan se acercó y le entregó su FN Five-seveN.

—¿Cómo te llamas?

—Lawless —dijo—. MacD Lawless. Era soldado de asalto antes de pasarme al sector privado.

—¿MacD?

—Diminutivo de MacDougal. Mi segundo nombre, que es mínimamente mejor que el primero.

—¿Cuál es?

El tipo era guapo, y cuando sonreía parecía salido de un cartel de reclutamiento o un modelo de Calvin Klein.

—Se lo diré cuando le conozca mejor.

—De acuerdo —convino Juan echando un vistazo por el parabrisas.

Gracias al tenue resplandor de los faros del autobús alcanzó a ver que se trataba de una camioneta que se había atravesado para bloquear la carretera de un solo carril. Había tres hombres parados delante de ella, con las cabezas cubiertas por turbantes y las armas apuntando hacia ellos, y dos combatientes más en el remolque descubierto; uno agachado sobre una pesada ametralladora; el otro, listo para suministrar una cinta de munición que sujetaba como si de un bebé se tratara.

—Si nos disparan con eso estamos perdidos —farfulló Linc.

—Parece que estos tipos no saben que este es el autobús mágico y misterioso de Aladino el talibán —bromeó MacD.

La opinión que Cabrillo tenía del hombre mejoró. Le caía bien cualquiera que fuera capaz de hacer chistes malos antes de entrar en combate.

—Voy a desviarme a la izquierda para que la cabina de la camioneta quede entre esa vieja PKM rusa y nosotros.

Juan sabía hacia dónde iba a girar antes de que Eddie lo dijera, puesto que era lo más lógico desde un punto de vista táctico, de modo que ya se había agazapado bajo una ventanilla en la parte derecha del autobús, con el cañón del rifle asomando por encima del desportillado marco cromado. Sintió en la boca el regusto metálico de la adrenalina que corría por su organismo.

3

Faltaban dieciocho metros para llegar. Eddie continuó su camino, aunque había reducido un poco la velocidad para que los hombres encargados del control policial creyeran que iba a detenerse. Ninguno de los tipos que tenía delante parecía excesivamente preocupado aún, pero cuando se acercaron, uno de los soldados levantó la mano en alto en un gesto universal que indicaba que debían hacerse a un lado.

Aquella fue la señal que Seng estaba esperando. Pisó el acelerador y con mucho cuidado hizo bajar el autobús por el estrecho arcén de gravilla. Las piedrecillas sueltas rechinaban bajo el pesado vehículo dejando una gran polvareda a su paso.

Los talibanes ni siquiera aguardaron un segundo ante aquella afrenta a su autoridad y empezaron a disparar. El armazón del motor absorbió disparo tras disparo mientras las balas impactaban en el parabrisas cuarteándolo antes de que estallara por completo. Eddie sufrió una serie de pequeños cortes cuando los vidrios alcanzaron la piel de su rostro.

El equipo de la Corporación respondió a la agresión acribillando la camioneta de un parachoques al otro. Si aquel terreno hubiera sido menos irregular podrían haber acertado a un blanco concreto, pero desde un vehículo en marcha, y estando tan cerca, tenían que disparar a bulto.

El interior del autobús se llenó de una fina neblina de residuos de pólvora y cristal pulverizado mientras los dos bandos intercambiaban disparos letales casi a bocajarro. El hombre que disparaba la ametralladora montada sobre un afuste cayó cuando Linc vació casi un cargador entero en su dirección, aunque el que sujetaba la munición resultó milagrosamente ileso. Los otros tres hombres se habían tirado cuerpo a tierra y la parte inferior de su propia camioneta les bloqueó la vista cuando el autobús pasó por su lado.

Acababan de pasar cuando el encargado de la munición reemplazó a su camarada detrás de la ametralladora y abrió fuego. Con casi el doble de carga explosiva que un AK-47, las descargas de la PKB parecían balas antiblindaje. La parte trasera del viejo autobús escolar recibió dos docenas de agujeros humeantes: los proyectiles eran tan potentes que atravesaron un par de hileras de asientos antes de perder fuerza. Algunos recorrieron el vehículo entero. Si Eddie no hubiera conducido como un anciano por Florida, con solo sus manos a la vista, habría recibido dos balazos en la parte posterior del cráneo.

—¿Estáis todos bien? —gritó Juan, cuya capacidad auditiva estaba mermada por el ensordecedor estruendo del tiroteo.

Cuando su gente le informó que estaba ilesa, Cabrillo echó un vistazo al joven Setiawan Bahar. El adolescente continuaba sumido en un estado de inconsciencia inducido por las drogas. Algunos fragmentos de cristal le habían caído encima pero, aparte de eso, daba la impresión de que estuviera durmiendo en su cama, allá en Yakarta.

—¿Nos persiguen? —preguntó Eddie—. Todos mis retrovisores se han ido a la mierda.

Cabrillo miró hacia atrás. El puesto de control se encontraba a poca distancia, pero podía distinguir las siluetas recortadas a la luz de los faros. Era evidente que los hombres se estaban organizando para dar caza al autobús y acabar lo que habían empezado. Su camioneta tenía más velocidad, maniobrabilidad y potencia que aquella cafetera.

Habían tenido suerte de pasar el puesto de control. Juan

también sabía que esa suerte era efímera a lo sumo, y absolutamente caprichosa la mayoría de las veces.

—Pues claro que vienen.

—Espera —dijo Eddie de pronto.

Parecía que el autobús se había montado en un ascensor expreso que caía en picado. Habían llegado al punto donde la carretera iniciaba un extenuante descenso en zigzag. Cualquier idea de abandonar el autobús antes de alcanzar la zona en que serían un objetivo potencial se esfumó de la mente de Juan. Ya era demasiado tarde, más aún teniendo a los talibanes tras ellos como si el tipo de la bandera a cuadros hubiera dado la salida a la carrera de las Quinientas Millas de Indianápolis.

De la camioneta en marcha salió una andanada de balas trazadoras que se dirigían hacia el veloz autobús, dejando una estela fosforescente a su paso. Tenían un gran alcance, pero no precisión. El tirador debía de estar teniendo apuros para mantenerse en el vehículo, sin contar con el esfuerzo que requería manejar la pesada ametralladora.

En la parte frontal del autobús, Eddie forcejeaba con el volante como un loco, sin atreverse a apartar la mirada para echar un vistazo a lo que había a la derecha. La carretera serpenteaba al borde del cañón y pegada a lo largo de una pared de piedra como si estuviera sacada de un antiguo episodio del Correcaminos. Qué no daría por tener un cohete marca Acme a mano en esos momentos.

La pared de piedra pasó volando a escasos centímetros de las ventanillas de la izquierda. Bajo la luz plateada de la luna, el panorama que se extendía a la derecha parecía un pozo sin fondo. Juan no podía imaginar que la vista desde la cima del Everest pudiera ser mucho más amplia que aquella. Si estiraba el cuello podía ver la carretera abajo, allí donde formaba una pronunciada «ese». MacD Lawless se unió a él junto a la destrozada puerta trasera. Tenía el REC7 de Eddie y los bolsillos del muslo de sus pantalones de camuflaje llenos de cargadores de repuesto.

—Imagino que su hombre no puede conducir y disparar a la vez. —Le entregó a Juan su pistola—. Un buen ejemplar, pero pienso que esta Barrett es más indicada para la situación en que nos encontramos.

Tenía un acento que Juan no acertaba a situar.

—Nueva Orleans —respondió Lawless cuando le preguntó, pronunciándolo de forma cerrada.

—*The Big Easy*. La facilona.

—Casualmente, eso mismo puede decirse de mi hermana. —Lawless esbozó su bonita sonrisa—. En realidad no tengo hermanas, pero me encanta ese chiste.

Aquel respiro duró otro segundo hasta que la camioneta dobló una curva tras ellos y el tirador tuvo de nuevo un blanco. Las balas rebotaban en la pared del cañón y volaban por el valle, algunas incluso encontraron su objetivo perforando más agujeros en la parte trasera del autobús.

Lawless se mantuvo impasible mientras disparaba con lentitud, sin vacilar. Cuando Linc y Linda se unieron a ellos, los cuatro vaciaron un cargador en la polvorienta carretera, lo que al parecer bastó para disuadir al conductor de la camioneta, pues disminuyó la velocidad hasta que el autobús les sacó una curva de ventaja.

Eddie pisó el freno sin previo aviso y dio un brusco volantazo. El autobús derrapó clavándose en la tierra al tomar la primera de las curvas cerradas. El neumático exterior del doble eje trasero quedó suspendido en el aire durante un instante antes de que Eddie pudiera volver a plantar todas las ruedas en la carretera. Los cuatro que iban al fondo del autobús se vieron lanzados como muñecas de trapo. Linc perdió la consciencia después de darse en la cabeza contra un poste metálico, a Linda le sangraba la nariz y Juan propinó sin querer un cabezazo a MacD haciéndole expulsar el aliento de golpe.

El conductor de la camioneta no se había detenido debido a sus disparos, sino que había reducido la velocidad a sabiendas de que se aproximaba a la curva.

Una lluvia de balas perforó el delgado techo del autobús. El conductor se había detenido al borde del precipicio para que el hombre de la ametralladora pudiera tirotearlos. No tenían dónde esconderse ni ponerse a cubierto. Los potentes proyectiles atravesaron el suelo sin apenas detenerse. Solo la suerte y el acelerón de Eddie les libraron.

Juan comprobó de inmediato cómo estaba Setiawan, y vio que continuaba durmiendo plácidamente.

Enseguida aparecieron los faros de la camioneta bajando por la curva y lanzándose una vez más en su persecución.

—¿Te gusta apostar, director? —preguntó Lawless mientras tomaba aliento para llenar los pulmones—. A mí sí, y creo que nuestras probabilidades se están yendo a la mierda.

Juan no tenía más remedio que estar de acuerdo. La situación tenía que explotar por algún lado, y pronto. En la siguiente curva no iban a tener tanta suerte.

—Rebuscad por aquí —gritó—. A ver si encontráis algo en este montón de chatarra que podamos usar.

Todos se pusieron a mirar debajo de los asientos. Juan sacó como pudo un baúl que estaba metido bajo uno de los bancos. Estaba cerrado con un candado de hierro que parecía haber sido forjado cuando su antepasado y tocayo descubrió California. Sacó su pistola, apuntó a cierta distancia, ladeándola, y disparó. La bala destrozó la cerradura de hierro y rebotó sin causar ningún otro daño.

Dentro había varios *burkas* de mujer, pero a juzgar por el tamaño debían de haber sido confeccionados para que los hombres pudieran utilizarlos como disfraces. Cabrillo consideró que se trataba de un truco de cobardes, aunque efectivo. Bajo aquellas sosas ropas encontró un cinturón hecho con bloques de explosivo plástico, saquetes llenos de trozos de metal para que hicieran las veces de metralla y un temporizador que iba colocado en la parte superior de la espalda para que el futuro mártir no pudiera desactivarlo. El cinturón se ponía de un modo que el terrorista no pudiera quitárselo.

Juan se preguntó si lo habían llevado al poblado para Seti y llegó a la conclusión de era muy posible que así fuera. La ira le atravesó, produciéndole una quemazón cáustica que le formó un nudo en la garganta e hizo que los hombros se le pusieran tan rígidos como un armazón de hierro.

—Hagas lo que hagas —gritó Eddie por encima del viento que se colaba en el autobús plagado de balazos—, que sea rápido. Ahí viene otra curva.

Cabrillo y Lawless se miraron a los ojos durante un momento con la misma idea en mente.

—¿Cuánto tiempo calculas? —preguntó MacD.

—Tiene que bastar con cuarenta y cinco segundos. —Juan manipuló el temporizador para ajustarlo, pero no lo activó hasta que casi habían llegado a la curva.

Cabrillo presionó el botón para poner en marcha el reloj y arrojó la bomba por la ventana. Eddie pisó el freno a fondo mientras sujetaba el volante con todas sus fuerzas, ya que el autobús carecía de dirección asistida. Tal como había sucedido antes, la carretera descendía en una doble curva cerrada.

El autobús giró bruscamente levantando la grava del camino con los neumáticos; la fuerza centrípeta originada por la temeraria maniobra de Seng restó adherencia de las ruedas interiores haciendo que se despegaran del suelo. No tardaron en tocar tierra de nuevo y Seng aceleró.

La camioneta de los talibanes se había detenido igual que hiciera en la primera curva para que la ametralladora pudiera abrir fuego sobre el tejado expuesto del autobús. El tirador acababa de inclinar hacia abajo el arma a fin de que el cañón apuntara hacia ellos, y se disponía a aplicar la presión necesaria en el gatillo cuando la bomba, que había aterrizado a un lado de la carretera, oculta por la oscuridad a menos de metro y medio de distancia, estalló formando una humeante bola de fuego y metralla.

La vieja camioneta Toyota voló por los aires y cayó en picado por el escarpado terraplén hacia la carretera de abajo. El tirador había desaparecido en la deflagración en tanto que el conductor y uno de los pasajeros salieron disparados por una ventana abierta cuando el vehículo aterrizó boca abajo.

Había llegado el momento en que MacD Lawless podía salvarles la vida a todos o matarlos.

A diferencia de los otros, que miraban la camioneta para comprobar si iba a estrellarse contra el autobús mientras daba vueltas de campana montaña abajo, él dirigió la vista hacia el valle y divisó un extraño fogonazo circular en el cielo. El miembro del comando «Nintendo» de Creech, sentado ante la pantalla de su ordenador al mando de su joystick, había recibido la autorización de lanzar el misil Hellfire que portaba el Predator.

Lawless no malgastó saliva en gritar, sino que echó a correr. Llegó al asiento del conductor en poco más de un segundo después de pasar volando junto al aturdido Franklin Lincoln. Acto seguido agarró el volante antes de que Eddie se diera cuenta siquiera de que estaba allí y pegó un brusco volantazo.

El neumático delantero se hundió en el blando arcén cuando se salió de la carretera, seguido rápidamente por las ruedas traseras, y luego el vehículo volcó arrojando a los ocupantes contra el lateral derecho. Los cristales se hicieron añicos, pero antes de que ninguno de los pasajeros cayera contra el duro suelo, el autobús rodó de nuevo hasta quedar boca abajo.

Al cabo de un instante, el Hellfire, con su carga hueca de poco más de ocho kilos, impactó contra la ladera en el punto exacto donde habría estado el autobús. La explosión fue como la erupción de un volcán en miniatura, y arrojó una nube de polvo y escombros del agujero que había perforado en la piedra.

Igual que un tren fuera de control, el autobús se deslizó por el empinado terraplén zarandeando y sacudiendo de un lado a otro a sus indefensos pasajeros. Unos matorrales frenaron su avance justo cuando estaba a punto de despeñarse por el borde de la carretera hacia el precipicio. El autobús se puso de lado laboriosamente y luego hincó las cuatro ruedas en la carretera. Después del clamoroso estruendo de la vertiginosa caída, el silencio era atronador.

—¿Estáis todos bien? —voceó Juan después de recuperarse. Le dolía todo el cuerpo.

—Creo que estoy muerto —respondió Linc con voz temblorosa—. Por lo menos así es como me siento.

Cabrillo encontró un REC7 en el suelo y encendió su potente luz táctica. Linc tenía algo de sangre justo donde tendría el nacimiento del pelo si dejara de afeitarse la cabeza. Enseguida divisó a Linda saliendo de entre dos hileras de asientos y masajeándose el pecho.

—Creo que ahora tengo una talla menos de sujetador.

Juan enfocó la luz hacia Seti. El chico tenía un chichón en la cabeza por haberse golpeado contra la pared cuando el autobús volcó por primera vez, pero el arnés que habían improvisado le había mantenido bien sujeto en su asiento y las drogas le habían evitado vivir el horror de lo que acababa de suceder. Envidiaba al chaval.

—Eddie, ¿te encuentras bien? —preguntó Cabrillo cuando llegó a la parte delantera del autobús. Seng estaba embutido debajo del asiento cerca de los pedales del vehículo.

—Siento un nuevo respeto por cualquier cosa que entra en una secadora de ropa —declaró mientras se liberaba.

MacD Lawless estaba caído en el hueco de la escalera. Juan se agachó para comprobar sus constantes, poniendo dos dedos sobre su cuello para buscarle el pulso. Y lo encontró, fuerte y regular. Acababa de apartar la mano cuando el soldado comenzó a despertar.

—Bueno —dijo Juan—, en poco más de una hora hemos pasado de salvarte el culo a ser tú el que nos lo salve a nosotros. Me parece que podría ser un récord.

—No te ofendas —replicó arrastrando las palabras—, pero volvería a pasar por todo esto si no doliera tanto.

—Estás bien. —Cabrillo esbozó una amplia sonrisa y agarró la mano que MacD le tendía—. Y si no… bueno, es culpa tuya. —Adoptó una expresión seria—. ¿Cómo diablos lo viste? ¿Y cómo pudiste moverte tan rápido?

—Hum, suerte. —MacD dejó que Juan le ayudara a levantarse. Luego le devolvió la sonrisa—. Y miedo.

—¿Cómo te encuentras?

—Bien —respondió Lawless—. Lo siento, pero lo único que se me ocurrió fue agarrar el volante.

—Tomaste la decisión correcta —le aseguró Juan—. Disparatada, pero correcta.

—Marion —dijo Lawless.

—¿Qué?

—Mi primer nombre. Me habéis salvado la vida; yo he salvado las vuestras. A mi modo de ver eso nos convierte en lo bastante íntimos como para que os confiese que me llamo Marion MacDougal Lawless III.

Cabrillo reflexionó sobre aquello durante un momento.

—Tienes razón. MacD es mejor. —Los dos se estrecharon la mano de manera formal. Juan se volvió hacia Eddie—: ¿Puede seguir esta vieja bañera?

Seng respondió conectando de nuevo los cables y acelerando.

—Ya no los fabrican como antaño.

El autobús tenía un eje trasero doblado, por lo que este se bamboleaba como un caballo cojo, pero Eddie les aseguró que estarían en Islamabad cuando saliera el sol.

4

Brunei

Surgían del mar como castillos modernos, protegidos por el foso más grande del mundo. Plataformas petrolíferas inmensas y desgarbadas sobre gigantescos pilares salpicaban el océano, con altas chimeneas que escupían lenguas de fuego. Un vistazo al horizonte reveló dos docenas de monstruosidades, aunque había cientos justo más allá del horizonte.

Los vastos campos petrolíferos hacían de aquel diminuto sultanato en la costa norte de la isla de Borneo uno de los países más ricos del mundo y de su gobernante, uno de los individuos más acaudalados.

Los helicópteros sobrevolaban el lugar transportando hombres y material hasta las plataformas de producción y perforación mientras que sólidas barcazas surcaban el mar entre unas y otras. En uno de esos helicópteros, un Robinson R22 perteneciente al ministro de Energía, viajaba un inspector hasta una de las plataformas más grandes para realizar la revisión anual. Su nombre era Abdullah. Como era corriente en esa parte del mundo, no tenía apellido.

De complexión menuda, y con solo veintiséis años, era nuevo en el trabajo; aquella era la tercera vez que realizaba dicha inspección. En realidad no iba a ser él quien se encargara de la supervisión principal. Otro equipo le seguiría un par de horas más tarde. Su trabajo consistía en recoger y ordenar las montañas de papeleo que el ministerio exigía a cada una de las plataformas ubicadas en sus aguas territoriales. Era el trabajo sucio que correspondía a su estatus de novato. Pero sabía que sería generosamente recompensado una vez que tuviera antigüedad; los inspectores veteranos ganaban un salario de seis cifras y vivían en mansiones con criados y chófer.

Vestía un resistente mono a pesar de que no iba a ver nada que no fuera el despacho de administración de la plataforma, y llevaba un casco de plástico duro sobre el regazo. Sus botas tenían refuerzo de acero en la puntera, como mandaba el reglamento. No fuera a ser que se aplastara los dedos de los pies bajo una avalancha de documentos.

El piloto no había dirigido más de diez palabras a Abdullah desde que despegaron, así que cuando oyó ruido en los auriculares se volvió para comprobar si el tipo le estaba hablando.

Vio horrorizado que el piloto se agarraba un lado de la cabeza. Sin nadie que gobernara los mandos, el helicóptero de dos plazas empezó a caer en picado. Durante un fugaz instante Abdullah pensó que el piloto, veterano a juzgar por su aspecto, se estaba divirtiendo a costa del inspector novato, pero entonces el hombre se desplomó contra la puerta de su lado; su cuerpo se mantuvo erecto gracias a los cinturones de seguridad.

El helicóptero comenzó a rotar sobre su eje.

Abdullah se sorprendió al recordar la formación elemental que había recibido. Agarró la palanca de control situada a su lado y colocó los pies en los pedales. Aplicó con suavidad contrapresión en el pedal para corregir la rotación y darle al aparato más potencia a fin de ganar altitud. Al cabo de unos veinticinco segundos había conseguido estabilizar en cierta medida el helicóptero, pero no volaba ni remotamente tan bien como cuando el piloto lo había gobernado.

Echó un vistazo al hombre. Este seguía desplomado, y aunque no había empezado a palidecer, Abdullah sabía que estaba muerto. A juzgar por la forma en que se había agarrado la cabeza dedujo que había sufrido un derrame cerebral.

El sudor resbalaba por la frente de Abdullah y tenía un nudo en el estómago. La plataforma a la que se dirigían se encontraba aún a treinta millas de distancia, en tanto que su base estaba a veinticinco en la dirección contraria. No se engañaba pensando que podría mantener el aparato en el aire durante tanto tiempo. Su única alternativa era intentar aterrizar en una de las plataformas cercanas.

—Hum, *mayday*, *mayday*, *mayday* —dijo sin saber si las radios estaban sintonizadas en la frecuencia correcta, y menos aún si sus auriculares podían acceder a la radio. No hubo respuesta.

Cuando examinó el panel de control para ver qué podía hacer, perdió la concentración durante un instante y el helicóptero comenzó a girar de nuevo. Presa del pánico, se excedió en la compensación y perdió altitud. El altímetro indicaba que estaba a más de ciento cincuenta metros, pero daba la impresión de que el océano estuviera justo debajo de los patines de aterrizaje. Aflojó la presión sobre los mandos recordando que pilotar helicópteros requería de delicadeza. Tacto, le habían repetido de manera incesante durante el cursillo de dos días al que había asistido. Aunque no le habían permitido volar en solitario, Abdullah había aterrizado un aparato idéntico en dos ocasiones, y en ambas las manos del instructor nunca se habían separado más de un milímetro de los mandos.

Una vez que hubo estabilizado el aparato, dirigió la vista hacia el mar en busca de la plataforma petrolífera más próxima. Todas ellas contaban con un helipuerto en lo alto del edificio donde se encontraban los alojamientos o, más comúnmente, en un voladizo sobre el océano. Para su consternación, se encontraba en una de las pocas zonas del campo petrolífero y de gas que no estaba siendo explotado en la actualidad. Solo vio una a unas tres millas de distancia. Reconoció que se trataba de una vieja plataforma semisumergible. Bajo los cuatro sólidos pilares que la sustentaban y por debajo del agua, había dos enormes pontones que podían llenarse o vaciarse mediante control informatizado. Dicha plataforma podía ser remolcada a cualquier lugar del mundo. Una vez allí, los tanques de lastre podían llenarse para estabilizarla y colocar anclajes en el lecho marino para fijarla de nuevo. Lo más probable era que la plataforma estuviera abandonada. No vio ninguna reveladora columna de humo saliendo de la chimenea, y a medida que se aproximaba reparó en la herrumbre y la pintura descascarillada.

Se percató de que nada de eso tenía importancia. Una vez que hubiera aterrizado podría dedicar toda su atención a la radio y llamar pidiendo ayuda.

En medio de la monocromática pintura gris había un descolorido círculo amarillo con una «H» en su interior. Se trataba de la pista de aterrizaje, una plataforma de acero suspendida a más de treinta metros sobre el mar. No era sólida, sino poco más que una rejilla que permitía el paso del flujo de aire generado por las hélices del helicóptero, facilitando por tanto el aterrizaje.

Abdullah consiguió aproximar poco a poco el aparato. No se advertía movimiento en cubierta ni peones trabajando en el área de perforación; nadie salió de la zona habitacional para ver quién se acercaba. Era una plataforma fantasma.

Logró situar el helicóptero encima de manera inestable, reduciendo la potencia para descender sobre la plataforma. Dio gracias a Alá por que no hubiera viento. Mantener un helicóptero suspendido en el aire requería de la misma destreza y coordinación necesarias para sostener en equilibrio una pelota de ping-pong sobre una raqueta. Una brisa cruzada habría sido letal. El aparato se meneó de un lado a otro mientras lo hacía bajar. Deseó poder limpiarse el sudor de las palmas de las manos, pues los mandos se le escurrían por su causa y una gota resbalaba por su nariz.

Cuando estimó que solo le separaba de la plataforma poco más de un metro redujo la potencia de forma drástica. Pero como no estaba acostumbrado a tener que calcular la distancia vertical a través de la ventanilla de plexiglás que tenía a sus pies, resultó que la distancia era de tres metros.

El Robinson chocó contra la cubierta con tanta fuerza que rebotó y, al hacerlo, se inclinó hacia un lado. Las aspas del rotor colisionaron contra la parrilla de acero y los trozos que se desprendieron salieron despedidos hacia el mar.

La cabina del helicóptero se estrelló de costado contra la cubierta y por suerte se quedó así. De haber dado una vuelta de campana se habría precipitado al agua. Abdullah no sabía apagar los motores y su única preocupación era salir de la cabina. Todo aquel que viera tantas películas de acción como él era consciente de que los coches, aviones y helicópteros siempre explotaban después de estrellarse.

Se desabrochó el cinturón de seguridad y pasó por encima del cuerpo inerte del piloto; el temor dio paso al asco que le provocaba tocar un cadáver. El motor Lycoming de cuatro cilindros continuó rugiendo detrás de la cabina. Abdullah se las apañó para abrir la puerta del piloto, y la empujó hasta que quedó pegada al fuselaje. Tuvo que apoyarse sobre la cadera del piloto para tomar impulso.

¿Era gas eso que olía?

Un nuevo ataque de miedo le invadió y saltó del aparato. En cuanto sus pies tocaron la rejilla, salió corriendo de la plataforma de aterrizaje en dirección al edificio habitacional, una enorme estructura metálica que ocupaba un tercio de la superficie de la enorme construcción petrolífera. La torre de perforación se alzaba sobre ella como una larguirucha red de puntales de hierro que parecía una torre Eiffel en miniatura.

Abdullah se dio la vuelta al llegar a la esquina del edificio. No vio fuego, sino humo saliendo del compartimiento del motor, que se volvía más denso con cada segundo que transcurría.

Y entonces se le pasó por la cabeza el terrible pensamiento de que tal vez el piloto no estuviera muerto. No sabía qué hacer. El humo se hizo aún más denso. Pudo ver dentro de la cabina a través de la cubierta transparente del morro del aparato. ¿Se había movido el piloto o era un efecto del calor que distorsionaba la imagen?

Dio un paso hacia delante, como si quisiera volver al helicóptero, cuando empezaron a salir llamas de la base de la columna de humo. No se trataba de una de esas devastadoras explosiones de Hollywood o de los cineastas de Hong Kong, sino de una combustión constante que envolvió rápidamente el aparato. El crepitar del fuego ahogó el zumbido del motor del helicóptero al tiempo que el humo ascendía hacia el cielo.

Abdullah se quedó petrificado pensando que iba a quedarse allí para siempre. Si aquella plataforma estaba abandonada no había razón para que alguien fuera hasta ese lugar. Estaba atrapado.

No, se dijo a sí mismo. No acababa de sobrevivir a un accidente aéreo para morir en una plataforma petrolífera desierta. El humo, pensó. Seguro que alguien lo vería e iría a investigar. Entonces recordó que toda plataforma a cien millas a la redonda expulsaba humo, y este no iba a durar mucho. No había demasiadas probabilidades de que una barcaza o un helicóptero lo vieran antes de que se extinguiera.

Pero si él veía que se acercaba alguien podría encender otro fuego para hacerles señales.

Sí, eso sería lo que haría. Inspiró hondo varias veces. Las manos ya no le temblaban tanto y el nudo del estómago se iba aflojando poco a poco. Esbozó una amplia sonrisa ante su buena suerte y no tardó en romper a reír. En cuanto volviera a la oficina sería un héroe. Seguramente le darían un ascenso o al menos unos días libres pagados. Abdullah siempre había sido capaz de encontrarle el lado bueno a cualquier situación. Era un optimista y siempre lo había sido.

Divisó un gran extintor y, preocupado aún por una explosión, fue a por él. El calor era abrasador, si bien las llamas se extinguieron rápidamente cuando las roció con el inhibidor químico. Al parecer el combustible que había chorreado del helicóptero era lo que alimentaba el fuego, pero la mayoría se había filtrado a través de la rejilla metálica. Las llamas se apagaron en un minuto. Se sintió aliviado al ver que el fuego no había devorado el cuerpo del piloto.

Después de ocuparse de eso sintió que podía dedicarse a explorar el edificio destinado a alojamiento. Cabía la posibilidad de que dentro hubiera una radio que funcionara. Volvió sobre sus pasos y sin perder tiempo buscó una puerta que condujese al interior del bloque de cuatro pisos. Estaba cerrada con un candado.

Abdullah no se dio por vencido, sino que registró la cubierta hasta que encontró un largo tubo de hierro que serviría a su propósito. Lo introdujo en la reluciente cadena e hizo palanca. Los eslabones ni siquiera repiquetearon, pero el pasacabos soldado al lateral del edificio se torció y se soltó. Dejó el tubo y tiró de la puerta, que chirrió sobre sus goznes haciéndole apretar los dientes. Hacía meses que no se abría. El pasillo que se extendía más allá estaba sumido en una tenebrosa oscuridad. Del interior de un pequeño bolsillo cosido a la manga del mono sacó una delgada linterna y la encendió. Había sido distribuida por el ministerio y proyectaba una potente luz blanca que no encajaba con su tamaño.

Las paredes y el suelo eran de acero, prácticos, y no estaban cubiertos de polvo. No los habían limpiado, pero al no haber presencia humana tampoco había nada que formase polvo en la estructura sellada. Echó un vistazo a varios despachos. El mobiliario permanecía allí y un calendario de hacía tres años, pero no quedaban archivos ni documentos de ningún tipo. Incluso los objetos corrientes, como grapadoras y lápices, habían desaparecido.

Aunque la plataforma era antigua, seguía siendo demasiado valiosa para abandonarla de ese modo. Como mínimo, representaba varios millones de dólares en chatarra. Sabía que era bastante habitual que en ocasiones las plataformas cayeran en desuso durante varios meses, pero ¿años? Aquello no tenía sentido.

Al fondo del pasillo había una escalera que ascendía hasta el siguiente nivel. Abdullah la subió sin demora. Hacía calor dentro del edificio, que llevaba todo el día cociéndose al sol tropical. Al llegar arriba se encontró con dos puertas cerca del rellano.

Una conducía a otro corredor y seguramente a las habitaciones del personal. Cuando abrió la segunda se vio sorprendido por una corriente de aire helado. El cambio de temperatura era tan brusco que dio un paso atrás antes de entrar en la espaciosa habitación.

—¿Qué diablos? —dijo en voz alta, sin estar seguro de si debía dar crédito a lo que veían sus ojos.

Y finalmente comprendió. Estaba en la J-61. Maldita fuera su suerte; aquella era la única plataforma que estaba prohibida a todo el personal del ministerio. Desconocía la razón de dicha orden, solo sabía que procedía de las altas esferas, y le habían dicho sin ambages que jamás, bajo ningún concepto, debía poner un pie en esa plataforma.

Pero Abdullah no lo entendía. ¿A qué venía tanto alboroto? Lo único que veía era un puñado de…

—¡Eh, usted! —dijo una voz a su espalda.

Alguien había llegado por el pasillo. Abdullah se dio la vuelta levantando las manos en un gesto apaciguador.

—Lo siento. Verá, mi helicóptero se ha estrella…

El hombre le asestó un puñetazo en el estómago con tanta fuerza como para derribarle. Antes de que pudiera pensar siquiera en defenderse, le propinó un nuevo puñetazo en la sien que le dejó paralizado. Y entonces una pesada bota le aplastó la cara y Abdullah quedó inconsciente.

Volvió en sí poco a poco, como aquella mañana después de que unos amigos y él desobedecieron abiertamente los principios islámicos y se agarraron una buena cogorza. Le dolía la cabeza, el estómago le ardía y apenas era capaz de abrir los ojos. No veía nada salvo borrones y manchas de luz. Nada tenía lógica. Oyó voces y trató de volver la cabeza. Tenía las vértebras hechas polvo. Jamás en toda su vida había sentido tanto dolor. ¿Qué había sucedido?, se preguntó.

Las voces. El hombre. Un guardia, tal vez. La paliza. Todo volvió a su cabeza de golpe. Intentó moverse, pero se dio cuenta de que estaba atado a una silla. El pánico hizo presa en él, agudizando sus sentidos un poco, y para su horror se percató de que estaba de nuevo en el helicóptero, atado junto al cuerpo parcialmente calcinado del piloto.

Alguien había enderezado el aparato, levantándolo sobre los patines de aterrizaje, y le había abrochado el cinturón de seguridad. Intentó desabrochar los arneses, pero habían enrollado la hebilla con tantas vueltas de cinta adhesiva que era como un gran bulto plateado sobre su regazo. Sintió un movimiento.

¡Estaban empujando el helicóptero!

Miró al frente justo cuando el horizonte se elevaba por encima de su cabeza. A través de la cabina solo podía ver el océano y a continuación sintió el impacto de la aceleración. Estaba atado sin poder hacer nada mientras el helicóptero caía en picado de la plataforma.

El Robinson chocó contra el agua a velocidad casi terminal, partiéndole el cuello a Abdullah y poniendo piadosamente fin a su vida antes de que pudiera ahogarse.

Veinte minutos después, cuando el administrador de la plataforma que supuestamente debía inspeccionar contactó con el ministerio, sonó la alerta. Enviaron helicópteros de rescate y lanchas patrulla de inmediato. No se hallaron rastros del Robinson, de su piloto ni de su acompañante. Un astuto piloto de helicóptero sobrevoló incluso la plataforma J-61 solo por si acaso, pero parecía tan desierta como siempre, ya que habían limpiado de manera meticulosa cualquier señal del incendio. El secreto que albergaba estaba a salvo una vez más.

5

Cabrillo había pasado la primera media hora del vuelo en la parte posterior del lujoso camarote del Gulfstream V al habla con Max Hanley. Hanley era el vicepresidente de la Corporación, ingeniero jefe del *Oregon* y mejor amigo de Juan. Había estado con él desde que se les ocurrió la idea de montar una empresa de seguridad privada con base en un barco. Toda la tripulación lo sabía, pero pocos conocían la historia de cómo los dos hombres se habían asociado.

Cabrillo había pasado su carrera profesional como NOC, agente encubierto sin reconocimiento oficial, a las órdenes de la Agencia Central de Inteligencia. Aquel era el término burocrático para nombrar a un espía. Hablaba árabe y ruso de manera fluida, así como castellano e inglés, y había estado destinado en algunos de los puntos más conflictivos del mundo. Se había metido y salido de más apuros de los que podía contar.

Poco tiempo después de que el Muro de Berlín cayera se dio cuenta de que el final de la Guerra Fría representaría un incremento de los conflictos regionales y que ninguna de las agencias de inteligencia estadounidenses iba a ser lo bastante hábil para responder, por lo que decidió ir por su cuenta como empresario privado. La Corporación se haría cargo de aquellos trabajos que eran tan sucios que nadie más podría abordar con cierta libertad de maniobra. Juan poseía suficientes contactos en el gobierno para asegurarse de que estarían ocupados durante años.

Había hablado de ello con Langston Overholt, su mentor. Muy a su pesar, Lang estuvo de acuerdo con los cálculos de Cabrillo. Le desagradó perder a su agente estrella, aunque supo reconocer las posibilidades que la Corporación le proporcionaría.

Asimismo sugirió a Juan que localizase a un tal Maxwell Hanley. Cuando le preguntó quién era, Lang le explicó que había sido el ingeniero jefe a bordo del *Glomar Explorer*, el célebre barco construido por Howard Hughes, que había reflotado parcialmente el submarino K-129 clase Golf. A lo que Juan alegó que dicho episodio había tenido lugar en 1974, por lo que Hanley sería demasiado viejo para trabajar como mercenario.

Lang le dijo a su vez que Hanley no estuvo en aquella primera expedición, sino en una posterior que todavía estaba clasificada como de alto secreto. Hanley había supervisado las operaciones mientras la nave estaba supuestamente inactiva en la bahía de Suisun en California. De hecho, había camuflado un viejo carguero para que se pareciera al *Glomar Explorer* mientras llevaban el original a un punto cerca de las islas Azores para reflotar un submarino con misiles balísticos clase tifón, con su carga suplementaria completa de veinte ICBM y doscientas cabezas nucleares. Aquello tuvo lugar en 1984, y si bien Hanley había empezado como soldado en Vietnam, era demasiado terco como para considerarse viejo.

Cabrillo encontró a Max dirigiendo un desguace a las afueras de Barstow, California, y al cabo de diez minutos logró que le lanzara las llaves a su ayudante y que saliera por la puerta. Cuando el *Oregon* fue seleccionado como base de operaciones y se completaron las obras de remodelación en Vladivostok, a manos de un almirante ruso corrupto que amaba los dólares americanos y a las chicas coreanas en igual medida, los dos hombres eran ya como un viejo matrimonio. Por supuesto que discutían, pero nunca se faltaban al respeto el uno al otro.

Hanley más tarde reconocería que se habría marchado del desguace con Juan un minuto después de que este emprendiera su persuasivo discurso.

—Así que esta es su vida y milagros sobre el papel —dijo Max a través de la línea telefónica segura. Estaba a bordo del *Oregon*, anclado justo a las afueras de Karachi.

—Es realmente impresionante —opinó Juan. Había llamado a Max cuando viajaban por la superautopista de seis carriles que conectaba el paso de Jiber con Islamabad y le había pedido que realizara una búsqueda completa del historial de Marion MacDougal Lawless—. Dos años en Tulane, pero lo dejó y se unió al ejército el 12 de septiembre. —Lo cual significaba que el día después del ataque terrorista del 11-S entró en una oficina de reclutamiento y se alistó como soldado raso, igual que habían hecho miles de bravos hombres y mujeres—. Estuvo en los Rangers, donde destacó según cuentan. Acumuló un par de menciones honoríficas y después de ocho años optó por unirse a Fortran Security en calidad de contratista privado.

—Se precisan las mismas habilidades que para estar en los Rangers —medió Max—, pero pagan diez veces más.

—Conozco Fortran —replicó Juan—. Es una organización de primera, así que pagan veinte veces más.

—Lo que sea —adujo Max con su habitual impaciencia—. También tiene una ex mujer y una hija. Casi todo lo que gana va a parar a una dirección en Nueva Orleans que supongo que es la de su ex.

—Solo una, ¿eh? —bromeó Juan. Max tenía tres, y a todas les pasaba una pensión.

—Estamos en medio de una recesión. Hay miles de cómicos en paro, ¿y tú te crees gracioso? Hablando de delirios de grandeza… En fin, como te iba diciendo, ese es él sobre el papel. ¿Cómo es en persona?

—Max, le habían dado una paliza brutal, y mientras que yo contemplaba embobado cómo volaba por los aires un talibán, él vio al Predator, que yo sabía que andaba por ahí, disparar su misil y actuó como no he visto a nadie hacerlo en mi vida. Nos salvó la vida. De eso no cabe la menor duda.

—¿Y? —le apremió Hanley.

—Nos falta uno desde que perdimos a Jerry Pulaski en Argentina. Quiero hablarlo con Eddie, como director de operaciones terrestres, y con Linc, como nuestro jefe del equipo de asalto, pero creo que podríamos tener a nuestro sustituto. Ha sido ranger del ejército durante ocho años y ha pasado mucho tiempo metido en la mierda. Sin contar con que solo hacía una hora que nos conocíamos y ya había logrado impresionarme.

—¿Y qué hay de su contrato con Fortran? —preguntó Max—. Además me gustaría verificar la historia de cómo fue capturado. Solo hago de abogado del diablo, pero quizá este tipo ha perdido agudeza.

—Hablaré con él y te lo consultaré antes de tomar una decisión —prometió Cabrillo—. ¿Se sabe algo del padre de Setiawan?

—Hay un avión medicalizado en el aeropuerto de Karachi. El viejo no ha venido, pero ha enviado a su esposa y a los abuelos del chico. En cuanto cogiste la carretera a Islamabad les avisé de que estarías allí al mediodía. ¿Cuál es tu hora de llegada estimada?

—Otros cuarenta minutos.

—Vale. George tiene el helicóptero preparado para traeros hasta el barco, y puede que tengamos ya otro trabajito.

—¿De veras? Sí que ha sido rápido.

—Nos ha llegado a través de *L'Enfant*. La hija de un financiero suizo ha cruzado la frontera de Bangladesh y ha entrado en Myanmar, y ahora no puede localizarla en su móvil. Tiene miedo de que le haya sucedido algo y quiere que la saquemos de allí.

—Dos preguntas —dijo Juan—. Una: ¿qué estaba haciendo en esa zona dejada de la mano de Dios? Y dos: ¿Se ha puesto en contacto con el gobierno? —La primera era retórica en realidad. Carecía de relevancia. Pero la segunda era de suma importancia.

—No. Es un tipo listo. Sabía que si acudía a la Junta Militar su hija sería perseguida, y o bien retenida para conseguir un rescate o encarcelada de por vida.

—Muy bien. Mira, hablaremos cuando volvamos al barco. Entretanto inicia una investigación sobre el financiero, su hija y quienquiera que esté viajando con ella.

—Eric y Mark ya están en ello.

—Otra cosa. Si MacD regresa con nosotros tendrá acceso limitado por el momento. Dile a Hux que traiga su botiquín médico. Quiero que se cerciore de que el tipo no está peor de lo que deja entrever.

—El ranger es duro, ¿eh?

—De Fort Benning solo salen los mejores. —Juan puso fin a la llamada.

En la cabina principal del avión ejecutivo Linda estaba comprobando el estado de Seti. Cabrillo preguntó cómo estaba el chico.

—Comienza a desaparecer el efecto del sedante. No quiero arriesgarme a administrarle más, pero tampoco deseo que recobre el conocimiento antes de que lo entreguemos.

—Tienen esperando un avión medicalizado. Si le administras una pequeña dosis podrán manejarlo.

—De acuerdo.

Linc y MacD Lawless estaban intercambiando historias de guerra sobre Afganistán. Linc había sido uno de los primeros en poner pie allí en tanto que MacD no había entrado en el país hasta unos años después. No tenían ningún conocido en común, pero las situaciones a las que se habían enfrentado eran normalmente similares, sobre todo en el trato con los lugareños.

—Disculpad la interrupción —dijo Juan—. MacD, ¿puedo hablar contigo?

—Claro. —Dejó la botella de agua que había estado bebiendo y siguió cojeando al director hasta casi la cola del avión—. ¿Qué pasa?

—¿Cómo ocurrió?

Lawless entendió de inmediato qué era lo que le estaba preguntando.

—Éramos tres protegiendo a un equipo de la televisión paquistaní; dos lugareños con los que ya habíamos trabajado y yo. Estábamos a una hora de Kabul cuando el cámara pidió que nos detuviéramos. Le dije que era muy mala idea, pero alegó que se trataba de una emergencia. El terreno estaba despejado, así que me dije ¿por qué no? Nos hicimos a un lado y en cuanto paramos, unos doce talibanes surgieron de la tierra como por arte de magia. Se habían ocultado debajo de mantas cubiertas con arena. Fue una emboscada perfecta. No tuve tiempo de disparar ni siquiera una vez.

»Los del equipo de televisión eran infiltrados. Mataron a los dos guardias afganos en el acto y a mí me ataron como si fuera un pavo el día de Acción de Gracias. Nos robaron el camión y, bueno, más o menos ya sabes el resto. En algún momento me trasladaron del camión a un coche, creo que antes de cruzar la frontera a Pakistán, pero no hay forma de estar seguro. Me pegaban siempre que tenían la ocasión y fanfarroneaban sobre que iba a causar furor en la versión de al-Qaeda de YouTube.

MacD hablaba como si estuviera informando de los sucesos de la vida de otra persona. Cabrillo sospechaba que todavía los tenía muy frescos en la cabeza. Lo único que sabía a ciencia cierta era que Lawless lamentaba lo que les había ocurrido a los dos afganos más que su propia captura.

—Imagino que a estas alturas ya habrás imaginado a qué nos dedicamos, ¿no?

—Seguridad privada, igual que Fortran.

—Es mucho más que eso. También somos una empresa que recaba inteligencia. Asesoramos y llevamos a cabo ciertas operaciones para el Tío Sam cuando necesita poder negar todo conocimiento, aunque por motivos que ahora mismo no vienen al caso ese pozo se nos ha secado por el momento. Investigamos de forma minuciosa a nuestros clientes. Solo trabajamos para los buenos, ya sabes a qué me refiero. Y lo hacemos a un nivel tan secreto que solo un puñado de gente en todo el mundo sabe quiénes somos. Tus jefes de Fortran, por ejemplo, no tienen ni idea. No verás que se nos mencione en los medios porque dirijo una organización tan unida que no hay espacio para los errores.

—Da la impresión de ser un equipo muy bueno —repuso Lawless sin revelar nada.

—Es el mejor. Cada miembro ha sido elegido de forma minuciosa, y cuando llega uno nuevo todo el mundo tiene voz y voto.

—¿Me estás ofreciendo un empleo?

—De forma provisional. Perdimos a un hombre hace un par de meses. Se llamaba Jerry Pulaski. Era lo que llamamos un mastín, un curtido veterano en combate que entra en acción cuando surgen problemas. Tú ocuparás su puesto.

—¿Soléis operar en esta zona?

—No. De hecho, esta es la primera vez. La región entera está plagada de empresas como la tuya y Blackwater, o como se hagan llamar ahora. Estamos más que encantados de dejársela a ellos. Este rescate ha sido una excepción.

—Tengo contrato en vigor con Fortran hasta dentro de unos meses —le informó Lawless.

—¿No crees que después de lo que te ha pasado dejarán que te marches?

—Sí, es probable —repuso con voz perezosa—. Hum, mira, tengo una niña pequeña que mantener. —Hizo una pausa, tragó saliva y prosiguió—: Mis viejos la están criando y necesitan el dinero que yo gano.

—¿Cuánto te pagan? —preguntó Juan sin andarse con rodeos. MacD le dijo la cifra, la cual le pareció razonable.

—De acuerdo, seguirás ganando lo mismo durante el período de prueba. Después, si las cosas funcionan, pasarás a ser un miembro de pleno derecho de la Corporación y compartirás los beneficios.

—¿Sois una empresa lucrativa?

Cabrillo respondió formulándole una pregunta:

—¿Cuánto crees que vale este avión?

Lawless echó un rápido vistazo a su alrededor.

—¿Un G-Five como este? En torno a los cincuenta millones de pavos.

—Cincuenta y cuatro para ser exactos —le corrigió—. Pagamos en efectivo.

Entregaron a Setiawan, aún dormido, a su llorosa madre en la pista, entre el avión de la Corporación y un Citation privado acondicionado como hospital volante. La abuela del chaval también lloraba en tanto que el abuelo presenciaba cómo se realizaba el intercambio de forma estoica. Ya se habían encargado de hacer los arreglos pertinentes para que tanto los de aduanas como los de inmigración hicieran la vista gorda. Subieron al chico al avión médico e iniciaron el despegue tan pronto se cerró y selló la puerta.

Juan había planeado enviar su avión fuera del país, pero ante la posibilidad de un nuevo trabajo en breve, le dijo al piloto que estacionara y se buscara un hotel en la ciudad. Cargaron sus armas y el equipo en bolsas de nailon corrientes y se dirigieron hacia una hilera de helicópteros al otro lado de una verja de alambre, a unos cuarenta y cinco metros de la terminal del aeropuerto. Todos ellos eran helicópteros civiles. Estaban pintados en su mayoría de blanco con una raya de color desde el morro hasta los laterales.

Sin embargo uno de ellos era negro, y tenía un aspecto tan amenazador como un helicóptero de combate, aunque no llevaba ningún arma a la vista. Se trataba del MD 520N de la Corporación, un aparato de última generación que expelía los gases de combustión por la cola en vez de depender de un rotor secundario. Este sistema NOTAR hacía de él el helicóptero más silencioso del mundo.

El piloto vio a los cuatro hombres y una mujer que se aproximaban y comenzó a accionar botones en la cabina para encender la turbina.

Irían bastante apretados, pero el 520 tenía potencia más que suficiente para transportarlos a todos hasta el *Oregon*.

—Parece que ha ido todo bien —comentó el piloto cuando Juan abrió la puerta del pasajero y metió su bolsa debajo del asiento.

—Pan comido —repuso Cabrillo como de costumbre.

George «Gomez» Adams no era tan ingenuo. El veterano piloto fue capaz de deducir por la forma en que caminaban al acercarse que las cosas se habían complicado y que las habían manejado bien.

—¿Quién es el nuevo?

—MacD Lawless. Es un agente de Fortran al que echaron el guante a las afueras de Kabul. Nos pareció un desperdicio dejar que lo decapitaran.

—¿Vamos a quedarnos con él?

—Tal vez.

—No me gustan los tipos que son más guapos que yo —replicó Gomez. Con su bigote al estilo imperial y su aspecto de tenorio, no había muchos que estuvieran a la altura.

—No puedes con un poco de competencia. —Juan esbozó una amplia sonrisa.

—Eso mismo. —Adams miró por encima del hombro y le tendió la mano a MacD—. Mientras que no me ganes con las señoras, todo irá bien.

Era obvio que Lawless no tenía ni idea de cómo tomarse aquello, pero estrechó la mano de Adams.

—No hay problema. Mientras que no te topes conmigo a bordo, todo irá como la seda.

—Hecho. —Gomez se concentró de nuevo en el aparato, comunicó con la torre de control para que le dieran la autorización de vuelo.

—Lo primero que haremos al llegar al barco será conseguirte una línea segura para que hables con tu gente. Deben de estar muy preocupados. Tus padres estarán igual, si es que les han dicho algo.

—Dudo que Fortran se haya puesto en contacto con ellos aún. Me capturaron hace menos de cuarenta y ocho horas.

—Vale. Una cosa menos de que preocuparse.

Al cabo de un minuto la turbina rugió cuando Adams aumentó la potencia. El fuselaje vibró y todo se calmó cuando acto seguido los patines se elevaron de la plataforma de hormigón.

Gomez reprimió las ganas de alardear de su destreza a los mandos, de modo que elevó el aparato con suavidad y se dispuso a sobrevolar los manglares y marismas hacia el norte de aquella ciudad en expansión de quince millones de habitantes. Una densa pared de niebla bloqueaba la visibilidad, haciendo que las torres de oficinas y altos edificios de apartamentos de Karachi aparecieran borrosos en la distancia. Un color herrumbroso lo envolvía todo; las edificaciones, el aire, incluso el agua de la dársena. Solo fue capaz de ver color cuando dirigió la vista al oeste, hacia el océano. El agua era de un oscuro tono zafiro. Pasaron como un rayo sobre China Creek, donde estaba ubicado el puerto principal, y el canal de Baba, que llevaba a mar abierto. Estaba abarrotado con toda clase de embarcaciones que aguardaban su turno junto al muelle.

Fueron más allá de la cadena de islas y la polución no tardó en dar paso al aire limpio. A su espalda, el sol se alzaba en el cielo proyectando una deslumbrante franja plateada sobre las olas. Los barcos surcaban el mar hacia el puerto o salían cargados de mercancías. Sus estelas eran como blancas cicatrices. La nave que tenían justo delante no dejaba ninguna estela.

Con sus ciento setenta metros de eslora, el *Oregon* tenía un tamaño mediano según los parámetros modernos. El buque carguero que pasó de largo a su popa tenía más del doble de su tamaño. Su objetivo era, además, un modelo obsoleto. Construido antes del cambio industrial a los contenedores estándar, estaba diseñado para transportar su cargamento en cinco amplias bodegas, cada una de ellas cerrada con una escotilla y provista de un quinteto de altas grúas. La superestructura estaba situada en medio del barco justo hacia popa, rematada por una única chimenea. De ella sobresalían alerones y pasarelas, como escaleras de incendio de hierro forjado. Había dos botes salvavidas colocados sobre pescantes encima de la cubierta principal. La proa era como una cabeza de hacha en tanto que la cubierta de popa poseía parte de la elegancia de una copa de champán.

Aquello era lo que podía verse desde lejos. Solo cuando el helicóptero se hubo acercado más pudieron distinguirse los detalles. El buque era un cascajo herrumbroso, que debería haber sido desguazado como chatarra hacía años. La pintura, una especie de mosaico de colores desiguales superpuestos unos a otros sin el menor gusto estético, tenía desconchones por todo el casco, y daba la impresión de que la cubierta padeciera algún tipo de eczema marino. La herrumbre formaba charcos en la cubierta, rezumaba de imbornales y escobenes y caía formando churretes por los laterales de la superestructura como si se tratara de guano marrón rojizo.

La cubierta era un revoltijo de maquinaria estropeada, bidones de combustible y trastos diversos, entre los que inexplicablemente había una lavadora y una enorme rueda de tractor.

—Tienes que estar de coña —farfulló MacD cuando la verdadera naturaleza del barco fue revelada—. ¿Es algún tipo de camelo?

—Puede que no sea una belleza —replicó Gomez Adams—, pero no cabe duda de que resulta amenazador.

—Confía en mí cuando te digo que no es lo que parece —le aseguró Juan—. Por el momento no dejaremos que conozcas sus secretos, pero los tiene.

—¿Cuáles? ¿Que fue la barca que utilizaron para transportar las tropas de Teddy Roosevelt cuando fue a Cuba?

Juan soltó una carcajada.

—No. El *Oregon* fue el primer intento de Noé de construir el Arca.

—Eso también me lo creo.

Gomez descendió en picado sobre la popa del buque, donde había un helipuerto marcado sobre la bodega situada en el extremo. Un hombre de la tripulación se hallaba cerca por si el piloto necesitara ayuda para aterrizar, pero Adams no necesitaba indicaciones. Situó el aparato justo encima de la gran y descolorida hache y lo posó en el mismo centro. En cuanto apagó el motor, su persistente ronroneo se silenció y las aspas del rotor se hicieron distinguibles a medida que su movimiento cesaba.

—Damas y caballeros, bienvenidos al MV *Oregon* —dijo Adams—. La temperatura en el exterior es de veinte grados. Hora local: las once y dieciocho minutos. Por favor tengan presente que las condiciones climatológicas pueden haber cambiado durante el vuelo. Gracias por volar con nosotros; esperamos que cuenten con nosotros en el futuro.

—Olvídalo —intervino Linda mientras abría la puerta trasera—. El programa de puntos es una mierda y mis cacahuetes estaban rancios.

Juan se maravilló una vez más del equipo que había formado. Menos de doce horas antes rodaban montaña abajo con un misil Hellfire tras ellos y ahora estaban bromeando como si no tuvieran una sola preocupación. Se recordó que no debería sorprenderse tanto. Aquella era la clase de vida que habían elegido. Si no eran capaces de bromear, no durarían ni cinco minutos.

Max Hanley se aproximó desde la superestructura. Para resguardarse del sol, una ajada gorra de los Dodgers le cubría el poco cabello pelirrojo que aún conservaba. Tenía una estatura un poco superior a la media y la edad comenzaba a dejar su huella en el abdomen y en las arrugas que se le formaban en los rabillos de los ojos, pero se movía bien, y con esas manos del tamaño de un yunque podía cuidarse solo sin problemas. Llevaba un mono color canela que tenía una mancha de grasa en un codo, lo que significaba que acababa de subir de la revolucionaria sala de máquinas. Con él se encontraba la doctora Julia Huxley. Hux, médico del ejército, cubría sus exuberantes curvas propias de los años cincuenta con un abrigo de corte clásico en blanco y se había recogido el cabello en una coleta. Fue la doctora de Juan cuando tiempo atrás un destructor chino le voló parte de la pierna mientras la Corporación se encontraba en una misión para la NUMA, la Agencia Nacional Naval y Submarina.

Había supervisado su rehabilitación y había estado a su lado mientras pasaba de ser un hombre incapaz de caminar a poder correr kilómetros sin la menor cojera. Max y ella eran, además, las dos únicas personas del mundo que sabían que el pie y el tobillo que a Cabrillo le faltaban le dolían a todas horas del día.

Se llamaba dolor fantasma, una experiencia común entre personas amputadas. Para Juan no tenía nada de fantasma. Que no pudiera ver ni tocar su pie no significaba que esa maldita cosa no le doliera de forma permanente.

—He confirmado la transferencia de la cuenta de Bahar a la nuestra —informó Max a modo de recibimiento.

—Estamos todos bien —replicó Juan—. Gracias por preguntar.

—No seas quejica —respondió Max con rotundidad—. He hablado contigo hace una hora. Sé que estáis bien. Además, me interesa más el dinero que tu salud.

—Tienes un corazón de oro, amigo. —Juan le hizo una seña a MacD para que se acercara—. Max Hanley, Julia Huxley, este es MacD Lawless. MacD, te presento a mi segundo de a bordo y a la cirujana del barco. Y esto último lo digo de manera literal. —Todos se estrecharon la mano—. Subamos a MacD a mi despacho para que Hux pueda echarle un vistazo.

El interior del barco estaba en tan pésimas condiciones como su deteriorado casco. Suelos de linóleo astillado, iluminación pobre y pelusas de polvo del tamaño de plantas rodadoras. La pintura de plomo y el amianto parecían ser los elementos predilectos del decorador.

—¡Jesús! —exclamó MacD—. Este barco es como un vertedero de residuos tóxicos. ¿Debería respirar siquiera aquí dentro?

—Claro —respondió Linc, su enorme torso se expandió al llenar los pulmones—. Muy poco a poco. —Dicho eso le dio un manotazo en el duro abdomen a Lawless con el dorso de la mano—. Relájate, tío. No es lo que piensas. El director te lo enseñará. Vete con la doctora y luego lo verás.

Huxley invitó a MacD a uno de los camarotes detrás del puente y dejó su maletín sobre la cómoda, preparándose para el examen. Linc, Juan y Max continuaron hacia el puente. Linda suplicó que la excusaran de la reunión alegando que necesitaba ponerse en remojo durante dos horas en la bañera de hidromasaje de su camarote.

No había ningún oficial en cubierta ni vigilantes de guardia en el puente. Solo se molestaban con dicha formalidad si había barcos en las inmediaciones o un práctico o agentes de aduanas a bordo. De lo contrario el puente de mando permanecía vacío.

La estancia era amplia, con puertas de madera y cristal a cada extremo del acceso a los alerones. El timón era una rueda a la antigua usanza, con cabillas pulidas por los innumerables años de uso. Las ventanas estaban salpicadas de sal seca y eran apenas translúcidas. El equipo estaba anticuado. La radio tenía toda la pinta de haber sido montada por el mismísimo Marconi. A los remates metálicos, así como a los mandos del motor autónomo, no les habían sacado brillo desde que fueron instalados. Las bitácoras de madera estaban desportilladas y había manchas de grasa de comida y de café derramado en la parte superior de las mismas. A todas luces, era quizá el puente de mando más patético que continuaba todavía en uso.

Segundos después de que entraran en el puente, un anciano caballero, vestido con unos pantalones negros holgados, una prístina camisa blanca y un inmaculado delantal a la cintura, se materializó como por arte de magia. Su cabello era tan blanco como la almidonada camisa; su rostro, delgado y surcado de arrugas. Portaba una bandeja de plata de ley con una jarra helada de alguna bebida de aspecto tropical y unos vasos de cristal.

—En algún lugar el sol casi roza el penol —dijo con un marcado acento británico.

—¿Qué es esto, Maurice? —preguntó Juan cuando el mayordomo del buque les ofreció vasos y comenzó a servir.

Linc miró su bebida con desagrado y a continuación se animó cuando el mayordomo sacó un botellín de Heineken del delantal. Le quitó la chapa haciendo palanca contra la mesa de navegación.

—Un poco de zumo y un poco de ron. Una pizca de esto y de aquello. Supuse que les vendría bien después de la misión.

Cabrillo tomó un trago y declaró:

—Néctar de los dioses, amigo mío. Puro néctar de los dioses.

Maurice no agradeció el cumplido. Ya sabía lo buena que era la bebida y no necesitaba que nadie se lo dijera. Dejó la bandeja a un lado. Debajo había una cigarrera de palisandro que normalmente se encontraba en el escritorio del camarote de Cabrillo. Max rechazó un puro y en su lugar sacó una pipa y una bolsita de cuero del bolsillo trasero de su mono. En cuestión de minutos el aire se volvió tan denso como si estuvieran en medio de un incendio forestal en el Amazonas. El mayordomo salió del puente con la misma discreción con la que había llegado, sus relucientes zapatos no hicieron el menor ruido sobre el mugriento suelo de linóleo de la cubierta.

—De acuerdo, háblame de la nueva operación —le instó Cabrillo, exhalando una bocanada de humo hacia el techo mientras Max abría una de las puertas para ventilar un poco la sala.

—El banquero se llama Roland Croissard, de Basilea. Su hija se llama Soleil. Tiene treinta años y fama de ser temeraria. Ya ha comprado y pagado su billete para cuando la Virgin Galactic inicie sus vuelos suborbitales. Ha escalado los picos más altos de seis de los siete continentes. El Everest ha podido con ella en dos ocasiones. Pagó para tener el privilegio de correr como piloto de GP2 durante una temporada. Para los que no lo sepáis, es la categoría inferior de la Fórmula 1. Además es una golfista de primera, fue tenista del circuito mundial en su adolescencia y hace poco se presentó para el olímpico suizo de esgrima, pero no se clasificó.

—Una mujer brillante —observó Juan.

—Mucho —convino Max—. Te mostraría una foto, pero te

pondrías a babear. El caso es que un amigo y ella se fueron a Bangladesh en plan acampada. A juzgar por los registros del GPS que ha enviado su padre, se dirigió directamente a la frontera con Myanmar y continuó haciendo senderismo.

—A mí me parece algo planeado —adujo Linc, apurando su cerveza. El botellín de trescientos cincuenta mililitros parecía un bote de tabasco en su mano—. ¿Sabe el padre qué se traía entre manos?

—No tiene ni idea. Me dijo que raras veces le mantiene informado de lo que hace. Me da la impresión de que no se llevan demasiado bien. Al investigarle descubrí que se divorció cuando Soleil tenía diecisiete años y que volvió a casarse solo unos meses después.

—¿Dónde está la madre? —inquirió Juan, sacudiendo la ceniza despreocupadamente sobre el suelo ya sucio.

—Murió de cáncer de páncreas hace cinco años. Antes de eso vivía en Zurich, que ahora es el hogar de Soleil.

—¿Y cuál es la historia del padre?

—Trabaja para uno de los bancos suizos donde la gente como nosotros guarda su pasta. Murphy y Stone no obtuvieron nada a través de los canales financieros oficiales ni de los no tan oficiales. Según la información de la que disponemos, Croissard está limpio.

—¿Le has preguntado a Langston? Por lo que sabemos, bien podría ser el banquero personal de Bin Laden.

—En realidad ha ayudado a la CIA a seguirle la pista a los fondos que se desvían hacia el grupo terrorista Jemaah Islamiyah.

—¿Podría tratarse de una venganza? —se preguntó Cabrillo en voz alta—. Quizá la hayan cogido ellos.

—Todo es posible en estos momentos —respondió Max—. Puede que sea eso o que se trate de los capos locales de la droga, o que ella tenga el teléfono estropeado y esté haciendo senderismo mientras hablamos.

—¿Cuánto hace que no se tienen noticias de la chica? —preguntó Linc.

—Se ha estado comunicando una vez por semana. Hace cuatro días que tenía que haber llamado. Croissard dejó pasar un día antes de ponerse nervioso. Hizo algunas llamadas, la primera a su contacto en Langley en el asunto del blanqueo de dinero, y acabó dando con *L'Enfant*.

—¿Ha transmitido el teléfono las coordenadas de su GPS en todo momento?

—No —repuso Max—. Solo lo encendía cuando llamaba.

Juan sacudió de nuevo la ceniza del puro.

—Así que, a primera vista, es posible que la cogieran hace once días.

—Sí —convino Max con pesar.

—Y solo disponemos de su última localización conocida como punto de partida, que también es de hace once días.

Esta vez Hanley se limitó a asentir.

—No va a ser fácil. Estamos hablando de una aguja minúscula y de un pajar enorme.

—Cinco millones de dólares por intentarlo —agregó Max—. Otros dos si la sacamos de allí.

Les interrumpió Julia Huxley, que entró en el puente desde el corredor que conectaba los seis camarotes de esa cubierta, los cuales estaban en el mismo mal estado que el propio puente.

—¿Qué noticias tienes? —preguntó Juan.

—Físicamente está bien. Tiene algunas contusiones bastante feas en el abdomen y en la parte inferior del pecho, en la parte superior de los brazos, los muslos y en las bonitas nalgas. Dadle una semana y estará como nuevo. Aún tengo que analizar algunas muestras en mi laboratorio, pero por lo que me ha contado está como un roble. No tengo razones para dudar de ello.

—Envíanoslo, y gracias.

Al cabo de un momento, Lawless entró en el puente de mando, con una camiseta limpia remetida en sus pantalones de combate. Echó un vistazo a su alrededor durante un momento.

—No le pagáis suficiente a la chica de la limpieza.

—Tiene la semana libre desde 2002 —replicó Cabrillo, impasible—. Bueno, la doctora dice que te ha examinado y a mí me basta con su palabra. ¿Qué dices?

—He de ser sincero contigo, director Cabrillo —respondió MacD—. Desde que he subido a bordo estoy teniendo mis dudas. Dices que ganáis una pasta gansa, pero este cascajo no es precisamente lo que esperaba.

—¿Y si te digo que debajo de todo este óxido y esta mugre hay un barco más lujoso que el yate más caro que hayas visto en tu vida?

—Te diría que tienes que demostrármelo.

—¿Juan? —dijo Max con voz inquisitiva.

—No pasa nada —repuso Cabrillo—. Solo un vistacillo. Nada más.

Cabrillo indicó a Lawless que le siguiera. Bajaron un tramo de escaleras interiores y atravesaron unos cuantos lúgubres corredores hasta que llegaron a un comedor sin ventanas. Las paredes gris mate estaban adornadas con pósters de viajes horteras. Al otro lado del pasaplatos había una cocina que le revolvería el estómago a cualquier inspector de sanidad. De la campana sobre la cocina de seis fogones colgaban estalactitas de grasa solidificada en tanto que las moscas volaban alrededor de un fregadero lleno de platos sucios, que rivalizaban con el tráfico aéreo del aeropuerto de O'Hare en Chicago.

Juan se acercó a uno de los pósters de la pared frente a la entrada, en el que se veía a una guapa chica tahitiana en biquini en una playa delante de un grupo de palmeras. A continuación se inclinó y pareció que se ponía a mirarle el ombligo.

Una sección de la pared se abrió con un clic. La puerta había sido camuflada de un modo tan ingenioso que Lawless no se había percatado de nada.

Cabrillo se enderezó.

—Reconocimiento de retina —explicó, y abrió la puerta del todo.

A continuación le hizo una señal a MacD para que echase un vistazo.

Este lo hizo, boquiabierto. Una alfombra de un intenso color burdeos, tan gruesa que daba la impresión de que un león agazapado pudiera esconderse en ella, cubría el suelo. Las paredes estaban adornadas por paneles de madera de caoba que llegaban a la altura de la cintura. La mitad superior estaba cubierta por un material que se asemejaba a planchas de yeso laminado, lo cual era imposible, ya que un barco en la mar vibraba demasiado. Estaba pintado de un delicado tono gris, con un cierto matiz malva; muy relajante y tranquilizador. La iluminación corría a cargo de elegantes apliques de pared o de arañas de cristal tallado.

Lawless no era un experto en arte, pero estaba seguro de que las pinturas que contenían los marcos dorados eran auténticas; incluso reconoció una de ellas a pesar de no saber que Winslow Homer era su autor.

No era el típico pasillo de un viejo y destartalado carguero, sino el de un crucero de lujo; ¡de ocho estrellas, nada menos!, en su opinión.

MacD miró al director con una expresión confusa impresa en la cara.

Juan se dispuso a responder su pregunta tácita:

—Lo que ves arriba es todo una ilusión. La herrumbre, la suciedad, el lamentable estado de la maquinaria. Está todo ideado para hacer que el *Oregon* parezca lo más inofensivo posible. El objetivo es el anonimato. Con este barco podemos atracar en cualquier puerto del mundo sin levantar sospechas. Sucede lo mismo que en una autopista; uno se fija en los Ferrari y en los Porsche, pero no reparas en un Buick Regal de mediados de los noventa.

»Lo mejor —prosiguió— es que tenemos los medios para alterar su forma y cambiarle el nombre en unas doce horas. El barco nunca es el mismo de una misión a otra. Le llamamos el *Oregon*, pero no es ese el nombre que suele figurar en su popa.

—Así que, ¿el resto del barco es...?

—Es así —dijo Juan, señalando al fondo del pasillo—. Cada

miembro de la tripulación tiene un camarote privado y una asignación para decorarlo a su gusto, he de añadir. Cuenta con gimnasio, piscina, dojo y sauna. Nuestro chef jefe y el jefe de cocina se formaron en *Le Cordon Bleu*. Ya conoces a nuestra médico a bordo, quien, como puedes suponer, pide y consigue lo último en equipos sanitarios.

—¿Y qué hay de las armas?

—Disponemos de un arsenal completo, con todo lo que puedas imaginar; desde pistolas hasta lanzamisiles antitanques. —No era momento de contarle que el *Oregon* era un arsenal flotante que podía rivalizar con los buques más importantes de la Marina. Eso, y algunos de los trucos ocultos del carguero, continuarían siendo un secreto hasta que Lawless completase su período de prueba—. Bien, ¿qué me dices?

Lawless sonrió y le tendió la mano.

—Llamaré a Fortran y le comunicaré la noticia.

Desde el fondo del pasillo se escuchó el grito de alegría de una tripulante femenina. Su voz no se parecía a la de Hux ni a la de Linda, de modo que ya había corrido la noticia sobre el guapísimo nuevo miembro.

—Puede que lleve algo de tiempo —prosiguió MacD—, y es muy probable que tenga que regresar a Kabul. No me cabe duda de que están investigando mi secuestro. Además, necesito recoger mi pasaporte y mi equipo personal.

—No hay problema —le aseguró Juan—. Tardaremos unos días en tomar posición para nuestro próximo trabajo. Te daremos uno de nuestros móviles codificados y los números de contacto. Te sacaremos por aire y te reunirás con nosotros. —Juan se acordó repentinamente de algo—. Por cierto, ¿qué tal se te da rastrear?

—En el fondo soy un chico de pueblo. Pasaba los veranos cazando en los pantanos. Mi padre solía jactarse de que sus perros llevaban las armas y yo era quien seguía el rastro.

6

Al final, tomar la decisión entre enviar una avanzadilla a Chittagong, la ciudad portuaria más importante de Bangladesh, o esperar y rodear el subcontinente hindú con el *Oregon* fue fácil por la sencilla razón de que el carguero jamás había estado en aquellas aguas y ninguno de sus contactos contaba con un hombre de confianza en la zona. Si no contaban con garantías de recibir los suministros y el equipo que necesitaban, no tenía sentido enviar a un grupo por delante para intentarlo siquiera.

Perderían cinco días colocando el barco en posición, cinco días en los que el rastro podía enfriarse todavía más. A pesar de que aquello irritaba a Cabrillo y al resto de la tripulación, la imposición de un encuentro cara a cara con Roland Croissard resultaba aún más irritante.

Cuando Juan envió un correo electrónico a *L'Enfant* comunicándole que aceptaban el trabajo, la respuesta fue rápida, como de costumbre. Las condiciones económicas ya habían sido establecidas, pero Croissard había añadido como condición reunirse con Cabrillo. Juan solo había aceptado encontrarse con Gunawan Bahar porque este había volado hasta Bombay, donde el *Oregon* acababa de desembarcar dos contenedores de mijo que habían sido amarrados a la cubierta de proa. En esos momentos Croissard se encontraba en Singapur y deseaba que Cabrillo fuera a verle.

Eso significaba que Juan tenía que regresar en helicóptero a Karachi, volar hasta Singapur en el Gulfstream V, sujetarle la mano al hombre durante una o dos horas y luego desviarse hasta Chennai, la antigua Madrás, o a Vishakhapatnam, en la costa oriental de la India. La elección de ciudad dependía de la duración de la reunión y de la velocidad que pudiera mantener el *Oregon*. Una vez allí, iban a necesitar reducir la marcha del barco para que Gomez Adams pudiera pasar a recogerle con el helicóptero.

Hasta que pudiera congraciar de nuevo a la Corporación con el gobierno de Estados Unidos no tenía más alternativa que aceptar misiones como aquella, y eso molestaba a Cabrillo. Como en cualquier negocio, tenían gastos generales y dietas que suponían doscientos mil dólares al día.

La Corporación se había creado para desarticular por completo células terroristas y frustrar atentados importantes antes de que tuvieran lugar. Esa era la razón de que en un principio se hubiera unido a la CIA.

Y le carcomía por dentro saber que por el momento había sido marginado hasta cierto punto.

Decidió llevarse consigo a Max solo para contar con su compañía durante los largos vuelos, lo que dejaba a Linda Ross al mando del barco. Después de abandonar la Marina, Linda había capitaneado un petrolero en el golfo de México. Podía hacerse cargo de una nave tan bien como podía manejar un arma.

Aterrizaron en el aeropuerto de Changi, al norte de la futurista ciudad-estado de Singapur. Su horizonte estaba salpicado por algunos de los edificios arquitectónicos más hermosos del mundo, incluyendo el nuevo hotel Marina Bay Sands, su lugar de destino. Hanley casi se echó a llorar cuando Juan le dijo que no tendrían tiempo de pasar por el casino.

Como era habitual cuando viajaban en un jet privado, el paso por la aduana no fue más que una mera formalidad. El agente uniformado los recibió junto a la escalerilla del avión, les echó un vistazo y luego estampó el sello en sus pasaportes sin pedir que le enseñaran el contenido del reluciente maletín de Cabrillo, pese a que no ocultaban nada en él.

Aunque durante el viaje iban vestidos de manera informal, ambos se pusieron traje antes de aterrizar. Juan optó por uno gris marengo de corte elegante, con una fina raya diplomática a conjunto con su corbata de doscientos dólares. Había sacado brillo a los zapatos hasta conseguir que relucieran, obsesión que compartía con el mayordomo del *Oregon*. Max no iba menos arreglado, pero parecía incómodo. El cuello de la camisa se le clavaba en la carne y en la manga izquierda se apreciaba el casi imperceptible rastro de una antigua mancha.

Hacía más calor allí que en Karachi, y el aire estaba cargado con la humedad tropical típica de las ciudades costeras, aunque les fuera imposible detectarlo debido al olor a asfalto caliente y a combustible del avión. El ecuador estaba a tan solo ochenta y cinco grados al sur.

Juan echó un vistazo a su reloj, un Movado negro apenas más grueso que un trozo de papel.

—Disponemos de una hora. Perfecto.

A pesar de que les ofrecieron una limusina extralarga, prefirieron un vehículo menos ostentoso que les llevase a la ciudad. El tráfico era una absoluta locura, aunque extraordinariamente educado. Nadie tocaba la bocina ni efectuaba maniobras agresivas. Aquello le recordó a Juan que aun con toda su riqueza y sofisticación, Singapur era un Estado prácticamente policial. La libertad de expresión estaba muy limitada y podían multarte por escupir en las aceras. Aquello tendía a crear una población homogénea con un gran respeto por la ley, y por eso nadie te bloqueaba el paso ni te hacía un corte de mangas.

Su lugar de destino se alzaba frente a la bahía en tres elegantes torres blancas curvadas de cincuenta y cinco pisos de altura. Estaban coronadas por una plataforma de trescientos cuarenta metros de longitud, sesenta y siete de los cuales quedaban suspendidos en el aire al final de la tercera torre. Aquello era conocido como el Skypark, e incluso de lejos pudieron ver la profusión de árboles y vegetación que lo adornaba. La parte del Skypark con vistas al puerto deportivo estaba compuesta por tres piscinas de borde infinito, con una capacidad de más de mil quinientos litros de agua.

En la base de las torres había tres enormes edificios rematados con cúpulas que albergaban el casino, tiendas exclusivas y centros de convenciones. Se rumoreaba que aquel complejo era el segundo más caro del planeta.

El coche se detuvo en la entrada del hotel y un portero vestido con uniforme se acercó antes incluso de que las ruedas hubieran parado del todo.

—Bienvenidos al Marina Bay Sands —dijo con un refinado acento inglés. Cabrillo sospechaba que si su aspecto hubiera sido escandinavo les habrían recibido hablando un impecable sueco—. ¿Llevan equipaje?

Juan señaló con el dedo a Max, que se estaba apeando del coche.

—Solo a él.

Cruzaron las puertas y entraron en el inmenso vestíbulo abarrotado de turistas. Un grupo de ellos se estaba reuniendo para algún tipo de excursión y estaba recibiendo instrucciones en chino de una guía que no debía de medir más de un metro treinta y ocho de altura. La fila que esperaba para registrarse avanzaba por el serpenteante laberinto delimitado por un cordón de terciopelo. Con una capacidad de doscientas cincuenta habitaciones, aquel lugar se asemejaba más a una pequeña ciudad que a una empresa independiente.

Juan buscó el mostrador de conserjería y le preguntó a la atractiva chica malaya que lo atendía si tenía un sobre para él. A continuación le dijo su nombre y ella le pidió que se identificara. Dentro del sobre había una llave de habitación tipo tarjeta y una tarjeta de visita de Roland Croissard, con el número de la suite del banquero escrito al dorso.

Tuvieron que demostrarle a un guardia armado cerca de los ascensores que tenían una llave de habitación. Juan se la enseñó y les dejaron pasar. Subieron hasta el piso cuarenta con una pareja de coreanos que se pasaron todo el tiempo discutiendo. Cabrillo supuso que el hombre se había pulido el dinero de la familia en las mesas de juego.

El silencio reinaba en los pasillos y la iluminación era un tanto tenue. A diferencia del diseño de algunos de los megahoteles en los que habían estado, la distribución de aquel les permitió no tener que caminar sin parar hasta dar con la habitación indicada. Cabrillo llamó a la puerta de Croissard.

—Un momento —dijo una voz con acento francés.

La puerta se abrió, pero el hombre que bloqueaba la entrada ocupando casi todo el espacio no era Roland Croissard. Habían visto fotografías de él mientras le investigaban.

Durante aquel breve instante Juan se fijó en que no llevaba chaqueta, tenía las manos vacías y su expresión no era excesivamente agresiva. No se trataba de ninguna emboscada, y por ello relajó el brazo derecho que estaba preparado para asestar un golpe de kárate a la nariz del tipo que casi con toda seguridad le habría matado. El hombre gruñó. Había visto la rapidez con que el director había percibido y descartado la potencial amenaza.

—¿Monsieur Cabrillo? —inquirió una voz desde el interior de la suite.

El gorila que había abierto se hizo a un lado. Era casi tan alto como Franklin Lincoln, pero el rostro de Linc tenía por lo general una expresión sincera y relajada mientras que la de ese tipo era hosca. Tenía el pelo oscuro y un corte pasado de moda; parecía sacado de una película para adultos de los años setenta. Sus ojos, entornados y vigilantes, siguieron a Juan al interior de la lujosa suite de dos habitaciones. Se había afeitado esa mañana, aunque ya necesitaba hacerlo otra vez.

Era un guardaespaldas a sueldo, supuso Cabrillo, y no se molestaba en disimularlo. Los buenos eran aquellos de los que uno jamás sospecharía. Tenían aspecto de contables o de simples empleados de banco, no de corpulentos luchadores que creen que basta con su tamaño para intimidar a los demás. Juan reprimió las ganas de dejar al tipo a la altura del betún solo para divertirse. El guardaespaldas les indicó que debían abrirse las chaquetas para que pudiera ver si llevaban armas escondidas, a lo cual accedieron para agilizar las cosas. No se molestó en comprobar sus tobillos.

Cabrillo se preguntó si aquel tipo era realmente tan malo o si le habían dicho que eran visitas esperadas y que debía tratarlos con consideración. Decidió que se trataba de lo último, lo que significaba que se había extralimitado al pedirles que se abrieran la chaqueta. Su capacidad subió enteros a ojos de Juan. Se tomaba el proteger a su jefe con más seriedad que las órdenes de dejarlos entrar tranquilamente.

—¿Puede abotonarse las mangas de la camisa, por favor? —le pidió Juan.

—¿Qué?

—Lleva las mangas bajadas, pero sin abotonar, lo que quiere decir que tiene un cuchillo sujeto al antebrazo. Me he percatado de que no lleva una funda en el tobillo, y me da que no va desarmado. De ahí que lleve las mangas desabrochadas.

Roland Croissard se levantó de un sofá situado al fondo de la habitación. Había un maletín y algunos documentos esparcidos por la mesa de café, junto con una copa helada llena de un líquido de color claro en medio de un charquito dejado por la condensación. Vestía pantalón de pinzas y corbata. La chaqueta estaba apoyada sobre una abarrotada butaca que formaba parte del mismo conjunto de muebles.

—No pasa nada, John —dijo—. Estos hombres han venido para ayudarme a encontrar a Soleil.

El guardaespaldas, John, frunció algo más el ceño y se abrochó los puños. Al doblar el codo, el algodón de la camisa dejó entrever la forma de una funda de cuchillo de tamaño discreto.

—Monsieur Cabrillo —dijo Croissard—. Muchas gracias por venir.

El banquero suizo tenía una estatura media y estaba empezando a echar barriga, pero poseía un rostro apuesto y unos penetrantes ojos azules. Tenía el cabello ralo, de un color indefinible, peinado hacia atrás. Cabrillo le calculó unos sesenta y dos años, aunque parecía algo más joven. Croissard se quitó unas gafas de leer de montura metálica de la nariz recta mientras cruzaba la estancia con el brazo extendido. Le estrechó la mano de forma fría y formal; el apretón de un hombre que se ganaba así la vida.

—Le presento a Max Hanley —repuso Juan—. Mi segundo al mando.

—Y este es mi consejero de seguridad personal, John Smith.

Cabrillo le tendió la mano, que Smith estrechó de mala gana.

—Debe de viajar con mucha frecuencia —comentó Juan—. He visto su nombre en un montón de libros de registro de hoteles.

El tipo no pareció entender la broma.

—¿Por qué no nos sentamos? ¿Puedo ofrecerles una copa, caballeros?

—Una botella de agua —pidió Juan.

Dejó el maletín sobre una mesa auxiliar y abrió la tapa. Smith se había colocado lo bastante cerca como para poder ver el interior.

Cabrillo sacó dos dispositivos electrónicos del maletín y volvió a cerrarlo. Encendió uno de ellos y estudió la pequeña pantalla. Atrás habían quedado los días en que tenía que registrar una habitación con un detector de micrófonos ocultos. Aquel artefacto manual podía inspeccionar un radio de treinta metros y medio al instante. La suite de Croissard estaba limpia. Lo dejó encendido por si acaso había algún dispositivo de escucha activado por voz en algún lugar cercano. A continuación se fue hasta la ventana. A lo lejos se veían los plateados edificios del paisaje de la ciudad, un tanto borrosos por la calima que se formaba a medida que la mañana daba paso al mediodía.

Retiró un adhesivo en la parte de atrás del dispositivo del tamaño de un paquete de cigarrillos y lo adhirió al grueso cristal.

Presionó el botón de encendido. Dentro de la carcasa negra de plástico había dos pesos alimentados por pilas y controlados por un microgenerador aleatorio. Este ponía en movimiento los pesos que, a su vez, hacían vibrar el cristal. El generador electrónico garantizaría que de allí no saliera nada que pudiera decodificarse y que un ordenador no pudiera inutilizar el dispositivo.

—*Qu'est-ce que c'est?*

El francés era uno de los idiomas que Cabrillo dominaba, pero la pregunta era bastante fácil de comprender.

—Esto hace que vibre el panel de la ventana e impide que alguien utilice un detector de voz láser. —Echó una última ojeada a la preciosa vista y acto seguido corrió las cortinas para que nadie pudiera ver dentro de la suite—. Vale. Ya podemos hablar.

—He tenido noticias de mi hija —anunció Croissard.

Cabrillo sintió una punzada de ira.

—Podría habérmelo contado antes de que recorriéramos medio mundo.

—No, no. Usted no lo entiende. Creo que corre más peligro de lo que en un principio pensaba.

—Continúe.

—Recibí la llamada hace unas tres horas. Aquí.

Sacó una reluciente PDA del bolsillo del pantalón y buscó entre las aplicaciones hasta que una voz de mujer, que sonaba muy cansada y asustada, surgió del receptor. No dijo más que unas pocas palabras en francés antes de que la llamada se cortara de forma abrupta.

—Dice que está cerca, aunque no sé dónde. Pero luego dice que ellos se acercan y después que jamás lo conseguirá. Y no sé a quiénes puede referirse cuando habla de «ellos».

—¿Puedo ver eso? —preguntó Juan y le tendió la mano.

Trasteó con la PDA durante un instante antes de darle al botón de *play* para reproducir de nuevo la grabación. Croissard le estuvo hablando mientras escuchaban y, una vez más, oyeron la voz jadeante de Soleil. Se apreciaba un ruido de fondo, que bien podían ser hojas agitadas por el viento o tal vez nada en particular. Juan puso la grabación una tercera vez y luego una cuarta. No sacó nada en claro sobre el sonido de fondo.

—¿Puede enviármelo a mi teléfono? Quiero que analicen la grabación.

—Por supuesto. —Juan le dio el número del móvil que llevaba en esos momentos, al que le extraería la tarjeta SIM en cuanto terminase la misión—. ¿Pudo conseguir las coordenadas de su GPS?

—Sí.

Croissard desplegó un mapa que tenía en el maletín. Era un plano topográfico de Myanmar realizado cuando todavía se llamaba Birmania. Había una «X» poco marcada hecha con un bolígrafo de punta fina, al lado de la cual figuraban la longitud y la latitud. Cabrillo estaba familiarizado con las coordenadas, pues ya había visto una copia del mapa. Pero había otra anotación a unos treinta kilómetros hacia el nordeste de la última localización conocida de Soleil.

—¿Ha intentado llamarla? —preguntó Juan conociendo la respuesta de antemano.

—Sí, cada quince minutos. No hay respuesta.

—Bien, son buenas noticias —respondió Cabrillo—. Es una prueba de vida, aunque parezca que tiene problemas. Como comprenderá, necesitamos algo más de tiempo para prepararlo todo. Una operación de esta naturaleza se debe planear de forma minuciosa para que pueda ejecutarse con precisión.

—Eso ya me lo han explicado —replicó Croissard, sin creerse aquella simple verdad.

—Estaremos listos en tres días. Su hija está fuera de la autonomía de los helicópteros, lo que dificultará un poco nuestro trabajo, pero recuerde lo que le digo: vamos a encontrarla.

—*Merci*, monsieur. Tiene fama de conseguir siempre lo que se propone. Hay una última cosa —agregó.

Juan enarcó una ceja, ya que no le agradó el tono de voz del banquero.

—¿Sí?

—Quiero que John les acompañe.

—Eso está fuera de toda discusión.

—Monsieur, es innegociable. Creo que el dicho es «mi barco, mis reglas», ¿no es así?

—Señor Croissard, no nos vamos de pesca. Es posible que nos enfrentemos a guerrilleros armados y no puedo permitir que un desconocido venga con nosotros. —Cabrillo tenía pensado llevarse a MacD Lawless, que prácticamente era un desconocido, pero el banquero no tenía por qué saberlo.

Sin articular una sola palabra, John se desabrochó el puño del brazo donde no llevaba el cuchillo. A continuación se remangó para dejar a la vista un descolorido tatuaje hecho con tinta azul. Se trataba de un círculo de llamas encima de las palabras *Marche ou crève*. Juan reconoció el emblema de la Legión Extranjera francesa y su lema extraoficial: «Marcha o muere».

Miró al tipo a los ojos.

—Lo lamento, señor Smith, lo único que me dice eso es que ha pasado por la tienda de un tatuador. —Aunque eso explicaría el nombre genérico de Smith; los legionarios con frecuencia adoptaban *noms de guerre*.

—Hace unos quince años, según parece —apostilló Max.

Smith guardó silencio, pero Cabrillo podía ver la cólera que reflejaban sus ojos negros. También reconoció que se encontraba entre la espada y la pared, puesto que a la larga tendría que ceder si quería aquel contrato.

—Les enseñaré una cosa —dijo Cabrillo.

Acto seguido se levantó la pernera del pantalón. Croissard y Smith se sorprendieron al ver su pierna protésica. Cabrillo tenía varias que habían sido modificadas por los genios del taller de magia del *Oregon*. A aquella en concreto la llamaban pierna de combate versión 2.0. Abrió un compartimiento secreto en la parte color carne de la pantorrilla y sacó una pequeña pistola automática. Quitó el cargador de siete balas y sacó una de la recámara.

Se la mostró a Smith durante un segundo y le dijo:

—No deje de mirarme.

Entonces se la entregó.

Smith supo lo que acarreaba la prueba y, sin apartar los ojos de Juan, desmontó rápidamente la pequeña pistola y ensambló las piezas de nuevo sin perder un segundo. Se la devolvió sujetándola del cañón. Había tardado unos cuarenta segundos aproximadamente.

—Kel-Tec P-3 AT —dijo—. Basada en el modelo P22, pero para un calibre 380 ACP. Bonita pistola para que una mujer la lleve en el bolso.

Juan se echó a reír rompiendo así la tensión.

—Intenté meter una Desert Eagle de calibre 50 en esta pierna, pero no era la más indicada. —Se guardó el arma junto con el cargador y la bala suelta en el bolsillo de la chaqueta—. ¿Dónde ha servido?

—En Chad, Haití, Irak, por supuesto, Somalia y algunos otros puntos conflictivos del tercer mundo.

Cabrillo desvió la atención de nuevo hacia Croissard.

—Trato hecho. Ha aprobado.

—Bien, entonces todo arreglado. John regresará con ustedes a su avión y luego irán a buscar a mi Soleil.

—No. Se reunirá con nosotros en Chittagong. En caso de que no lo sepa, es una ciudad portuaria de Bangladesh. —Smith no subiría a bordo del *Oregon* ni un segundo antes de lo necesario—. Y, lamentándolo mucho, es innegociable.

—*D'accord*. Pero si no le recogen como prometen, no crean que conseguirán mi dinero.

—Señor Croissard —declaró Juan con voz solemne—, soy muchas cosas, pero no soy hombre que falte a su palabra.

Los dos se estudiaron el uno al otro durante un momento; luego Croissard asintió.

—No. Supongo que no.

Ambos se estrecharon la mano, y mientras intercambiaban números de teléfono, Max retiró el inhibidor de escuchas láser de la ventana y guardó el detector de micrófonos. Cerró el maletín y se lo entregó a Cabrillo.

—Si vuelve a tener noticias de ella, llámeme de inmediato sea la hora que sea —le dijo Juan a Croissard ya en la puerta.

—Lo haré; se lo prometo. Por favor, tráigame de nuevo a mi hija. Es terca y caprichosa, pero es mi hija y la quiero muchísimo.

—Haremos todo lo posible —le aseguró Juan, pues jamás prometía nada que no pudiera cumplir.

—¿Y bien? —preguntó Max mientras recorrían el pasillo en dirección a los ascensores.

—No me gusta, pero ¿qué otra alternativa tenemos?

—De ahí este cara a cara. Para imponernos a Smith en el último momento.

—Sí. Muy astuto por su parte.

—Así que, ¿vamos a confiar en él?

—¿En Smith? No ciegamente. Nos están ocultando algo y él es la clave.

—Deberíamos retirarnos de este asunto —opinó Max.

—Ni hablar, amigo mío. Si acaso, estoy más interesado que nunca en lo que la guapa señorita Croissard estaba haciendo en el corazón de Birmania.

—Myanmar —le corrigió Hanley.

—Como se llame.

Salieron del ascensor y se disponían a cruzar el bullicioso vestíbulo, cuando Cabrillo de pronto se dio una palmada en la cabeza como si hubiera olvidado algo y agarró a Max del codo para hacer que diera la vuelta.

—¿Qué ocurre, se te ha olvidado algo? —preguntó Hanley. Juan apretó un poco el paso.

—Cuando llegamos me fijé en dos tipos que merodeaban por el vestíbulo. Ambos eran de aquí, pero llevaban abrigos largos. Uno de ellos reparó en nosotros cuando aparecimos y rápidamente se dio media vuelta. Demasiado rápido.

—¿Quiénes son?

—No lo sé, pero no están con Croissard. Si nos quisiera muertos habría ordenado a Smith que nos disparara tan pronto entramos en su suite. Y sabe que volvemos al aeropuerto, así que ¿para qué seguirnos?

Max no vio pega alguna en la lógica de Cabrillo, de modo que se limitó a gruñir.

Se aproximaron al ascensor rápido que subía al Skypark. Valiéndose únicamente del tacto, Juan fue capaz de insertar el cargador en su Kel-Tec automática. Incluso logró montar el arma contra el hueso de la cadera sin sacarla del bolsillo de su chaqueta. Los dos tipos se pusieron en marcha, cruzaron el vestíbulo sin quitar los ojos de encima a la pareja de la Corporación.

La puerta del ascensor se abrió. Juan y Max no esperaron a que se vaciase, sino que se abrieron paso a empujones haciendo caso omiso de las miradas indignadas que les lanzaban. Ni siquiera lograrían acercarse. Los hombres habían esperado demasiado y ahora las puertas del ascensor se estaban cerrando. El vestíbulo era un lugar demasiado público como para sacar algún tipo de arma, de modo que Juan les brindó una sonrisa jactanciosa cuando las puertas se juntaron.

—Y ahora, ¿qué? —preguntó Max mientras ascendían.

Juan aprovechó la oportunidad para cargar la bala en la recámara.

—Llegamos arriba, esperamos unos cinco minutos y luego volvemos a bajar.

—¿Y qué harán ellos, si puede saberse?

—Se separarán para cubrir los vestíbulos de las otras dos torres. No se les ocurrirá pensar que nos hayamos quedado en esta.

—¿Y si deciden seguirnos?

—Eso no sucederá. —Juan descartó la idea meneando la cabeza.

—Me pregunto quiénes serán —dijo Max cuando se aproximaban al piso cincuenta y cinco y al Skypark.

—Apuesto a que se trata de la policía secreta. Algo en la inspección del avión o en nuestros pasaportes ha debido de disparar una alarma, y estos caballeros quieren hacernos unas cuantas preguntas.

—¿Y cómo sabían que estaríamos en el...? —Max se interrumpió y se respondió él mismo—: Han hablado con el servicio de vehículos que nos trajo hasta el hotel.

—Elemental, mi querido Hanley.

Las puertas se abrieron y salieron a una de las más grandes maravillas de la ingeniería del mundo. La plataforma de nueve mil trescientos metros cuadrados que coronaba las tres torres era como los célebres jardines colgantes de Babilonia, solo que esta no era para uso exclusivo de Nabucodonosor y su esposa, Amytis. Los árboles proporcionaban una excelente sombra en tanto que los macizos de flores perfumaban el aire a una altura de casi trescientos cinco metros de las calles. Las alargadas piscinas, de un vertiginoso estilo *infinity*, eran de un azul profundo e intenso y estaban rodeadas de bañistas.

A su izquierda se encontraba un restaurante, situado en el voladizo de la tercera torre que quedaba suspendido en el aire. Los comensales reposaban tranquilamente debajo de sombrillas de brillantes colores mientras los camareros se deslizaban entre las mesas llevando bandejas con comida y bebida. La vista del puerto de Singapur era verdaderamente impresionante.

—Creo que podría acostumbrarme a esto —declaró Max cuando una mujer en biquini pasó lo bastante cerca de él como para oler el bronceador con olor a coco que llevaba.

—Si sigues abriendo los ojos así se te van a salir de las órbitas.

Juan se alejó del ascensor y se colocó de forma que pudieran verlo, en el remoto caso de que los policías de la secreta les hubieran seguido hasta allí. Estaba convencido de que no lo harían, pero no había conservado la vida en una profesión tan peligrosa prescindiendo de la cautela.

Las puertas del ascensor se abrieron al cabo de un momento. Cabrillo se puso tenso, con la mano en el bolsillo y el dedo apoyado en el seguro. Sabía que no iba a iniciar un tiroteo con aquellos tipos, ya que en Singapur existía la pena de muerte, pero de ser necesario arrojaría la pistola a un arbusto que tenía a su derecha y evitaría de ese modo una grave violación de la ley por tenencia de armas. Siempre y cuando no encontrasen la segunda; una pistola con un solo disparo alojada en su pierna artificial.

Del ascensor salió una familia vestida para pasar un rato bajo el sol, el padre llevaba de la mano a una niña pequeña con una trenza en tanto que un muchacho, unos años mayor, corría hacia la barandilla para echar un vistazo al paisaje urbano en miniatura.

Juan exhaló aliviado al ver que el ascensor comenzaba a cerrarse, y estaba a punto de hacer un comentario mordaz a Max cuando una mano surgió de entre las relucientes puertas impidiendo que se cerraran del todo.

Cabrillo maldijo. Eran ellos. Parecían fuera de lugar con sus largos abrigos y sin dejar de escudriñar el entorno con la vista. Se internaron un poco más entre los árboles. Tendrían que acercarse con disimulo al fondo del restaurante para coger el ascensor de la tercera torre. Para ello se verían obligados a escalar un muro de contención de hormigón, lo cual podría atraer la atención de uno de los camareros o de los vigilantes de la piscina. Era inevitable.

Juan puso el pie sobre el primer nivel del muro y cuando estaba a punto de impulsarse hacia arriba, un socorrista con vista de águila, que se encontraba a unos once metros de distancia, le gritó que se detuviera. Debía de haber estado observándolos todo el tiempo y había sospechado que tramaban algo.

Los dos agentes secretos se pusieron inmediatamente en guardia y enseguida se encaminaron hacia ellos, a pesar de que seguían sin tener a Juan y a Max en su campo de visión directo.

Se habían acabado las sutilezas. Juan se encaramó al muro, escalando los tres niveles con la agilidad de un mono. Cuando llegó arriba, le tendió la mano a Max para ayudarle. El socorrista se dispuso a subirse a su pequeña torre de madera de caoba y sopló su silbato para atraer a los de seguridad. O no se había dado cuenta o se había olvidado de los dos hombres del abrigo.

Los agentes aparecieron ante ellos. Uno se abrió el abrigo y sacó una pistola automática de aspecto siniestro. Max había escalado hasta la mitad del muro, quedando desprotegido igual que un insecto en la mesa de laboratorio de un entomólogo. Juan dispuso de una fracción de segundo para tomar una decisión y lo hizo sin vacilar.

Soltó a Max justo cuando el agente apretaba el gatillo. Polvo y trozos de cemento saltaron del muro allí donde había estado Max hacía solo un instante. La gente comenzó a gritar y a alejarse en desbandada del rugido de la automática mientras el tipo vaciaba un cargador de treinta balas en el muro de hormigón a escasos centímetros por encima del cuerpo tendido de Max.

Sin saber qué estaba pasando, pero actuando por instinto y gracias a la adrenalina, Cabrillo sacó la Kel-Tec y respondió a los disparos. Los primeros tenían como finalidad desviar la atención del tirador, que estaba empeñado en dejar a Max como un colador. El agente se movió bruscamente cuando una bala le pasó rozando la cabeza.

El segundo agente se disponía a abrirse el abrigo, bajo el que sin duda ocultaba su propia arma. Juan cambió de objetivo y vio con horror que ese «agente» llevaba puesto un chaleco bomba. Desde donde se encontraba podía ver los explosivos y las bolsas que debían de contener la metralla.

—*Allahu Akbar* —gritó el tipo.

Juan le metió una bala en el cuello y el hombre se desplomó como una marioneta a la que le hubieran cortado las cuerdas.

La sangre caía por la cara del primer tirador, que se tambaleaba aturdido por la brecha que la bala de calibre 380 le había abierto en el cráneo. No había llegado a desenfundar la automática y estaba rebuscando en el bolsillo de su abrigo.

Juan no conseguía tener un disparo claro con la gente que continuaba pasando en tropel, sin darse cuenta de que se estaban metiendo en medio de un tiroteo. Sabía que era muy posible que aquel tipo llevara también un chaleco bomba, y llegó a la conclusión de que era preferible arriesgarse a que uno de los civiles fuera víctima de una bala perdida y no que docenas de ellos acabasen acribillados en una explosión.

Finalmente llegó un guardia del hotel, que había estado en el otro extremo de la plataforma y no había visto nada. Este reparó en el hombre tendido en el suelo en medio de un charco de sangre. No prestó atención al tipo con la cara ensangrentada, sino que se centró en Cabrillo, un objetivo claramente armado.

Se dispuso a levantar la pistola. Casi tenía a Cabrillo en el punto de mira, cuando Max cubrió los nueve metros de distancia y le golpeó como si fuera un defensa de fútbol americano. Ambos cayeron al suelo, derribando de paso a otro hombre.

Juan aprovechó la oportunidad y disparó de nuevo. Alcanzó al terrorista en el pecho, pero este apenas dio un paso atrás por el impacto. El proyectil había impactado en una de las bolsas de metralla, que lo detuvo como si se tratara de un chaleco antibalas. La corredera de la Kel-Tec se deslizó hacia atrás indicando que la recámara estaba vacía.

Cabrillo se dio la vuelta para apuntar con el pie al tirador. El cañón de la pistola de calibre 44 oculta dentro de su pierna protésica componía su varilla central para proporcionar la mayor longitud y, por tanto, precisión posibles. Solo tenía una bala, así que el arma era básicamente un tubo con un mecanismo de disparo de doble gatillo que garantizaba que no pudiera accionarse de manera accidental.

Cuando apretó el segundo gatillo la sensación fue la misma que si alguien le hubiera golpeado el muñón con un mazo. El proyectil atravesó la suela de su zapato y el retroceso estuvo a punto de tirarle al suelo. La pesada bala 300-grain entró en el cuerpo del terrorista a través del abdomen, su energía cinética le levantó del suelo como si le hubiesen agarrado por detrás.

Cayó en la piscina y se hundió cuando el chaleco bomba detonó. El agua salió disparada hacia arriba como si fuera un géiser, formando una blanca columna que se elevó a más de doce metros sobre la plataforma antes de caer de nuevo como una lluvia torrencial. La explosión había sido lo bastante potente como para volar parte del borde de acero de la piscina. El agua manaba a chorros por la brecha y caía edificio abajo hasta el asfalto. La que hasta hacía un momento había sido bucólica piscina se había convertido en una de las cascadas de mayor altura del mundo.

No quedaba nada del terrorista, y gracias a que la piscina había absorbido gran parte de la fuerza de los explosivos y de la metralla, no parecía que hubiese nadie herido, al menos no de gravedad.

Cabrillo empezaba a recuperar el oído después del estruendo de la deflagración. La mayoría de la gente gritaba y corría presa del pánico, sin saber muy bien adónde ir ni qué hacer. Por encima de todo aquel estruendo detectó un agudo quejido, el sonido de alguien que se encontraba en peligro mortal y que se impuso al aterrador clamor de los clientes del hotel.

Había un niño pequeño en la piscina, con unos manguitos de plástico en los brazos. Se había quedado jugando en la parte que no cubría cuando todos los adultos salieron del agua en medio de la confusión al empezar el tiroteo, y al parecer sus padres no habían tenido tiempo de rescatarle.

El agua se vertía por la dentada brecha, como si estuviera siendo succionada por una bomba, atrayendo al chiquillo de forma inexorable hacia el metal destrozado.

Juan saltó del muro de contención de casi dos metros y medio de altura y cruzó corriendo la plataforma. Realizó un impecable salto de cabeza que habría suscitado los aplausos de los jueces olímpicos y nadó a toda prisa hacia el chico. Podía sentir cómo su cuerpo era arrastrado; era como intentar luchar contra aguas revueltas. Había sido buen nadador durante toda su vida y también capaz de salir a nado de situaciones altamente peligrosas, pero nada le había preparado para la fuerza que lo impelía hacia el lateral que había volado. El agujero tenía un diámetro de al menos un metro veinte.

Cuando llegó hasta el niño se encontraban a unos tres metros de aquel agujero. El chico agitaba frenéticamente los brazos al tiempo que lloraba desconsolado. Juan le agarró del pelo para no recibir ningún manotazo y trató de tirar de él, pero la fuerza de la corriente era demasiado potente como para luchar contra ella con una sola mano. Echó un vistazo a su alrededor con desesperación. Nadie había visto lo que estaba haciendo.

El agujero era un punto de luz próximo al fondo de la piscina donde el sol iluminaba los remolinos que se formaban y disolvían a medida que el agua se vertía hacia el infinito.

Cabrillo se impulsó frenéticamente con las piernas y el brazo libre. Cada vez que avanzaba, la piscina le arrastraba el doble de espacio. El vórtice era demasiado fuerte. Le quedaban unos segundos para colarse por la brecha abierta, de modo que hizo lo único que podía.

Dejó de nadar.

Acto seguido se dio la vuelta hacia el agujero cogiendo al niño en brazos mientras se aproximaban al agujero. Solo dispondría de una oportunidad, de un instante para conseguir salvarse junto con el niño. Si no lo lograba, el chico y él serían arrojados fuera de la piscina y se precipitarían hacia su muerte, cayendo más de trescientos metros en picado.

Estaban a poco más de medio metro. Había aún suficiente volumen como para no hacer pie, de modo que sacudió las piernas con fuerza para impulsar la parte superior del cuerpo fuera del agua. Lanzó al chico hacia el borde que rodeaba la piscina, se hundió hasta el fondo y tomó impulso de nuevo. Salió parcialmente del agua y topó contra el lateral que estaba justo por encima de la brecha. La incesante fuerza de la succión tiró de sus piernas y estuvo a punto de arrastrarle de nuevo antes de que consiguiera afianzarse sobre el cemento y salir de allí. Volvió la vista a un lado. El niño acababa de incorporarse, las lágrimas se unían al agua que le empapaba la cara, y había doblado el codo para examinar el arañazo que se había hecho al caer sobre la plataforma. No empezó a sollozar como un descosido hasta que no vio que comenzaba a sangrar un poco.

Juan se puso en pie y cogió al pequeño en brazos para que no cayera de nuevo. Levantó la mirada hacia Max, dejó al lloroso niño junto a la maceta de una palmera y se unió al frenético éxodo del Skypark.

Llegaron al vestíbulo diez minutos más tarde, justo cuando la policía empezaba a llegar en masa al complejo hotelero. Cualquier intento de acordonar la zona resultaría infructuoso en esos momentos, y la policía parecía haberse dado cuenta de ello. La gente salía atropelladamente del edificio como un rebaño de animales asustados. Cabrillo y Hanley se dejaron llevar por la marea humana. Una vez fuera se dirigieron hacia el final de la fila de taxis y se subieron al último.

El taxista estuvo a punto de protestar y decirles que no podía aceptar pasajeros hasta que no fuera su turno, pero se contuvo al ver los trescientos dólares de Singapur en la mano de Cabrillo.

Ni siquiera le importó que estuvieran mojados.

7

Max rompió el prolongado silencio. Había tardado todo ese tiempo en recobrar el aliento y en que su complexión, normalmente rubicunda, recuperara el color.

—¿Te importaría decirme qué acaba de suceder ahí?

Juan no respondió de inmediato. En vez de eso, metió la mano en el bolsillo para sacar su teléfono, vio que se había estropeado por el agua y lo guardó de nuevo. Hanley le entregó el suyo, que seguía intacto. Cabrillo marcó un número de memoria. Jamás programaban extensiones de otros miembros del equipo en aquellos teléfonos desechables por si acaso se los confiscaban.

Descolgaron después de que sonara un tono.

—¿Qué tal, Canijo? —preguntó Juan.

Chuck Gunderson, alias Canijo, era el jefe de pilotos de la Corporación. Aunque pasaba poco tiempo a bordo del *Oregon*, era parte fundamental del equipo.

—Como en una ocasión me dijo uno de mis instructores de vuelo, si no tienes paciencia jamás lograrás ser piloto. —Chuck tenía aquel peculiar acento de Minnesota que se hizo famoso gracias a la película *Fargo*.

Si el piloto hubiera respondido que se encontraba «bien», eso habría indicado que no estaba solo y que probablemente se encontraba bajo coacción.

—Vamos de camino. Contacta con el control aéreo y consíguenos permiso para despegar.

Gunderson debió de percibir algo en la voz del director.

—¿Problemas?

—De toda clase y más. Llegaremos en unos veinte minutos.

Juan colgó y le devolvió el móvil a Max. Un par de ambulancias pasaron por el carril contrario, con las luces encendidas y las sirenas a todo volumen.

—¿Vas a responder a mi pregunta? —inquirió Hanley.

Cabrillo cerró los ojos rememorando el momento en que habían visto por primera vez a los terroristas. Se concentró en la gente que los rodeaba, no en ellos. La imagen se fijó en su mente y estudió los rostros de los clientes y del personal del hotel que estaban en el vestíbulo en ese instante. No se trataba de una habilidad innata, sino más bien de algo que había aprendido a base de machacarse durante sus entrenamientos con la CIA con el fin de poder distinguir amenazas adicionales o de identificar a cómplices cuando se desataba el caos. Era frecuente que durante la comisión de un asesinato o de un atentado hubiera algún vigilante cerca para informar de la operación.

—Creo que estábamos en el lugar equivocado en el momento equivocado —dijo al final.

Hanley no lo creía así.

—¿De veras piensas que fue una coincidencia?

—Sí —replicó Cabrillo, apresurándose a alzar una mano para impedir que Max replicara—. Escúchame. Como ya he dicho, si Croissard quisiera ponernos una trampa, podría haber hecho que su matón, el tal Smith… bonito nombre, por cierto… nos disparase en cuanto entramos en la suite. Después podría haber metido nuestros cadáveres en un maletero espacioso y nadie habría vuelto a saber de nosotros. ¿Me sigues?

Max asintió.

—Eso le deja libre de sospecha, lo que significa que es poco probable que le hablara a alguien sobre la reunión, ya que quiere que encontremos a su hija. ¿Vale?

—Vale —espetó Hanley.

—Bueno, ¿quién estaba cerca cuando los terroristas atacaron?

—Joder, ni siquiera recuerdo cómo iban vestidos —reconoció el número dos de la Corporación.

—Llevaban abrigo, cosa que con este calor debería haberme alertado de que no se trataba de agentes de seguridad de Singapur. Vale, tú y yo éramos los únicos caucásicos del vestíbulo cuando comenzaron a seguirnos. El resto eran asiáticos. Creo que el ataque llevaba tiempo planeado, pero el ver nuestros rostros pálidos fue lo que les llevó a ejecutar el plan.

—¿En serio? —preguntó Max, dejando entrever sus dudas.

—Que nunca haya habido un atentado terrorista en Singapur no significa que no sea un objetivo. El casino es nuevo, un esplendoroso ejemplo de la decadencia occidental. Cualquier *yihadista* que se precie se moriría de ganas de hacerlo volar por los aires. Simplemente estábamos allí cuando sucedió por pura casualidad.

Hanley seguía sin parecer convencido.

—Vamos a hacer una cosa —propuso Juan—. Si cuando llegue la noche ningún grupo ha reivindicado el atentado, asumimos que el blanco éramos nosotros y nos retractamos del acuerdo con Croissard, ya que es la única persona que sabía que íbamos a estar en el hotel. ¿Te satisface eso?

Más vehículos de emergencias pasaron a toda velocidad, seguidos por un par de todoterrenos con pintura de camuflaje.

Juan transigió al ver que Max no decía nada.

—De acuerdo, llamaré a Croissard y le diré que no seguimos y que se busque a otro para que encuentre a su hija.

Hanley le lanzó una mirada.

—Ese ha sido el intento de manipulación menos convincente que he oído en mi vida.

—¿Funciona?

—Sí, maldita sea —espetó Max, furioso consigo mismo por ser tan predecible—. Si algún grupo reclama la autoría, seguiremos con la misión. —Cruzó los brazos y miró por la ventanilla como un niño enfurruñado.

Cabrillo no tenía reparos en utilizar de ese modo los sentimientos de su amigo. Hanley le había hecho lo mismo a él un millón de veces. Ninguno de los dos necesitaba que lo empujasen a hacer lo correcto. Lo que sucedía era que tenían que estar completamente de acuerdo. Su relación era el pilar sobre el que se levantaba la Corporación, y si no eran de la misma opinión en casi todo, el equipo entero perdería su efectividad.

Juan pidió al taxista que los dejara a unos cuatrocientos metros del aeropuerto. Que el Canijo les hubiera dicho que a bordo del avión todo estaba en orden no significaba que el área fuera segura. Los dos se aproximaron con cautela utilizando los vehículos aparcados a lo largo del camino de acceso para resguardarse. El edificio de cemento, con su hilera de ventanas tintadas en verde, parecía normal. Había un guardia armado delante junto a un mozo de servicio, pero ya estaba allí cuando aterrizaron.

Los aviones despegaban y tomaban tierra con normalidad, lo que quería decir que el aeropuerto seguía operativo. Eso, sumado al hecho de que el segurata uniformado no parecía especialmente cauto, le indicó a Cabrillo que las autoridades aún no habían dado la voz de alarma.

Los observaron al entrar en el edificio. El traje de Juan ya no chorreaba agua, pero seguía estando empapado, y Max iba todo arrugado y con magulladuras a causa del ataque.

—Nuestro taxi chocó contra una boca de riego —explicó Juan al pasar.

Momentos después una guapa azafata malaya los escoltó hasta el Gulfstream y les pidió encarecidamente que regresaran pronto.

—¿Qué os ha pasado? —preguntó el Canijo cuando subieron la escalerilla.

A pesar de que había un amplio espacio, Gunderson tuvo que encorvarse para evitar que la gorra de piloto se le cayera de su rubia cabeza. Sus hombros parecían rozarse contra ambos lados del fuselaje.

—Luego te lo cuento —repuso Juan—. Sácanos de aquí.

El Canijo se metió de nuevo en la cabina de mando y, junto con su copiloto, se dispuso a seguir las órdenes del director. Mientras tanto Juan cogió el teléfono vía satélite del aparato y marcó el número de móvil de Roland Croissard. Este sonó ocho veces y estaba seguro de que saltaría el buzón de voz, cuando el banquero suizo descolgó.

—Señor Croissard, soy Juan Cabrillo. —El ruido de fondo era una sinfonía de sirenas—. ¿Qué está pasando ahí?

—Un atentado con bomba en la azotea del hotel. —La voz de Croissard sonaba nerviosa, casi presa del pánico—. Han evacuado a todos los clientes. Menos mal, porque diez minutos después de la primera explosión, hubo otra que devastó el casino.

Juan cubrió el micrófono del auricular y le relató a Max esa información, agregando:

—¿Lo ves? Nosotros no estuvimos cerca del casino. Fue una coincidencia.

El perpetuo ceño de Max se hizo más marcado, pero sabía que el director tenía razón.

—¿Están bien Smith y usted?

—*Oui, oui*, estamos ilesos. Quizá un poco conmocionados. Bueno, al menos yo lo estoy. No hay nada que parezca perturbar a John.

—Me alegro. Creo que todos estábamos en el sitio equivocado en el momento equivocado. —Juan tuvo que levantar la voz cuando los motores del Gulfstream se pusieron en marcha—. Quiero asegurarle que esto no afectará a nuestro acuerdo. ¿Lo entiende?

—Sí, perfectamente. Y me alivia mucho.

—Dígale al señor Smith que me pondré en contacto para darle instrucciones de cómo vamos a recogerle. Como ya he dicho, lo más probable es que sea en Chittangong, Bangladesh.

—*D'accord*. Se lo diré.

Juan colgó el teléfono. A continuación rebuscó en un armario y encontró un par de monos de mecánico. Eran de la talla del Canijo, pero una carpa de circo seca era mejor que un traje hecho a medida mojado.

Despegaron unos minutos después, y justo cuando el tren de aterrizaje se retrajo dentro del fuselaje, la voz del Canijo se escuchó en el interfono.

—Las autoridades de Singapur acaban de prohibir el despegue de cualquier avión. Nos piden que regresemos al aeropuerto, pero supongo que habremos rebasado el límite de las doce millas antes de que puedan hacer algo al respecto. No sé la que habréis liado Max y tú, pero los habéis puesto furiosos.

Hanley y Cabrillo intercambiaron una mirada. Max se inclinó hacia una pequeña nevera y sacó un par de cervezas; una Peroni para Juan y una Bud Light para él. La Light era la admisión de la lucha personal que estaba librando contra su barriga.

—Yo diría que hemos escapado de Singapur por los pelos.

Cabrillo profirió un gruñido.

Ocho horas más tarde, y medio océano de por medio, Gomez Adams situó el MD 520N de la Corporación sobre la bodega de carga situada en el extremo de popa. El carguero cabeceaba suavemente, pero una refrescante brisa soplaba de babor. Manipuló los mandos con sumo tacto para ajustarse al cabeceo, viraje y velocidad y posó el gran helicóptero en cubierta. Tan pronto los patines besaron el acero, apagó la turbina y anunció:

—Estamos en casa. Y lo creáis o no aún queda algo de vapor en los tanques de combustible.

Un técnico se apresuró en el acto a asegurar el helicóptero.

El carguero de once mil toneladas se encontraba en la costa oriental del subcontinente hindú, a la distancia máxima que la autonomía del helicóptero le permitía, mientras surcaba las grandes olas de camino al punto de encuentro en Bangladesh. A lo lejos, el sol se ponía por el este tiñendo las nubes en tonos anaranjados, rojos y violetas, y proyectaba una trémula estela dorada sobre las olas.

No había una puesta de sol más hermosa que las que podían verse en el mar, pensó Cabrillo mientras pasaba por debajo de las aspas aún en movimiento del helicóptero. El aire que generaban hacía que el mono, demasiado grande para su talla, se sacudiese y agitase como si le estuviera atacando.

Max le brindó una amplia sonrisa cuando el cuello golpeó a Juan en la cara.

—Bienvenidos, chicos —les saludó Linda Ross acercándose a ellos. Llevaba un par de pantalones cortos y una camiseta de tirantes—. Tenéis un don para buscar problemas, ¿no?

Hanley señaló a Juan con el pulgar.

—Échale la culpa a él. El tío solo atrae a camicaces, terroristas y chiflados.

—No te olvides de las mujeres salidorras. ¿Qué noticias hay de los atentados?

—Un nuevo grupo llamado al-Qaeda del Este ha reclamado la autoría del ataque. No hay ninguna víctima mortal y solo cinco heridos leves. Las dos explosiones del tejado eran chalecos bomba corrientes, con Semtex y chatarra. Ya sabes, pan comido para asesinos. La del casino fue mucho más pequeña. Aún no se sabe lo que fue, o al menos no han informado de ello. Mark y Eric creen que pueden colarse en el servidor central de la policía de Singapur, aunque no parecen demasiado confiados.

—Diles que no se molesten —dijo Cabrillo—. Mi teoría es que quien dirigía a los terroristas arrojó una granada de mano en una papelera para crear más caos. No quiero ni pensar en cuál habría sido el número de víctimas mortales si Max y yo no hubiéramos estado allí.

—Amén —repuso Hanley, y se fue tranquilamente hacia Adams y sus mecánicos para darles órdenes.

Frente a la barandilla de estribor, un tripulante había abierto la tapa de lo que en un principio había sido un bidón metálico de doscientos ocho litros normal y corriente. Estaba tan abollado y descuidado como el resto de las cosas a bordo del *Oregon*. En lugar de ser un desperdicio que habían desechado en cubierta, el bidón era un reducto cuidadosamente posicionado para una ametralladora M60 accionada por control remoto. El técnico de la armería había abierto la tapa y el arma se elevó y colocó en posición horizontal mientras la limpiaba y examinaba en busca de algún signo de corrosión causada por el salitre. Esa era una de la serie de armas idénticas situadas alrededor del perímetro de la cubierta y cuyo uso principal era el de repeler cualquier intento de abordaje.

—¿Por qué allí? —se preguntó Linda en voz alta mientras el director y ella se encaminaban hacia la imponente superestructura en medio del navío. Su pintura blanca se había descolorido y ahora tenía el tono de la cuajada y se estaba descascarillando como si fuera un reptil prehistórico mudando la piel.

Ya que no había ningún otro barco en su campo de visión, no se habían molestado en bombear un sucedáneo de humo para simular que la única chimenea del carguero estaba en funcionamiento. A diferencia de cualquier otra embarcación que surcaba las aguas hoy en día, el *Oregon* contaba con motores magnetohidrodinámicos. El revolucionario sistema utilizaba magnetos superrefrigerados para liberar electrones del agua salada. La electricidad generada se empleaba para impulsar el agua a través de dos turbinas. Con el tiempo ese tipo de propulsión se convertiría en el método estándar en toda embarcación ya que era respetuoso con el medio ambiente, pero su desorbitado coste, sumado al hecho de que se encontraba en estado de desarrollo aún experimental, hacía del *Oregon* el único barco que lo utilizaba.

—El casino es propiedad de una empresa estadounidense y, de acuerdo a los principios del Islam, el juego, o *maisir*, está prohibido —puntualizó Cabrillo—. Ese lugar es el templo de todo lo profano. ¿Se sabe algo de los terroristas?

—Solo lo que captaron las cámaras de vigilancia del hotel cuando estaban en el vestíbulo y en el ascensor. Eran malayos o indonesios. No se ha hallado ninguna identificación. Llevará días realizar una búsqueda de ADN, y es muy probable que esos tipos no aparezcan en ninguna base de datos. Sus fotografías podrían arrojar alguna coincidencia, pero no hay nada por ahora.

—Es pronto —observó Juan.

Esquivaron la brazola de una puerta hermética y entraron en la superestructura. La fuente de iluminación eran fluorescentes atornillados al techo y los pasillos eran de acero pintado. Cuando no se esperaba la llegada de extraños al barco, se mantenía un ambiente respirable, que podía cambiarse en cuestión de minutos. En climas fríos, si había a bordo algún inspector o agente de aduanas, ponían en marcha el gran sistema de aire acondicionado, y en climas tropicales bombeaban más calor para que los intrusos deseasen abandonar el barco lo antes posible. Además, la iluminación podía ajustarse para que parpadeara gracias al empleo de frecuencias ideadas para interferir en la actividad neural. A algunos les provocaba leves jaquecas y náuseas. A un epiléptico podía provocarle una crisis.

Por fortuna aquello había sucedido solo en una ocasión, y la doctora Huxley estaba presente.

Desde que unos meses antes un incidente con unos piratas somalíes no salió como estaba planeado, Max había instalado inyectores que podían inundar de monóxido de carbono toda la superestructura, o habitaciones individuales, todo ello bajo la atenta supervisión de Julia Huxley. El gas inodoro e incoloro producía somnolencia y letargo en un principio, pero una exposición prolongada causaría daños cerebrales y finalmente la muerte. Debido a que los individuos reaccionaban de manera distinta dependiendo de su tamaño y condición física, Cabrillo consideraba aquello como una acción desesperada.

Entraron en el poco utilizado cuarto del portero y Linda giró los mandos de un fregadero como si estuviera manipulando la ruleta de una caja fuerte. El agua que salió del caño tenía un color marrón chocolate y era un tanto grumosa.

Ningún detalle era demasiado.

Una puerta secreta se abrió dejando al descubierto las opulentas entrañas del *Oregon*, las estancias donde los hombres y mujeres que lo tripulaban pasaban la mayor parte del tiempo.

Bajaron a la siguiente cubierta, donde estaban ubicados casi todos los camarotes de la tripulación, y Juan se detuvo delante de la puerta de su propia suite. Linda se dispuso a seguirle dentro para continuar con el informe.

—Lo siento —dijo Juan—, pero necesito una ducha y quitarme esta ropa. Parezco una figura de *La guerra de las galaxias* vestido con el mono de un viejo G. I. Joe.

—No tenía pensado mencionar que necesitas un nuevo sastre. —Sonrió con descaro—. Tienes la misma pinta que yo cuando de pequeña me ponía una de las camisas de mi padre como blusón para la clase de arte.

—Contratamos a Gunderson por su habilidad para pilotar, no porque tuviera una talla media. —Se dio la vuelta, pero se detuvo—. Una cosa más. Baja a la bodega de carga y diles que necesitamos que liberen una de las LNFR de todo el peso que puedan. Eso incluye retirar uno de los motores fueraborda y colocar el otro en el centro. Max tiene a Gomez Adams y a su equipo haciendo lo mismo con el pájaro.

La LNFR era una de las dos lanchas neumáticas de fondo rígido a bordo del *Oregon*; una guardada en una cámara a estribor, donde podía ser lanzada al mar, y otra en la bodega de proa como apoyo.

Linda no señaló la obviedad del plan de Cabrillo. Una vez llegasen en helicóptero a Myanmar, el único modo posible de ir hacia el interior era por agua.

—Sí, director. Disfruta de la ducha. —Linda se marchó con paso tranquilo.

El camarote del director estaba decorado como si hubiera sido el plató de *Casablanca*, con todo tipo de arcadas, biombos de madera finamente tallados y suficientes macetas con plantas para simular un oasis. El suelo de baldosas estaba dispuesto sobre una membrana de caucho para que la vibración del barco no lo rajara.

Antes de atender sus propias necesidades, e inspirado por el pelotón de la cubierta, sacó la Kel-Tec del bolsillo del mono y la dejó en el vade de sobremesa de su escritorio, junto a lo que parecía un antiguo teléfono de baquelita, que en realidad era parte del sofisticado sistema de comunicación del *Oregon*. Detrás de su escritorio había una caja fuerte. Abrió la pesada puerta, haciendo caso omiso de la colección de armas y fajos de divisas extranjeras y monedas de oro allí guardados, y cogió un kit de limpieza. Sabía que la recámara de la automática estaba limpia, pero accionó la corredera varias veces una vez que extrajo el cargador vacío. Después de restregar a conciencia el cañón y la recámara, frotó todos los componentes con lubricante para armas. A continuación abasteció el cargador de nuevas balas. Habría metido el cargador, pero quería que los armadores y Kevin Nixon, del taller de magia, dieran un repaso a su pierna artificial después de ducharse, de modo que se limitó a meter la pistola en el cajón de su mesa.

Un arma cargada no era un peligro hasta que alguien la tocaba.

Se despojó del mono talla XXL, se quitó la prótesis de la pierna y fue saltando a la pata coja hasta su lujoso cuarto de baño. Tenía una bañera de cobre lo bastante grande para que varios elefantes retozaran toda la tarde en ella, pero raras veces la usaba. En su lugar optó por la ducha, ajustó la temperatura y los múltiples caños hasta que su cuerpo se vio golpeado por tsunamis de agua, lo más caliente que era capaz de aguantar.

Se vistió de manera informal, con unos ligeros pantalones de algodón y un polo de color morado, y se calzó unos blandos mocasines de piel sin calcetines. A diferencia de su pierna de combate, la prótesis que llevaba en esos momentos era una gemela virtual de su miembro de carne y hueso.

Su camarote era el más próximo al centro de operaciones, el núcleo electrónico neurálgico del carguero. Desde aquella sala, cuya tecnología punta se asemejaba a la del puente de mando de una nave espacial de ciencia ficción, se controlaban todas las armas, sistemas defensivos y de control de daños, el casco y la propulsión del *Oregon*. La habitación semicircular, dominada por una enorme pantalla plana y tenuemente iluminada, contaba con un timonel y un oficial artillero sentados al frente, operadores a cargo de los sistemas de comunicaciones, de radar y de sónar, y otra docena más de miembros del personal. El vigía se sentaba en un sillón situado en el centro de la sala y disponía de su propio monitor y controles de mando, con los que podía manejar todos los demás. Mark y Eric le colgaron el apodo de «el sillón de Kirk» en cuanto lo vieron, lo cual complacía a Cabrillo, ya que se había inspirado en *Star Treck* para diseñar el lugar.

Eddie Seng estaba al timón, pero se levantó en el acto cuando Juan entró en la sala de operaciones.

—Sigue con lo tuyo, señor Seng. —En la pantalla partida había imágenes de múltiples cámaras montadas en puntos estratégicos por todo el barco—. ¿Algo de lo que informar?

—Estamos solos, así que he puesto una velocidad de cuarenta nudos.

—¿Se sabe algo del joven señor Lawless?

—Sigue en Kabul, pero llegará a tiempo de que lo recojamos en Bangladesh.

—Infórmale de que un helicóptero le llevará hasta el barco junto con otro pasajero, y que la discreción es de valientes. Que tener la lengua suelta podría hundir este barco y todo ese rollo.

—¿Quién es el otro pasajero? —preguntó Eddie.

—Un guardaespaldas llamado John Smith —contestó Juan—. Un ex legionario. Es el guardián de Croissard y este insiste en que nos acompañe.

—Y a juzgar por tu tono de voz, no te hace ni pizca de gracia.

—Nunca se han dicho palabras más ciertas, pero no nos queda otra.

A Cabrillo no le gustaban los factores que escapaban a su control, y Smith era uno de ellos.

MacD Lawless era otro. No estaba seguro de que aquella fuera una primera misión adecuada para él, no con la presencia de Smith y sin que hubieran evaluado las habilidades de Lawless. Tendría que pensar en ello con un poco más de detenimiento. Mark Murphy y Eric Stone, su equipo de investigación, debían de tener ya todos los detalles sobre la carrera militar del hombre y las circunstancias de su captura en Afganistán. Los revisaría después de cenar y decidiría entonces si Lawless formaría parte de la misión de la Corporación para rescatar a Soleil Croissard.

El comedor del *Oregon* poseía la serena sofisticación de un club de caballeros inglés de tiempos pasados. Todo adornado con madera oscura y acabados en metal pulido. El mobiliario era sólido, con tapizados de estampados delicados, y la alfombra era suave y mullida. Lo único que faltaba eran cabezas disecadas de animales colgadas de la pared y un par de ancianos fumando un puro y regalándose con historias de safaris y guerras imperialistas.

Juan pospuso la lectura del expediente de Lawless porque Murphy y Stone estaban sentados a una de las mesas.

Eric Stone era un veterano de la Marina, pero no había entrado en combate. Al igual que Mark, que había trabajado para un contratista de Defensa antes de unirse a la Corporación, Stone era un experto en tecnología. Solo después de subir a bordo afloraron sus dotes para manejar un barco. Eric Stone era el mejor timonel del *Oregon*, después de Juan. Hombre tímido por naturaleza, conservaba algo de la conducta que había aprendido en la Marina. Todavía se remetía las camisas y nunca llevaba un solo pelo fuera de su sitio.

Mark, por otra parte, adoptaba un aire de empollón chic, aunque su parte de empollón destacaba más que su parte chic. Tenía el cabello oscuro y daba la impresión de que se lo secaba en un túnel de viento. Había intentado sin éxito dejarse crecer la barba, y si bien se había dado por vencido, no se afeitaba con regularidad. Los dos hombres tenían una estatura media, pero Eric era más delgado. Debido a que se mantenía principalmente a base de comida basura y bebidas energéticas, Mark tenía que ejercitarse en el gimnasio para evitar ganar peso.

Esa noche llevaba una camiseta con un dibujo de un perro salchicha dormido sobre una fuente con algunas patatas a su alrededor y una guarnición de ñoquis alemanes. Junto a la fuente había una jarra de cerveza medio llena y unos cubiertos. Debajo del dibujo podía leerse «Perro salchicha empanado».

—Eso no está bien —comentó Juan cuando se acercó a la mesa.

—Lo he hecho yo mismo con el Photoshop —respondió Murphy lleno de orgullo—. Me he hecho otra con un chihuahua al chimichurri.

Cabrillo se sentó enfrente.

—¿Estáis comiendo raviolis de lata?

—No se puede superar a Chef Boyardee —replicó Mark, tomando una cucharada.

—A veces me pregunto si tienes veintiocho años o solo ocho. —Cabrillo cogió la limpia servilleta de lino de la mesa y se la colocó sobre el regazo. Al cabo de un momento, le pusieron delante una ensalada Wedge aderezada con vinagre balsámico de fresa—. En realidad estaba pensando en una César —dijo sin levantar la vista.

—Vas a comerte la Wedge —declaró Maurice, el impecablemente vestido, aunque irascible, mayordomo. Y agregó cuando ya se marchaba—: También tomarás la ternera a la bourguignon.

El hombre regresó un momento después con una botella de Dom Romane Conti, un intenso borgoña francés que sería un acompañamiento perfecto para el plato del director. A continuación sirvió el líquido en una copa con un florido giro de muñeca para no derramar una sola gota.

—He tenido que beberme dos copas para cerciorarme de que no se había avinagrado.

Juan rió entre dientes. Las pequeñas catas de Maurice le costaban alrededor de ochocientos dólares a la Corporación. Tal vez no estuvieran en su mejor momento económico, pero al ayuda de cámara retirado de la Marina Real no se le podía negar un «traguito», como decía él.

Cabrillo se volvió hacia sus compañeros de mesa.

—Chicos, podéis evitar que me pase la noche delante del ordenador si me dais una versión abreviada de lo que habéis encontrado sobre MacD Lawless.

—A mí no me parece que tenga nada de malo pasar la noche delante del ordenador —adujo Murphy, dejando una lata de Red Bull.

—¿Y bien? ¿Qué me decís de Lawless?

—Linda ha echado mano de un contacto que tenía de sus días con los altos jefes del Estado Mayor y logró hacerse con su hoja de servicios. —El tono de Eric se volvió serio—. Marion MacDougal Lawless fue un excelente soldado. Se le otorgó una medalla de Buena Conducta, un Corazón Púrpura y una Estrella de Bronce. Las dos últimas por la misma batalla a las afueras de Tikrit. Después de Irak pasó las pruebas para los Rangers y se graduó en Fort Benning. Enseguida se embarcó para Afganistán y estuvo en algunas batallas bastante importantes cerca de la frontera con Pakistán.

»Estuvo ocho años y dejó el ejército como sargento de primera clase E 7. Fortran Security Worldwide se le acercó enseguida y le ofreció un empleo como guardaespaldas en Kabul. Por lo que podemos deducir de su historial sin disparar ninguna alarma en las bases de datos, ha sido un empleado modélico durante el año pasado.

—¿Qué hay de su captura? ¿Habéis encontrado algo?

—Los informes son aún poco precisos, pero parece que sucedió tal y como él contó. El equipo de televisión paquistaní al que tenía que proteger había entrado desde Islamabad, pero en ningún registro figura que hayan trabajado en Pakistán. Los dos tipos de seguridad afganos que estaban con él eran legales. Eran antiguos combatientes de la Alianza del Norte que habían recibido adiestramiento en nuestro ejército y que luego fueron por libre. El camión no ha sido hallado, pero una patrulla del ejército informó que había visto varios socavones de gran tamaño cerca de la carretera donde Lawless dice que le echaron el guante.

—¿Lo bastante grandes como para ocultar a un puñado de emboscados? —inquirió Juan, a lo que Stone asintió.

—Todo parece indicar que algún miembro de al-Qaeda tendió una trampa para conseguir a un estadounidense al que grabar mientras le hacían pedazos. Hace tiempo que no han grabado ninguna ejecución.

—Y en cuanto al incidente en Tikrit donde le hirieron… —apostilló Eric.

—¿Sí?

—He leído partes del informe que se redactó posteriormente a la acción. Lawless entró solo en un edificio y acabó con once insurgentes que tenían acorralado a su equipo y lo estaban haciendo papilla. Recibió un balazo en el muslo cuando mató a los tres últimos. Si quieres que te diga mi opinión, yo creo que es de fiar.

—Gracias, chicos. Como siempre, buen trabajo. ¿Qué tal vais con los mapas de la selva birmana?

—¡Ja! —exclamó Murphy—. No hay ninguno. Esa chica ha elegido uno de los lugares más remotos del planeta para perderse. Aparte de los ríos más importantes, nadie sabe qué cojones hay allí. Para lo que sirven, los mapas que hemos encontrado deberían ser etiquetados con el rótulo de «a partir de este punto hay dragones».

Aquellas palabras resultaron ser proféticas.

8

—Disculpa por el alojamiento —dijo Cabrillo al abrir la puerta de uno de los camarotes de la superestructura del *Oregon*—, pero con Smith a bordo tenemos que guardar las apariencias de que esto es lo único que esta vieja bañera puede ofrecer.

MacD Lawless olisqueó el aire, puso mala cara y luego se encogió de hombros.

—Me habéis dicho que estoy aquí a prueba. Supongo que este es el precio que pago.

—Cuando las cosas se calmen, yo mismo te enseñaré las partes del barco que no podemos dejar que Smith conozca. Ah, y él ocupa el camarote anexo al tuyo. Mantén los oídos abiertos. Estoy convencido de que se pondrá en contacto con Croissard y estas paredes parecen de papel.

Había micrófonos en cada camarote de aquella parte del carguero, pero Juan quería que MacD sintiera que estaba haciendo algo para ganarse su sueldo.

Lawless lanzó el petate sobre el único catre del camarote, que se hundió unos quince centímetros en aquel colchón sin apenas muelles. El ojo de buey estaba hecho un asco, por lo que el cuarto estaba sumido en una sombría penumbra. Una alfombra marrón, cuyo pelo era tan ralo que era imposible limpiarla, cubría el suelo, y las paredes de metal estaban desnudas y pintadas de gris. Había un servicio privado contiguo, con enseres fijos de acero inoxidable, como los que pueden verse en una prisión; y un armario botiquín sin puerta.

—Este lugar tiene el encanto de un cámping para caravanas de la ruta 66 una década después de que cerraran la carretera —bromeó Lawless—, pero he dormido en sitios peores.

Un helicóptero acababa de transportarles a John y a él desde el aeropuerto de Chittagong, y el *Oregon* ya navegaba rumbo al este a dieciséis nudos, en dirección a la costa norte de Myanmar.

—Me he fijado en que ya no cojeas —observó Cabrillo.

MacD se palmeó la pierna y marcó su acento sureño a propósito.

—Me siento bien. Un par de días de reposo y me recupero. Mi pecho sigue pareciendo un test de Rorschach, pero no me duele. Estoy seguro de que si dejas que me examine la doctora Hux... ¿Puedo hacerte una pregunta?

—Dispara —le invitó Juan.

—¿Por qué yo? Me refiero a que... bueno, ya sabes a qué me refiero. Solo hace un día que me conoces y me ofreces un trabajo.

Cabrillo no tuvo necesidad de pensar una respuesta.

—Por dos motivos. El primero es la forma en que te desenvolviste cuando estábamos en Pakistán. Sé cómo piensas y cómo luchas cuando las balas empiezan a silbar. Eso es algo que no puedo saber leyendo un currículum. El segundo es solo una corazonada. Fui un NOC al servicio de la CIA. ¿Sabes lo que es?

—Un agente encubierto no oficial. Entrabas en países extranjeros y los espiabas sin ayuda de ninguna embajada.

—Exacto. Reclutaba a locales. En un trabajo como ese aprendes rápido a confiar en las corazonadas sobre la gente o acabas muerto. Como puedes ver, no estoy muerto, así que debo de tener un buen instinto para saber en quién puedo y en quién no puedo confiar.

Lawless le tendió la mano.

—Gracias —dijo simplemente, pero sus palabras estaban cargadas de significado.

—Gracias a ti. Tenemos reunión en el comedor después de cenar; bajando un piso en el lado de estribor. Sigue tu olfato. La cena es a las seis.

—¿De etiqueta? —bromeó MacD.

—Es opcional —replicó Cabrillo por encima del hombro.

La cocina del comedor seguía siendo una pocilga, pero no importaba, ya que la comida se preparaba en la cocina principal y se enviaba mediante un montaplatos. Juan había recordado a los chefs que no exhibiesen sus extraordinarias dotes culinarias para que John Smith no sospechara de su entorno. No sería conveniente que de la cochambrosa cocina saliera un banquete de cinco estrellas.

Los tripulantes, vestidos de ingenieros y marineros de cubierta, y un par de oficiales llenaban la espartana estancia, pero a Cabrillo le dieron una mesa para él y para Lawless, Smith, Max Hanley y Linda Ross. Esta última iba a ser el cuarto miembro de la misión. Era más que capaz de arreglárselas y, además, hablaba algo de tailandés, lo cual podría resultar útil.

Smith llevaba puestos unos vaqueros y una camiseta con unas botas negras de combate. Su disposición había mejorado un poco desde que se conocieron en Singapur. Sus ojos negros seguían entornados y en constante movimiento, examinando cada rostro de los sentados a la mesa y escudriñando la estancia de vez en cuando. Cuando entraron previamente al comedor, antes de que llegara la cena compuesta por lasaña al horno y pan de ajo tostado con mantequilla, Cabrillo permitió que Smith eligiera asiento en la mesa redonda. Como era de esperar, optó por colocarse de espaldas a la pared.

Una vez se le comunicó que Linda Ross se uniría al equipo que iba a buscar a Soleil Croissard, una débil sonrisa despectiva danzó en sus labios antes de que su expresión se volviera de nuevo inescrutable.

—Como desee, señor Cabrillo.

—Llámame Juan.

—Dígame, señor Smith —intervino Linda—, su nombre es inglés, pero no así su acento.

—Es el nombre que elegí cuando me uní a la Legión. Por lo que recuerdo éramos unos ocho en mi clase de adiestramiento básico.

—¿Y de dónde es usted? —insistió.

—Esa pregunta jamás se le hace a un legionario. De hecho, jamás se le pregunta por su pasado. —Tomó un sorbo de su vaso de agua con hielo.

—¿Está seguro de que Soleil no ha intentado ponerse en contacto con su padre desde la última comunicación justo antes de que nos conociéramos? —preguntó Max.

—Correcto. Monsieur Croissard ha intentado llamarla numerosas veces, pero no hay respuesta.

—Así que nuestro punto de partida serán las coordenadas de GPS que tenemos de su última llamada.

—Me he fijado en que cerca del helicóptero hay algo cubierto con una lona. Un bote, supongo.

—Sí —respondió Cabrillo—. A pesar de que se le ha aligerado de carga, nuestro helicóptero no tiene la autonomía necesaria para llegar hasta la última localización conocida de Soleil. Lo utilizaremos para aerotransportar un bote dentro del país y seguirle la pista desde el agua.

—Me parece un buen plan —reconoció Smith—. El único modo de viajar por la selva es en bote. Recuerdo mis días de entrenamiento en la Guayana francesa. La Legión protege una base de lanzamiento de la Agencia Espacial Europea allí. Nos dejaban en la selva con una cantimplora y un machete, y luego cronometraban el tiempo que tardábamos en regresar a la base. Era tan densa que el mejor avanzaba poco más de kilómetro y medio al día.

—Todos hemos estado en un lugar así —medió MacD—. Comparo los pantanos de Georgia con cualquier jungla sudamericana.

—¿Ranger? —inquirió Smith reconociendo que la academia de adiestramiento de los Rangers se encontraba en Fort Benning, Georgia.

—Sí.

—Y usted, señorita Ross, ¿qué experiencia tiene?

Linda le brindó una sonrisa presuntuosa que le indicó lo bien que se le daba el toma y daca.

—A una dama jamás se le pregunta por su pasado.

Smith sonrió.

—*Touché*.

Juan desplegó un mapa que había llevado consigo al comedor y sujetó las esquinas con una taza de café y un plato con los restos de un pastel de arándanos, que se alegraba que Smith no hubiera probado, pues era el mejor que había comido en su vida.

—Bien, llevaremos el *Tyson Hondo* hasta aquí. —Señaló un punto justo frente a la costa meridional de Bangladesh. *Tyson Hondo* era el nombre que en esos momentos figuraba en la popa del *Oregon*, y así era como lo habían estado llamando desde que Smith subió a bordo—. No hay demasiado allí. Solo algunos pueblos pesqueros y clanes nómadas que viven en sus barcas. Ojalá pudiéramos volar de noche, pero bajar el bote en este río de aquí es demasiado peligroso en la oscuridad. —Había puesto el dedo en un punto a unos ciento sesenta kilómetros tierra adentro, bien pasada la frontera de Myanmar—. No hay bases militares tan al norte, así que no tenemos que preocuparnos de que nos avisten, pero volaremos a ras de tierra todo el tiempo que estemos dentro.

—¿Está capacitado su piloto?

—Se lo arrebatamos al 160° SOAR —respondió Juan, refiriéndose al regimiento de aviación de Operaciones Especiales del ejército de Estados Unidos.

—Así que lo está.

—Más que eso. Desde allí remontaremos río arriba a motor. Estos mapas son pésimos, pero parece que el río nos llevará a unos tres kilómetros de la última posición de Soleil y su acompañante. Bien, como podéis ver por estas dos posiciones determinadas, no se ha alejado mucho desde la última vez que se comunicó con su padre.

—¿Es eso significativo? —preguntó Smith.

—No lo sé —repuso Cabrillo—. Tal vez. Todo depende de lo que haya en esa zona de la selva en particular. En su última llamada dijo que estaba cerca de algo, pero que había alguien más acercándose.

—Si se me permite hacer una conjetura —intervino Linda, y prosiguió al ver que los hombres dirigían la mirada hacia ella—: Por lo que he leído sobre la chica, Soleil Croissard es una temeraria, pero no hace publicidad de sus aventuras. No le va eso de ver su nombre en los tabloides. Solo se pone metas descabelladas y luego las tacha de su lista cuando ha conseguido realizarlas. Carreras de coches, tachado. Los picos más altos del mundo, tachado. Hacer submarinismo entre tiburones blancos, tachado. Mi teoría es que sea lo que sea lo que está buscando, no es algo sobre lo que vaya a hablar al mundo entero. Busca algo para ella misma.

—Pues tiene que ser la rehostia para cruzarse Myanmar a pie —terció Max—. No solo es el terreno, sino que hay traficantes de opio y tiene uno de los gobiernos más represivos del mundo al que nada le gustaría más que capturarla para llevarla a juicio con fines propagandísticos.

—¿Podría tratarse de algo tan sencillo? —preguntó Juan a Smith.

—Qué sé yo. A monsieur Croissard no le contó por qué hacía esto.

—Si ese es el caso —adujo MacD—, ¿por qué no ha avanzado más que dieciséis kilómetros en casi dos semanas? —No tenía la respuesta a eso—. ¿Y si se considera una Lara Croft de carne y hueso? ¿Hay algún templo antiguo o algo semejante en esa selva?

—Es posible —replicó Juan—. El imperio de Angkor tuvo una gran expansión. Es probable que hubiera otras civilizaciones importantes antes o después. No conozco su historia tan bien como debería.

—No entiendo qué importa por qué esté allí —interpuso Smith—. Rescatarla debería ser la única preocupación.

Cabrillo se dio cuenta de que Smith tenía la mentalidad de un adepto. Recibía órdenes, las ejecutaba y seguía adelante sin realizar la más mínima reflexión al respecto. Aquello mostraba que carecía de imaginación, a diferencia de MacD Lawless, que era capaz de ver las ventajas de comprender las motivaciones de Soleil Croissard. La razón de que la joven estuviera allí era un factor importante que influía en la forma de rescatarla.

¿Y si había viajado hasta ese lugar para llevar a cabo una compra importante de opio? Cabrillo dudaba que ese fuera el caso. A los traficantes no les gustaba que los interrumpieran en medio de un trato. ¿Y si había ido para reunirse con algún activista de derechos humanos fugado al que perseguía un ejército entero? Especular en esos momentos acerca de su presencia allí podría salvar vidas más tarde.

No esperaba que alguien como Smith lo comprendiera. Recordó la primera impresión que se había llevado en el hotel Sands de Singapur. El tipo no era más que un guardaespaldas a sueldo, un matón al que Croissard había refinado un poco para que encajase en la sociedad educada y pudiera hacer el trabajo sucio al banquero.

—Dado que el tiempo es crucial —declaró Juan, haciendo un gesto con la cabeza en dirección a Smith—, dejaremos eso por el momento. Y como ninguno podemos hacernos pasar por nativo, no tiene sentido intentar integrarnos según las armas que llevamos. John, ¿tú cuál prefieres?

—Una MP5 y una Glock 19.

—Muy bien. Mañana a las ocho en punto me reuniré contigo

en la cubierta de popa con una de cada. Puedes probarlas todo lo que quieras. MacD, ¿quieres un Barrett REC7 como el que llevábamos en Afganistán? —Cabrillo formuló la pregunta de manera que Smith creyera que Lawless llevaba tiempo con la Corporación.

—Nos salvó bien el trasero, según recuerdo. Y una Beretta 92, como la que me dio el Tío Sam.

—¿Linda? —preguntó Juan para hacer que aquello pareciera el procedimiento normal en una operación—. ¿Qué le pido al armero?

—Un REC7 y también una Beretta. El Tío Sam me enseñó a dispararla, pero a mí no me la regaló.

—A decir verdad —apostilló MacD con picardía—, yo más o menos la birlé.

Smith debió de notar que la reunión se estaba desviando de su rumbo, porque se aclaró la garganta y dijo:

—No tengo hijos, así que no sé la angustia que en estos momentos debe de estar padeciendo monsieur Croissard. El *joven* Lawless me dijo cuando veníamos en el helicóptero que tiene una hija en Estados Unidos. Tal vez él pueda imaginar lo que está pasando mi jefe.

Clavó la mirada en MacD de forma deliberada, y este asintió.

—Si algo le sucediera a mi pequeña, perseguiría y destriparía a la persona responsable. —La sola idea de que hicieran daño a su hija hizo que su rostro enrojeciera y tiñó su voz de cólera.

—Lo entiendo. Y eso es precisamente lo que monsieur Croissard espera de nosotros. Si, Dios no lo quiera, le ha pasado algo a Soleil, debemos estar preparados para vengarla por él.

—No es eso lo que acordamos —repuso Cabrillo, sin gustarle un pelo el rumbo que estaba tomando la conversación.

Smith se llevó la mano al bolsillo de atrás para sacar su billetera y extrajo un trozo de papel. Lo desdobló y lo dejó sobre la mesa. Era un cheque al portador por un valor de cinco millones de dólares.

—Ha dejado a mi criterio que te entregue esto si creo que te lo has ganado. ¿Te parece bien?

Cabrillo le miró a los ojos sin pestañear. Durante un instante pareció vibrar la electricidad entre ellos. El resto de los presentes en la mesa podían sentirlo. Pasaron diez segundos, luego quince. Si hubieran estado en el salvaje Oeste, los que estaban en la habitación se habrían disgregado intuyendo un tiroteo. Veinte segundos.

El ex legionario bajó la vista y cogió de nuevo el cheque. Había parpadeado.

—Esperemos que no se dé el caso, ¿eh?

—Esperemos que así sea —respondió Juan, y se recostó para apoyar un brazo sobre el respaldo de su silla en una estudiada pose relajada.

Al día siguiente, Smith se reunió con Cabrillo en la cubierta de popa tal y como habían acordado. Esa mañana ambos llevaban pantalones de camuflaje y una sencilla camiseta de color caqui. Habían colocado una mesita plegable cerca de la oxidada barandilla, con las armas que Smith había pedido y cargadores extra, así como varias cajas de munición de 9 milímetros, ya que tanto la pistola como el subfusil llevaban la misma. Había, además, dos pares de auriculares y varios bloques de hielo teñido de amarillo en una nevera debajo de la mesa.

El gran MD 520N estaba estacionado justo encima de la bodega de popa, sus aspas plegadas y las protecciones instaladas sobre la toma de aire y el tubo de escape. Normalmente el helicóptero se guardaba dentro del casco gracias a una plataforma hidráulica pero, al igual que Juan había hecho con todo lo demás desde que Smith estaba a bordo, no quería descubrir su jugada con respecto a su barco y a sus auténticas capacidades.

Había retirado la lona gris de encima de la LNFR, que se encontraba sobre la penúltima bodega de popa. Dos miembros de la tripulación estaban realizando una última y superficial inspección al aparato.

—¿Has dormido bien? —preguntó Juan, de primeras. A continuación le ofreció la mano para demostrarle que no había resentimiento por el pulso de las miradas de la noche anterior.

—Sí, bien. Gracias. He de decir que preparan un café delicioso en tu cocina.

—Es lo único en lo que no escatima esta organización. Me enfrentaría a un motín si sirviéramos otra cosa que no fuera café de Kona. —No tenía sentido comportarse de manera mezquina y darle bazofia a Smith.

—Sí, he reparado en otras cosas en las que no sois tan… uh… generosos. —Pasó un dedo por la barandilla y la yema acabó manchada de rojo.

—Puede que no sea un regalo para la vista, pero el viejo *Tyson Hondo* nos lleva a donde tenemos que ir.

—Extraño nombre. ¿Tiene historia?

—Tan solo que ese era su nombre cuando lo compramos, y ninguno tuvimos prisa por cambiárselo.

Smith señaló con la cabeza hacia las relucientes armas.

—Veo otra cosa en la que no escatimáis un céntimo.

Cabrillo desempeñó el papel de mercenario.

—A un carpintero se le juzga por cómo trata sus herramientas. Esto es lo que nosotros utilizamos para desempeñar nuestro trabajo, así que insisto en tener solo lo mejor.

Smith cogió la Glock y la sopesó durante un momento, luego comprobó que la recámara estuviera vacía. La desmontó, echó un vistazo a cada una de las piezas críticas antes de volver a montarla. Hizo lo mismo con la Heckler & Koch MP5.

—Parecen estar en óptimas condiciones.

Juan le entregó un par de cascos protectores a Smith mientras se ponía los suyos. A continuación alargó el brazo debajo de la mesa para coger uno de los trozos de hielo amarillo y lo lanzó por la borda tan lejos como pudo. Este se hundió y desapareció un segundo antes de subir de nuevo a la superficie.

Smith insertó un cargador en la H&K y amartilló la compacta arma. Quitó el seguro, seleccionó un único disparo y se la acercó al hombro. Disparó, hizo una pausa y disparó tres veces de forma rápida y sucesiva. Los cuatro disparos alcanzaron el hielo, que a la velocidad a la que el carguero cortaba las aguas se encontraba a más de noventa y un metros a babor cuando impactó el último proyectil. Smith esperó a que el hielo se alejara un poco más hacia popa, dejando que rayara el máximo alcance efectivo del arma, y disparó dos veces más. La primera bala erró el blanco haciendo que el agua salpicara. La segunda dio justo en el centro del hielo medio derretido y lo partió en dos.

—Buen disparo —declaró Juan—. ¿Otro?

—Por supuesto.

Cabrillo arrojó un segundo bloque de hielo por la borda. Esta vez Smith disparó en tandas de tres haciendo añicos el blanco. El bloque se desintegró literalmente. Repitieron el ejercicio con la pistola. Smith vació todo el cargador con el ritmo preciso de un metrónomo. Cada tiro dio en el objetivo.

—¿Satisfecho o quieres continuar? —Cabrillo tenía que reconocer que Smith sabía hacer bien su trabajo.

—Debo confesar que últimamente no he practicado demasiado con armas automáticas. Está muy mal visto por las autoridades suizas tener una. Así que me gustaría seguir practicando con la MP5.

—No hay problema.

Continuaron durante otros veinte minutos. Juan reponía los cargadores mientras Smith destrozaba bloques de hielo. Hacia el final siempre daba en el blanco por mucho que se hubiera alejado su objetivo.

La voz de Max surgió de pronto del altavoz montado bajo la pasarela del segundo nivel que rodeaba la subestructura.

—Alto el fuego, alto el fuego. El radar ha detectado algo a cinco millas.

—No queremos que nos oigan —replicó Juan, y le quitó la pistola de las manos a Smith. Sacó el cargador y extrajo el proyectil que había en la recámara—. Yo me quedo con la munición; tú, con las armas. Por precaución. No te ofendas. Haré que alguien te lleve un kit de limpieza a tu camarote. Comemos al mediodía y nos vamos a la una. ¿Necesitas alguna otra cosa?

—Tengo mi móvil, pero ¿qué me dices de una radio táctica?

—Se te entregará una.

—Entonces, por mí todo perfecto.

—Sí —repuso Juan—. Creo que sí.

Smith aceptó el cumplido con un gesto.

9

Sin puertas y sin paneles insonoros, en el interior del helicóptero el ruido era tan ensordecedor como en una fundición durante un vertido. Y eso con la turbina al ralentí. Solo Gomez Adams tenía un asiento en condiciones. Los demás los habían quitado para aligerar el peso. De modo que Linda, MacD y Smith iban sujetos directamente en el mamparo trasero con bandas elásticas destinadas al cargamento.

Entre los pasajeros había una pila con el equipamiento personal, incluyendo comida, armas, munición, un localizador GPS y audífonos tácticos para las radios de combate. Además del que llevaba Smith, Cabrillo y Linda también tenían sus respectivos teléfonos móviles.

Juan no se había planteado cargar el equipo en el bote por si acaso le sucedía algo durante el vuelo. Las únicas provisiones que dejó que cargaran en la LNFR fueron setenta litros de agua potable. Con el calor y la sofocante humedad tropical, calculó que cada uno bebería una media de casi cuatro litros al día.

Gomez concluyó la preparación previa al vuelo.

—¿Todos listos? —Su voz sonó amortiguada a través de los auriculares que todos llevaban puestos.

No esperó respuesta antes de aumentar la potencia. El movimiento del rotor lanzaba un chorro de viento huracanado dentro del aparato. Los auriculares evitaron que a Linda se le volara la gorra de béisbol que llevaba puesta, pero su cabello recogido se sacudía como si fuera la cola agitada de un gato.

El ruido y el viento aumentaron haciendo vibrar el aparato como si fuera a desmontarse. Todo se calmó cuando despegó con cuidado de la cubierta. El *Oregon* estaba parado, y no había viento de costado, de modo que Gomez estabilizó el helicóptero sobre la gran «H» pintada en la bodega de carga. Frente a ellos un jefe de carga observaba el cable de acero sujeto a la grúa del helicóptero. A medida que el aparato ganaba altura iba tirando del cable hasta que finalmente este se tensó. Gomez lo había dirigido hacia delante poco a poco de forma que en el instante en que el cable comenzara a levar la carga estuvieran situados justo sobre la LNFR.

Con la precisión de un cirujano, levantó la lancha del soporte donde descansaba. El aparato había alcanzado el límite de peso que podía cargar y Adams se quedó inmóvil durante un instante, como si quisiera que el helicóptero se acostumbrara al enorme peso que colgaba de su panza. Con igual delicadeza elevó la LNFR de la cubierta. El helicóptero se sacudió mientras elevaba la lancha entre las grúas de popa. Tan pronto alcanzaron una altura superior a la de la barandilla, Adams aumentó la potencia al máximo y pusieron rumbo este hacia la selva, que se extendía justo sobre el horizonte.

—¿Qué tal va? —preguntó Juan al piloto.

—Como si tuviéramos un péndulo lleno de arena de casi una tonelada de peso balanceándose libremente debajo de nosotros. Puede que esa lancha sea muy veloz en el agua, pero en el aire tiene la misma aerodinámica que la puerta de un granero. Espero que no tengas pensado que la transporte de vuelta al barco cuando hayas terminado.

—Me gustaría que así fuera, si es posible —le dijo Juan—. Aunque recuerdo que nuestro contrato recoge que se nos reembolsarían los gastos.

—Bien. Da por perdida esa cosa. La presión que estamos

aplicando al fuselaje y a los rotores hace que no merezca la pena llevarla de vuelta.

Cabrillo se echó a reír. Quejarse era el modo que Adams tenía de distender la tensión. Max Hanley hacía lo mismo. Juan notó que el humor le ayudaba un poco, pero lo cierto era que antes de una misión le gustaba acumular dentro el estrés. Era como el muelle de un reloj; era energía que liberaría más tarde, cuando lo necesitara. Cuanto más peligrosa era la situación, mayor era la tensión y, por tanto, más explosivo se volvía. En esos momentos, y hasta que cruzaran la frontera de Myanmar, estaba completamente relajado. Después de eso, sabía que la tensión iría en aumento. Como de costumbre esperaba no tener que liberarla, al menos no hasta que estuviera otra vez a bordo del barco, bajo el chorro caliente de la ducha después de hacer cien largos en la piscina cubierta del *Oregon*.

Debido a la sobrecarga del helicóptero, Adams mantuvo una velocidad de unos sesenta nudos, pero daba la impresión de que solo habían pasado un par de minutos cuando sobrevolaron una playa de arena blanca a la altura justa para que la LNFR no rozara el manglar que había más allá. Se trataba de una estrecha y pálida franja de arena que separaba una extensión de agua azul de otra extensión igualmente monocromática de selva verde.

Parecía no tener fin, se elevaba y ondulaba siguiendo los caprichos de la topografía, pero cubría cada milímetro de tierra que tenían debajo. Seguían estando en Bangladesh, si bien Juan sabía que la selva se extendía de manera ininterrumpida hasta la costa de Vietnam y que era *terra incognita*: territorio desconocido. Neil Armstrong había descrito en una ocasión la superficie de la Luna como una «magnífica desolación». Aquello era lo mismo, solo que ese paisaje era verde, aunque casi igual de hostil para la vida humana.

Por culpa del sobrepeso, el helicóptero apenas era capaz de mantener la altura necesaria para evitar que la lancha se estrellase contra los árboles más altos. Más que pilotar el aparato, Gomez Adams luchaba por mantenerse en el aire y seguir el rumbo. Hacía rato que había dejado de hacer sus típicos comentarios ácidos. El sudor que le empapaba la cara se debía solo en parte a la humedad.

Cabrillo sacó un GPS portátil de una bolsa que llevaba colgada del chaleco y que, en cuestión de un instante, le indicó que estaban a punto de adentrarse en el espacio aéreo de Myanmar. Ni siquiera se molestó en comunicárselo a los demás. Pero no despegó los ojos de la selva, atento a cualquier señal que indicase que la frontera estaba vigilada.

Habían establecido la ruta para evitar ríos o importantes vías fluviales en vista de que cualquier asentamiento en aquella remota zona del país se levantaría a orillas de los mismos. No había carreteras, y por lo que Cabrillo alcanzaba a ver, tampoco la menor señal de que las máquinas deforestadoras hubieran atacado la selva. A juzgar por lo que veían sus ojos, daba la impresión de que la raza humana no existiera.

El terreno comenzó a elevarse, y Adams siguió su contorno. La sombra proyectada por el helicóptero saltaba y brincaba por las copas de los árboles. No hacía tanto frío como antes, ya que se estaban desplazando nubes desde el norte. En el cielo encapotado acechaban negros nubarrones de aspecto amenazador que se alzaban en lo alto y en los que restallaban relámpagos.

—Menudo tiempecito os espera —dijo Gomez, sus primeras palabras desde que llegaran a tierra firme.

—¿Cómo no? —replicó Cabrillo—. De no ser por la mala suerte, no tendría suerte en absoluto.

Prosiguieron camino durante otra hora internándose profundamente en Myanmar. Adams había pilotado el aparato con destreza y justo como habían planeado, y entonces avistaron su objetivo al sobrevolar un montículo. El estrecho río se abría paso en la selva a través de árboles cuyas copas casi se tocaban. El piloto comprobó el indicador de combustible e hizo algunos cálculos rápidos.

—Lo siento, pero no puedo pasar de aquí. Tal y como están

las cosas, si quiero regresar voy a necesitar que el barco se desplace hacia el este para recogerme.

—Recibido. —Cabrillo se volvió en su improvisado asiento para poder mirar a los tres que se encontraban en la zona de carga—. ¿Lo habéis oído? Tenemos que darnos prisa. Linda, tú primero, MacD después y por último tú, John. Yo os seguiré. Linda, asegúrate de no desenganchar la lancha hasta que estemos todos.

—Entendido —respondió, y con el pie lanzó una cuerda de rápel por el agujero donde antes había una puerta.

Adams maniobró el aparato para quedar suspendido en el aire justo encima del río, que tenía una anchura de casi quince metros y medio. Las copas de los árboles se agitaban y bamboleaban por el aire que generaba el rotor mientras bajaba la LNFR entre ellas hacia el agua. Tal era su destreza que la lancha apenas produjo un chapoteo cuando tocó la superficie. Linda descendió por la cuerda sin perder un minuto. Colgó de forma precaria durante un momento hasta que arqueó el cuerpo sobre el faldón hinchable de la LNFR y aterrizó de pie sobre ella. MacD Lawless ya había descendido la mitad y bajaba con rapidez. Linda se colocó para soltar el gancho de la grúa y le hizo un gesto con la mano a Adams, que observaba la maniobra a través de la luna de plexiglás que tenía a sus pies.

—Hasta luego —se despidió Juan del piloto cuando se desató habiéndole llegado el turno.

Antes de seguir a los demás, Juan sujetó una anilla del fardo de petates a la cuerda y bajó la vista hacia las tres personas de la lancha. Todos le estaban mirando. Linda le indicó con un gesto que estaban preparados, de modo que Juan empujó los bártulos hacia fuera. Estos cayeron sobre el suelo de la LNFR con fuerza, aunque no había nada dentro que pudiera romperse. A continuación se pasó su rifle semiautomático sobre el hombro y se encaramó a la cuerda, unos guantes especiales con palmas y dedos de cuero le protegían las manos. Refrenó la caída a solo unos centímetros de la lancha antes de soltarse. Tan pronto sus botas tocaron el suelo, Linda soltó el gancho y Gomez Adams viró y emprendió el regreso al barco, volando aún más a ras del suelo ahora que no tenía que preocuparse por la LNFR.

Después de pasar tanto tiempo en el helicóptero, los oídos no dejaron de pitarles hasta pasados varios minutos.

Se encontraban en un tramo desierto del río, que en ese punto fluía a paso de caracol. Los márgenes sobresalían unos treinta centímetros por encima del agua, compuestos por tierra rojiza desmoronada en algunas partes. Justo más allá brotaba una gran profusión de vegetación tan densa que parecía impenetrable. Cabrillo fijó la mirada en un punto y calculó que solo podía ver a una distancia máxima de metro y medio antes de que su visión quedara bloqueada por completo. Por lo que sabía, bien podría haber una división de las Fuerzas Especiales de Myanmar acechándolos a menos de dos metros.

La temperatura oscilaba en torno a los treinta y dos grados, pero debido a la ausencia de viento y al nivel de humedad, la sensación térmica era la de una sauna. En cuestión de momentos, el sudor le empapó la cara y dejó su huella bajo los brazos. La tormenta que se avecinaba supondría un grato y esperadísimo alivio.

—De acuerdo, tenemos unos cien kilómetros por delante. Quiero a MacD y a John vigilando a proa. Linda, tú conmigo, pero no apartes la vista de la popa. Se ha aumentado el escape del motor del fueraborda, pero cualquiera que esté río arriba nos oirá llegar, así que estate atenta.

Con eso, Juan ocupó su puesto al timón, situado en medio de la lancha, ligeramente más cerca de proa. Aparte de los gruesos protectores de goma que rodeaban la embarcación, era lo único que sobresalía del suelo de la espartana lancha de asalto.

—¿Equipo asegurado? —preguntó.

—Sí —respondió Linda mientras se enderezaba después de haber amarrado los bultos a una anilla abatible.

Cabrillo apretó el botón de ignición y el motor cobró vida de inmediato, como sabía que haría. Dejó que el único fueraborda calentara durante un instante y luego empujó la palanca del acelerador. La lancha luchó contra la corriente del río hasta que se mantuvieron inmóviles con respecto a los márgenes. Aceleró con fuerza. El agua se agitó tras el mamparo de popa cuando el motor respondió con toda su potencia removiendo el negro fango. En cuestión de segundos remontaban el río a unos trece nudos por hora, muy por debajo de la capacidad de la lancha incluso con un solo motor, pero en opinión de Juan esa velocidad les permitiría un amplio margen de reacción si alguien se acercaba río abajo.

El viento generado fue un grato alivio. Cuando se aproximaban a un pronunciado meandro, Cabrillo rebajaba la velocidad para avanzar lentamente y poder echar un vistazo al otro lado a fin de cerciorarse de que no había nada esperándoles en un punto ciego.

Transcurrida media hora sucedieron dos cosas casi de manera simultánea. La naturaleza del río cambió. Las orillas se estrecharon, lo que aceleró el curso de la corriente, y se encontraron con rocas que creaban remolinos y remansos que Cabrillo tuvo que sortear. No se trataba exactamente de rápidos, pero era posible que pronto pasaran a serlo. Lo segundo fue que, después de un brutal aumento de la humedad, que parecía empaparles los pulmones cada vez que inhalaban, las nubes de tormenta, que se habían instalado sobre ellos apagando los vivos colores de la selva, se abrieron descargando un torrencial aguacero. Cortinas de agua se abatían sobre ellos, como chorros a presión de una manguera antiincendios.

Juan sacó un par de gafas limpias del diminuto compartimiento bajo el timón y se las colocó. Sin ellas no podía ver la proa de la lancha; con ellas, su visión tampoco era mucho mejor, pero sí lo suficiente para proseguir su camino.

Daba gracias por que los aguaceros tropicales, a pesar de su brutal violencia, fueran afortunadamente breves. O eso se repetía a sí mismo mientras diez minutos se convertían en veinte, y apenas lograban avanzar contra la corriente que era cada vez más fuerte.

Los otros tres se mantuvieron en sus puestos, encorvados y calados hasta los huesos. Miró a Linda, que tenía la espalda apoyada contra el protector de goma, y vio que se rodeaba con los brazos y los labios le temblaban. MacD intentaba sin demasiado entusiasmo achicar agua de la LNFR utilizando su gorro de jungla. Los dos centímetros y medio de líquido que anegaban el interior de la lancha se agitaban de un lado a otro cada vez que Cabrillo rodeaba un obstáculo.

Las orillas se hicieron cada vez más altas, cercándolos y, a menudo, cerniéndose sobre la embarcación. La tierra suelta había dado paso a piedrecillas y rocas. El río, antes manso, se había convertido en un torrente y, por mucho que a Cabrillo le pareciera una buena idea hacerse a un lado y esperar a que pasara el temporal, no había calas donde refugiarse ni un lugar donde echar amarras. No tenían más alternativa que seguir adelante como pudieran.

El margen de visibilidad se redujo a escasos centímetros, en tanto que los truenos restallaban un instante antes de que los rayos rasgaran el cielo.

Pero siguió adelante. Cada vez que la embarcación chocaba con un escollo o la popa se hundía al pasar un rápido, daba gracias por que el único propulsor contara con un reborde que protegía las palas. De lo contrario la hélice se habría hecho trizas contra las rocas. Requería de muy buena vista darse cuenta de cuándo el agua adquiría de pronto un color marrón chocolate, y de una mente aún más aguda, comprender qué era lo que significaba eso.

Cabrillo reaccionó en el acto. Viró bruscamente a la derecha para salir del centro del embravecido río justo cuando el derrumbe orilla arriba sembró el canal de restos flotantes. Río abajo se precipitaban árboles enteros, cuyas ramas casi alcanzaban la LNFR, capaces de hacerla zozobrar o, como mínimo, de arrancar los protectores de goma que actuaban como borda. Se habrían hundido de no haber virado Juan cuando lo hizo.

Troncos tan grandes como postes de teléfonos, con las raíces al descubierto, pasaron a toda velocidad por su lado. La erosión estaba devorando la tierra que había sido arrancada de cuajo cuando los árboles cayeron al río. Llegó un momento en el que Juan tuvo que girar bruscamente para evitar el cuerpo ahogado de un búfalo de agua, sus cuernos estuvieron a punto de rozar el lateral de la lancha antes de que la corriente arrastrara a la lastimosa criatura.

Algunos bultos estaban demasiado hundidos bajo la superficie para que Cabrillo pudiera verlos, de modo que maniobró siguiendo las indicaciones que MacD gritaba. Se vieron forzados a moverse a derecha y a izquierda para esquivar los restos flotantes que se les venían encima. Juan había reducido la potencia tanto como se atrevía, pero árboles y arbustos continuaban precipitándose a ambos lados de ellos a velocidad vertiginosa, en tanto que el cielo seguía descargando toda su furia.

Lejos de cesar, la tormenta estaba arreciando. El viento torcía los árboles a lo largo de los márgenes hasta casi dejarlos en posición horizontal, arrancando hojas del tamaño de carteles cinematográficos que volaban por los aires. Una de ellas golpeó a Cabrillo en la cara y le habría sacado un ojo de no ser porque llevaba puestas las gafas.

Si había algo positivo en todo aquello, pensó con resignación, era que había cero probabilidades de que hubiera alguien lo bastante chiflado como para estar en el río.

Un último árbol se precipitó río abajo y el agua recuperó su típico color, semejante al del té. Entonces, de repente, la lluvia cesó; fue como si alguien hubiera cerrado un grifo. De pronto estaban capeando la peor tromba que habían vivido, y al minuto siguiente el agua que los había azotado había dejado de caer. Momentos después los negros nubarrones de tormenta se despejaron y un sol de justicia cayó a plomo sobre ellos con burlona intensidad. La humedad aumentó. El vapor que desprendía la selva creaba una neblina que al principio tenía un aspecto extraño y espectral, pero que rápidamente se convirtió en una bruma impenetrable.

—¿Estamos todos bien? —preguntó Cabrillo. Los otros tres movieron sus empapadas cabezas de manera afirmativa. Del armario situado debajo del cuadro de mandos sacó una bomba de achique manual y se la lanzó a Smith—. Lo siento, pero retiraron las bombas mecánicas para aligerar el peso de la lancha.

La embarcación luchaba por mantenerse a flote con la gran cantidad de litros de agua que se agitaba en el interior y anegaba el pantoque. MacD continuó achicando con su gorro y Linda se conformó con las manos, arrojando el líquido una y otra vez por la borda. La bomba era de lejos el medio más eficaz de vaciar la lancha, pero el chorro que desalojaba parecía insignificante comparado con el caudal de lluvia que había en su interior.

Pasados veinte laboriosos minutos, la embarcación seguía teniendo agua, pero habían salvado un escollo que podría haber condenado la expedición al fracaso antes siquiera de haberse iniciado.

Una cascada de casi un metro de altura abarcaba la anchura del río, bajo cuya superficie se apreciaba el tono negro de la roca. Los márgenes en ese punto eran elevadas pendientes de piedras sueltas y roca.

—¿Cuánto hemos recorrido? —preguntó Linda, cuya ropa aún no se había secado.

—Aún nos quedan por lo menos noventa kilómetros —respondió Juan sin mirarla. Estaba estudiando la ribera a popa.

—Supongo que tenemos que ir a patita —replicó MacD con el entusiasmo de un prisionero que se dirige al patíbulo.

—No tan rápido. Linda, ¿has traído explosivos?

—Casi un kilo de explosivo plástico y algunos detonadores. Una chica tiene que estar preparada.

—Excelente. MacD, quiero que hagas un reconocimiento de al menos tres kilómetros río arriba. Asegúrate de que no hay ningún poblado lo bastante cerca como para que nos oigan. John, lo siento, pero tienes que seguir achicando. Necesitamos sacar tanta agua como sea posible.

—*Oui* —contestó el hombre taciturno, y continuó accionando la palanca de la bomba, arrojando un delgado chorro de agua por la borda cada vez que lo hacía.

MacD se cargó al hombro su REC7, sacudió el agua de su auricular y saltó por la borda. Fue vadeando hasta la orilla, trepó utilizando la mano libre para apoyarse en el montículo de cantos rodados y desapareció al coronar la pendiente a paso rápido.

—¿No estarás pensando en…? —empezó Linda.

—Claro que sí —replicó Cabrillo.

Hizo que Linda rebuscara en su equipo los explosivos mientras que él improvisaba una pala con un remo de fibra de carbono. Saltaron del bote, Cabrillo con una cuerda en la mano para rodear con ella un trozo de madera que flotaba a la deriva. La pendiente era más pronunciada a unos veintisiete metros de la LNFR, de modo que se dirigieron con gran esfuerzo hacia allí; a cada paso que daban se producía un ligero desprendimiento de piedrecillas sueltas.

Cabrillo echó un vistazo a la colina, que se elevaba más de quince metros sobre el río aún crecido. Tenía una posibilidad para hacerlo bien, de lo contrario se enfrentaban a una marcha de días a través de la selva. Soleil Croissard les sacaba tanta ventaja que su rastro estaba ya frío, y se enfriaba aún más a medida que transcurrían los minutos.

Satisfecho con la decisión tomada, se arrodilló y comenzó a cavar. A cada torpe palada de piedra que sacaba del agujero, dentro caía la mitad de esa cantidad. Era una labor frustrante, y su respiración no tardó en volverse laboriosa debido al aire húmedo y abrasador. Cuando por fin alcanzó una profundidad de unos noventa centímetros, Juan descendió unos dos metros y medio y repitió el proceso mientras Linda dividía los explosivos en cinco partes iguales.

Tardó casi treinta minutos en cavar los agujeros. Cabrillo sudaba a chorros, y había bebido cerca de un cuarto de la mochila cantimplora que le había pedido a Linda que fuera a buscar a la lancha. Se disponía a ponerse en pie cuando percibió un movimiento a su espalda. Se dio la vuelta, desenfundando su pistola al mismo tiempo para sacar ventaja al hombre que salió de la maleza.

Juan bajó el arma en cuanto reconoció a MacD Lawless. El oriundo de Louisiana respiraba con mayor dificultad que él, si acaso eso era posible.

Echó un vistazo a su reloj mientras Lawless bajaba con rapidez hasta la orilla.

—¿Más de tres kilómetros? —inquirió.

—Durante ocho kilómetros puedo correr a una velocidad de kilómetro y medio cada siete minutos —repuso Lawless, resollando como un semental después del derbi de Kentucky—. Luego bajo a diez minutos cargando con un equipo completo.

Juan estaba impresionado con la resistencia de MacD y con el conocimiento que tenía sobre la capacidad y las limitaciones de su cuerpo. Información de ese tipo algún día podría salvarle la vida a un agente.

—¿Has encontrado algo?

—Solo selva. La buena noticia es que parece que hemos superado los rápidos más peligrosos. —Sorbió del tubo de la mochila cantimplora de Cabrillo y usó un sucio pañuelo para secarse la cara—. Tío, aquí hace más calor que en los pantanos de Lafourche Parish.

—Sube a bordo. Estaremos listos en un minuto.

La Corporación prefería utilizar dispositivos digitales en vez de temporizadores químicos para detonar los explosivos. Estos tenían una fiabilidad imposible de igualar por sus homólogos más antiguos y permitirían a Cabrillo una sincronización perfecta. Programó los temporizadores e introdujo el explosivo en cada agujero, cubriéndolo frenéticamente con tierra.

Subió a bordo de la LNFR, cabo de proa en mano, con un margen de dos minutos. Acercó la embarcación lentamente hacia la cascada para poner tanta distancia como fuera posible entre ellos y la explosión. Todos se tendieron en el suelo, sin levantar siquiera la cabeza para echar un vistazo por encima de la borda debido a la lluvia de cascotes que iba a caer.

Las detonaciones se sucedieron en una secuencia tan controlada que pareció que se trataba de una sola explosión continuada. Rocas y tierra estallaron por los aires en medio de una llamarada de gas que resonó en el río y espantó a los pájaros. Segundos después, una lluvia de piedras cayó sobre la LNFR; algunas rebotaron en los protectores de goma en tanto que otras repicaban contra el suelo de plástico. Un canto del tamaño de un puño provocó un calambre a Smith al golpearle en el muslo. El tipo gruñó, pero no dijo más.

Antes de que el polvo se hubiera asentado del todo, Juan se levantó y miró hacia la popa. La explosión había desgajado la base de la orilla y, mientras observaba, aquella masa de más de doce metros se precipitó pesadamente en el río desplazando el agua antes de que el borde frontal colisionara contra la otra orilla, con la suficiente fuerza para bloquear por completo el canal.

—*Voilà* —exclamó Cabrillo, a todas luces satisfecho consigo mismo—. Una presa al instante.

Con el flujo interrumpido por el deslizamiento de tierra, el agua atrapada entre este y la catarata comenzó a subir. Ahora se trataba de una carrera por ver si el río erosionaba el dique temporal antes de que el nivel subiera lo suficiente para elevar la lancha por encima de la catarata.

—Tengo otra idea. Linda, coge el timón. John, MacD, conmigo.

Cabrillo cogió el cabo de proa una vez más y le indicó por señas a Linda que colocara la embarcación justo debajo de la cascada. Su altura apenas superaba la proa de la LNFR. Los tres hombres saltaron a lo alto de la catarata y se afianzaron en una roca que sobresalía del agua como si fuera un diminuto islote.

El trecho entre el salto de agua y el dique continuó llenándose. Pero, al mismo tiempo, la corriente estaba devorando el dique, horadando cada grieta e imperfección para arrancar el terruño. La proa de la LNFR se elevó aún más hasta que el extremo de la quilla rozó la pared rocosa de la cascada. Los hombres se enrollaron el cabo de nailon en las muñecas disponiéndose a disputar el juego del tira y afloja más importante de sus vidas. Linda mantuvo máxima potencia forzando a la lancha a elevarse cada vez más. Detrás de ellos, un reguero de agua se abrió paso a través del dique uniéndose de nuevo a la corriente normal del río. La brecha era diminuta, se filtraban poco más que unas pocas gotas, pero acabaría por hacerse más amplia.

Para empeorar las cosas, el agua que no dejaba de crecer estaba a punto de sobrepasar la sección inferior de la presa, próxima a la orilla opuesta donde Cabrillo había detonado los explosivos.

—Solo tenemos una oportunidad —dijo Juan, los músculos de brazos y hombros se le marcaban mientras se preparaban para subir la lancha por encima de la cascada—. Linda, mira a tu espalda y dinos cuándo.

Linda echó un vistazo a la presa y a la orilla para asegurarse de que el volumen de agua que llenaba la laguna artificial era mayor del que se filtraba a través del dique de barro. El nivel llegó a su máximo, transformando la cascada en un rápido de quince centímetros, cuando el dique se deshizo en un chorro de barro y detritos.

—¡Ahora! —gritó Linda, y aceleró el fueraborda.

Los tres hombres tiraron del cabo, con el cuerpo en tensión como si fueran estatuas de mármol y el esfuerzo reflejado en sus caras. La cuenca había tardado diez minutos en llenarse, pero solo un segundo en vaciarse. A medida que bajaba el nivel, mayor era el peso de la LNFR que soportaba la roca, aumentando la carga que debían soportar los hombres.

El agua salía despedida del fueraborda de modo que las hélices chirriaban al encontrar solo aire. Los hombres continuaron tirando, izando la embarcación un agónico centímetro tras otro.

Linda dejó el motor en marcha y saltó de la LNFR hasta el borde de la cascada, el agua sucia le llegaba más arriba de las espinillas. Pero librarse de sus cincuenta kilos y medio de peso extra fue lo que necesitaron para conseguirlo. La lancha se deslizó sobre el fondo rocoso y al encontrar aguas más profundas comenzó a flotar. La corriente ladeó la embarcación hacia la pendiente y escoró, pero ahora estaba demasiado hundida en el agua como para caer de nuevo por la cascada.

MacD y John Smith cayeron de espaldas al río cuando la lancha se sacudió. Salieron a la superficie escupiendo y riendo a carcajadas por haberlo logrado. Cabrillo había conseguido mantener el equilibrio, y cuando Linda enderezó la LNFR y la acercó hasta la roca en que se encontraba, este saltó a bordo con la facilidad con la que un usuario coge el tren.

A su vez, Lawless y Smith se impulsaron hacia arriba y cayeron sobre la cubierta resollando, con una sonrisa de oreja a oreja.

—No ha estado nada mal —comentó Cabrillo cuando ocupó su lugar al timón.

—¡Ay que joderse! —replicó MacD al reparar en que tenía sanguijuelas pegadas a los brazos—. No hay nada que odie tanto como las sanguijuelas. —Buscó en su bolsillo un mechero desechable.

—Yo no haría eso —le advirtió Linda mientras él hacía girar la piedra para que se secase.

—Es lo que me enseñó mi padre.

—Ah, la sanguijuela se suelta, pero también regurgita todo lo que come. Lo cual es: a) asqueroso; y b) podría portar alguna enfermedad. Utiliza la uña y despega su boca de tu piel.

Siguiendo su consejo, y poniendo las mismas caras que pondría una chica, MacD se deshizo de cuatro sanguijuelas de los brazos y, con la ayuda de Linda, de otra que tenía en la nuca. Smith no había sido atacado por los repugnantes parásitos.

—Debes de tener la sangre avinagrada, John —bromeó Lawless, poniéndose de nuevo la camisa. Con un cinturón bien apretado y unos cordeles alrededor de los tobillos, no le preocupaba que algo pudiera metérsele dentro de los pantalones.

Smith no respondió. Ocupó su lugar en la proa y se preparó para retomar su labor como vigía. MacD intercambió una mirada con Linda y Cabrillo, luego se encogió de hombros y se unió a Smith.

Gracias a que la cascada les cubría la retaguardia, Linda no tuvo necesidad de vigilar por si alguien los adelantaba. Y siendo el transporte fluvial el único modo de moverse por la selva, Cabrillo pilotó con la seguridad de que tampoco habría ningún pueblo más adelante. La gente no habría sido capaz de remontar el río una vez que hubieran pasado la cascada, y no había visto indicio de ningún sendero ni a un lado ni a otro.

Prosiguió camino a una velocidad de casi veintidós nudos por hora y solo aminoró la marcha en los puntos ciegos a medida que el río serpenteaba adentrándose en la selva. El aire les secó por fin la ropa.

El sol brillaba en el cielo y el río permanecía tan manso y fácil de navegar como un canal surcado de meandros. La vegetación tropical era la otra constante. Flanqueaba la vía fluvial tan densa como el seto de un jardín. Solo de vez en cuando se veía un claro, normalmente cuando un afluente menor desembocaba en el canal principal, o cuando las riberas eran menos abruptas y los animales que bajaban a beber habían abierto veredas. Una de estas era especialmente amplia. Juan sospechaba que podría haber sido hecha por algunos de los diez mil elefantes salvajes que se calculaba que había en el país.

Acechando en aquel impenetrable muro de plantas de hoja ancha había rinocerontes asiáticos, tigres, leopardos y toda clase de serpientes, incluyendo a las pitones de mayor tamaño del mundo y la especie de cobra más letal: la cobra rey. En resumidas cuentas, pensó, no era un buen lugar para perderse.

Era casi primera hora de la tarde cuando Juan redujo la potencia para que la embarcación avanzara muy lentamente a contracorriente. La brusca disminución del ruido del motor hizo que les pitaran los oídos durante un momento.

—Estamos a unos dieciséis kilómetros de las últimas coordenadas conocidas de Soleil. Seguiremos con el motor puede que otros ocho y luego sacaremos los remos. Todo el mundo atento. No tenemos ni idea de lo que vamos a encontrar, pero Soleil estaba convencida de que no estaba sola en la selva.

Cabrillo no fijó la mirada en ninguno durante demasiado tiempo, sino que escudriñó la selva al frente y a ambos lados, consciente de que alguien podría estar observándolos con total impunidad. No sabrían si se trataba de rebeldes, de traficantes de drogas o de una patrulla del ejército hasta que no cayeran en la emboscada. Tuvo que reprimir el impulso de mirar por encima del hombro. Sabía que Linda les cubría la espalda, pero no podía librarse de la sensación de que alguien les observaba.

El graznido de un pájaro en lo alto de un árbol cercano liberó una buena dosis de adrenalina en su torrente sanguíneo. Linda ahogó un grito y vio que MacD se sobresaltaba. Solo Smith se mantuvo impertérrito. Juan comenzaba a sospechar que ese hombre tenía agua helada corriendo por sus venas.

Cuando recorrieron los ocho kilómetros establecidos, Juan apagó el motor y sacó el fueraborda del agua para que no actuara como un lastre. Comenzaron a remar situándose dos a cada lado de la LNFR. Smith había achicado la mayor parte del agua de la cubierta, pero la lancha era grande y, por débil que fuera, seguía habiendo corriente.

En momentos como aquel solían utilizar un pequeño motor eléctrico que podía impulsarlos en silencio, pero al igual que habían hecho con otro equipamiento, lo habían dejado en el *Oregon* a fin de aligerar peso.

La gente que jamás ha remado junta en un bote suele tardar unos minutos en ajustarse al ritmo de los demás. Pero eso no les sucedió a ellos. A pesar de que Smith y MacD eran prácticamente unos desconocidos, los cuatro impusieron un ritmo de forma instintiva y manejaron los remos de fibra de carbono con la sincronía de una tripulación de Harvard.

Juan comprobaba su GPS manual cada pocos minutos, y cuando divisó un poco frecuente claro por delante de ellos en la orilla derecha, supo que su tiempo en el río había terminado. Era una senda natural hacia el interior de la selva, y sospechaba que Soleil y su acompañante, cuyo nombre Cabrillo no acertaba a recordar, habían desembarcado en ese punto.

Se aproximó hasta el pequeño claro, percatándose de que estaba atravesado por un pequeño reguero de agua. Más allá se elevaba un muro de abundante vegetación. La última vez que Soleil se había puesto en contacto se encontraba a menos de cinco kilómetros de ese punto.

Orillaron la lancha sobre unos juncos que flanqueaban el afluente, empujándola para ocultarla lo mejor posible. Smith se puso la metralleta contra el hombro en cuanto se detuvieron, y se dedicó a peinar el área a través de la mira. No se oía nada salvo el zumbido de fondo de insectos y pájaros y el murmullo del agua al pasar por el mamparo de popa de la LNFR.

Tardaron unos minutos en recoger el equipo. Todos llevaban mochilas cantimplora con agua y ligeros macutos de nailon; el de Linda pesaba once kilos, y más de dieciocho el de Cabrillo y los otros dos hombres.

Con un poco de suerte, no necesitarían nada más aparte de agua.

Cabrillo volvió la vista hacia la LNFR para asegurarse de que estaba bien escondida. Se distanció un par de pasos de los demás para inspeccionar desde un ángulo distinto y entonces vio una cara. Le estaba observando con los ojos entornados y fijos. Su cerebro tardó un alarmante momento en comprender qué era lo que estaba viendo. Se trataba de la cabeza de una estatua de Buda que había caído al suelo justo en la parte superior de la orilla del río. Detrás de ella, envuelto por plantas trepadoras y enredaderas, había un edificio de piedra muy parecido a los templos piramidales de Angkor Wat en la vecina Camboya, aunque no a tan impresionante escala.

La estructura tenía una altura aproximada superior a los nueve metros, con la cabeza de Buda, que antiguamente estaba en el tejado del piso más elevado. Parecía que no habían pasado los años, como si el complejo llevara allí desde tiempos inmemoriales y la selva hubiera crecido a su alrededor.

—Creo que estamos en el sitio correcto —farfulló.

—¡No me digas! —repuso Linda—. Mira.

Juan apartó la mirada del templo piramidal y vio que Linda había separado una frondosa rama dejando a la vista dos kayaks individuales de plástico. Las aerodinámicas embarcaciones podían comprarse en comercios de todo el mundo. Esas dos eran de color verde oscuro y resultaban una elección lógica para ir río arriba, ya que podían sortear obstáculos con el remo.

—Debieron de transportarlos por tierra desde Bangladesh —dijo Smith.

Cabrillo meneó la cabeza.

—Es más probable que accedieran al río a través de su desembocadura en el mar. Debieron de tomar un barco en Chittatong para realizar la primera parte del viaje. Es evidente que Soleil tenía un destino en mente. Sabía perfectamente adónde se dirigía. Mirad eso.

Todos siguieron con la mirada su dedo, que apuntaba hacia la cabeza; los últimos rayos del sol incidieron sobre ella de modo que durante unos breves segundos el rostro de piedra gris pareció resplandecer.

Linda se llevó la mano a la boca para sofocar un grito de sorpresa.

—Es precioso —dijo con voz entrecortada.

—Supongo que no estamos en Lafourche Parish después de todo —adujo Lawless.

Smith no hizo comentario alguno. Miró el templo durante un segundo antes de colocarse la metralleta bajo el brazo y dirigir la vista hacia Cabrillo, con una expresión que decía que quedarse embobado contemplando antigüedades no entraba dentro de sus planes.

Juan no dudaba de la lealtad de Smith hacia Roland Croissard, ni de su deseo de rescatar a la hija de su jefe, pero pensaba que el ex legionario necesitaba relajarse un poco y disfrutar de las sorpresas que en ocasiones te deparaba la vida. Era muy posible que el templo lo hubiera visto menos de un puñado de extranjeros. Esa certeza le provocó una descarga de adrenalina, e hizo que solo tuviera ganas de explorar sus misterios.

Pero también sabía que Smith estaba en lo cierto. Tenían una misión que cumplir, y estudiar tesoros arqueológicos no formaba parte de ella. Podían recorrer los kilómetros que les separaban del lugar de destino del GPS antes de que oscureciera demasiado como para ver en la selva. Dejó que Linda tomara algunas fotografías y que se guardara el teléfono móvil con cámara en la manga impermeable antes de darle la orden de que se pusiera en marcha.

10

Juan había pensado que el modo más fácil de viajar sería seguir el pequeño riachuelo, pero era una ciénaga en la que se les hundían las botas. Cuando sacó la bota del barro, estaba cubierta de pegotes hasta el tobillo, que parecían acumularse con cada paso que daba. Después de una docena de pasos apenas podía sacar las piernas del fango.

Aquello les obligó a abandonar el lecho del riachuelo y a adentrarse entre la vegetación.

Juan supo de inmediato a qué se habían enfrentado los soldados en las trincheras alambradas que lucharon en la Primera Guerra Mundial. Las cortantes hojas se le enganchaban en la ropa y la desgarraban, produciéndole cortes superficiales aunque dolorosos en los brazos y la cara. No había sendero alguno. Tuvo que abrirse paso por la fuerza entre la maraña de enredaderas y matas, con la delicadeza de un toro en una tienda de porcelana.

MacD, que marchaba justo detrás de Cabrillo, le dio en el hombro y con un gesto le dijo que él debería ir primero. Cabrillo reconoció que tenía razón. Lawless se puso delante del director, estudió la pared de vegetación que tenían frente a ellos y se apartó unos pasos a la izquierda, acercándose hacia donde los troncos apenas se vislumbraban. Comenzó a avanzar retorciendo el cuerpo como un contorsionista. Parecía un tanto difícil, pero consiguió triplicar su paso; el resto de los integrantes del equipo imitaron sus movimientos. Y si bien Cabrillo había dado la impresión de ser un rinoceronte atravesando la selva, Lawless parecía moverse con el sigilo de una serpiente.

Pese a todo, avanzaban con extrema lentitud, y media hora más tarde era tan escasa la luz del sol que lograba filtrarse a través de las copas de los árboles que parecía que estuvieran a quince metros bajo el agua.

—Deberíamos parar a hacer noche —susurró MacD—. No veo nada.

—De acuerdo —convino Juan. Al levantar la cabeza se dio cuenta de que era imposible ver la luz del día—. Nos pondremos de nuevo en marcha en cuanto empiece a clarear.

Lo primero que hicieron fue sacar las bolsas FRH de sus raciones de campaña para calentar químicamente la comida. Lo siguiente fue desplegar los sacos de dormir de nailon con mosquitera incorporada. Encontrar zonas lo bastante amplias como para tumbarse cómodamente en la frondosa selva era un latazo de por sí, de modo que dieron buen uso al único machete que MacD había llevado consigo.

Cuando la comida estuvo lista, todos tenían sus sacos extendidos, pero bien cerrados para evitar que los insectos, que les habían asediado desde el momento en que la LNFR se detuvo, les aguaran la noche. Nadie dijo una palabra en todo el tiempo. Cuando terminaron de comer, Juan señaló a Smith, después a sí mismo y a MacD, y por último a Linda, estableciendo así los turnos de guardia. Echó un vistazo al reloj calculando cuántas horas pasarían hasta que saliera el sol, y levantó dos dedos. Todos asintieron comprendiendo lo que eso significaba.

Cabrillo le dio el primer turno de vigilancia a Smith a propósito porque sabía que podía mantenerse despierto para asegurarse de que el legionario cumpliera con su tarea.

La noche pasó de forma tranquila, aunque no precisamente cómoda. Por la noche en la selva se escuchaba una ensordecedora sinfonía compuesta por los sonidos de pájaros y monos, con un incesante coro de insectos de fondo. La preocupación de Juan sobre Smith resultó ser infundada.

Un bochornoso vaho se adhería al suelo cuando despertaron, amortiguando los sonidos de la floresta y cubriéndolo todo con un extraño y sobrenatural velo. Levantaron el campamento tan silenciosamente como lo habían montado, y diez minutos después de que hubiera luz suficiente emprendieron la marcha, con MacD al frente y Cabrillo en la retaguardia.

Gracias a Dios la selva empezaba a hacerse menos densa, y cuando MacD encontró una trocha, pudieron moverse casi a paso normal. Lawless se detenía breves momentos para escuchar, pero también para buscar rastros de que algún humano hubiera transitado recientemente por allí. Dada la cantidad de lluvia que caía cada día, Cabrillo dudaba que fuera a encontrar algo, y se sorprendió cuando después de adentrarse en la maleza regresó con una bola de papel plateado. Un envoltorio de chicle. Lo desplegó y se lo acercó a Cabrillo a la nariz. Aún podía oler la menta.

—Está claro que si va tirando papeles así, la señorita Croissard no es ecologista —susurró.

Lawless se guardó el envoltorio en el bolsillo mientras Juan echaba un vistazo al GPS. Aún les quedaban cuatrocientos metros por recorrer.

Las paradas se hicieron cada vez más prolongadas y frecuentes a medida que se acercaban, y todos tenían las armas a punto, pues no sabían qué se encontrarían. Era buena señal que las aves y los animales que vivían en los árboles juguetearan en las copas. Por lo general era un signo evidente de que no había nadie por allí.

La selva se abrió de pronto en un pequeño claro de hierba crecida. Se detuvieron en el borde, como nadadores contemplando la posibilidad de arrojarse a un estanque, y reconocieron el área. Una suave brisa hacía que las briznas de hierba se mecieran y bambolearan, pero, por lo demás, nada se movía. Cabrillo calculó que Soleil había realizado su última transmisión desde el margen derecho del campo abierto donde la selva comenzaba de nuevo.

En vez de cruzar el claro, volvieron sobre sus pasos hacia la vegetación y se aproximaron al lugar desde un lado. Cuando estaba a unos cuatro metros y medio de las coordenadas del GPS, Cabrillo divisó residuos en el suelo al borde del campo. Se percató en el acto de que se trataba de los restos de un campamento. Vio una gran tienda de campaña verde que había sido rajada en dos, su ligera estructura estaba completamente irreconocible. El relleno de los sacos de dormir destrozados había formado bolas. También había otros objetos: un pequeño cámping gas, platos de plástico y prendas de ropa, un bastón de senderismo.

—Parece que llegamos demasiado tarde —dijo Smith en voz baja—. Quienquiera que los atacó hace mucho que se ha marchado.

Cabrillo asintió. No imaginaba qué podría encontrar, pero aquello confirmaba sus peores temores. Lo único que quedaba era hallar lo que los animales hubieran dejado de los cuerpos. Era un paso terrible, pero necesario para demostrar a Croissard que su hija estaba realmente muerta.

—MacD y tú vigilad el perímetro —ordenó Juan—. Linda, tú conmigo.

Con los dos hombres montando guardia, Linda y Cabrillo se acercaron al pequeño campamento. Al hacerlo vieron que la tienda había sido acribillada a balazos. El nailon estaba lleno de pequeños agujeros cuyos bordes estaban chamuscados por el calor de los proyectiles.

Linda se acuclilló para abrir la cremallera de la tienda caída, acercando el brazo a la lengüeta como si tuviera puesto el piloto automático. Su expresión decía que desearía estar en cualquier otro lugar menos allí, haciendo eso. Juan se agachó detrás de ella.

La serpiente de cascabel se encontraba descansando a la fresca sombra de la tienda, oculta de la vista, cuando las vibraciones del latido del corazón de dos animales de gran tamaño y de sus pulmones al respirar la habían despertado segundos antes, de forma que cuando atacó lo hizo con furia por haber sido molestada.

Se movía tan rápido que se habrían necesitado cámaras de alta velocidad para capturar su ataque. Cuando abrió la boca y desplegó sus afilados dientes, gotas de veneno transparente ya se habían formado en los extremos. Era una de las más poderosas neurotoxinas del planeta y actuaba paralizando el diafragma y provocando un fallo respiratorio. Sin antídoto, la muerte sobrevenía unos treinta minutos después de la mordedura.

La velocísima serpiente se lanzó como una flecha a por el antebrazo de Linda, y estaba a solo siete centímetros de cerrar la mandíbula sobre su piel y hundirle los colmillos en la carne cuando la mano de Juan la agarró del cuello y utilizó la asombrosa fuerza de su cuerpo desenroscado para redirigir el golpe y arrojar la serpiente a la selva.

El episodio entero se desarrolló en un solo segundo.

—¿Qué ha pasado? —preguntó Linda, que no había visto nada.

—Confía en mí —replicó Cabrillo con la voz un tanto entrecortada—. No quieras saberlo.

Linda se encogió de hombros y se puso de nuevo manos a la obra. Había más objetos dentro de la tienda —envoltorios, un estuche de utensilios de cocina, más ropa—, pero no había cuerpos, ni siquiera sangre. Juan extendió el brazo por encima del hombro de Linda, apartando las cosas con las manos, concentrándose en lo que no veía más que en lo que estaba viendo. Buscó por la hierba y acabó encontrando el móvil de Soleil, o lo que quedaba de él. Una bala había atravesado limpiamente el reluciente dispositivo de alta tecnología. También halló un puñado de casquillos usados de 7,62 milímetros. Sin duda disparados por un AK-47, el legado de la antigua Unión Soviética al mundo de la violencia.

Llamó en voz baja a Lawless y a Smith.

—No están aquí —les informó—. Creo que les tendieron una emboscada, pero lograron escabullirse a la selva. Los atacantes arrasaron el campamento, se llevaron lo que querían... comida, al parecer, ya que no hemos encontrado nada... y luego fueron tras ellos.

La expresión de Smith no cambió salvo por una ligera tensión que se apreciaba en el extremo de sus ojos. Ese tipo era de piedra, pensó Juan.

—MacD, ¿crees que puedes seguirles el rastro?

—Dame un segundo.

Se encaminó lentamente hasta el borde de la selva más próximo al asolado campamento. Clavó una rodilla en el suelo mientras estudiaba el terreno y luego examinó las ramas de los arbustos que quedaban más cerca. Estuvo así casi cinco minutos antes de hacer una señal a los otros para que se acercaran. Cabrillo había aprovechado ese tiempo para llamar al *Oregon* y darle un informe a Max Hanley. En respuesta, este le dijo que todo estaba tranquilo por allí.

—¿Veis esto? —MacD señaló una rama rota. La pulposa rotura se había vuelto pálida—. A mí me parece zumaque venenoso. Este grado de decoloración significa que la rama fue arrancada hace una semana, puede que diez días.

—Así que, ¿puedes seguirles el rastro? —insistió Smith.

—Desde luego voy a intentarlo, pero no garantizo nada. —Miró a Juan—. ¿Habéis encontrado zapatos o botas?

—No.

Lawless se puso en el lugar de dos personas aterrorizadas que huyen para salvar la vida. Se internarían siguiendo un camino lo más recto posible. No habían encontrado calzado, lo que venía a significar que no estaban dormidos cuando los atacaron, por lo que era probable que fuera aún de día o que estuviera anocheciendo. Sí, correrían en línea recta, ya que sus perseguidores serían capaces de ver si se desviaban a izquierda o derecha.

Se adentró en la selva, convencido de que el resto de su equipo le guardaría las espaldas para que pudiera concentrarse en la búsqueda. A dieciocho metros encontró una fibra roja enganchada en un espino y supo que estaba en el camino correcto.

Y así continuaron. Unas veces encontraba numerosas evidencias de que un grupo de gente había atravesado la selva. En otras recorrían más de cuatrocientos metros antes de divisar una vaga pista, normalmente una ramita rota o la huella de un pie medio borrada y apenas discernible. La mañana dio paso a una calurosa tarde. No se detuvieron a comer, sino que ingirieron barritas proteínicas y bebieron de sus mochilas cantimplora.

Cabrillo pensó que habían cubierto dieciséis kilómetros como mínimo cuando la selva terminó de manera abrupta en un cañón que atravesaba el paisaje como el tajo de un hacha. Al fondo del mismo, a casi treinta metros de profundidad según sus cálculos, discurría un río revuelto que serpenteaba y zigzagueaba alrededor de rocas y rompía contra los rocosos márgenes.

—¿Derecha o izquierda? —preguntó MacD.

Este examinó el suelo en ambas direcciones adelantándose más de noventa metros.

—¡Dios bendito! —exclamó.

Los demás corrieron hasta donde se encontraba Lawless y vieron lo que le había hecho detenerse. Se trataba de otro complejo religioso como el que habían visto al abandonar el río principal, solo que este estaba construido en el acantilado opuesto, encastrado en la roca como si fuera un organismo vivo. A Cabrillo le recordaba al poblado Anasazi de Mesa Verde, Colorado, excepto que el estilo arquitectónico de este era típicamente oriental, con estilizados tejados en punta y redondas pagodas escalonadas. Parte de la estructura debía de haberse derrumbado con el paso del tiempo, porque bajo los edificios, en el cauce del río, había montículos de mampostería ornamentada, cuyos tallados decorativos podían apreciarse todavía. En medio de los escombros se encontraban los restos de una noria que debió de propulsar un molino dentro del templo. Se había podrido en su mayoría, pero aún se conservaban gran parte de la estructura y de los soportes metálicos como para que quedara de manifiesto que tuvo que ser enorme.

El complejo apenas sobresalía por encima del distante abismo, y lo poco que se alzaba de él estaba cubierto de vegetación, como enredaderas y trepadoras que ascendían de forma sinuosa por la fachada. Los constructores de aquel templo lo erigieron de forma que resultara prácticamente imposible encontrarlo.

—Capto vibraciones a lo Lara Croft, no cabe duda —dijo Linda mientras miraba boquiabierta aquella extraordinaria maravilla de la ingeniería.

Avanzaron a lo largo del borde del cañón y se encontraron con otras dos sorpresas. Una era que en otro tiempo había habido un poblado en ese lado del río. Si bien la selva lo estaba invadiendo poco a poco, la tierra había sido despejada de maleza y habían construido diques para formar arrozales; también había restos de varias docenas de chozas construidas sobre pilares. La madera de la mayoría de ellos estaba podrida, pero algunos se mantenían aún en pie de forma precaria, como ancianas achacosas demasiado orgullosas como para descansar. La gente que vivió allí debió de atender a los monjes que moraban en el templo.

La otra sorpresa fue el puente de cuerdas que cruzaba el precipicio de casi veinticinco metros de anchura. Este se combaba en el centro y parecía estar a punto de derrumbarse con la próxima ráfaga de viento. Estaba formado por un cabo principal de al menos treinta centímetros de grosor, con otras dos cuerdas guía a la altura del hombro sujetas a este por cuerdas, como los cables de un puente colgante. Debido a que eran más delgadas y susceptibles de pudrirse, muchas de esas sujeciones se habían roto y colgaban del cabo principal.

—¿No estarás pensando en…?

—Es posible hacerlo —respondió Juan a la pregunta que Linda casi le había hecho.

—Ni hablar, no pienso cruzar por ahí —replicó ella.

—¿Te apetece más descender, cruzar lo que parecen ser rápidos de nivel cinco y luego escalar la otra pared? —Juan no esperó a que le contestara—. MacD, a ver si puedes decirme si Soleil o su compañero pasaron por aquí.

Lawless estaba de pie junto a los pilares de piedra que anclaban el puente. Habían sido incrustados en hoyos excavados en la roca, y fueron rellenados de nuevo de forma que sobresalieran de la tierra cerca de un metro veinte. Encima de cada pilar habían colocado remates de bronce con forma de cabeza de dragón. En uno de ellos había un pequeño trozo de tela roja enganchado en la boca del dragón, el mismo color de la fibra que habían encontrado antes.

—Pasaron por aquí, sí —dijo, y mostró su descubrimiento.

—Juan —llamó Smith. Tenía en la mano un casquillo metálico mate como los que habían encontrado en el campamento.

Cabrillo ojeó el desvencijado puente sin demasiado entusiasmo, pero supuso que si otros habían cruzado por allí en los últimos días, tendría que aguantar su peso. Se colgó el rifle al hombro cuando se aproximó a él.

—Estad alerta —dijo, y se agarró a los cabos guía que le llegaban al hombro.

El cable principal estaba hecho de fibras entretejidas y parecía tan resistente como el hierro, si bien las guías tenían el tacto viscoso de la vegetación al pudrirse. Cometió el error de mirar hacia abajo. Daba la impresión de que el río estuviera bullendo, piedras tan afiladas como cuchillas delimitaban la embravecida vía fluvial. Si caía al agua, estaba seguro de que se ahogaría, y si lo hacía sobre las rocas, se partiría en dos como si fuera un melón maduro.

Poniendo un pie tras otro con mucho cuidado, y comprobando el aguante antes de apoyar su peso, Cabrillo fue avanzando despacio sobre el desfiladero; el sonido del agua de los rápidos de abajo se asemejaba al rugido del motor de un avión. Cuando llegó a la mitad, miró hacia atrás y vio que sus compañeros le estaban observando. El cable se había combado lo suficiente como para que solo pudiera verles la cara. Linda parecía preocupada; MacD, intrigado; y Smith, aburrido.

Ascender por esa cuerda era más complicado que descender, y en una ocasión se le resbaló por completo el pie. Se aferró a la guía, que se sacudió a causa de la tensión. Recuperó el equilibrio lentamente y volvió la vista, encogiendo un hombro con expresión atribulada. Logró recorrer el resto del puente sin más percances y exhaló de forma pausada cuando sus pies tocaron tierra firme.

Linda cruzó a continuación, moviéndose con la agilidad de un mono y con la resolución estampada en su rostro. MacD fue detrás, sonriendo de oreja a oreja como si aquello no fuera más que un juego para él. Cuando llegó al otro lado, Cabrillo levantó la mirada y vio que Smith había desaparecido.

—Ha dicho que necesitaba echar una meada —informó Lawless, y se encaminó en el acto hacia la entrada cubierta de enredaderas del templo. Parecía una cueva perfectamente cuadrada y el aire que se desprendía del interior llevaba consigo el frescor de la tierra.

Smith salió de la selva y cruzó rápidamente el cañón mientras Juan le cubría con su REC7, en caso de que alguien emergiera detrás de él.

—¿Todo bien? —le preguntó Cabrillo.

—*Oui*.

—¡Venid! —El susurro de Lawless procedía de dentro del templo.

Los tres se apresuraron a entrar en el edificio de piedra de solo un piso y que carecía de adornos. Lawless se encontraba en medio de un tramo de escaleras talladas en la roca que descendía hacia las entrañas del complejo. Estaba en cuclillas apuntando con una linterna el cuerpo de un hombre joven.

Era rubio, con barba de algunas semanas, y llevaba unos pantalones de algodón, camiseta roja de manga larga y botas. No parecía tener una sola marca. De no ser por la lividez propia de la muerte, habría sido fácil imaginar que solo estaba descansando. MacD tiró con suavidad de él. Tenía cuatro agujeros de bala en la espalda. Lo más seguro era que no le hubieran causado la muerte de forma inmediata o no habría sido capaz de apoyarse contra la pared. O tal vez eso lo había hecho Soleil como un último acto de bondad.

—Es Paul Bissonette —dijo Smith—. Solía escalar con Soleil a menudo.

—Vaya con Dios —farfulló MacD.

—¿Y Soleil? —preguntó Linda.

—O siguió corriendo o está en algún lugar ahí abajo. —Cabrillo señaló hacia las escaleras.

Precedidos por la luz de la linterna, y con las pistolas desenfundadas, ya que los confines eran demasiado angostos para los rifles de asalto, los tres emprendieron la bajada con cautela. Cabrillo ordenó a MacD que se quedara en la entrada y montara guardia.

A diferencia de las paredes lisas de la cámara superior, la escalera tenía elaborados tallados de figuras míticas y dibujos geométricos. Cuando llegaron al pie, se encontraron en otra cámara sin ventanas, pero esta tenía un banco de piedra que abarcaba tres de las paredes y una chimenea en la cuarta. Estaba cubierta de mosaicos con teselas en rojo oscuro y amarillo, que no habían perdido ni un ápice de su lustre con los años. Había una entrada que conducía a otra escalera. Esta contaba con aberturas semejantes a ventanas que daban a los rápidos de abajo.

En el siguiente nivel descubrieron pequeños cuartos parecidos a celdas, donde debían de dormir los monjes. También había una cocina, con un horno y un hogar en medio que debió de utilizarse para cocer el arroz.

Debajo se encontraba lo que debió de ser el templo principal. Estaba completamente vacío, si bien en algún momento del pasado debió de haber dorados por todas partes, hermosas alfombras cubriendo el suelo y una estatua ornamental de Buda sobre un alto pedestal de cara a los monjes. Todas las ventanas que había allí tenían balcones de piedra de estilo Julieta, intrincadamente tallados.

—¡Vaya! —Linda abrió los ojos como platos cuando se asomó al cañón.

En el lado opuesto del desfiladero, donde estaban cuando divisaron el templo por primera vez, los monjes habían esculpido una imagen de Buda en la roca viva. No estaba realizada de forma precisa, sino que daba la impresión de que fuera una obra en proceso. Algunas partes estaban bellamente esculpidas en tanto que otras secciones eran tan solo meros esbozos.

—Debieron de colgarse de sillas de contramaestre para trabajar en ella —comentó Cabrillo.

—Este lugar debería ser patrimonio de la humanidad —declaró Linda.

—Tal vez fuera eso lo que Soleil y… —¿Por qué seguía olvidándose del nombre del pobre tipo?

—Paul —apuntó Linda.

—Puede que fuera eso lo que estaban haciendo aquí.

Smith estaba harto de estudiar la plataforma donde antaño se asentaba una estatua. Estaba construida con tablones de madera bien encajados, que habían sido lijados hasta dejarlos tan relucientes como un espejo. El viento y la lluvia que se colaba con fuerza por las ventanas habían marcado y manchado el lateral más próximo, pero el que quedaba protegido mostraba aún la amorosa destreza requerida para fabricarla.

Al examinarlo con mayor detenimiento, Cabrillo vio que habían forzado el lado más basto. La madera había sido apalancada y algunas piezas estaban esparcidas en el suelo entre la hojarasca que se había colado en la estancia. Debido a la antigüedad del pedestal de madera, resultaba imposible calcular cuándo había tenido lugar aquel acto de vandalismo. Se unió a Smith y echó un vistazo dentro del agujero. Se trababa del escondrijo donde los monjes habían guardado lo que consideraban sus objetos más sagrados: algún tipo de relicario, sin duda.

¿Era aquello lo que Soleil había ido a buscar, un tesoro religioso que había sido saqueado hacía mucho tiempo? Qué desperdicio. Se alejó sacudiendo la cabeza con tristeza.

Había otro nivel más en el complejo situado debajo del templo principal. Aquella era la sección que se había derrumbado parcialmente sobre el río. Después de bajar y atravesar la entrada, se encontraron con una plataforma de unos tres metros sobre las aguas revueltas. La piedra estaba mojada por las salpicaduras de la corriente y resbaladiza a causa del musgo. Debajo de ellos estaba el armazón de la noria y a su alrededor, los restos de una máquina hecha de hierro, tan corroída por la herrumbre que se desmoronaba con solo tocarla.

Cabrillo examinó lo que quedaba del artilugio siguiéndolo con la mirada hasta donde los engranajes y ejes se conectaban, y determinó que se trataba de una bomba de gran envergadura. Pudo distinguir lo que una vez fue un fuelle, muy probablemente de cuero, que habría formado la cámara de vacío. Era sofisticado para su época y, a juzgar por el tamaño, muy potente.

Aquello suscitaba la cuestión de para qué se utilizaba. A pesar de que era grande, no podría haber afectado al nivel del río, ni siquiera durante los meses de sequía. Tenía que ser para otra cosa.

Se acercó hasta el lado derecho de la plataforma poniendo cuidado por si acaso la mampostería era inestable, y echó una ojeada por encima del borde. Lo único que vio fue agua blanca discurriendo con violencia, como si hubiera reventado un dique. Luego vio que justo por debajo de él estaba la entrada a una cueva excavada en la pared del precipicio bajo el complejo religioso. Habría sido accesible a través del edificio de la noria antes de que se desplomara.

—Me apuesto algo a que la construyeron aquí por la cueva —dijo para sí.

Debía de tener algún significado religioso. Sus conocimientos acerca de la fe budista eran limitados, pero sabía que algunas cuevas y cavernas se consideraban sagradas.

No se podía llegar hasta la boca de la cueva sin un sofisticado equipo de escalada y más cuerda de la que ellos llevaban consigo, pero se preguntó si Soleil lo habría intentado. ¿Era ese el motivo de que no la hubieran encontrado? ¿Se había resbalado tratando de alcanzar la entrada de la caverna y su cuerpo había sido arrastrado por la corriente?

—Oye, Juan. Ven un momento. —Linda le hizo señas con una mano al tiempo que le llamaba. Smith y ella estaban mirando hacia el río justo encima de donde la noria descansaba sobre la corriente—. ¿Ves algo ahí abajo, enredado en la rueda?

Juan miró por encima de la plataforma. Era difícil distinguir ningún detalle, ya que de una orilla a otra el agua estaba cubierta de espuma producida por los rápidos, pero parecía que había algo enganchado en la parte de la rueda que quedaba corriente arriba. Lo primero que se le vino a la cabeza fue que podría tratarse de ramas arrastradas por el río. La estructura metálica sería una trampa para ese tipo de restos flotantes. Entonces ató cabos y, al hacerlo, la imagen cobró sentido. Se trataba de un cuerpo enredado entre los radios de la noria.

—¡Joder! ¡Es ella!

Se despojó de la mochila sin perder un momento y buscó dentro un rollo de cuerda de seis metros que había guardado. Mientras se la ataba a la espalda del chaleco, Linda aseguró el otro extremo alrededor de pilar de piedra de la antigua bomba. El metal estaba demasiado dentado como para fiarse.

—¿No debería ocupar mi lugar MacD? —preguntó Linda.

La fuerza física de Lawless era mayor que la suya, pero Cabrillo no quería que su cuerda la asegurasen dos personas a las que apenas conocía. Negó con la cabeza.

—John y tú podéis apañároslas.

Corrió hasta el borde de la plataforma, justo encima de donde estaba atrapado el cuerpo de Soleil. Deseó poder quitarse la bota del pie de carne y hueso para mantenerla seca, pero las rocas y el metal eran afilados como cuchillas.

—¿Listos?

—Sí —respondieron los dos al unísono.

Cabrillo se colocó boca abajo y se deslizó con cuidado por encima del precipicio. Linda y Smith aguantaron su peso y le bajaron poco a poco. Las gotas de agua que le salpicaban estaban frías como el hielo. Juan se retorció un poco cuando la cuerda se desenrolló, y enseguida quedó estabilizado. Soltaron más soga y Juan tocó la noria con la punta del pie. Cuando le bajaron otro poco, apoyó su peso sobre el viejo artilugio y la cuerda no tardó en quedar floja.

Ahora que estaba más cerca podía ver que el cuerpo era delgado, pero estaba boca abajo, de modo que no pudo hacer una identificación en toda regla. Se puso de rodillas e introdujo un brazo en las gélidas aguas. La corriente casi le hizo perder el equilibrio, pero logró sujetarse y volvió a meter el brazo. Agarró el cuello de la camisa y tiró con todas sus fuerzas.

Al principio el cuerpo no cedió. Estaba demasiado enganchado y la corriente era demasiado fuerte. Cambió de posición para afianzarse mejor y lo intentó de nuevo. Esta vez sintió que se movía. El cuerpo de Soleil se retorció alrededor del soporte en el que había quedado atrapada desde que cayó al río y estuvo a punto de arrastrar a Cabrillo con ella. Juan logró resistir, pero la fuerza del agua era brutal. Luchó por remolcar el cadáver sobre la rueda. La ropa mojada que tenía agarrada se le estaba escurriendo y comenzaba a perder la sensibilidad en la mano. Se dio cuenta de que Soleil llevaba una cartera colgada al hombro y se apresuró a soltar la camisa para aferrar la correa. En ese momento el cuerpo se soltó de la cartera y desapareció arrastrado por el río. Sucedió tan rápido que Cabrillo no pudo hacer nada para evitarlo. De pronto la tenía y al segundo siguiente, ya no estaba.

Juan maldijo su propia estupidez. Debería haberla desenganchado antes de intentar moverla. Levantó la vista hacia sus compañeros.

—¿Era ella? —preguntó Smith por encima del rugido del río.

—Sí —respondió Juan—. El color del pelo y la constitución encajaban. Aunque no le he visto la cara. Lo siento.

Se colgó al hombro la correa de la cartera de cuero y dejó que Linda y Smith le izaran. En cuanto pudo alcanzar la plataforma de piedra con las manos, utilizó la fuerza de sus brazos y hombros para encaramarse a ella. Quedó tendido resollando durante un momento, más por causa de la decepción que del agotamiento.

Linda le tendió una mano para ayudarle a ponerse en pie.

Justo entonces oyeron el inconfundible zumbido de un helicóptero que se aproximaba a gran velocidad.

11

Los tres reaccionaron al unísono. Cabrillo le lanzó la bolsa de Soleil a Smith, ya que era lo más parecido a un dueño legal, y juntos corrieron hacia las escaleras que llevaban fuera del templo.

Estaba claro que su teoría de que Soleil y el tipo que la acompañaba habían sido atacados por rebeldes o traficantes de drogas era errónea. El helicóptero tenía que pertenecer al ejército, lo que significaba que eran refuerzos para una patrulla que no debía de andar muy lejos de allí. Soleil debió de tropezarse con ellos o con un grupo que los delató a la milicia. En cualquier caso, los dos senderistas tuvieron mala suerte, lo mismo que ahora les pasaba a Cabrillo y a su gente. Atravesaron corriendo el templo principal, cruzaron a toda prisa el piso donde se encontraban las celdas y subieron atropelladamente hasta la entrada.

—Tenemos compañía —informó MacD de forma innecesaria.

El helicóptero se aproximaba a baja altura, por lo que a través de las copas Cabrillo pudo reconocer que se trataba de un viejo Mil Mi-8 ruso. Podía transportar más de dos docenas de soldados de combate.

—Vale, solo tenemos una posibilidad —dijo—. Tenemos que cruzar el río e internarnos en la selva antes de que el piloto pueda encontrar un lugar donde aterrizar.

—¿Por qué no nos escondemos en este lado y cruzamos más tarde? —preguntó Smith.

Cabrillo no malgastó saliva explicándole que sin duda los guardias se apostarían en el puente de cuerdas, y que no le apetecía nada caminar durante días, e incluso semanas, para encontrar otro modo de cruzar.

—Linda, tú primero, luego Smith, MacD y yo. ¿Entendido?

Mientras el aparato sobrevolaba la zona, los cuatro corrieron desde la entrada del templo procurando mantenerse a cubierto en la medida de lo posible. Teniendo en cuenta que la selva era frondosa, no les resultó demasiado difícil. Solo les quedaban poco más de noventa metros por cubrir, pero el problema lo tendrían una vez llegaran al puente. Allí no había forma de ocultarse.

El sonido de los rotores cambió cuando el piloto quedó suspendido en el aire. Juan sabía que eso significaba que los hombres se estaban descolgando de cuerdas y que en cuestión de segundos estarían en tierra. Iban a salvarse por los pelos.

Linda llegó al puente y continuó sin detenerse ni aminorar la marcha. Sus pies recorrieron el cable principal, sujetándose a la cuerda guía con una mano mientras que con la otra aferraba su REC7. Smith dejó que le sacara un par de pasos de ventaja antes de subirse a la destartalada estructura. Su peso añadido hacía que el puente se balanceara. También crujió de forma siniestra, y varias de las cuerdas de apoyo se soltaron.

Cabrillo y MacD corrieron codo con codo sabiendo que a menos de noventa metros por detrás de ellos el Mi-8 había desembarcado a sus pasajeros y empezaba a elevarse libre de carga; su enorme rotor desplazaba el aire caliente y fétido.

Una ráfaga de disparos acribilló el camino obligándolos a tirarse cuerpo a tierra. Juan se dio la vuelta y abrió fuego por sorpresa cubriendo a MacD para que pudiera cruzar el puente. Se arrastró detrás de una roca, y siempre que veía movimiento en la selva a su espalda, disparaba.

Arrojaron una granada desde detrás de un arbusto. Juan se

hizo un ovillo cuando el explosivo mal lanzado detonó. La metralla hizo saltar la tierra a su alrededor, pero él resultó ileso. Lawless había llegado a la mitad. En el otro extremo Linda alcanzó tierra firme y enseguida rodeó uno de los pilares de apoyo y se unió al tiroteo. Desde la posición de Cabrillo, los fogonazos del cañón del arma parecían estrellas parpadeantes.

Cambió el cargador medio vacío por uno nuevo, disparó una larga ráfaga y salió pitando de su escondite. Sintió que tenía una diana gigante pegada a la espalda y que sus largas piernas estaban cubiertas de plomo. Correr parecía una tarea más ardua que cuando llegaron a aquel cenagal nada más dejar la lancha. Cabrillo se colgó el fusil a la espalda en cuanto puso el pie en el puente, que se bamboleó y sacudió como si por él pasara la corriente eléctrica. MacD avanzaba delante de él tan rápido como podía, en tanto que Smith llegaba al otro lado. Al igual que Linda se puso a cubierto detrás de un pilar y abrió fuego.

Las balas pasaban silbando a su alrededor mientras trataba de correr sin perder el equilibrio. No recordaba que la soga trenzada fuera tan delgada. A algo más de treinta metros, el agua era una blanca y espumosa pesadilla. Continuó la marcha a la espera de recibir un balazo en la espalda de un momento a otro, mientras el cable se balanceaba como una vieja hamaca.

Tenía la vista clavada en sus pies, de modo que fue un milagro que la alzara cuando lo hizo. Los proyectiles, obviamente de los soldados birmanos, alcanzaron el cable un poco más adelante de donde se encontraba MacD. La soga se deshilachó a la velocidad del rayo en numerosas fibras de cáñamo y, en cuanto los dos extremos se partieron, las guías soportaron el peso añadido.

—¡Abajo! —gritó Cabrillo por encima del estruendo de la batalla y se arrojó sobre el cable principal que no dejaba de sacudirse. MacD se tiró al suelo, aferrándose a la gruesa cuerda con un brazo y una pierna.

Las guías no habían sido diseñadas para soportar la carga del cable principal, ni siquiera cuando la estructura acababa de construirse. Aguantaron los segundos que tardó Cabrillo en darse la vuelta para colocarse de cara al templo. Dispuso solo de un segundo para ver que un par de soldados vestidos de camuflaje habían empezado a cruzar el puente, con sus AK apoyados contra el vientre.

Primero se rompió una guía, haciendo que el puente entero girara de forma vertiginosa. La segunda cedió un instante después, y Cabrillo comenzó a caer aferrado a la cuerda que se precipitaba hacia el santuario budista cada vez a mayor velocidad. El viento silbaba en sus oídos a la vez que el mundo se inclinaba y rotaba. Los dos soldados birmanos no habían visto la que se les venía encima. Uno de ellos cayó del arco del puente, agitando brazos y piernas hasta que se estrelló contra las rocas de abajo. El río limpió la mancha carmesí que había dejado sobre la piedra y se llevó el cadáver. El segundo soldado logró agarrarse a las guías cuando se combaron, como balones deshinchados.

Juan se agarró con más fuerza y se preparó para el golpe sabiendo que si se escurría también perdería la vida. El impacto contra la rígida piedra fue igual que si un autobús le hubiera atropellado. Sintió que la clavícula se le rompía como si fuera una ramita y perdió la sensibilidad durante un instante. Su cerebro reaccionó enseguida, sumiéndolo en una agonía que recorrió su sistema nervioso desde el tobillo a la cabeza. Un hilo de sangre manaba de un profundo corte en la sien, y necesitó de todas sus fuerzas para no soltarse y dejar que todo acabara.

El soldado que se había aferrado a la cuerda en el último segundo dio el grito de alarma cuando se resbaló y se precipitó golpeándose varias veces contra la pared del precipicio. Juan no pudo hacer nada. El tipo chocó contra él haciéndole deslizarse por el cable. Cabrillo miró hacia abajo y lo vio pasar al lado de MacD, que había conseguido sujetarse a pesar de que su caída había sido mayor y que el golpe recibido fue más fuerte. El soldado birmano cayó de cabeza al agua y desapareció. Juan no le vio salir de nuevo a la superficie.

Estaba en un callejón sin salida. Con la clavícula fracturada no había forma de que pudiera escalar el cable, y sabía que era imposible sobrevivir a la zambullida en el río. Pensó que tal vez MacD y él podrían balancear la cuerda de un lado a otro del precipicio y lograr aterrizar en la plataforma de la noria, pero eso tampoco funcionaría, ya que estaba demasiado lejos.

Levantó la mirada esperando ver los rostros triunfales de los soldados apuntándole con sus armas. Ya no se oían disparos desde el extremo donde se encontraba Linda y supuso que al romperse la cuerda, Smith y ella habían emprendido una rápida retirada. Los soldados podrían ser recogidos por el helicóptero en cuestión de minutos, así que no tenía sentido que se entretuvieran por una situación sobre la que no tenían el control.

El cable comenzó a menearse con lentitud, y tardó un momento en darse cuenta de que en lugar de dispararles para que cayeran de la cuerda como moscas, los soldados birmanos los estaban subiendo a MacD y a él hasta el borde del cañón, hacia un destino que probablemente haría que caer al río pareciera el menor de dos males. Pero siempre que estuviera vivo y que tuviera a Max Hanley y al resto del equipo como apoyo, Juan jamás se daría por vencido.

Veinticuatro horas más tarde deseó haberlo hecho.

Los soldados tardaron casi diez minutos en subirlos a MacD y a él. Para entonces Juan tenía la sensación de que le hubiesen arponeado el hombro con un hierro al rojo vivo, y los brazos y las piernas le ardían como mil demonios de tanto aferrarse al cable. Fue desarmado por un soldado con un cuchillo de combate que cortó la correa del REC7 antes de que estuviera del todo en el suelo. Otro le quitó la FN Five-seveN de la pistolera y le arrebató el cuchillo de su funda, sujeta boca abajo del chaleco de combate.

MacD pasó por lo mismo una vez le subieron de las profundidades del precipicio. Cuando el puente se derrumbó iba tan por delante de Juan que sus piernas se habían hundido en el río, siendo arrastradas por la corriente. Tenía los pantalones mojados de rodilla para abajo. Eso era lo que le había salvado de quedar aplastado contra el cañón.

Los obligaron a ponerse de rodillas; dos hombres les custodiaban desde detrás y un tercero se afanaba en despojarles del resto del equipo. Durante el cacheo descubrieron que Cabrillo tenía la clavícula fracturada, y el soldado se aseguró de masajear con ambas manos hasta que los huesos se colocaron.

El dolor era atroz, pero solo cuando el soldado le soltó Juan profirió un débil quejido. No pudo evitarlo. También descubrieron que tenía una pierna artificial. El soldado se volvió hacia un oficial que llevaba unas gafas de aviador para pedir instrucciones. Intercambiaron algunas palabras y el soldado le quitó la pierna de combate y se la entregó a su superior. El hombre la examinó durante un momento, sonrió a Juan con sus dientes picados y arrojó la prótesis por el precipicio.

No había sido consciente del pequeño arsenal que representaba la pierna ni de que Juan había planeado secuestrar el helicóptero sirviéndose de la pistola que guardaba en ella. Tan solo quiso mostrarle a Cabrillo que estaba totalmente indefenso y que de ahí en adelante el ejército de uno de los dictadores más crueles del mundo controlaba su destino.

Juan tuvo que esforzarse por evitar que la decepción se reflejase en su cara. En lugar de darle a ese cabrón la satisfacción de saber cuánto significaba aquello, se encogió de hombros lo mejor que pudo y miró a su alrededor como si nada le preocupase. De no haber tenido la boca tan seca, habría intentado ponerse a silbar.

Al oficial no le agradó que su demostración de poder no hubiera infundido miedo en su prisionero, de modo que espetó una orden a uno de los soldados que los vigilaban. Un instante después la culata de un Kalashnikov golpeó a Juan en la cabeza y todo se volvió negro.

Cabrillo recuperaba el conocimiento a ratos. Se acordaba del ruido de un helicóptero y de haber sido maltratado un par de veces, pero parecía como si cada uno de esos recuerdos le perteneciera a otra persona, como si fueran escenas de película que había visto hacía tiempo. En ningún momento recobró la consciencia el tiempo suficiente para sentir dolor o hacerse una idea de dónde estaba.

La primera sensación cuando por fin regresó del abismo fue un intenso dolor en la parte posterior de la cabeza. Lo que más deseaba era palparse la zona con la mano para cerciorarse de que no le habían aplastado el cráneo, como estaba convencido de que habían hecho. Pero se contuvo. Un instructor de Camp Peary, las instalaciones de la CIA conocidas como La Granja, le había dicho en una ocasión que si alguna vez le capturaban y no estaba seguro de su entorno, debía mantenerse tan quieto como pudiera el mayor tiempo posible. Aquello le permitiría descansar, pero, más importante aún, le proporcionaría la posibilidad de recabar información acerca de adónde le habían llevado.

Así que a pesar de que su cabeza pedía a gritos que la atendieran, y de que otras partes de su cuerpo estaban doloridas, permaneció inmóvil, procurando deducir cualquier cosa de su entorno. Notó que aún estaba vestido, y por lo bien que podía respirar supo que no tenía la cabeza dentro de una bolsa. Supuso que estaba tendido sobre una mesa. Aguzó el oído, pero no escuchó nada. Era difícil concentrarse. La cabeza le palpitaba al ritmo de su corazón.

Diez minutos se convirtieron en quince. Estaba bastante seguro de que no había nadie con él, de modo que se arriesgó a abrir el ojo un poco. No pudo distinguir siluetas, pero sí vio luz. No la intensidad del sol del mediodía, sino el tenue resplandor de una bombilla incandescente. Abrió el ojo un poco más. Vio una pared desnuda hecha de bloques de cemento que se unía a un techo de hormigón. En ambos se apreciaban remolinos y salpicaduras a lo Jackson Pollock de una sustancia de color rojo oscuro que sabía que era sangre.

Recordó que MacD Lawless también había sido hecho prisionero, por lo que solo le cabía rezar para que Linda y Smith hubieran logrado escapar. Si se habían librado de la emboscada, confiaba en que fijaran un lugar de encuentro con el *Oregon*. Una vez que estuvieran lo bastante lejos río abajo a bordo de la LNFR, Gomez Adams podría recogerlos con el helicóptero.

El persistente dolor de su cabeza era un martilleo que no cesaba, y comenzaba a sentir náuseas, lo que significaba que era muy probable que tuviera una conmoción cerebral. A pesar de que estaba casi convencido de que estaba solo en algún tipo de celda, no se atrevió a mover la cabeza. Podría haber cámaras ocultas o algún espejo polarizado de vigilancia detrás de él. Se removió un poco, como una persona inconsciente que lucha por recobrar la consciencia. Estaba sujeto de pies y manos a la mesa por esposas metálicas. Luego volvió a quedarse inmóvil.

No estaba en condiciones de soportar un interrogatorio, y si le habían llevado a la antigua capital de Yangon, lo más probable era que estuviese en la prisión de Insein. Su pronunciación se asemejaba a la del término ingles *insane* —loco— y era quizá la penitenciaría más brutal del mundo, el agujero más infecto del que era imposible escapar y en el que sobrevivir era aún más impensable.

Albergaba alrededor de diez mil prisioneros, aunque su capacidad era de menos de la mitad. Muchos eran activistas políticos y monjes que habían hablado abiertamente contra el régimen. El resto eran criminales de todo tipo. Enfermedades como la malaria y la disentería eran habituales. Las ratas superaban en número a los prisioneros y guardias. Y las historias de torturas que se contaban eran auténticas pesadillas. Cabrillo sabía que les encantaba utilizar tubos de goma llenos de arena para apalear a la gente y que empleaban perros de presa entrenados para obligar a los prisioneros a competir unos contra otros por un sendero de piedras corriendo a cuatro patas.

Lo único que le daba esperanzas era que tenía un chip electrónico de rastreo insertado en el muslo y que en esos instantes

Max y el resto de la tripulación estaban haciendo planes para sacarlos de allí.

Como salido de ninguna parte, un puño se estrelló contra su mandíbula, casi dislocándosela. Podría haber jurado que no había nadie en el cuarto con él. El tipo tenía la paciencia de un gato. Abrió los ojos, pues ya no tenía sentido seguir fingiendo. El hombre que le había golpeado llevaba un uniforme militar verde. Juan no pudo identificar su rango, pero sintió cierta satisfacción al ver que se estaba masajeando el puño derecho. Se sentía como si su cabeza fuera una campana.

—¿Nombre? —bramó el soldado.

Juan vio que otros dos guardias habían entrado por una puerta metálica. Uno se mantuvo apostado junto a ella en tanto que el otro se posicionaba cerca de una mesa cubierta por una tela. Le fue imposible distinguir qué había debajo.

Al ver que no respondía al instante, el tipo que dirigía el interrogatorio sacó de su cinturón un trozo de manguera de jardín normal y corriente. A juzgar por cómo pesaba, Juan supo que estaba rellena. Le golpeó en el estómago, y a pesar de que Cabrillo contrajo los abdominales todo lo posible, sintió que el impacto calaba hasta su columna.

—¡Nombre!

—John Smith —dijo Cabrillo, tomando aire con los dientes apretados.

—¿Para quién trabaja? —La porra se abatió de nuevo sobre el estómago al no responder en el acto—. ¿Para quién trabaja? ¿La CIA? ¿Naciones Unidas?

—Para nadie. Trabajo para mí mismo.

El trozo de manguera impactó de nuevo contra su carne, pero esta vez el objetivo fue su entrepierna. Aquello fue demasiado. Giró la cabeza y el dolor le produjo arcadas.

—Por su acento deduzco que es americano —adujo una voz culta con una ligera pronunciación británica.

El tipo al que no alcanzaba a ver estaba cerca de la cabecera de la mesa a la que Cabrillo estaba esposado. Juan le oyó encenderse un cigarrillo y al instante una columna de humo flotó por encima de su cara. El hombre se movió para que Cabrillo pudiera verlo. Era birmano, como el resto. Calculó que debía de rondar los cuarenta y pico años. Tenía la tez del color de las nueces, con arrugas alrededor de ojos y boca. Llevaba una gorra con visera, pero pudo ver que su cabello seguía siendo negro azabache. Si bien el tipo no tenía nada que fuera forzosamente malvado, Cabrillo sintió que un escalofrío le recorría la espalda.

—¿Cómo es que está en mi país, y armado nada menos? Tenemos tan pocos visitantes de Estados Unidos que sabemos cuántos hay dentro de nuestras fronteras en todo momento. Usted, amigo mío, no debería estar aquí. Así que, dígame, ¿qué le trae por Myanmar?

Una frase de *Casablanca* le vino a la cabeza:

—«Mi salud. He venido a tomar las aguas.»

El oficial rió ente dientes.

—Muy buena. Una de mis películas favoritas. Entonces Claude Rains dice: «¿Las aguas? ¿Qué aguas? Estamos en el desierto»; a lo que Bogey responde: «Me informaron mal». Ciertamente un clásico. —Su voz se volvió áspera—: ¡Muang!

Le asestaron dos rápidos golpes con la porra de forma consecutiva; ambos le dieron justo en el punto donde tenía fracturada la clavícula. El dolor ascendió por su hombro y sacudió la parte superior de su cerebro. Tuvo la sensación de que la cabeza iba a reventarle.

—Señor Smith —prosiguió el interrogador—, he mencionado que creo que es americano. Me gustaría saber qué opina de la tortura. Es un tema controvertido en su país, según tengo entendido. Incluso hay quienes consideran la privación de sueño y la exposición a la música alta como algo cruel e inhumano. ¿Qué piensa al respecto?

—Estoy totalmente de acuerdo —se apresuró a responder.

—Lo imaginaba de un hombre en su situación —repuso el oficial con una sonrisa apenas perceptible—. Me pregunto si ayer, o la semana pasada, pensaba lo mismo. No importa. Ahora cree fervientemente en ello, no me cabe duda.

Accionó un mecanismo situado debajo de la mesa para que esta se inclinara ligeramente hacia atrás, de modo que los pies de Juan quedaron treinta centímetros más elevados que la cabeza. Entretanto el guardia que estaba junto a la mesa retiró la tela para dejar al descubierto varias toallas dobladas y una jarra de plástico de casi cuatro litros de capacidad.

—Lo que de verdad quiero saber es si cree que el ahogamiento se considera tortura, ¿hum? —prosiguió el oficial.

Juan sabía que tenía un umbral del dolor muy alto. Había abrigado la esperanza de aguantar el par de días que estimaba que Max iba a tardar en sacarlos de allí, pero no imaginó que antes tendría que enfrentarse a aquello, y no tenía ni idea de cómo iba a reaccionar. De niño había pasado mucho tiempo nadando en la costa del sur de California, y si bien había tragado agua por la nariz en más de una ocasión, nunca había estado a punto de ahogarse como iba a experimentar en breve.

Le pusieron una toalla sobre la cara al tiempo que dos fuertes manos le sujetaban la cabeza para impedir que la moviera. El corazón se le disparó; se le tensaron las manos. Oyó el chapoteo del agua. Sintió que un par de gotas le caían en el cuello. Y a continuación notó cierta humedad en los labios, pero la piel no tardó en estar mojada. Una gota resbaló hacia su nariz y se abrió paso hacia sus senos nasales.

Vertieron agua en la toalla hasta empaparla por completo. Juan intentó expulsar aire por la nariz para impedir que el líquido entrara en las delicadas membranas. Aquello dio resultado durante unos segundos, casi un minuto, pero sus pulmones no podían retener tanto aire, y la toalla estaba chorreando; la sentía como un peso frío y húmedo apretado contra él. Al final no le quedó aire para luchar contra lo inevitable y el agua invadió sus cavidades nasales. Debido al ángulo de la mesa, el líquido se quedó allí estancado y no avanzó más en su tracto respiratorio.

Eso era el ahogamiento. Conseguir que la víctima sintiera que se estaba ahogando sin ahogarla realmente.

No era una cuestión de voluntad. No había control que valiera contra aquello. Cuando los senos se llenaban de agua, el cerebro, que había evolucionado desde que el primer pez primitivo saliera caminando del mar e inspirara su primera bocanada de aire, sabía que el cuerpo se estaba ahogando. Era un acto reflejo. Juan no podía controlar la reacción de su cuerpo más de lo que podía obligar a su hígado a producir más bilis.

Sentía que la cabeza le ardía por dentro a la vez que sus pulmones sufrían espasmos al absorber pequeñas cantidades de agua. La sensación era peor que cualquier cosa que pudiera imaginar. Tenía la impresión de que le estaban aplastando, como si un océano entero hubiera asaltado su cabeza, escaldando y chamuscando los frágiles alvéolos en el interior de la nariz y por encima de los ojos. El dolor era el más intenso que jamás había experimentado. Y solo hacía treinta segundos que había empezado.

La cosa empeoró aún más. Su cabeza estaba a punto de explotar. Deseó que lo hiciera. La garganta se movía para tragar en un acto reflejo y se atragantó con el líquido que bajaba por su tráquea.

Oyó voces que hablaban de forma atropellada en un idioma que no conocía y se preguntó si estaba escuchando la llamada de los ángeles.

Y entonces le quitaron la toalla de encima y la mesa se inclinó hasta que su cabeza quedó mucho más elevada que sus pies. El agua manó a chorros de su nariz y su boca, y sintió unas dolorosas arcadas. Y si bien los pulmones le seguían ardiendo y el aire sabía a muerte, jamás en toda su vida respirar le supo a gloria como en ese instante.

Le dieron menos de un minuto antes de inclinar la mesa de golpe y de presionar la toalla empapada de nuevo sobre su cara. El agua cayó a litros, a raudales, como un tsunami. Esta vez solo pudo espirar durante unos segundos antes de que el líquido encharcara otra vez su cabeza. Sus senos nasales se cargaron hasta rebosar sus fosas. Con ello llegó la agonía y el pánico, y su cerebro le pedía a gritos que hiciera algo... que luchara, que se resistiese, que se liberase.

Cabrillo hizo caso omiso de los lastimeros gritos de su propia mente y soportó aquel abuso sin mover un músculo, porque lo cierto era que sabía que no se estaba ahogando, que los hombres le permitirían respirar otra vez y que era él quien tenía el control sobre lo que su cuerpo hacía, no el instinto ni tampoco su romboencéfalo. Era su intelecto el que regía sus actos. Se mantuvo tan sereno e inmóvil como un hombre durmiendo la siesta.

En un momento dado, enviaron a uno de los guardias a buscar otra jarra de agua, y repitieron el proceso quince veces seguidas. Una vez tras otra, los soldados esperaron a que él se quebrara y suplicara clemencia. Y en cada ocasión tumbaron a Juan después de que recobrara el aliento y este les provocó para que lo hicieran de nuevo. La última sesión duró tanto que perdió la consciencia y tuvieron que quitarle las esposas sin perder tiempo, sacarle el agua del cuerpo a la fuerza y reanimarle propinándole un par de bofetadas en la mejilla.

—Al parecer —dijo el interrogador mientras Juan resollaba y expulsaba agua de los senos nasales—, no quiere decirme lo que deseo saber.

Cabrillo le lanzó una mirada.

—Como ya le he dicho, he venido a tomar las aguas.

Le levantaron de la mesa y le arrastraron hasta una celda en un corredor corto y austero. En el cuarto hacía un calor infernal, sin la menor corriente de aire. A continuación arrojaron a Juan al suelo de hormigón, cerraron de golpe la puerta metálica y echaron el cerrojo. Había una sola luz en lo alto de una pared, un cubo volcado y unos puñados de paja sucia sobre el suelo. Su compañero de celda era la cucaracha más escuálida que jamás había visto.

—Bueno, ¿por qué te han cogido a ti, colega? —le preguntó al insecto, que agitó sus antenas hacia él a modo de respuesta.

Por fin pudo examinar la parte posterior de su cabeza y se sorprendió de no tener el hueso fracturado. El tajo había sangrado sin duda, pero el agua había limpiado la herida. Todavía sufría una conmoción cerebral a pesar de que podía pensar con claridad, y su memoria estaba intacta. Según un mito médico, a menos que se mostrasen síntomas de daños cerebrales, una persona con conmoción debía permanecer despierta después de producirse la herida, pero con los pulmones ardiéndole y el cuerpo dolorido no pensaba que fuese a poder conciliar el sueño. Descubrió que la única postura que le resultaba cómoda era tumbado boca arriba con el brazo herido doblado sobre el pecho.

Revivió los detalles del tiroteo en la selva, examinando cada instante como había hecho con el atentado terrorista en Singapur. Vio a Linda con una rodilla en el suelo detrás del pilar de piedra, su cuerpo menudo se estremecía cada vez que su rifle disparaba. Vio la espalda de MacD mientras corría delante de él, recordando que el pie estuvo a punto de resbalársele de la cuerda en una ocasión. Ahí estaba Smith, llegando al otro extremo del cañón y poniéndose a cubierto detrás del segundo pilar. Recordó que había bajado la vista hacia sus pies otra vez y que intentó no mirar hacia el embravecido río que se encontraba a más de treinta metros por debajo de él.

Luego levantó los ojos y vio que Smith abría fuego, y acto seguido la cuerda se desintegró por delante de MacD. Repasó la escena en su cabeza una y otra vez, como un policía visionando una cinta de vigilancia. Se concentró en el rifle de Smith mientras disparaba. Estaba apuntando a los soldados que les estaban persiguiendo al otro lado del río. Estaba seguro de ello.

Así pues, ¿quién había realizado los disparos que cortaron la soga del puente? No pudo ser nadie que se encontrara detrás de él. Estaban todos a cubierto y lo bastante lejos del borde como para poder tener ángulo de tiro. Era imposible que lo hubieran hecho los dos soldados que se habían despeñado cuando la cuerda se rompió.

Vio con claridad a Linda marchándose de allí como un rayo, pero la figura de Smith estaba borrosa en su memoria.

Juan le echó la culpa a la jaqueca. Por lo general era capaz de recordar hasta el más mínimo detalle, aunque no en esos momentos. Además de eso, el frío que desprendía el hormigón le estaba calando los huesos. Se puso en pie, estaba tan mareado que tuvo que apoyar una mano en la pared. Sin la pierna artificial, no podía hacer nada. Esperó hasta que el mareo pasó, pero no confiaba en sus fuerzas lo bastante como para moverse por la celda a la pata coja. Solo por entretenerse, hizo unas mediciones empleando su metro ochenta y dos de estatura como base. La celda medía unos tres sesenta y cinco por tres sesenta y cinco metros. Hizo los cálculos de cabeza. La diagonal tendría unos dos metros. Comprobó sus cálculos sabiendo que su bota medía treinta y tres centímetros. Su estimación era correcta.

—El cerebro todavía me funciona —le dijo a la cucaracha, que se paseaba por las briznas de paja esparcida—. ¡Pues piensa! ¿Qué demonios es lo que no encaja?

Había algo raro en el campamento arrasado. Recordaba una sensación de confusión, que había un objeto fuera de lugar. ¡No! Fuera de lugar, no. Que faltaba. Había ciertas cosas que una mujer se habría llevado a una acampada de más de un mes; cosas que ningún hombre tenía motivos para llevarse. La mochila de Soleil Croissard estaba en la tienda, y no había nada dentro. Ni cremas faciales, ni protector labial ni ningún tipo de producto femenino.

¿El cuerpo que casi había recuperado era de mujer? No le había visto la cara, pero la constitución y el color del cabello coincidían con los de Soleil. Y fueran cuales fuesen los lujos femeninos que se hubiera llevado a Myanmar, debían de estar en la bolsa que había rescatado y entregado a Smith. Estaba llena de agua, de modo que no había forma de estimar su verdadero peso y, por lo tanto, de adivinar su contenido, pero tenía que ser así. Ella y su compañero… eh… Paul Bissonette —bueno, la memoria no la tenía tan mal después de todo— debían de haber oído o visto aproximarse a la patrulla. Ella recogió sus artículos más íntimos y juntos se internaron en la selva y después en el templo budista en ruinas.

Entonces ¿por qué no estaba satisfecho? De haberle visto la cara, no tendría dudas, pero no se la había visto. No podía realizar una identificación positiva, y eso dejaba un cabo suelto, algo que profesional y personalmente detestaba. Por supuesto, tenía cosas más importantes de que preocuparse que del pasado.

Cabrillo esperaba en vano que sus captores birmanos dejaran en paz a MacD. Por la edad, era evidente que Juan era el mayor, por lo que deberían volcar toda su atención en él. Aunque no creía que eso fuera a suceder. Tenía una idea aproximada de la fortaleza de Lawless. Era duro y con recursos, pero ¿tenía el temple necesario para pasar por lo mismo que Juan acababa de experimentar sin quebrarse? Cabrillo había ignorado si él sería capaz, de modo que no tenía ni idea de si el chico podría soportarlo.

En definitiva, pensó Juan, ¿qué más daba si MacD se quebraba o no? ¿Qué sabía él en realidad? El nombre del cliente y la misión organizada para buscar a su hija, que deambulaba por la selva birmana. ¿Y sobre el *Oregon*? Conocía el nombre, pero no tenía ni idea de su auténtico potencial. ¿La identidad de Juan? ¿A quién coño le importaba eso? Llevaba fuera de la CIA el tiempo suficiente como para que no pudiera considerársele un activo de inteligencia.

No, pensó, MacD podía soltarlo todo y no cambiaría nada. Ahora solo esperaba que el chico fuera lo bastante listo como para percatarse de ello y evitarse el sufrimiento.

No sabía por qué, reflexionó mientras el agotamiento comenzaba a mitigar los dolores y el sueño empezaba a vencerle, pero sospechaba que MacD mantendría la boca cerrada aunque solo fuera para demostrar que era digno de unirse a la Corporación.

Cabrillo no tenía ni idea de cuánto tiempo había pasado, pues al recobrar el conocimiento en la mesa aquella no llevaba el reloj, cuando se despertó sobresaltado. Estaba empapado en sudor y tenía la respiración agitada.

—¡Hijo de puta! —gritó en alto.

Una imagen clara de John Smith disparando al cable le vino a la cabeza mientras dormía. Había destrozado la soga de forma premeditada. La cólera se apoderó de Juan.

Smith les había tendido una trampa. No. La trampa se la había tendido Roland Croissard. El cuerpo del río no era de una mujer, sino de un hombre delgado. Y la bolsa no contenía artículos de tocador. En ella había algo que había robado del templo, algo oculto bajo el pedestal donde en otros tiempos estuvo la estatua de Buda, y Juan se lo había entregado a Smith como un tonto.

Rescatar a la chica nunca fue el fin de la misión. Lo más probable es que Croissard hubiese enviado a su propio equipo a la selva a recuperar algún objeto y hubiera fracasado, así que había contratado a la Corporación para que terminaran la misión.

—Joder, soy imbécil.

Entonces, a pesar de la ira que lo invadía, se dio cuenta de que Linda estaba con Smith y no tenía ni la más remota idea de que los planes que este tenía eran muy diferentes de los que ella imaginaba.

¿Se limitaría a matarla ahora que había conseguido lo que quería? La cuestión se grabó a fuego en la mente de Juan. La lógica le decía que no lo haría. Sería más sencillo que ella le explicase a Max y al resto lo que les había sucedido a MacD y a Cabrillo. Y una vez que estuviera a bordo del *Oregon*, solo tendría que esperar hasta que le llevaran de vuelta a la civilización.

Sintió cierto alivio. No le pasaría nada a Linda. Pero solo con pensar en la traición de Smith y de Croissard se le disparaba la tensión. ¿Cómo no lo había visto? Hizo memoria, buscando señales o alguna evidencia. No cabía duda de que el mensaje de audio que supuestamente había recibido Croissard de parte de su hija era falso. Tan solo transmitía la dosis justa de misterio y desesperación para avivar el interés de Cabrillo. Aceptó aquella misión porque había una mujer joven y asustada, una damisela en apuros que necesitaba que la rescatasen. Pensó con amargura en su estúpido sentido de la caballerosidad.

Croissard le había engañado como a un bobalicón. Cabrillo consideró el atentado bomba del hotel bajo una nueva perspectiva, pero no encontró nada que pudiera beneficiar en algo el plan del banquero suizo. Eso no estaba planeado. Aquellos hombres pretendían matar a tanta gente como les fuera posible. Estaba seguro de eso.

No pudo recordar la última vez que le habían engañado. No se acordaba de cuándo le habían colado un farol al póquer. Siempre se había enorgullecido de conocer todos los enfoques posibles, de ir tres pasos por delante y de calar a todo aquel con el que trataba.

¿Cómo era posible que no se hubiera dado cuenta?

La cuestión daba vueltas en lo más recóndito de su cabeza como en un círculo vicioso. No había respuesta. Mark y Eric habían investigado a Croissard. El tipo era un simple hombre de negocios. ¿A qué coño jugaba? ¿A qué venía aquel subterfugio? Y entonces se le ocurrió otra pregunta para la que no tenía respuesta: ¿qué había en esa bolsa que era tan valioso como para enviar a un primer grupo de exploradores y luego pagar millones a la Corporación cuando este desapareció del radar?

Cabrillo se recostó con la espalda apoyada contra la pared de cemento de su celda mientras un sinfín de enigmas rondaba por su cabeza.

12

Para sorpresa de Smith y mérito de la mujer, esta no discutió cuando le dijo que debían internarse en la selva después de que la soga del puente se rompiera. Permanecieron allí el tiempo preciso para ver a los soldados birmanos subiendo a los dos nuevos prisioneros del precipicio antes de correr hacia la selva para ocultarse en la espesura. Con el puente inutilizado, los soldados no podrían seguirles hasta que encontraran un lugar donde aterrizar el helicóptero. Smith y Linda tendrían una buena ventaja para evitar su captura. Pero por si acaso los birmanos contaban con un rastreador tan diestro como Lawless, se aseguraron de borrar sus huellas.

Después de emplearse a fondo durante una hora, cubriendo el terreno que habían cruzado esa misma mañana, Smith estableció un descanso de cinco minutos. A su compañera ni siquiera se le había alterado la respiración, en tanto que él se dejó caer en el suelo resollando. De fondo se escuchaba el omnipresente sonido de pájaros e insectos. Linda se acuclilló cerca de Smith, con expresión sombría, pensando sin duda en el destino de sus compañeros capturados.

Se secó los ojos y se apartó de Smith. Era la ocasión que este había estado esperando. Sacó en silencio la pistola y le puso el cañón en la parte posterior de la cabeza.

—Deja el rifle despacio —ordenó.

Linda inspiró con los dientes apretados y se quedó rígida. Tenía el REC7 sobre las rodillas. Lo dejó lentamente en el suelo frente a sí. Smith no apartó la pistola cuando alargó el otro brazo y arrastró el rifle lejos de su alcance.

—Ahora saca tu pistola. Solo con dos dedos.

Como si fuera un autómata, Linda desabrochó el arnés y, utilizando solo el pulgar y el índice, sacó la Glock 19. En cuanto abrió los dedos, agachó la cabeza y giró, alzando el brazo para golpear a Smith a fin de despojarle del arma. Sabía que él tendría la atención fija en la Glock y aprovechó eso como una distracción. Con los dedos rígidos, le asestó un golpe en la garganta justo por encima del vértice de la clavícula. Luego le propinó un zurdazo en un lado de la cabeza. El puñetazo no fue demasiado fuerte, ya que estaban demasiado cerca el uno del otro, pero con las vías respiratorias obstruidas, sirvió para aturdir al ex legionario.

Linda se puso en pie y se inclinó hacia atrás para propinarle una patada en la cabeza. Con la rapidez de una víbora, Smith le agarró el pie en el aire y se lo retorció consiguiendo tirarla al suelo. Saltó sobre su espalda con ambas rodillas, haciendo que el aire abandonara de golpe sus pulmones y dificultando con su peso que pudiera volver a llenarlos. Presionó la pistola contra su nuca sin contemplaciones.

—Vuelve a intentar algo así y estás muerta. ¿Entendido? —Al ver que Linda no respondía, repitió la pregunta y apretó con fuerza el cañón contra su carne.

—Sí —logró barbotar.

Smith tenía un trozo de cable listo en el bolsillo. Agarró los brazos de Linda y se los puso en la parte baja de la espalda. Luego le rodeó las muñecas utilizando una sola mano y retorció los extremos. El cable subía por los antebrazos a fin de que no pudiera alcanzarlo con los dedos. Con un segundo trozo de cable le sujetó las muñecas a la trabilla de los pantalones de camuflaje. En cuestión de segundos, Linda Ross estaba atada como si fuera un pavo de Navidad. Solo entonces Smith se levantó de encima de ella. Linda tosió violentamente cuando sus pulmones comenzaron a funcionar de nuevo. Tenía la cara encarnada y una expresión colérica en los ojos.

—¿Por qué haces esto?

Smith la ignoró. Sacó su móvil de la mochila y lo encendió.

—¡Respóndeme, joder!

El ex legionario se quitó la gorra del béisbol de la cabeza y se la metió a Linda en la boca. Estaban tan rodeados de vegetación que no pudo conseguir señal. Agarró a Linda y empezó a caminar hacia el claro, a unos cincuenta metros de distancia. La arrojó sobre la hierba y se sentó enfrente. Vio que tenía un correo electrónico que había recibido a primera hora de la mañana:

> Cambio de planes, amigo mío. Como sabes, mi intención ha sido siempre la de utilizar los canales oficiales para nuestra búsqueda. Utilizar a la Corporación fue una decisión arriesgada. Mis negociaciones por fin han dado sus frutos. Le he pagado una buena suma a un oficial de Myanmar para que envíe un escuadrón de soldados al monasterio. Saben quién eres. Entre todos deberíais ser capaces de acabar con el equipo de la Corporación y llevar a cabo la misión.

Smith se rascó la barba incipiente. Aquello lo cambiaba todo y explicaba por qué había aparecido el helicóptero en el momento oportuno. Significaba que lo más probable era que el primer equipo enviado a la selva fuera atacado por contrabandistas en lugar de por el ejército. Tuvieron mala suerte.

Smith respondió al mensaje de texto:

> Ojalá hubiera leído antes tu mensaje. Me he pasado la última hora huyendo de la patrulla. No pasa nada. Por cierto, los tienen. Cabrillo y otro han sido capturados. Tengo a la mujer conmigo. Atada y amordazada. ¿Instrucciones?

Al cabo de un minuto le llegó la respuesta.

¡Sabía que lo lograrías! Y tres miembros de la Corporación capturados de paso. Es interesante. Parece que el Oráculo les tenía mejor considerados de lo que merecían. Da la impresión de que ya no son una amenaza. ¿Qué hay del primer equipo que envié? ¿Alguna idea?

Smith contestó:

Dispararon a Basil, seguramente traficantes. Munire se ahogó. Las tenía en una bolsa. Estaban bajo el pedestal, tal y como se decía en los papeles de Rusticiano que robé en Inglaterra. Estoy a una hora de la unidad del ejército. ¿Cómo contacto con ellos?

La respuesta llegó en un instante:

Les avisaré de que vas para allá. Retirarán las armas. Puedes volver con ellos a Yangon. Hay un avión esperando.

Aquello era mejor que tener que hacerlo a pie. En el esquema cósmico, era una compensación por haberse visto en medio de un tiroteo en el que nunca fue el blanco. Escribió de nuevo:

¿Qué hago con la mujer?

La respuesta llegó a modo de pregunta:

¿Es atractiva?

Smith echó un vistazo a Linda y la contempló como un carnicero a un trozo de carne.

Sí.

Un nuevo mensaje apareció de inmediato:

Tráetela. En caso de que el Oráculo no los haya juzgado tan mal como creemos, ella es una buena baza para negociar. Si no la necesitamos, podemos venderla. Nos vemos pronto, y bien hecho, amigo mío.

Smith apagó el móvil y lo guardó en su mochila. Volvió la vista hacia Linda, que le fulminó con la mirada. Él esbozó una sonrisita de suficiencia. Era obvio que la cólera de la chica no le afectaba lo más mínimo.

—En pie.

Linda continuó mirándole con expresión desafiante.

—Me acaban de decir que te mantenga con vida, pero es una orden que me importa un bledo incumplir. O te levantas o te disparo ahora y dejo tu cadáver a los buitres.

Su resistencia duró otro par de segundos. Smith supo el momento exacto en que aceptó que no tenía escapatoria. La cólera seguía ardiendo en aquellos ojos, pero sus hombros se encorvaron ligeramente cuando la tensión abandonó su cuerpo. Linda se puso en pie. Volvieron sobre sus pasos y se dirigieron otra vez al monasterio; Linda iba delante, seguida de cerca por Smith para que no pudiera intentar nada.

Juan contó el tiempo ayudándose de los ataques de hambre y sed. Lo primero era un dolor sordo que podía soportar. Era la sed lo que le estaba volviendo loco. Había intentado aporrear la puerta para atraer la atención de alguien, pero sabía que no se habían olvidado de él. Le estaban doblegando poco a poco mediante la privación deliberada de agua y comida.

Sentía la lengua como si le hubieran metido un trozo de carne quemada en la boca, y la piel había dejado de sudarle, por lo que parecía seca y frágil. Por mucho que intentara no pensar en ello, su mente se llenaba de imágenes de agua: vasos, ríos, océanos enteros. Era la peor de las torturas. Estaban dejando que su mente le traicionase tal y como habían hecho Croissard y Smith.

Se dio cuenta de que el ahogamiento no había sido más que una tontería, un modo de divertirse. Si hubiera funcionado, estupendo. Si no, ya tenían planeada la segunda fase.

Aquel era el método infalible que utilizaban para quebrar a los prisioneros, y Juan estaba seguro de que jamás fallaba.

De pronto escuchó el sonido metálico del pestillo que abría la puerta al ser descorrido, y las bisagras chirriaron como uñas en una pizarra. Había dos guardias; ninguno llevaba más arma que las porras de goma sujetas a los cinturones. Irrumpieron en el cuarto y levantaron a Cabrillo del suelo. Los birmanos no eran por lo general gente alta, y esos dos no eran una excepción. En su estado de agotamiento, y con solo una pierna útil, Cabrillo era un peso muerto, y los soldados se tambalearon mientras le sujetaban.

Lo llevaron a rastras por el corredor hacia la habitación en la que ya había estado. Sintió pavor, como si una tonelada de piedras hubiera caído sobre su corazón. Pero pasaron de largo y siguieron avanzando por el pasillo hasta otro cuarto de interrogatorios. Este era cuadrado, con las paredes de cemento, y tenía una mesa y dos sillas. Una estaba volcada en el suelo; la otra, ocupada por el interrogador de voz refinada. En la mesa había una garrafa de agua, cubierta de gotas de condensación, y un vaso vacío.

—Ah, es usted muy amable uniéndose a mí, señor Smith —le saludó el interrogador con una sonrisa en parte cordial y en parte sibilina.

Todavía se dirigían a él por ese nombre, pensó Juan. O no habían torturado a MacD o este no se había quebrado. O tal vez aquel tipo era lo bastante listo como para no revelar lo que había averiguado del otro prisionero.

Sentaron a Juan en la silla sin contemplaciones, y requirió de todas sus fuerzas para mantenerse erguido y con la vista fija en el interrogador y no devorar la garrafa con los ojos. Tenía la boca demasiado seca para poder hablar.

—Permítame que me presente —dijo el oficial, vertiendo

agua en el vaso para que los cubitos de hielo tintinearan con aire musical—. Soy el coronel Soe Than. Por si acaso se lo pregunta, hace dos días y medio que es nuestro invitado en Insein.

Dejó el vaso delante de Cabrillo, pero Juan se mantuvo inmóvil como una estatua.

—Adelante —le animó—. No cambiará mi opinión sobre usted.

Con estudiada lentitud, Juan cogió el vaso de agua y bebió con moderación. A continuación lo dejó de nuevo en la mesa; solo faltaba menos de un cuarto.

—Admiro su fortaleza, señor Smith. Es uno de los hombres más disciplinados con los que me he tropezado. A estas alturas, la mayoría habría cogido la garrafa y la hubiera apurado de un trago. Como es natural, los retortijones que produce un error tan estúpido son tan atroces como la propia sed.

Juan guardó silencio.

—Me pregunto si antes de que nuestro tiempo llegue a su fin… —dijo el interrogador mientras echaba una ojeada a su reloj; se trataba del cronógrafo negro de estilo militar que Cabrillo había llevado consigo a esa misión—, que será dentro de media hora más o menos, me dirá al menos su verdadero nombre.

Cabrillo tomó otro trago de agua muy despacio. Su cuerpo se moría de sed, pero se obligó a dejar el vaso sobre la mesa. Luego se aclaró la garganta y cuando habló tenía la voz ronca.

—No bromeaba. En verdad me llamo John Smith.

La forzada educación de Than se esfumó en el acto y estrelló el puño contra la mano de Juan, apoyada con la palma hacia abajo en la mesa. El impacto no fue suficiente para romperle los huesos. Una expresión petulante apareció fugazmente en el rostro, por lo demás anodino, de Than. Al reaccionar como lo había hecho, le estaba diciendo a Juan que sabía la verdad. MacD se había derrumbado.

—Director Juan Cabrillo —dijo Than, retomando su aire educado—, de la Corporación. Un nombre ridículo, por cierto. Tienen su base en un viejo carguero llamado *Oregon*. Nuestras fuerzas navales y aéreas están buscándolo desde que amaneció. Tienen órdenes de hundirlo nada más avistarlo. Eso es lo que obtengo de un acuerdo al que se ha llegado: la satisfacción de castigar a su gente por entrar sin permiso en suelo birmano.

—¿Acuerdo? —preguntó Juan.

—Oh, debería decirle que cuando le hablamos a nuestros amigos del norte de su identidad... verá, lo compartimos todo con ellos, ya que apoyan tanto a nuestro gobierno... se interesaron mucho al saber de su captura. —Cabrillo sabía que Than se refería a China, el mayor socio comercial de Myanmar y el único aliado verdadero en la región—. Arden en deseos de hablar con usted. También con su compatriota, el joven señor Lawless, aunque me dio la impresión de que el general Jiang está más impaciente por hacerlo con usted. Parece que estuvo trabajando para la CIA y que podría tener información sobre ciertos actos de espionaje que tuvieron lugar hace años.

Juan jamás había trabajado en China durante el tiempo que sirvió en la Agencia y no alcanzaba a comprender por qué el general chino pensaba que sabía algo. Ni siquiera imaginaba por qué su nombre despertaba su interés. Llevaba años fuera del juego.

—Aunque nunca he colaborado de forma directa con el general —prosiguió Than— he de decirle que su reputación le precede. Recordará el tiempo que hemos pasado juntos con afecto en los meses venideros y deseará haber continuado a mi amable y tierno cuidado.

Otra idea le vino a la cabeza en ese instante. Todavía tenía el chip de rastreo, de modo que la tripulación sabría dónde estaba, pero sacarlos a MacD y a él de China iba a ser prácticamente imposible. La mano le tembló levemente cuando tomó un poco más de agua. Than llenó el vaso de nuevo.

—Ya no es tan locuaz, ¿eh, director? —le provocó Than—. ¿Todavía quiere mostrarse insolente?

En ese momento llamaron a la puerta y Than le hizo una señal al guardia apostado junto a ella. En el cuarto entró un hom-

bre chino de mediana edad, ataviado con un uniforme ribetea-
do y una gorra de oficial bien calada en la cabeza cana. Tenía el
rostro surcado de arrugas, la piel de un hombre que pasaba mucho tiempo al aire libre en lugar de en un despacho cambiando
documentos de sitio. Detrás de él había una mujer alta, también
de uniforme. Rondaba los treinta años, con cabello negro, largo
y lacio, gafas con montura de carey y un flequillo que ensom-
brecía algunas zonas de su cara.

Than se apresuró a levantarse y a tender la mano. El general
y él conversaron en chino. Jiang no presentó a su ayudante ni
desvió la mirada hacia Cabrillo en ningún momento. Juan aprovechó la oportunidad para seguir bebiendo agua, esperando que
el líquido le diera fuerzas para soportar el infierno que Jiang hubiera planeado para él. Estudió al general con algo más de atención. Había algo en él que le resultaba familiar, pero estaba seguro de no haber visto antes a aquel hombre. Quizá hubiera
visto una fotografía suya en una sesión informativa. No estaba
seguro.

—En pie —dijo Than en inglés.

Cabrillo dejó de devanarse los sesos e hizo lo que le ordenaban, manteniendo el equilibrio lo mejor que pudo sobre un solo
pie. Uno de los guardias le agarró los brazos y se los sujetó a la
espalda para poder ponerle una brida. El plástico se le clavó en
la carne, pero Juan había mantenido las muñecas ligeramente
separadas para que cuando el guardia se alejase no estuviesen
demasiado apretadas. Era un viejo truco que en algunas ocasiones le había permitido quitarse las ligaduras o, como mínimo,
hacer que fueran algo más cómodas. Bueno, menos incómodas,
en todo caso.

Un minuto después, MacD apareció con otros dos guardias.
Tuvieron que sujetarle para que se mantuviera en pie. Llevaba el
uniforme hecho jirones, y nuevos moratones le cubrían la cara,
ocultando los antiguos infligidos por los talibanes. La cabeza le
colgaba como la de un borracho, y de no ser por los guardias se
habría desplomado. La saliva rezumaba de sus labios. Jiang miró

a Lawless con dureza, pero su ayudante ahogó un grito de sorpresa cuando lo vio y tuvo que contenerse para no alargar la mano hacia él de forma compasiva.

Emprendieron una breve y lastimosa procesión. MacD apenas estaba consciente y a Juan tuvieron que arrastrarlo porque no tenía fuerzas para saltar a la pata coja. Sus guardias le sujetaron por debajo de los hombros y dejaron que diera grandes zancadas con la pierna sana.

Los llevaron a una especie de muelle de carga o parque de vehículos. La intensa luz del sol atravesó las grandes puertas obligando a Juan a entornar los ojos. El aire olía a gasoil y a comida podrida. Bajo la atenta mirada de los guardias, los prisioneros descargaban sacos de arroz de la parte trasera de un camión de fabricación china, que tenía los neumáticos más desgastados que Cabrillo había visto en su vida. El conductor estaba dentro de la cabina, fumando. Otro camión estaba siendo cargado con productos cultivados en los campos de la prisión.

Estacionada al otro lado de la vasta estancia había una furgoneta blanca sin ventanillas en la parte posterior. A través de las puertas traseras abiertas podía verse un compartimiento de carga separado de la cabina por una rejilla metálica. Arrojaron a los dos prisioneros a la parte de atrás. MacD se golpeó la cabeza y quedó inmóvil. Cabrillo no podía hacer nada al respecto.

Utilizaron unos precintos para sujetar a los dos hombres a los ganchos integrados en el suelo. No se trataba de un vehículo penitenciario oficial, tan solo de una furgoneta comercial, pero sin las manillas internas era igual de efectivo que un transporte blindado. Las puertas se cerraron con una sensación de inevitabilidad que Juan sintió en sus huesos. Aquello no iba a terminar bien.

Pasaron algunos minutos. Podía imaginar a Than y al general comparando técnicas de tortura del mismo modo que las amas de casa intercambian recetas. Aun con las ventanillas delanteras bajadas, en la parte de atrás de la furgoneta hacía tanto calor como en un horno.

Jiang se despidió de Than y se puso él mismo al volante, su recatada ayudante ocupó el asiento del pasajero. No se dirigieron la palabra mientras arrancaban y el vehículo se ponían en movimiento. Una ligera ráfaga de aire se colaba en la zona de carga mientras atravesaban los terrenos de la prisión en dirección a las puertas principales. Juan no podía ver otra cosa que no fuera el cielo desde su posición en el suelo, pero recordaba que la penitenciaría de Insein era un enorme complejo en el norte de Yangon, construido alrededor de un cubo central como los radios de una rueda. También recordó que a las familias de los prisioneros no políticos les estaba permitido llevar comida al perímetro alambrado y que sin eso muchos sencillamente morirían de inanición.

Se decía que la sociedad se mide por la condición de sus prisioneros. Myanmar tenía que ser el agujero más infecto del mundo.

La furgoneta redujo la velocidad hasta detenerse delante de la puerta principal. Los guardias revisaron los bajos y abrieron las puertas traseras. Uno señaló primero a Juan, después a MacD, echó una ojeada a una tabla sujetapapeles, los contó una segunda vez e hizo un gesto con la cabeza. A continuación cerraron las puertas de golpe.

Se encontraban a una manzana de la prisión, Juan estaba a punto de intentar hablar con el general, cuando su ayudante abrió la rejilla que los mantenía confinados detrás. Entonces se quitó las gafas.

Juan la miró boquiabierto, incapaz de dar crédito a lo que estaba viendo. Ella se desplazó como pudo hasta el compartimiento llevando consigo un pequeño maletín negro.

—¿Cómo? —preguntó con voz ronca.

Con la forma de los ojos alterada gracias a unas piezas de látex y el pelo teñido y más largo gracias a unas extensiones, la doctora Julia Huxley, médico jefe del *Oregon*, le obsequió con la sonrisa más afectuosa que había visto. En ese momento se percató de por qué le sonaba tanto el general. Era Eddie Seng, también maquillado para aparentar más edad.

—Eddie y yo andábamos por el barrio. —Julia cortó los precintos de Cabrillo con un escalpelo que sacó del botiquín y se dispuso a examinar a MacD Lawless.

—No te hagas la chula —le advirtió Seng desde el asiento del conductor—. Acabamos de pasar una caravana de vehículos que se dirige a la prisión y, si no me equivoco, en el asiento trasero del segundo va el auténtico general Jiang. Aún no nos hemos librado.

—¿Qué? —exclamó Cabrillo—. ¿De verdad me quieren los chinos? ¿Por qué cojones?

Seng le miró por encima del hombro.

—Fue antes de que me uniera a la Corporación, pero ¿no hundiste uno de los destructores clase Luhu de su Armada?

—El *Chengo* —recordó Juan—. Fue la primera y única vez que trabajamos con el actual director de la NUMA, Dirk Pitt.

Ocupó el asiento de Hux en la cabina. En el salpicadero había una botella de agua de un litro. Se bebió un tercio antes de volver a ponerle el tapón. Quería más, pero le preocupaba seriamente sufrir retortijones.

Yangon era como cualquier otra megalópolis moderna. Una densa capa de polución cubría la ciudad y en el aire flotaba el olor de la gasolina con plomo que quemaban los motores de cuatro tiempos. Aquella parte de la ciudad era más pobre que la mayoría. La carretera era una tira de asfalto en pésimas condiciones y los bordillos no eran más que alcantarillas abiertas. Las casas de una sola planta parecían apoyarse unas en otras para no venirse abajo en tanto que los niños medio desnudos contemplaban el tráfico con la mirada vacía. Perros sarnosos merodeaban por los callejones en busca de cualquier desperdicio al que los niños no hubieran echado el guante. En toda intersección se oía el ruido de las bocinas de los coches, normalmente sin motivo aparente. A lo lejos Cabrillo pudo divisar algunos edificios altos, aunque presentaban la insipidez institucional de la arquitectura soviética de los años setenta. De vez en cuando se apreciaban signos de la naturaleza oriental de la ciudad, alguna pagoda o santuario budista, pero, aparte de eso, Yangon no tenía nada que la distinguiera de cualquier otra ciudad tercermundista del planeta.

—¿Dónde está el *Oregon*? —De las docenas de preguntas que le rondaban por la mente, esa era la más apremiante para Cabrillo.

—A unas treinta millas al sureste de nuestra posición —respondió Eddie.

—¿Lleváis un móvil o una radio? Tengo que decirle a Max que las fuerzas aéreas y navales lo están buscando.

Seng sacó un transmisor-receptor del bolsillo del uniforme. Juan llamó al barco y le habló al oficial de guardia, que resultó ser Hali Kasim, acerca de la búsqueda que se estaba llevando a cabo y ordenó que diera la alarma de zafarrancho de combate en el *Oregon*. La sirena del buque sonó cuando el director pronunciaba las últimas palabras.

A continuación, Cabrillo se volvió en su asiento para poder mirar a la parte de atrás de la furgoneta.

—¿Cómo está, Hux?

—Tiene una contusión en la cabeza, no cabe duda —respondió con voz profesional—. No puedo establecer la gravedad hasta que le llevemos a la enfermería y pueda realizar una resonancia magnética. —Como sucedía con todo lo demás a bordo del *Oregon*, la enfermería era una obra de arte, y estaba a la altura de un centro de trauma de nivel uno—. ¿Qué hay de ti? ¿Alguna herida?

—Deshidratación y la clavícula rota. Tuve una conmoción cerebral, pero ya ha pasado.

—Te examinaré dentro de un rato.

—Céntrate en MacD. Yo estoy bien. —Cabrillo se dio la vuelta de nuevo—. De acuerdo, ¿qué ha pasado? Ah, antes de nada, Roland Croissard nos ha engañado. No sé a qué está jugando, pero Smith tiene la culpa de que nos capturaran a MacD y a mí.

—Imaginamos que algo pasaba cuando el chip de Linda y

el tuyo mostraron que salíais de la selva a más de ciento sesenta kilómetros por hora. Supusimos que se trataba de un helicóptero.

—Un viejo Mi-8. Espera, ¿Linda vino con nosotros? ¿Dónde está?

—Unas horas después de que aterrizarais en Yangon fue al aeropuerto y tomó un vuelo a Brunei. Perdimos la señal cuando la llevaron a una localización fuera de la costa. Supongo que la llevaron en helicóptero hasta un barco.

—¿Brunei?

Aquello no tenía sentido. A menos que Croissard tuviera negocios allí, cosa que era muy posible.

—Murphy y Stone están en ello y escarbando más en la historia de Croissard.

—¿Cómo organizasteis el rescate de Insein? —preguntó Cabrillo.

—Llevamos el *Oregon* hacia el sur tan pronto vuestras señales empezaron a moverse y no pudimos contactar por teléfono con vosotros. En cuanto estuvimos lo bastante cerca comenzamos a monitorizar todas las comunicaciones militares, sobre todo las que procedían de la prisión. Cuando Soe Than, que por cierto es el alcaide, hizo un trato con el general Jiang, vimos la oportunidad. Teníamos que sincronizar la operación para llegar antes que él, pero no tanto como para levantar sospechas.

—Debo felicitar a Kevin y a sus magos. El maquillaje es increíble.

—Acuérdate de que en una ocasión estuvo a punto de ganar un Oscar. Esto ha sido pan comido para él. Dijo que un verdadero desafío habría sido convertir a Linc en Jiang.

—¿Cómo llegasteis a tierra?

—A bordo de la *Liberty*. —Era una de las dos lanchas salvavidas del *Oregon*. Al igual que su madre y su gemela, la *Or Death*, esta tampoco era lo que parecía—. Entramos durante la noche y fondeamos en una planta de conservas cerrada al otro lado del río.

El tráfico se iba haciendo más denso y el sonido de los cláxones más estruendoso. Los autobuses y los motocarros de la gran ciudad, cargados a rebosar de pasajeros y de sus enseres, competían por el mismo espacio con igual desdén hacia la presencia del otro. Aquello era un manicomio. No había guardias de tráfico, pero sí muchos soldados patrullando por la acera, todos armados con AK-47 y con gafas de aviador. Los transeúntes los rodeaban igual que el agua rodea una roca, abriéndose hacia los lados y congregándose de nuevo, y se aseguraban de no empujarlos.

A Cabrillo no le pareció que estuviesen demasiado alerta. Su presencia resultaba intimidatoria, pero no tenían pinta de estar buscando algo en particular. Eso significaba que Than no había dado la alarma todavía.

—¿Dónde habéis conseguido la furgoneta? —preguntó Juan.

Se colocaron detrás de un viejo camión que transportaba un cargamento de troncos de teca.

—La alquilamos a una empresa de transportes a primera hora de la mañana.

—¿Algún problema?

—Por los mil euros que le pagué en metálico, el empleado se habría ofrecido a matar a su propia madre —respondió Eddie.

Al igual que Juan, Seng había sido agente secreto de la CIA, de modo que tenía el don de hacer que los desconocidos confiaran en él y se movía con facilidad en los países extranjeros, como si hubiera vivido allí toda su vida.

Mientras proseguían su camino y los vecindarios mejoraban, vieron tiendas en las que se vendía de todo y puestos callejeros donde podía encontrarse cualquier cosa. Había un espíritu más comercial y cierta vitalidad, aunque ni por asomo tanto como en el resto de las ciudades asiáticas. La influencia de la dictadura militar minaba la energía de la gente. El tráfico estaba paralizado no porque fuera denso, sino porque los conductores no tenían la menor prisa por llegar a sus destinos.

—Mira a la izquierda —dijo Eddie.

Juan supo en el acto a quién se refería. A mitad dè la manzana de tiendas que vendían ropa de saldo y CD y DVD piratas había un soldado con un walkie-talkie pegado a la oreja. El tipo asintió, dijo algunas palabras y se sujetó el aparato al cinturón. Tenía un compañero que estaba de pie a su lado. El primero le comunicó la información al segundo, y los dos comenzaron a prestar mucha más atención al tráfico.

—¿Qué opinas?

—Creo que empieza la diversión —respondió Cabrillo—. ¿Tienes un arma?

—En la guantera.

Juan la abrió y sacó una Glock 21 de calibre 45. Los grandes proyectiles acabarían con casi cualquier cosa que fuera más pequeña que un elefante furioso.

Los dos soldados vieron la furgoneta blanca de gran tamaño entre los turismos, taxis y bicicletas, y su aire relajado cambió en el acto. Adoptaron una postura rígida y acercaron las manos al arma. Se encaminaron con paso decidido hacia ellos.

—No quiero tener que matar a esos tipos —declaró Juan.

—Espera un poco.

Eddie pisó el acelerador y giró el volante de forma que el morro de la furgoneta se pegara a la parte trasera de un pequeño utilitario de fabricación china que nunca antes habían visto, quemando rueda mientras empujaban el vehículo para quitarlo de en medio.

Los soldados echaron a correr. Juan sacó la cabeza por la ventanilla y abrió fuego por encima del capó. Apuntó al humeante brasero de un vendedor callejero de brochetas de carne. El bidón metálico se desprendió de su base y se estrelló contra el suelo al tiempo que los soldados se tiraban cuerpo a tierra. Las brasas se desperdigaron por la acera y algunas cayeron sobre los soldados, cuya preocupación más inmediata era apagar las llamas y no la furgoneta.

Seng logró abrirse paso a la fuerza, lo que le permitió subirse con la furgoneta a la acera contraria. Tocó el claxon y siguió avanzando. La gente se apartaba corriendo y las mercancías exhibidas fuera de las tiendas salieron volando por los aires. Giró el volante en la siguiente intersección, que gracias a Dios estaba despejada, y volvió al asfalto.

—Como mucho hemos ganado unos segundos —dijo, echando un vistazo por los retrovisores—. ¿Alguna idea?

—Deshacernos de la furgo.

Hux debió de oírle, porque dijo:

—Quiero mover a MacD lo menos posible.

—Me temo que no tenemos opción. Esta ciudad está plagada de soldados que nos buscan. Necesitamos otro vehículo.

Eddie salió de la carretera y entró en el aparcamiento de un santuario de cúpula dorada. El edificio tenía una altura que superaba los veintiún metros y relucía a pesar de la polución. Varios monjes con túnicas color canela barrían la escalinata de la entrada. A un lado había una hilera de motocarros de alquiler. Detuvo la furgoneta junto a ellos y se apeó rápidamente. Los triciclos motorizados, movidos por un motor de 50 centímetros cúbicos, tenían una capacidad para tres personas y eran tan anónimos como los taxis amarillos en Manhattan.

Seng quitó las llaves del contacto y se aproximó al conductor más cercano. La negociación consistió en agitar las llaves, señalar hacia la furgoneta y luego la moto de tres ruedas del hombre. Aquel debía de ser el mejor día de su vida, porque al conductor le faltó tiempo para asentir con la cabeza.

Mientras eso tenía lugar, Juan se guardó la pistola en la cinturilla de los pantalones y se aseguró de que la camiseta tapara la culata antes de bajarse de la furgoneta. Escuchó el ruido de las sirenas de policía, así que corrió hasta las puertas traseras y las abrió. Sacó a MacD con la ayuda de Hux y se lo cargó al hombro. Con cada movimiento sentía fuertes punzadas de dolor en el hueso roto. Se arrodilló y depositó a MacD en el asiento trasero del motocarro con el máximo cuidado posible; Julia le sujetó la cabeza en todo momento.

Ella se acomodó a un lado de Lawless, Juan al otro y Eddie

detrás del manillar. El motor expulsó una nube de humo al primer intento, y al segundo, arrancó.

Oyeron un estridente pitido detrás de ellos. Un policía se aproximaba rápidamente en bicicleta por la carretera, agitando una mano y soplando el silbato.

Eddie apretó el embrague mientras el policía intentaba sacar el arma que llevaba al costado. El motocarro tenía la potencia de un pedrusco rodando cuesta arriba. El deficiente motor intentó poner el vehículo en marcha. Poco más de veinticinco metros los separaban del policía que se aproximaba a toda velocidad cuando el vehículo comenzó a rodar.

Los demás conductores de motocarro presintieron que se avecinaban problemas y corrieron a esconderse detrás de un seto de arbustos en flor mientras el hombre que había hecho el trato con ellos gritaba a Eddie que se bajara de su carro. Corrió en paralelo y tiró del manillar. Pero Seng estiró el brazo, agarró la cara del tipo y le empujó. Este perdió el equilibrio y cayó al suelo agitando brazos y piernas. El policía seguía recortándoles la distancia, pero estaba teniendo problemas para desenfundar su arma. Los pitidos eran cada vez más agudos, ya que cada vez le costaba más respirar.

Casi los había alcanzado, cuando se incorporaron a la calle delante del resplandeciente templo. Tenía el uniforme empapado en sudor, aunque su rostro era la viva estampa de la determinación. Juan podría haberse limitado a dispararle, pero el hombre solo hacía su trabajo. De modo que cogió una raída sombrilla que había en el suelo a sus pies, una comodidad para los pasajeros durante la estación de las lluvias, e introdujo el extremo entre los radios de la rueda delantera de la bicicleta al tiempo que el policía desenfundaba por fin una antigua pistola Makarov. La sombrilla dio una vuelta y quedó atascada en la horquilla delantera, frenando en el acto la bici y arrojando al policía por encima del manillar. El tipo salió disparado a una distancia de casi dos metros y medio antes de precipitarse contra la carretera. Dio unas cuantas vueltas y luego se quedó inmóvil, vivo aunque aturdido. El motocarro continuó rodando con gran estruendo.

—Creo que los hemos despistado —dijo Eddie al cabo de unos instantes.

—Esperemos que así sea —replicó Juan.

—Me siento mal por el dueño de esta cosa. No podrá quedarse con la furgoneta y ahora ha perdido el motocarro.

—Eso demuestra que en todas partes sucede lo mismo.

—¿El qué?

—Si parece demasiado bueno para ser verdad, es que probablemente no lo sea. —Cabrillo se puso serio—. Sabes que ese policía les dirá a los militares que ahora vamos en motocarro. Tres occidentales con un conductor chino no es algo que se vea todos los días.

—Lo sé, pero hay muchísimos más motocarros que furgonetas blancas. Toma.

Había un sombrero de paja colgando del manillar. Eddie se lo pasó a Juan, que se lo puso en la cabeza.

A pesar de los rodeos, Eddie parecía conocer el camino, y no tardaron en circular por una carretera que corría paralela al río. Finalmente encontraron el desvío hacia la Hlaing River Road y el puente que cruzaba el río.

Habían subido un tercio del arco del puente, cuando el motocarro redujo la marcha a paso de caracol. La hilera de vehículos detrás de ellos se puso a tocar el claxon al unísono. Julia saltó por encima del asiento de atrás, y sin su peso y poniéndose a empujar con todas sus fuerzas lograron coronar el puente y descender lentamente hasta la otra orilla.

—Solo quedan algo más de tres kilómetros —les informó Eddie.

Todos se sintieron un tanto aliviados de estar a las afueras de la ciudad propiamente dicha. En aquel lado del río no había atascos e incluso encontraron campo abierto. Se dirigieron hacia el sur, pasando un pantano a la derecha y unas instalaciones industriales que lindaban con el río a la izquierda. Algunos de los almacenes parecían abandonados, la cubierta metálica se desprendía de sus estructuras. Familias sin medios se apiñaban en torno a ellos, utilizándolos como hogares provisionales.

—Joder —dijo Eddie.

Delante de ellos, atravesando el bosquecillo de un manglar, había un corto canal que se internaba en la ribera para que los barcos pesqueros pudieran amarrar en el embarcadero sin que la corriente principal los golpeara. Había un conjunto de amplios edificios a su alrededor, que en otros tiempos fueron una fábrica de conservas. Ahora era una ruina herrumbrosa con el tejado hundido, y la fábrica construida junto al canal de noventa y un metros de anchura no era más que madera podrida. La *Liberty* estaba parcialmente oculta debajo del muelle; la parte superior de su cubierta, por lo general de color naranja, estaba pintada de color negro mate.

Lo que había alterado a Seng era la patrulla costera que merodeaba a unos nueve metros de la *Liberty,* con un tripulante en cubierta apuntando a la embarcación con un fusil. Además, había un coche de la policía estacionado en el aparcamiento de la fábrica, y dos oficiales se dirigían hacia la lancha con las armas desenfundadas.

Eddie pasó de largo el desvío hacia la fábrica y tomó el siguiente camino de acceso, que resultó ser el de otro almacén abandonado. Una mujer mayor con un vestido andrajoso estaba cocinando en una fogata y no se molestó en apartar la vista de su tarea.

—¿Qué opinas? —preguntó Eddie.

Cabrillo consideró la situación. La policía no tardaría en descubrir que no había nadie a bordo, y dado que el motor era a prueba de manipulaciones, remolcarían la lancha detrás del barco patrulla de quince metros de eslora. Tenían que actuar con rapidez. Juan se desató la bota y se quitó el calcetín.

—¡Puag! —exclamó Julia ante el tufo.

—Agradece que no tienes el viento a favor —bromeó—. Eddie, vas a tener que cargar con MacD. Con el hombro roto, yo no puedo hacerlo y correr al mismo tiempo. —Si bien Eddie no era un tipo demasiado corpulento, haber estudiado artes marciales durante toda la vida le había proporcionando una fuerza extraordinaria—. Julia, tú ve con Eddie. Arrancad la lancha lo más rápido que podáis y reunios conmigo al final del canal. Ah, y necesito un mechero.

Eddie le lanzó un Zippo.

—¿Qué vas a hacer?

—Una distracción creativa.

Juan se apeó del motocarro y rodeó el vehículo para desenroscar el tapón del depósito de combustible, lleno en tres cuartas partes. Introdujo el calcetín en el tanque y enseguida la gasolina caló las fibras de algodón.

Pasaron de nuevo al lado de la fábrica, esta vez con Juan al volante, y justo cuando perdieron de vista el coche de la policía gracias al manglar, se detuvo para que los otros tres se bajaran. La expresión de Eddie no cambió cuando se cargó al hombro el peso muerto de MacD.

—Te daré diez minutos para que te acerques todo lo que puedas. Para entonces la poli habrá enfundado las armas y el tipo de la ametralladora estará relajado.

Entre el equipo de la Corporación desearse buena suerte era de mal agüero, así que se separaron sin decir más. Julia y Eddie se adentraron en el manglar, el agua les llegaba hasta las rodillas mientras lo atravesaban, y pronto se perdieron de vista.

Juan no llevaba reloj, pero su mecanismo interior funcionaba con la precisión de una maquinaria suiza. Les dio un margen de cinco minutos exactos antes de pisar la palanca de arranque. El motocarro se negó a ponerse en marcha. Lo intentó un par de veces más, con igual resultado.

—Vamos, jodido cacharro.

Probó una vez más. Cada vez que hacía fuerza con la pierna, los extremos de la fractura de la clavícula chocaban entre sí.

Temía haber ahogado el motor, de modo que esperó unos segundos antes de emprender de nuevo la tarea. Obtuvo el mismo resultado. Calculó mentalmente que la patrulla marítima estaría asegurando el cable de remolcar a la proa de la *Liberty* y que los policías se encaminaban ya hacia su coche.

—De acuerdo, mi pequeño y precioso motocarro, colabora con el viejo Tío Juan y te prometo que te trataré con dulzura.

—Daba la impresión de que el vehículo conocía cuál iba a ser su destino y que no deseaba saber nada al respecto. Entonces el motor arrancó al décimo intento. Juan acarició el depósito de combustible con ternura—. Buen chico.

Al no tener un pie con el que pisar el acelerador, tuvo que agacharse y hacerlo de forma manual a la vez que soltaba el embrague. El motocarro estuvo a punto de calarse, pero el motor siguió encendido. Tan pronto como pudo, metió segunda, y cuando cruzó la verja de la fábrica iba ya en tercera. La policía estaba en el muelle en tanto que la patrulla marítima retrocedía hacia la *Liberty*.

Con la mente puesta en su objetivo, ninguno de ellos prestó atención al zumbido del motocarro que entraba en el complejo. Juan llegó hasta el coche aparcado, cuya única sirena continuaba parpadeando, antes de que uno de los oficiales regresara para ver qué estaba pasando.

Cabrillo se apeó con sigilo, encendió la mecha empapada de gasolina que sobresalía del depósito y comenzó a arrastrarse como un soldado lo más rápido que pudo.

El calcetín ardió en un instante haciendo detonar la gasolina segundos después. Juan sintió el abrasador calor en la espalda cuando la deflagración erupcionó como si fuera un volcán en miniatura. Si hubiera corrido, el impacto le habría derribado, pero al desplazarse reptando como una serpiente no le afectó lo más mínimo.

El motocarro voló en mil pedazos como una granada, los trozos perforaron la parte trasera del lateral del coche patrulla. El vehículo empezó a perder combustible, alimentando una deflagración aún mayor que la primera. La mitad posterior del vehículo se elevó a más de un metro y medio en el aire antes de estrellarse de nuevo contra el hormigón, con tanta fuerza que partió el chasis. El policía que había abandonado el muelle para investigar la llegada del motocarro salió despedido tres metros hacia atrás.

Juan continuó avanzando sin detenerse, inadvertido entre los cascotes diseminados por el aparcamiento al aire libre y los matorrales de hierbas y matas que crecían en las grietas del pavimento. Cada vez que movía el brazo herido, de sus labios escapaba un quejido de dolor.

En el canal, Julia y Eddie, llevando a cuestas a MacD inconsciente, se habían amparado en el muelle para llegar hasta la *Liberty* después de atravesar el manglar. La lancha salvavidas era lo bastante grande como para acomodar a cuarenta pasajeros dentro de la cabina. Contaba con dos puentes de mando. Uno, un panel completo encastrado en la proa; el otro, un timón en la popa, con una puerta que se abría al interior del casco. Una hilera de estrechas ventanas rodeaba la cabina, y había otra escotilla que proporcionaba acceso a la parte posterior del puente. Estaba situada a baja altura, lo que permitió a Julia mantenerse a flote mientras manipulaba la cerradura. La abrió en cuanto el motocarro hizo explosión.

Batiendo las piernas y ayudándose con los brazos logró meterse por la escotilla. Entretanto, a doce metros de distancia y a plena vista, los cuatro hombres del barco patrulla observaban los fuegos artificiales sin prestar la menor atención a la lancha. La escaramuza de distracción de Juan estaba funcionando a la perfección.

Para cuando explotó el coche de la policía, Eddie ya había subido a MacD a bordo y él casi estaba dentro. El interior tenía el techo bajo, pero estaba bien iluminado. Todos los asientos disponían de arneses con tres puntos de anclaje para los pasajeros, semejantes a los de las montañas rusas, porque durante una tempestad en alta mar la *Liberty* podía dar una vuelta completa y volver a su posición.

Julia fue derecha al puente de mando mientras Eddie se inclinaba sobre la trampilla del pantoque para coger un largo tubo de plástico sujeto a las húmedas y frías entrañas de la nave. Los motores gemelos cobraron vida y Julia no les dio tiempo a calentarse antes de empujar el acelerador.

La brutal aceleración hizo tambalearse a Eddie, aunque mantuvo el equilibrio. En cuanto se afianzó sobre el suelo desenroscó un extremo del tubo y sacó un FN FAL, un magnífico rifle de asalto belga, y dos cargadores. Nadie sabía en realidad por qué Max había guardado un arma como esa en una lancha, pero Eddie se sentía agradecido, pues una vez que tuviera al director a bordo, sabía que la lucha no habría terminado ni mucho menos. Metió uno de los cargadores y se unió a Julia en la timonera. Rozó adrede el bote patrulla al pasar como un rayo por su lado, haciendo que algo de pintura se desprendiera de ambas embarcaciones y, más importante aún, arrojando al canal al tipo que controlaba la ametralladora.

Le dejaron atrás mientras otro tripulante se ponía a los mandos del arma.

En cuestión de segundos se aproximaron al pequeño promontorio al final del canal artificial, pero no había rastro de Cabrillo por ninguna parte y el barco patrulla ya estaba virando para salir en su persecución. Juan apareció de repente de detrás de un barril volcado. Su rostro era la viva imagen de la determinación, pese a que presentaba un aspecto ridículo saltando a la pata coja para llegar a la lancha. Con cada salto avanzaba más de un metro, y tenía un equilibrio tan bueno que apenas se detenía entre uno y otro.

Eddie corrió a popa para abrir la escotilla superior, y en cuanto asomó la cabeza disparó a la patrulla. El agua salpicó con violencia alrededor del casco negro de la embarcación obligando a los hombres a buscar cobijo.

Julia redujo la marcha, pero no apagó el motor del todo cuando llegó a la altura de Cabrillo. Este hizo acopio de fuerzas para dar un salto más y cruzó el espacio entre la costa y la lancha, aterrizando desmañadamente sobre la cubierta superior.

Julia aceleró en cuanto lo oyó caer. La *Liberty* tenía tal aceleración que si Eddie no lo hubiera agarrado, Juan habría caído por la popa.

—Gracias —resolló Cabrillo.

Ocupó el asiento que no era más que un tablón acolchado para el trasero y se frotó el muslo. El músculo le ardía por la acumulación de ácido láctico.

Sacaban al menos noventa metros de ventaja a sus perseguidores, aunque la patrullera ganaba velocidad ahora que no estaban bajo fuego enemigo. El espacio se redujo con engañosa rapidez. El marinero que manejaba la ametralladora se inclinó para apuntar. Juan y Eddie se agacharon un segundo después de que abriera fuego. Las balas arrasaron el mar a babor y seguidamente acribillaron el mamparo de popa perforando la fibra de vidrio.

Julia hizo una maniobra de amago para evitar que los alcanzaran, si bien eso les costó perder velocidad, y el margen se redujo un poco más. Eddie se levantó y abrió fuego. Esta vez apuntó para hacer blanco, pero una lancha no era la mejor plataforma de tiro ni siquiera en un río tranquilo, y sus disparos se desviaron demasiado.

El tráfico en la zona era denso; había grandes barcazas atoando y todo tipo de embarcaciones, desde pequeños esquifes hasta cargueros de más de ciento cincuenta metros de eslora. Las dos lanchas corrían como si de una competición se tratara. El patrón birmano sabía que tenía mayor velocidad que la horrorosa lancha salvavidas, pero no podía acercarse demasiado al radio de alcance de sus armas. Aquella situación se mantuvo durante casi dos kilómetros mientras ambas embarcaciones trataban de obtener ventaja utilizando los otros barcos como obstáculos en movimiento.

—Ya basta —dijo Juan cuando se sintió lo bastante descansado. Asomó la cabeza dentro de la cabina y gritó por encima del estruendo del motor—. Julia, yo me hago cargo.

—De acuerdo. Tengo que ver cómo está MacD. Esto no le hace ningún bien.

El timón de popa era sencillo, salvo por un interruptor oculto debajo del panel de control. Cabrillo echó un vistazo al indicador de velocidad y vio que iban lo bastante rápido. Apretó el botón. Se desplegaron una serie de alerones y aletas bajo el casco, activados mediante un sistema hidráulico, que cortaban el agua sin oponer la menor resistencia. El casco emergió hasta que solo los alerones y el motor estuvieron en contacto con el río.

La aceleración doblaba cualquiera que hubieran experimentado antes, y la hidrofoil pronto alcanzó los sesenta nudos. Juan miró hacia atrás a tiempo de ver la cara de sorpresa del patrón de la patrullera antes de que la distancia aumentara y que este se convirtiera en un puntito que se perdía rápidamente en el horizonte.

Surcaron el agua con la elegancia de una marsopa, esquivando embarcaciones de menor tamaño, como un bólido de Fórmula 1 que persigue la bandera a cuadros. Juan sabía que no había un solo barco en la flota de Myanmar que pudiera alcanzarlos, y dudaba mucho que consiguieran hacer despegar un helicóptero a tiempo.

Dos minutos después, Julia apareció por la escotilla. Le entregó a Juan una botella de agua y le ayudó a poner el brazo en cabestrillo. Además le aplicó un paquete de hielo químico en el hombro y le puso algunos calmantes en la mano.

—Y eso, mi temerario líder, es la mejor cura que se ha inventado para una clavícula rota —dijo dándole un par de barritas proteínicas que sacó de un kit de raciones de emergencia. Luego adoptó una expresión un tanto avergonzada—. Lo siento, no me acordé de que esta bañera tenía velocidad turbo. Tendría que haberla metido antes.

—No te preocupes. Llama a Max y dile que nos vamos a casa. Espera, ¿cómo está Lawless?

Su expresión se ensombreció.

—No lo sé. Sigue sin responder.

Continuaron río abajo, cruzando como un rayo por debajo de otros dos puentes. La ciudad pasaba de largo a su izquierda;

muelles de carga, fábricas de cemento, embarcaderos, y por fin dejaron atrás el centro financiero, con su multitud de edificios de oficinas y apartamentos.

Habían enviado una lancha de la policía a interceptarles. Juan vio luces azules parpadeando en su radar, surcando las olas a su encuentro. Si aquello era lo mejor que tenía la ciudad, era patético. Calculó los vectores mientras la motora se aproximaba hacia ellos y se percató de que pasaría unos noventa metros por detrás de la *Liberty*.

Reconoció el mérito del capitán por su esfuerzo, porque aun siendo obvio que no tenían la más mínima posibilidad de alcanzar la hidrofoil, mantuvo los dos fueraborda a toda máquina para después virar y seguir la estela de la lancha a la distancia exacta que Juan había estimado. Los persiguió durante casi un kilómetro, mientras la brecha aumentaba por segundos, y acabó admitiendo su derrota y dándose por vencido. Juan le saludó con la mano como si quisiera agradecerle su esfuerzo.

El río fue ensanchándose a medida que se aproximaban al mar, hasta que las frondosas riberas no fueron más que dos borrones lejanos. También se volvió cada vez más fangoso, ya que la acción de la marea y las olas del océano removían los sedimentos del fondo. El tráfico disminuyó y solo se encontraron con algún que otro carguero y barco de pesca. Juan sabía que lo más inteligente era reducir la velocidad y actuar como cualquier embarcación de por allí, pero no había olvidado que la Marina estaba buscando al *Oregon* por mar y aire, por lo que cuanto más rápido llegaran al punto de encuentro, antes podría ponerlos a todos a salvo más allá del horizonte.

Julia regresó con una radio, ya que la de Eddie se había mojado en el canal. Juan llamó al barco a través de una frecuencia preprogramada.

—*Breico* para QTC, aquí Pato de Goma, responde.

—Pato de Goma, aquí Pig Pen, 10-4.

—Max, me alegro de oír tu voz. Casi hemos llegado a la desembocadura del río Yangon. ¿QTH?

En respuesta a su pregunta, Hanley leyó en voz alta las coordenadas GPS de su situación, que Eddie apuntó y luego introdujo a la inversa en el ordenador de navegación de la *Liberty*. Era un sencillo truco por si acaso alguien que entendiera la jerga de radio CB estaba pendiente de ellos.

—Estaremos ahí en unos veinte minutos —respondió Juan cuando en la pantalla apareció la hora estimada de llegada.

—Bien, porque dentro de veinticinco tendremos encima a uno de los destructores clase Hainan de fabricación china de la Armada birmana. Está equipado con cañones y misiles antibuques a popa. Hemos estado divisando helicópteros durante la última hora. No hemos derribado ninguno porque nadie nos ha disparado, pero las cosas van a ponerse muy feas a no tardar mucho.

—Te copio, colega. Se acerca una patrullera. Más vale que nos metamos en el garaje y hundamos la *Liberty*.

—Buen plan, siempre que no tengamos un percance y nos hundamos con una lancha salvavidas de menos.

—No temas —dijo Juan con su típica chulería—. Ah, y da la alerta de que tenemos un caso de trauma craneal. Ten preparada una camilla. La policía secreta dejó a MacD hecho un cuadro en la prisión.

Cabrillo aceleró para comprobar si lograba exprimir otro poco el motor de la *Liberty*, pero ya no daba más. El aire perdió gran parte de la humedad y se volvió más refrescante una vez que pasaron del río al océano. El mar seguía en calma, de modo que Juan pudo mantener los alerones desplegados y deslizarse por la superficie.

Los siguientes quince minutos pasaron sin novedad, pero Cabrillo divisó algo en la lejanía, una mancha flotando justo sobre el horizonte que tardó en materializarse en otro helicóptero Mil dirigiéndose a gran velocidad hacia ellos. El gran aparato volaba a menos de doscientos metros de altura cuando les pasó por encima, el rugido de sus rotores sonaba igual que el restallido de un trueno.

El piloto debió de realizar una identificación positiva satisfactoria, puesto que cuando viró la puerta estaba abierta y había un par de soldados de pie con los AK preparados. Chispas de luz saltaban de la boca de los cañones y un aluvión de proyectiles llovió desde el cielo. No hicieron blanco gracias a la velocidad con que se desarrollaba la persecución, pero la cantidad de munición arrojada era pasmosa. El techo sin blindar de la *Liberty* se llenó de agujeros mientras en la timonera volaban trozos de fibra de vidrio sobre Eddie y Cabrillo. Eddie abrió fuego sobre el helicóptero y logró alcanzarlo. Un chorro de sangre salpicó la luna del copiloto.

Juan movió la lancha en zigzag, sacrificando algo de velocidad para evitar otro asalto letal.

—Mi reino por un misil Stinger —dijo Eddie.

Cabrillo asintió con desaliento.

—Pato de Goma, tenemos un pájaro en el radar casi en vuestra posición —informó Max por la radio.

—Lo tenemos justo encima. ¿Podéis hacer algo?

—Aguantad un par de minutos.

—Entendido.

El helicóptero se dispuso a abrir fuego después de que los soldados hubieran cargado las armas de nuevo. Juan giró en seco a estribor, deslizándose sobre las olas como una piedra sobre el agua, a punto de arrancar de cuajo las aletas submarinas. Aquella rápida maniobra colocó la lancha justo debajo del helicóptero privando al tirador de un blanco claro. A continuación Cabrillo imitó cada viraje que realizó el piloto para intentar sacarlos del punto ciego. Eddie se colocó el FN contra el hombro y abrió fuego, perforando la panza del aparato una docena de veces.

Esta vez fue el helicóptero el que se vio forzado a replegarse. Se elevó a una altitud de unos sesenta metros y se alejó más de mil a estribor de la *Liberty*. El piloto mantuvo la velocidad, aunque no mostró interés por acercarse. Aquel último ataque les había costado caro.

En ese momento vieron aproximarse a lo lejos algo borroso que rasgaba el aire como un rayo. Habían programado la Gatling del *Oregon* para que soltara una descarga de mil proyectiles por minuto. Habida cuenta de la distancia, no se trataba de disparos individuales, sino de un sólido muro de balas de tungsteno a velocidad hipersónica. Su sistema de radar era tan preciso que los proyectiles se acercaron a sesenta centímetros del rotor del aparato sin impactar contra él. De haberlo querido, podrían haber derribado el helicóptero como si fuera un meteorito de aluminio, pero aquella asombrosa demostración de poder fue más que suficiente.

El Mil retrocedió de forma abrupta y enseguida desapareció.

Un momento después, Juan avistó el *Oregon*, que aguardaba con paciencia a sus díscolos hijos. Pese a las capas y parches de pintura naval y a las estelas de óxido hábilmente aplicadas, no había nada más hermoso para él en el mundo entero. La puerta de la bodega donde se almacenaban las lanchas estaba abierta junto a la línea de flotación a estribor. Mientras Eddie se preparaba para abrir las válvulas y enviar la *Liberty* a la tumba acuática que no merecía, Juan detuvo la nave con suavidad. Max estaba en la rampa con dos ayudantes de la enfermería y una camilla para MacD. Detrás de ellos había una segunda lancha neumática de asalto como la que habían abandonado en la selva. Se encontraba sobre una plataforma que podía lanzarla desde el barco utilizando émbolos hidráulicos.

Juan le arrojó un cabo a Hanley, que este ató a una cornamusa.

—Me alegro de verte.

—Y yo me alegro de estar de vuelta —replicó Juan con un agotamiento que le calaba los huesos—. Amigo mío, esto ha sido una pesadilla desde el principio.

—Amén a eso —convino Hanley.

Los camilleros subieron a la lancha llevando una tabla de inmovilización para estabilizar a Lawless y prevenir daños mayores. Actuaron con rapidez, pues sabían que en cuestión de minutos se enzarzarían en una batalla con los mejores cañoneros de Myanmar.

Una vez que se llevaron a MacD de camino a la enfermería, con Julia a su lado, Eddie abrió las válvulas y saltó de la lancha.

—Lo siento —se despidió Juan, y palmeó la brazola de la escotilla de la *Liberty* antes de saltar también él.

Max presionó un botón del intercomunicador que conectaba con el centro de operaciones.

—A toda máquina, Eric. No nos queda tiempo.

Entonces se escuchó un estruendo al otro lado del mar, seguido por el estridente silbido de un misil de artillería en vuelo y una explosión de agua a unos veintisiete metros más allá de la *Liberty*. Hanley estaba en lo cierto: se les había acabado el tiempo. Casi de inmediato un segundo misil pasó por el otro flanco del carguero. El *Oregon* había sido localizado.

13

En las entrañas del casco, los revolucionarios motores se apresuraron a cumplir la orden dada por Eric Stone. Los magnetos superrefrigerados recubiertos de nitrógeno líquido comenzaron a liberar electrones del agua de mar que era absorbida a través de los tubos impulsores, creando una increíble cantidad de electricidad que era transformada en potencia por los propulsores. Como un purasangre que pasa de estar parado a correr a todo galope, el *Oregon* despegó dejando tras de sí una blanca y espumosa estela. El chirrido de los criopropulsores pronto se convirtió en ultrasonido, imposible de detectar por el oído humano. Una tercera explosión rasgó el aire y un proyectil impactó en el océano en el punto exacto donde momentos antes había estado el carguero. La detonación levantó una gigantesca columna de agua que quedó suspendida en el aire durante lo que pareció una eternidad antes de caer de nuevo con toda su fuerza.

La primera orden de Cabrillo cuando entró cojeando en el centro de mando con la ayuda de Max fue enviar a un tripulante a su camarote a por su otra pierna protésica.

La estancia era un hervidero de energía que cargaba el aire de electricidad. Eric Stone y Mark Murphy ocupaban sus puestos de costumbre. Hali Kasim se encontraba a la derecha, monitorizando las transmisiones, y Linc se había hecho cargo del radar, que por lo general manejaba Linda Ross cuando el barco se enfrentaba al peligro. Gomez Adams se encontraba en un ordenador libre, realizando una exploración aérea de la zona. El avión espía, que en realidad no era más que un avión a control remoto de gran tamaño, estaba equipado con una minicámara de alta definición que tomaba unas increíbles fotografías a tiempo real.

—Informe de la situación —ordenó Juan cuando ocupó el sillón del capitán Kirk.

—Un solo destructor clase Hainan a casi seis millas a babor y acercándose a unos catorce nudos —informó Eric.

—Armamento, ¿cómo vamos? —Así era como Cabrillo se dirigía siempre a quienquiera que estuviera al frente del arsenal del *Oregon*, que solía ser Murphy.

—Tengo un misil Exocet en posición, y he desplegado el cañón de ciento veinte milímetros. Además tengo dos Gatling a punto para la defensa antimisiles.

Los Exocet se lanzaban mediante lanzamisiles montados en la cubierta con trampillas ideadas para dar la apariencia de ser simples ojos de buey desmontables. Las Gatling estaban acopladas en el casco y protegidas por escotillas metálicas que podían deslizarse. El gran cañón, que utilizaba el mismo sistema de disparo que el arma primaria del carro de combate *M1A1 Abrams*, estaba alojado en proa. Unas grandes puertas se abrían hacia afuera y el arma se desplegaba sobre un carro hidráulico con un ángulo de giro de casi ciento ochenta grados. La única pega era que había que desconectar el sistema automático de carga de la ametralladora al llegar al tope de su recorrido.

En la pantalla principal tenían una imagen aérea del barco birmano cortando las olas. Cada pocos segundos, lo que parecía ser una bola de algodón salía disparada en dirección al *Oregon* de uno de los cañones gemelos de las armas montadas en la torreta. El barco tenía más de cincuenta y tres metros de eslora, con la popa en punta y una superestructura de forma cuadrada. La resolución era lo bastante nítida como para ver que la nave parecía no dar más de sí.

Cabrillo repasó de cabeza las características del cañonero de fabricación china y gruñó en voz alta al ver que tenía una velocidad máxima de casi más de treinta nudos. El *Oregon* podía superarla, pero estaría al alcance de sus armas durante un incómodo intervalo de tiempo.

—Espera, ¿a qué velocidad diríais que se aproxima? —preguntó.

—A una velocidad constante de catorce nudos.

—Me encanta el Tercer Mundo —exclamó Juan—. No disponen del dinero para mantener la maquinaria en óptimo estado. Me apuesto lo que quieras a que esa es la máxima velocidad que pueden alcanzar.

Una alarma se disparó en el radar.

—Nos tiene a tiro —advirtió Linc.

—¡Intercéptalo!

—Detectado misil lanzado.

—¿Murphy?

—Lo tengo.

La Gatling de babor, que disponía de su propio radar, exploró el cielo y divisó el enorme misil que se dirigía hacia ellos a ras de las olas. Con su cabeza cargada con ciento treinta y cinco kilos de explosivo, el proyectil abriría un agujero en el *Oregon* lo bastante grande como para rivalizar con el que había perforado el *USS Cole*. El ordenador de la Gatling calculó la amenaza, ajustó el blanco ligeramente y descargó una ráfaga de cuatro segundos. El sonido de los disparos se asemejaba más al de algún tipo de sierra mecánica. Era el sonido de la destrucción a escala industrial.

Al mismo tiempo, los lanzacohetes arrojaron una cortina de confeti de brillantes colores que dificultaba que el enemigo detectara al *Oregon* en caso de que la Gatling no consiguiera interceptar el misil. Y también bengalas luminiscentes con la finalidad de confundir las capacidades de localización térmica, al estilo de una exhibición de fuegos artificiales del Cuatro de Julio.

El misil mantuvo la trayectoria y se topó con el fuego de la Gatling cuando ya había recorrido casi tres millas. Doscientas setenta y seis balas erraron completamente el blanco y se precipitaron inexorablemente al mar al perder impulso. Pero una sí alcanzó el misil, haciéndolo explotar. Una alargada lengua de fuego erupcionó en el cielo cuando la carga estalló y los restos de combustible sólido del misil detonaron con gran violencia.

Pero la batalla no terminó ahí. Las armas de cubierta del destructor continuaron disparando a un ritmo de casi ocho ráfagas por minuto. Debido a que ambas naves estaban en movimiento, y a que la reflectividad del *Oregon* se reducía a la mitad gracias a la pintura que absorbía las ondas del radar aplicada a la superestructura, las balas volaban por todas partes.

Juan comprobó la velocidad y estimó que seguirían en su radio del alcance durante casi catorce minutos. Eso significaba que continuarían sometidos al fuego enemigo y cabía la posibilidad de que algunas balas les alcanzasen. El carguero estaba acorazado contra la clase de armas utilizadas por los piratas: grandes ametralladoras y lanzagranadas que disparaban al casco. Un proyectil explosivo con un ángulo de parábola perforaría la cubierta, y la carga detonaría dentro del buque con resultados catastróficos. Si lograba impactar contra los depósitos de nitrógeno líquido, la explosión resultante liberaría una letal nube de gas glacial que congelaría a toda la tripulación y deformaría el acero del casco del tal forma que acabaría aplastado bajo su propio peso.

No podía correr ese riesgo. Reparó también en que el destructor clase Hainan llevaba una tripulación de setenta personas. El lanzamiento de un Exocet les hundiría, y no había ningún barco en las proximidades para rescatar a los supervivientes.

Tomó la decisión sin perder tiempo.

—Vira unos ciento veinte grados. Armamento, dispara el cañón en cuanto tengas blanco. Veamos si podemos convencerles de que no pueden ganar esta batalla.

El *Oregon* hundió la proa en el agua cuando sus propulsores direccionales, con la ayuda de un impulsor, lo hicieron virar bruscamente todo lo que era posible. Los objetos que no estaban anclados salieron volando de los estantes, y todos tuvieron que esforzarse por mantener el equilibrio. Una vez la proa estuvo en posición, Murphy esperó hasta tener blanco para abrir fuego. Por norma general, eran capaces de disparar dos veces más rápido que el barco birmano, pero el arma estaba al máximo de un ángulo, de modo que el cargador automático tenía que volver a activarse de nuevo después de cada ráfaga.

A diferencia del arma de menor tamaño con que les disparaban, el cañón de 120 disparaba en una trayectoria horizontal y directa. El *Oregon* se sacudía cada vez que abría fuego.

Todos los ojos estaban puestos en la pantalla. Un segundo después de que el cañón disparara, el proyectil de tungsteno alcanzó de lleno la torreta del destructor. La energía cinética hizo que atravesara el blindaje sin disminuir su velocidad e impactó en la recámara de una de las dos ametralladoras de calibre 57 y detonó la munición que contenía. La torreta se abrió como un paraguas, su cubierta voló en una devastadora nube de fuego y humo, que se elevó en espiral sobre la cubierta del barco mientras continuaba atacando a ciegas durante unos segundos.

Juan contó hasta diez y, al ver que la nave birmana no reducía la velocidad, dijo:

—Dispara el dos.

El gran cañón había recargado de forma automática, de modo que cuando Mark pulsó la tecla de su ordenador, este abrió fuego. Esta vez atravesó la ventana del puente. De haber empleado el explosivo adecuado, habría matado a todos los ocupantes de la cabina. Aun así, el proyectil de tungsteno voló todas las ventanas, destrozando el panel de mando y convirtiendo la sala de radio, situada justo detrás del puente, en un montón de escombros humeantes.

El destructor comenzó a reducir la marcha. Seguramente habría desviado el rumbo, pero ya no podían controlar el timón, por lo que pasarían varios minutos antes de que algún tripulante veterano aún con vida pusiera el control auxiliar.

—Bien hecho, Armamento —le felicitó Juan.

Un asomo de sonrisa danzaba en sus labios cuando vio a Maurice entrar en el puente llevando una de sus piernas artificiales. Aquel miembro, formado en su totalidad por varillas de titanio y mecanismos al descubierto, parecía sacado de una película de *Terminator*. El encargado había tenido el acierto de llevarle a Juan otro par de zapatos.

—No sabes lo ridículo que me siento sin esa cosa.

—Bueno, capitán —replicó Maurice de forma inexpresiva—. También lo parece.

—¿Cuál es nuestro nuevo rumbo? —preguntó Eric.

—Llévanos a Brunei tan rápido como puedas. Maurice, prepara algo de comida y llévala a la sala de conferencias. Quiero a todo el personal sénior allí dentro de treinta minutos, exceptuando a Hux, que debe quedarse con MacD. Tenemos mucho de que hablar.

Cabrillo les dio un margen muy breve porque no tenía intención de disfrutar de una larga y caliente ducha. No quería relajarse, sino mantenerse en tensión y tan centrado como fuera posible hasta que Linda Ross estuviera de nuevo sana y salva a bordo del *Oregon*.

Él fue el primero en llegar a la sala de reuniones. La gruesa mesa de cristal tenía una capacidad para que una docena de personas se sentase cómodamente en los negros sillones ergonómicos de piel dispuestos a su alrededor. Las paredes estaban pintadas de un tono marrón grisáceo, y había luces direccionales y pantallas planas en las dos menos anchas. Las ventanas cuadradas contaban con persianas que podían subirse para dejar entrar la luz natural, pero Maurice las había dejado completamente bajadas. El encargado acababa de colocar hornillos de plata llenos de diversos platos de comida hindú.

También había un auxiliar vestido con un uniforme azul, junto con una bolsa de suero colgada del gancho de un pie metálico.

—Órdenes de la doctora Huxley —respondió cuando Juan cuestionó su presencia—. El grado de deshidratación que ha sufrido ha alterado el equilibrio de sus electrolitos y causado estragos en sus riñones. Esto le vendrá bien.

Cabrillo tuvo que reconocer que no se encontraba ni mucho menos al cien por cien. Le dolía la cabeza y se sentía débil. Ocupó la cabecera de la mesa mientras Maurice le servía un plato con comida y un té helado y el auxiliar le colocaba la vía en el brazo izquierdo, dejándole el derecho libre para que pudiera comer.

—¿Se sabe algo de MacD? —preguntó.

—Lo siento, no hay cambios. Sigue en coma.

Eddie Seng y Max Hanley llegaron un rato después, seguidos por Eric Stone y Mark Murphy. Los dos fanáticos de la tecnología llevaban ordenadores portátiles que podían conectarse al sistema wifi del barco y estaban hablando acerca de las aplicaciones menos útiles para el iPhone.

Todos se sirvieron la comida y ocuparon sus asientos de costumbre en la mesa. El sillón vacío de Linda era un sombrío recordatorio de por qué estaban allí, y la ausencia de su pequeño y delicado rostro y de su perspicacia puso a todos de un humor pesimista.

—Muy bien —comenzó Juan, dejando a un lado la servilleta—. Vamos a repasar lo que sabemos. Roland Croissard nos la ha jugado. Contratarnos para buscar a su hija no fue más que una farsa para ayudar a su secuaz, Smith, a entrar en Myanmar y supuestamente robar lo que había en una pequeña cartera que encontramos en el cadáver de alguien, que supongo pertenecía a uno de los miembros del equipo que había enviado previamente al país.

—Su fracaso fue la razón de que nos llamara a nosotros —intervino Max, dándose cuenta de todo.

Aquello tenía sentido, por lo que todos asintieron.

—¿Qué había en la bolsa? —preguntó Eddie.

—Ni idea —respondió Juan—. Lo más probable es que fuera algo saqueado de un templo budista perdido hace mucho tiempo. Ahora que recuerdo, el pedestal de madera de la sala de oración principal presentaba daños. Es probable que lo que quiera que fuese estuviera oculto allí.

—Solo por hacer de abogado del diablo —replicó Max—. ¿Y si Croissard está limpio y ha sido Smith quien nos la ha jugado?

—¿Ha podido alguien contactar con Croissard desde que se jodió la misión? —Juan miró alrededor de la mesa.

—No —reconoció Hanley.

—Además —agregó Juan—, supuestamente nos enviaron a buscar a su hija. Ahora estoy seguro de que el cuerpo del río era el de un hombre delgado con el pelo largo. ¿Habéis llamado al número del despacho de Croissard y también a su móvil?

—Sí. Incluso hemos conseguido hablar con su secretaria particular. Dice que está de viaje y que es imposible contactar con él.

—La típica excusa —resumió Juan. Dirigió la mirada hacia Mark y Eric—. Quiero que le localicéis. Estoy seguro de que voló hasta Singapur en un jet privado. Averiguad en cuál y adónde fue después de nuestra reunión. Es posible que sea propiedad de su empresa, así que no resultará demasiado difícil.

—¿Y qué hay del atentado de Singapur? —inquirió Max—. ¿Hemos cambiado de opinión al respecto ahora que sabemos lo que sabemos?

—He tenido tiempo para reflexionar sobre ello mientras me tenían prisionero. Entiendo que la traición de Croissard cambia nuestra perspectiva del atentado. Creo de verdad que tan solo fue lo que pensamos en un principio. El sitio equivocado en el momento equivocado. La pregunta que me ronda la cabeza es ¿por qué? ¿Por qué ha hecho esto Croissard? ¿Por qué contratarnos para luego traicionarnos?

—Porque sabía que no íbamos a conseguirle lo que buscaba —declaró Eddie—. Croissard acudió a nosotros a través del contacto chipriota *L'Enfant*, ¿correcto? Sabe la clase de misiones que aceptamos. Así que para que aceptásemos, Croissard tuvo que inventarse algo que sabía que nos interesaría. Y, venga ya, Juan, ¿podrías resistirte a salvar a la guapa hija de un multimillonario? ¿Podríamos resistirnos alguno de nosotros?

—La damisela en apuros —farfulló Max—. El truco más viejo del mundo.

—La otra cosa que me pregunto es ¿cómo acabó mezclado el ejército birmano en todo eso? —terció Mark Murphy—. Es decir, si Croissard tenía contactos en el gobierno, ¿por qué no utilizarlos en lugar de hacerlo de tapadillo?

La cuestión quedó sin respuesta porque nadie tenía una que fuera lógica.

—¿Podría haber hecho un trato de última hora?

Todo el mundo estuvo de acuerdo, ya que era la única sugerencia planteada. Cabrillo sabía que era peligroso que todos pensaran del mismo modo, pero también tenía una corazonada de que esa era la respuesta correcta.

—¿Cómo vamos con la investigación en profundidad de Croissard?

—Bueno… —comenzó Mark Murphy, pero Eric Stone le interrumpió.

—Max nos ha tenido escarbando desde que perdimos el contacto con Linda y contigo y se puso a sobrevolar la selva buscándoos. Claro que ya investigamos su historial siguiendo el procedimiento estándar antes de aceptar un nuevo cliente. Resultó que estaba limpio como una patena. Y por mucho que nos cueste admitirlo, cuanto más ahondamos, más limpio parece que está.

Mark Murphy asintió.

—Pero sabemos que hay algo, ¿no? Me refiero a que este tipo tiene motivos ocultos muy serios. Hasta hemos vuelto a investigar a la hija, Soleil. Las entradas en su cuenta de Facebook que hablan sobre su inminente viaje proceden de un portátil personal conectado al wifi de una cafetería a dos manzanas de su apartamento en Zurich. Figura en la lista de pasajeros de un vuelo de Lufthansa de Zurich a Dubai y de ahí a Dhaka,

Bangladesh. Se registró en el hotel Sarina y tomó un vuelo al día siguiente hacia Chittagong, donde dice que ella y su amigo…

—Paul Bissonette —apuntó Cabrillo, sabiendo que aquel nombre se le quedaría para siempre grabado a fuego en la memoria—. Smith identificó su cuerpo, pero supongo que eso también era falso.

—Sea como sea, su itinerario concuerda con el de ella, aunque él tenía una habitación normal y ella se alojó en la suite Imperial. Tenían planeado comenzar a hacer senderismo en Chittagong.

—¿Alguna idea de cómo iban a entrar en la selva o de su destino exacto?

—No. Se mostró reservada al respecto en Facebook. Sí envió un mensaje en el Twitter desde Chittagong diciendo que la verdadera aventura estaba a punto de empezar, y después nada, aparte de las llamadas que dijo Croissard.

—Así que Croissard utilizó la expedición prevista de su hija a la selva de Bangladesh como tapadera para su propia misión. Hemos de suponer que regresará muy pronto con su compañero, ¿no?

—Es más que probable —convino Murphy.

Cabrillo guardó silencio durante un momento, apoyando la barbilla sobre la mano.

—De acuerdo, todo eso es pasado —declaró—. Habladme del presente. ¿Dónde han llevado a Linda?

Eric abrió el portátil y tecleó algo. Una imagen aérea del océano apareció en las dos pantallas planas ubicadas en ambos extremos de la habitación. La fotografía era de un área general, por lo que la resolución no era buena.

—Es una toma de Google Earth de las coordenadas exactas donde perdimos la señal de su chip localizador.

—Y ahí no hay nada —espetó Cabrillo. Estaba buscando respuestas, no más enigmas—. La transportaron hasta un barco, seguramente el yate privado de Croissard, y hace ya mucho que se largó.

—Eso fue lo primero que comprobamos —apostilló Stone. Pulsó otro par de teclas y la imagen de un crucero de lujo blanco apareció en los monitores. Parecía tener bastante más de sesenta metros de eslora y capacidad para navegar en las aguas más embravecidas—. Este es el *Pascal*, el yate privado de Croissard, y lleva amarrado en Montecarlo los últimos cinco meses. Lo he confirmado con el práctico del puerto esta misma mañana. No ha ido a ningún lado.

—De acuerdo, pues otro barco.

—Tal vez no.

Eric puso de nuevo la primera toma del océano donde Linda desapareció y empezó a aumentar la imagen para que la franja de mar se viera cada vez más grande. En el margen de la foto aparecieron pequeños objetos cuadrados. Stone desplazó el cursor sobre uno de ellos, pinchó en el centro y volvió a darle al zoom.

—¿Qué cojones…?

En cuestión de segundos, la imagen se enfocó revelando una gigantesca plataforma petrolífera cerca de la costa, con chimenea, muelle de carga y un helicóptero posado sobre un voladizo situado a un lado.

—Esta es una de las zonas más ricas en crudo del mundo —apuntó Eric—. Hay literalmente cientos de plataformas en la costa de Brunei. Así es como se ha hecho rico el sultán. Además, hay suficiente metal en uno solo de esos mastodontes como para bloquear la señal del chip de Linda.

—Pero no hay ninguna plataforma cerca de donde se perdió la señal —señaló Max.

—No —metió baza Mark—, pero ¿quién sabe cuánto hace que se tomaron estas fotografías? Google actualiza sus mapas de forma constante, aunque van muy por detrás del mundo real. Podrían haber instalado una plataforma petrolífera hace un par de meses y que no aparezca durante años.

—Entonces tenemos que actualizar las imágenes —replicó Juan.

—Estamos haciendo algo mejor —le dijo Eric—. Estamos intentando que nos alquilen un helicóptero para volar hasta allí y echar un vistazo al objetivo. —Stone levantó las manos en una postura defensiva al ver la expresión de Cabrillo—. No te preocupes, nos aseguraremos de que no se acerque tanto como para levantar sospechas.

—¿Cuándo sabrás algo?

—Espero que hoy. La empresa de helicópteros tiene todos los aparatos ocupados transportando trabajadores y equipo a los campos petrolíferos, pero me han dicho que tal vez puedan prescindir de uno de sus helicópteros esta tarde para echar un rápido vistazo.

—Buena idea. —Con el estómago lleno y el suero aclarándole la mente y restaurando su cuerpo, Cabrillo requirió de toda su concentración para mantenerse despierto—. ¿Cuál es la hora estimada?

Eric puso otra imagen en su ordenador que detallaba la posición y velocidad del barco y tenía una estimación de su viaje.

—Cuarenta y cinco horas.

—Eddie, quiero que Linc y tú le quitéis el polvo a nuestro plan de emergencia para asaltar una plataforma petrolífera en el mar. Repasa los detalles con el resto de mastines y cerciórate de que todos están dispuestos a correr. Eric y Mark, seguid rebuscando cualquier cosa que podáis encontrar sobre Croissard y su mascota neandertal, John Smith. Me apuesto algo a que de verdad estuvo en la Legión Extranjera francesa. Tal vez podáis fisgonear en sus archivos electrónicos.

—Hecho.

—¿Y yo? —preguntó Max.

Juan se levantó de la mesa y le guiñó el ojo.

—Quédate aquí sentadito y luce tu mejor aspecto.

Menos de sesenta segundos después, Juan estaba en su camarote, con las cortinas corridas, el aire acondicionado encendido y bien arropado en la cama. A pesar del agotamiento, su mente estaba plagada de imágenes de Linda Ross siendo retenida como cautiva, y la acuciante sensación de que se les había pasado algo de vital importancia le dominaba. El sueño le sobrevino a regañadientes.

El timbre de un teléfono de estilo antiguo le sacó del abismo. Retiró las sábanas a un lado y agarró el auricular. El teléfono negro mate parecía salido de los años treinta, pero era un modelo inalámbrico moderno.

—Director, siento molestarte.

—No te preocupes, Eric —respondió Juan—. ¿Qué pasa?

—Eh… acabamos de recibir noticias de la empresa de helicópteros.

—Supongo que no son buenas.

—No, señor. Lo siento. No hay nada en las coordenadas que les dimos. Dicen que el piloto sobrevoló la zona directamente.

Juan bajó las piernas de la cama. Si no la habían llevado a una plataforma, entonces Linda había sido transportada a un barco. Un barco que les sacaba días de ventaja, y no tenían ni idea de cuál era su rumbo. Para el caso, Linda estaba perdida.

—¿Cuándo tendréis mejores fotografías por satélite del área? —preguntó tras una breve pausa.

—Bueno… eh… en realidad no hemos hecho nada. El helicóptero era nuestra mejor baza.

—Tienes razón, lo sé, pero dame el capricho. Busca imágenes recientes de todos modos. Podría haber alguna pista. Quizá la subieron a bordo de algún tipo de petrolero. Si ese es el caso, al menos sabemos qué aguja buscamos en el pajar del Pacífico.

—De acuerdo. —Stone estaba a punto de colgar, cuando se acordó de que su informe no estaba completo. Al igual que les sucedía a los demás, era reacio a admitir la derrota—. Seguimos sin tener nada sobre Croissard, y en cuanto a Smith, ya podemos ir olvidándonos de él. Después de una rápida visita a los archivos de la Legión Extranjera hemos descubierto que hay aproximadamente catorce mil John Smith que han servido en la unidad durante los últimos quince años. Es un *nom de guerre* muy popular.

—Ya me lo imaginaba —reconoció Juan—, pero tenemos que intentar todo lo que se nos ocurra. Mantenme informado.

Después de darse una ducha rápida, Cabrillo se pasó por la enfermería. MacD Lawless estaba tumbado en una cama de hospital estándar rodeado por parte del equipo de salvamento más avanzado que existía. Un monitor cardíaco pitaba con una fuerte y acompasada cadencia. Respiraba sin ayuda, pero le habían colocado una cánula de plástico alrededor de las orejas y bajo la nariz para insuflarle oxígeno puro. Juan reparó en que los moratones de Lawless se estaban difuminando con rapidez y que la mayor parte de la hinchazón había desaparecido. Además de ser guapo, aquel tipo tenía la constitución de un buey.

Hux rodeó la cortina que separaba a MacD del resto de la prístina sala médica. Como de costumbre, llevaba el cabello recogido en una coleta y vestía una bata blanca. Tenía la expresión inescrutable de un médico.

—¿Cómo está? —preguntó Juan tratando de no parecer serio en exceso.

Julia esbozó una deslumbrante sonrisa que iluminó la ya bien iluminada habitación.

—Dormido.

—Lo sé. Lleva en coma desde…

—No —se apresuró a interrumpirle—. Salió del coma hace unas tres horas. Ahora solo está dormido.

Fuera cual fuese la razón, no había un solo médico en todo el mundo al que le molestara despertar a un paciente por mucho que su cuerpo necesitase descansar. Julia Huxley no era diferente. Meneó con suavidad el hombro de MacD hasta que sus párpados se abrieron. Sus ojos verde jade miraron al vacío hasta que pudo enfocar la vista.

—¿Cómo lo llevas? —preguntó Juan con afecto.

—Genial —respondió MacD, con voz ronca—. Tío, deberías ver cómo quedó el otro.

—Lo vi. Tenía los nudillos más destrozados que he visto.

Lawless comenzó a reír entre dientes, pero el dolor le hizo gemir.

—No me hagas reír. Duele demasiado. —MacD se puso serio al recordar con quién estaba hablando y que se había derrumbado bajo la tortura de Soe Than—. Lo siento, Juan. Lo siento mucho. No tenía ni idea de que iba a ser tan doloroso.

—No te preocupes por eso. Lo único que revelaste fue mi nombre y el nombre del barco… un nombre que raras veces figura en la popa. Si no les hubieras dicho quién era yo, el gobierno chino no habría hecho un trato para llevarnos a Pekín y Eddie no habría podido descubrir la forma de rescatar nuestros patéticos traseros. Nos has salvado la vida sin ser consciente de ello.

Lawless no parecía convencido, como si encontrara imposible que hubiera algo positivo en todo aquello.

—En serio —prosiguió Cabrillo—. Si no le hubieras contado a Than lo que le contaste ahora estaríamos los dos en una prisión china, enfrentándonos a cadena perpetua. Puedo entender que quieras sentirte mal por venirte abajo, pero también tienes que admitir que al hacerlo posibilitaste que escapáramos. Toda mala situación tiene su lado positivo. Lo que tienes que decidir es con cuál de los dos te quedas. Elige mal y no me servirás para nada. ¿De acuerdo?

MacD sorbió por la nariz para aclararse la garganta.

—Entendido. Y gracias. No lo había visto desde esa perspectiva. Parece que es la segunda vez que te salvo la vida. —Intentó sonreír, pero solo logró hacer una mueca.

Juan sabía que Lawless se repondría y también que contratarle había sido lo más inteligente que había hecho en mucho tiempo.

—Descansa un poco. Estamos intentando localizar a Linda, así que dentro de unos días esto no será más que otra historia que contar mientras te bebes una copa.

—¿Qué? Espera… ¿Estáis siguiendo la pista de Linda?

—Todos los agentes de la Corporación llevamos un chip

localizador en el muslo. Funciona biométricamente y los satélites pueden verlo. Ahora mismo vamos rumbo a Brunei. El último lugar desde el que transmitió el chip. La recuperaremos. No hay de qué preocuparse.

—No hay de qué preocuparse —repitió MacD.

Juan hizo una señal a Hux y salió de la enfermería.

14

El *Oregon* avanzó a toda máquina, impulsado por su impaciente capitán tanto como por sus extraordinarios motores. Fue una
suerte para ellos que el mar continuara en calma, pues dada la
velocidad a la que navegaban la travesía habría sido aterradora
de haberse encontrado con marejada. Normalmente el carguero
evitaba las rutas directas para que ningún velero que pasara sospechara sus auténticas capacidades, pero esta vez no. A Cabrillo le traía al fresco quién los viera surcar las olas a más de cuarenta nudos. Intentaron contactar con ellos varias veces, sobre
todo operadores de radio que querían saber qué o quiénes eran.
Siguiendo las órdenes del director, el *Oregon* no estableció comunicación por radio con nadie.

El único esfuerzo por simular cierta normalidad fue el falso
humo que salía de la única chimenea del barco. La mayoría de
los marineros que lo veían pasar daban por supuesto que el viejo carguero había sido modernizado con turbinas de gas.

Juan estaba sentado en el centro de operaciones, con el brazo en cabestrillo, contemplando el mar en el gran monitor. A su
derecha, un gran repetidor de radar le mostraba el tráfico marítimo en las cercanías. El estrecho de Malaca era quizá la ruta
más transitada del mundo, y esas condiciones, que rayaban en la
congestión marítima, habían obligado al *Oregon* a utilizar solo
una mínima parte de su potencia.

No era su turno de guardia normal. Eran las ocho en punto de la tarde y el tercer turno había ocupado sus puestos. El sol se estaba poniendo rápidamente a popa, tornando el mar en una ondeante sábana de cobre bruñido. Cuando se ocultara del todo, la navegación sería aún más lenta. Los grandes buques cargueros y los petroleros contaban con modernos sistemas de ayuda a la navegación y podían mantener la velocidad casi en cualquier condición. El retraso lo provocarían las docenas de barcos de pesca y de pequeñas embarcaciones costeras que tendrían que sortear.

Su único consuelo era que se estaban acercando al final del angosto estrecho. Una vez alcanzaran otra vez mar abierto, podría dar rienda suelta a su amado barco y aumentar la potencia de sus motores magnetohidrodinámicos aún más.

—Buenas noches a todos. —Julia se anunció al entrar en la sala de operaciones desde un pasillo al fondo de la estancia. Empujaba una silla de ruedas en la que iba sentado MacD Lawless, ataviado con un uniforme de hospital—. Le estoy dando un breve tour a mi paciente. Acuérdate de que lo único que vio la vez anterior fue el corredor al fondo del comedor, Juan.

—¡Vaya! —exclamó Lawless con los ojos como platos—. Esto es como el puente de mando de la *Enterprise*. Ahí es donde se sienta Chris Pine.

—¿Quién? —preguntó Cabrillo.

—Chris Pine. Hace de Kirk en las pelis.

Juan prefirió dejar pasar el comentario para no revelar lo desfasado que estaba.

—¿Cómo estás?

—Volviéndome loco, para ser sincero —dijo con voz lánguida—. La mente está dispuesta, pero la carne es débil. No soporto pasarme todo el día en la cama sin hacer nada. En fin, ¿dónde estamos?

—En el estrecho de Malaca.

—Vamos a buen ritmo —comentó Lawless.

—Esta preciosa antigualla esconde un as en la manga, aunque ahora mismo navegamos por debajo de los quince nudos por culpa del maldito tráfico.

Lawless estudió la imagen de la pantalla.

—Se parece a la Interestatal 10.

—Me crié en California —le dijo Juan—. No sabes lo que es el tráfico hasta que no has visto la 405. Bueno, ¿qué más te ha enseñado Julia?

—Vuestro comedor, y debo decir que es lo más chic que he visto en mi vida. Mmm… la piscina, que es impresionante; el gimnasio; algunos de los camarotes de la tripulación. ¿Qué más? El garaje para embarcaciones y el hangar.

—No has visto ni la mitad. Abajo, en la quilla, hay escotillas que se abren al mar desde las que se puede lanzar y recoger submarinos, y el *Oregon* tiene mayor potencia de fuego que casi cualquier otro barco.

—No me fastidies la visita —intervino Julia.

—Cuando estés mejor —añadió Juan— hablaremos sobre tu camarote. Ahora mismo está vacío, pero empieza a pensar en cómo quieres decorarlo y nos ocuparemos de ello.

—He estado viviendo con otro puñado de agentes en un antiguo taller de coches en Kabul y antes de eso el alojamiento corría por cuenta del Tío Sam. No tengo ni idea de decoración.

—Díselo a Linc. Él eligió un catre y una taquilla e invirtió el resto de sus dietas en una Harley Fat Boy que guarda en la bodega.

—Me gusta su estilo.

—Puedes formar tu banda de motoristas más tarde. Ahora mismo pienso llevarte de vuelta a la enfermería —terció Julia.

—Sí, señora —respondió Lawless, poniendo voz enfurruñada como un niño desobediente, y le guiñó un ojo a Cabrillo.

Eric Stone y Mark Murphy irrumpieron en la sala en ese preciso momento.

—Director, lo tenemos —dijeron al unísono. Ninguno parecía haber dormido demasiado en las últimas treinta horas.

—¿Qué tenéis?

—Buenas noches a todos —se despidió MacD cuando Hux se lo llevaba fuera de la sala.

—Hay una plataforma petrolífera allí —replicó Eric.

Llevaba un portátil abierto en los brazos, que dejó sobre un equipo libre. Una imagen aérea de una plataforma apareció en el monitor principal en cuestión de segundos. Los detalles estaban borrosos porque estaba tomada desde muy cerca, pero Juan pudo ver una pista de aterrizaje colgando a un lado de la plataforma y distinguió la sombra de su alta torre de perforación sobre la cubierta. Estimaba que tendría un área de cuatro mil metros cuadrados.

—Su nombre es J-61 y hace años que no se utiliza.

—¿De quién es?

—Pertenece a empresas pantalla. Mark y yo seguimos trabajando para atravesar el muro corporativo.

—¿Cuenta con autopropulsión?

—No. Es semisumergible, sin ninguna clase de propulsión. Para trasladarla tienen que remolcarla.

—Sabemos muy bien que la han trasladado —aseveró Juan, clavando la mirada en la pantalla, como si una imagen vía satélite pudiera darle respuestas—. La única cuestión es cuándo.

Mark se sirvió un café.

—Serían necesarios al menos dos remolcadores para mover una plataforma de esas dimensiones. Estamos comprobando todas las grandes empresas para ver la ubicación actual de sus barcos de mayor tamaño. Hasta ahora no hemos encontrado ninguno que haya estado recientemente en la zona.

—¿Tiene Croissard alguna conexión con capitanes de remolcadores?

—No lo creo —replicó Mark—. Sé que no tiene negocios de explotación de crudo ni de gas.

—Verificadlo —ordenó Juan.

Pensó en todo lo que entrañaría trasladar una estructura de esas dimensiones. Si Linda se encontraba allí hacía solo un par de días y ahora la plataforma ya no estaba, Croissard se movía deprisa. Se preguntó cuánto se tardaría en coordinar diversas embarcaciones en un margen de tiempo reducido y luego ganar velocidad después de un arranque en frío. ¿Cuatro días? ¿Cinco? Eso siempre que todo fuera como la seda, y ¿con cuánta frecuencia sucedía eso?

Si él estuviera a cargo de la operación querría algo más eficaz. ¿Cómo lo haría? ¿Cómo transportaría veinte mil toneladas de acero de forma rápida y discreta desde el enclave que había ocupado durante años?

—Espera —dijo en voz alta cuando se le ocurrió la respuesta—. No es un carguero. Es un FLO-FLO.

—¿Un qué?

—Un FLO-FLO. Transflotación. Un buque semisumergible de carga pesada.

—¿Un buque semi…? Joder, tienes razón —dijo Mark. Cogió el portátil de Eric y realizó una búsqueda.

En la pantalla apareció la imagen de un barco distinto a todos. La superestructura quedaba muy por debajo de la proa, contaba con dos chimeneas cuadradas y las alas del puente se extendían por encima de las barandillas. El resto de la embarcación, de casi doscientos veinticinco metros de eslora, era un espacio despejado en cubierta que apenas se elevaba de la línea de flotación. Aquella fotografía en particular era del MV Blue Marlin transportando el destructor *USS Cole* de regreso a Estados Unidos para ser reparado.

Aquella extraordinaria embarcación contaba con tanques de lastre que podían sumergir el barco hasta una profundidad predeterminada. Hecho eso, se colocaba debajo de la carga, ya fuera un destructor que había sufrido daños por un misil teledirigido o bien una plataforma petrolífera. Una vez estaba en posición, se vaciaban los tanques de lastre y toda la nave se elevaba una vez más, con su carga sobre una superficie de once mil ciento cincuenta y dos metros cuadrados. Cuando la carga estaba sujeta con cadenas, o incluso soldada a la cubierta, el semisumergible podía navegar cómodamente a una velocidad de alrededor de quince nudos, mucho mayor que un remolcador típico, que raramente sobrepasaba los cinco con una carga tan pesada y voluminosa como una plataforma petrolífera.

Eric recuperó su portátil, sus dedos se movían rápidamente sobre las teclas mientras examinaba bases de datos y archivos de empresas. Después de cuatro minutos, en los que el único sonido de fondo dentro de la sala de operaciones era el zumbido de los motores y el del aire que salía por las rejillas de ventilación, levantó la vista.

—Solo hay cinco buques semisumergibles en el mundo lo bastante grandes como para transportar una plataforma como la J-61. Dos tienen contrato con el ejército de Estados Unidos, para transportar barcos de guerra a fin de que no tengan que malgastar energía y que no necesiten mantenimiento mientras están en camino. Otro va de camino al Mar del Norte; transporta una plataforma a los yacimientos desde Corea, donde fue construida, y un cuarto acaba de entregar una plataforma en Angola. El quinto lleva unos yates de lujo desde el Mediterráneo al Caribe. Parece que la temporada de cruceros está a punto de cambiar de lugar. Lo siento, Juan, pero tu idea no es acertada.

Una expresión de amarga decepción ensombreció el rostro de Cabrillo. Estaba seguro de que había dado con algo.

—No tan rápido —replicó Mark Murphy. Mientras Stone se afanaba con su portátil, Murphy había estado trabajando con su iPad, también conectado mediante la red inalámbrica al superordenador Cray—. Croissard conserva una serie de empresas pantalla constituidas en las Islas del Canal. Ninguna de ellas ha estado activa desde hace una semana. Puesto que era evidente que se trataba de un proyecto a largo plazo, me limité a echar un vistazo superficial. La empresa se llama Vantage Partners PLC, y está financiada por un banco de las Caimán. Su único cometido como sociedad anónima fue la de ser vendida a una empresa brasileña. No continué mirando porque di por hecho que se trataba de un negocio legal que nada tenía que ver con los planes de Croissard en Myanmar.

—Imagino que estás escarbando un poco más —apostilló Juan.

—Claro. La empresa brasileña tiene una división en Indonesia que dirige un desguace de barcos. No se han desvelado las cifras de los acuerdos, pero creo que lo que en realidad quería Croissard era vender la Vantage Partners por mucho menos de lo que le costó montarla como medio para comprar el desguace y todos los barcos que tienen contratados para desmantelar.

—¿Alguno de ellos es un semisumergible?

—Dame un segundo, casi he entrado en su sistema informático. —Tenía los ojos pegados al iPad mientras decía aquello y empezó a sonreír—. Lo tengo. En estos momentos están desmontando tres barcos. Dos pesqueros comerciales y un buque de carga. El próximo es el *MV Hercules*, un semisumergible FLO-FLO que está siendo desmantelado debido a la bancarrota del propietario. Aquí dice que ha llegado por sus propios medios, así que aún funciona.

—¡Bingo! —gritó Cabrillo con aire triunfal—. Así es como trasladan la plataforma. Croissard se compró su propio semisumergible.

—Esto plantea otra cuestión: ¿por qué? ¿Por qué molestarse en desplazar la plataforma? —apuntó Eric.

—No es porque Linda esté a bordo —respondió Juan—, así que hay alguna otra cosa allí que Croissard no quiere que nadie encuentre.

—Tiene que ser algo realmente grande —señaló Murphy—. De lo contrario lo sacarían de la plataforma y se largarían.

Cabrillo guardó silencio mientras pensaba. La cuestión que le interesaba no era por qué. Quería saber adónde se llevaba Croissard la plataforma. Sus dedos se movieron por el teclado integrado en el brazo de su sillón y un mapa del Mar de la China apareció en pantalla. Allí se encontraban las grandes islas indonesias de Java, Sumatra y Borneo, donde estaba situado Brunei, y otro millar más, la mayoría de las cuales estaban deshabitadas. Cualquiera de ellas sería un escondite perfecto. El problema radicaba en el volumen de tráfico marítimo que surcaba la región. Era imposible que una embarcación tan poco corriente como el *Hercules*, cargada con una plataforma petrolífera, pasara desapercibida y que nadie diera parte de su presencia.

Al igual que le sucediera la vez que conoció a Croissard en Singapur, Juan tenía la sensación de que algo se le escapaba. Tal vez la pregunta de Eric sí que fuera pertinente después de todo. ¿Por qué arriesgarse a mover la plataforma? Murphy había dicho que había algo a bordo que el financiero suizo no deseaba que nadie encontrara. Pero no es posible esconder toda una plataforma. Al menos no con facilidad.

Y entonces se dio cuenta. Tecleó de nuevo y las aguas del Mar de la China parecieron evaporarse del mapa proyectado en la gran pantalla plana. A poco más de ciento ochenta y cinco kilómetros de Brunei, la plataforma continental se estrechaba de forma abrupta en el paso de Palawan, una fosa de más de cuatro kilómetros y medio que partía el lecho marino como el golpe de un hacha.

—Ahí es a donde se dirigen —dijo—. Van a abandonar la plataforma con Linda a bordo. Navegador, traza una ruta hasta un punto a orillas del paso más próximo a la última localización conocida de la plataforma.

Eric Stone, timonel jefe del barco, se sentó ante el sistema de navegación e hizo los cálculos él mismo. La nueva ruta desviaba unos grados al norte la trayectoria noroeste del *Oregon* atajando por las rutas marítimas más transitadas. Mientras el barco ajustaba el rumbo, Stone calculaba la velocidad y la posición relativa de todas las embarcaciones próximas que aparecían en el amplio campo de su radar.

—Si subimos a treinta y cinco nudos, pasaremos justo por el medio —anunció.

—Hazlo, y una vez que dejemos atrás el tráfico, a toda máquina.

Cabrillo amaneció en la timonera con una gran taza de café solo en la mano. El mar permanecía en calma y, por fortuna, libre de tráfico. El agua era de un intenso color esmeralda en tanto que el sol naciente, cuya luz se filtraba a través de las lejanas nubes, teñía el horizonte de un resplandor rojizo. En algún momento del trayecto, probablemente durante el laborioso paso por el estrecho de Malaca, una gaviota de gran tamaño se había posado en el ala de estribor. Todavía seguía allí, pero con la velocidad que ahora llevaba el barco se había arrebujado tras un parapeto para guarecerse del impío viento.

Juan llevaba aún el cabestrillo para la clavícula rota y por ese motivo no formaría parte del asalto a la J-61. Tendría que conformarse con ser un observador a bordo del helicóptero, que estaban preparando en el hangar de la bodega de carga número cinco. Estaría en disposición de despegar dentro de unos treinta minutos.

Detestaba enviar a su gente a que se enfrentara al peligro sin estar él presente para guiarlos, así que su papel pasivo en esa operación era especialmente desesperante. Una vez que hubiera avistado el *Hercules*, Gomez Adams regresaría al *Oregon* para recoger al equipo de asalto, dejando a Juan al margen de la operación. Linc, Eddie y los demás miembros de su equipo eran más que capaces de ocuparse de quienquiera que Croissard tuviera vigilando a Linda.

El ascensor principal se abrió a su espalda en un hueco en la parte posterior del puente de mando. La tripulación sabía que cuando el director estaba solo ahí arriba era mejor dejarle tranquilo, de modo que la interrupción le irritó un poco. Cuando se volvió, la reprimenda murió en sus labios y esbozó una sonrisa. MacD Lawless salió del ascensor en una silla de ruedas. Era obvio que le costaba trabajo, pero también que estaba empeñado en valérselas por sí mismo.

—Ya no me acordaba del coñazo que es subir y bajar de un ascensor en uno de estos jodidos trastos.

—A mí me lo vas a contar —dijo Cabrillo—. Después de

que los chinos me volaran la pierna, me pasé tres meses en una de esas antes de poder caminar con una prótesis.

—He pensado que me vendría bien un poco de aire fresco, pero me advirtieron que no me acercara a la cubierta principal.

—Es un buen consejo, a menos que te guste tener pinta de que te hayan abofeteado. Vamos a más de cuarenta nudos.

Lawless no pudo ocultar su asombro. Como iba en silla de ruedas solo alcanzaba a ver el cielo a través de las ventanas del puente. Juan se levantó de su silla y se encaminó hacia la puerta del puente situada a babor. Era una puerta corredera, de modo que podía abrirse o cerrarse independientemente de cuáles fueran las condiciones. Tan pronto la descorrió unos cinco centímetros, una ráfaga de viento huracanado entró por la rendija, haciendo susurrar el viejo mapa cartográfico sujeto a la mesa por libros de navegación igualmente antiguos. A pesar de la temprana hora de la mañana, el aire era caliente y estaba cargado de humedad, aunque a la velocidad a la que entraba en el puente resultaba refrescante.

Cabrillo abrió la puerta del todo y retrocedió para que MacD pudiera salir con la silla al puente. El viento le azotaba el cabello y tuvo que levantar la voz para que le oyera.

—Es increíble. No tenía ni idea de que un barco tan grande como este pudiera moverse tan rápido.

—No hay otro igual —le dijo Juan henchido de orgullo.

Lawless contempló el mar durante un minuto con expresión inescrutable, después volvió dentro. Cabrillo cerró la puerta.

—Debería volver a la enfermería —declaró Lawless de mala gana—. La doctora Huxley no sabe que me he marchado. Buena suerte hoy. —Levantó la mano a modo de despedida.

Juan mantuvo los brazos a los lados.

—Lo siento, pero tenemos una superstición sobre eso. Jamás le desees buena suerte a nadie antes de una misión.

—Vaya, lo siento. No pretendía…

—No te preocupes. Ahora que lo sabes no espantarás a los demás.

—¿Qué tal si digo hasta luego?

Cabrillo asintió.

—Eso es. Hasta luego.

Siguiendo las órdenes de Juan, las turbinas del *Oregon* invirtieron su potencia cuando alcanzaron el límite de la autonomía del helicóptero. Dispondrían de muy poco tiempo para sobrevolar la zona de búsqueda, pero quería encontrar el *Hercules* lo antes posible. Si había errado en sus cálculos y el semisumergible no se encontraba en el paso de Palawan, no había la menor posibilidad de avistarlo desde el helicóptero por mucho tiempo que tuvieran para peinar el área. El barco y su cargamento habrían desaparecido hacía mucho tiempo.

Las palas propulsoras dentro de las relucientes turbinas invirtieron su potencia y el agua que bombeaban los tubos impulsores hacia la popa fue de pronto expulsada hacia delante a través de las toberas. Una ola de agua y espuma rebasó la proa dando durante un breve instante la impresión de que dos torpedos hubieran impactado contra el barco. La deceleración bastaba para hacer que a cualquiera se le doblasen las rodillas. La escotilla de la bodega se abrió tan pronto la velocidad bajó de los diez nudos y el ascensor hidráulico subió el helicóptero hasta la cubierta. Cabrillo se subió al asiento del copiloto sin perder un segundo, con un par de grandes binoculares colgados del hombro. Max Hanley se sentó atrás para hacer de segundo observador.

Los técnicos desplegaron las cinco aspas del rotor en cuanto superaron la barandilla del barco y Gomez encendió el motor trucado. Cuando tuvo luz verde, conectó la transmisión y el gran rotor comenzó a batir el sofocante aire. Gracias a su configuración NOTAR, el MD 520N era un helicóptero mucho más silencioso y estable cuando las aspas alcanzaban la velocidad de despegue. Adams aumentó la potencia y levantó ligeramente el colectivo. Una vez que los patines despegaron del suelo, tiró con fuerza de la palanca y se alejó del *Oregon*. Ganó altura para evitar las grúas de proa.

Tuvieron que virar hacia el este para aproximarse al área de búsqueda por la popa del *Hercules*, cosa que hicieron por dos razones. La primera, porque de esa forma tendrían a su espalda el sol naciente haciéndolos invisibles a cualquier vigía; la segunda, porque con la gran plataforma petrolífera sobre la cubierta, el radar del carguero situado a proa tendría un gran punto ciego en la popa. No los verían llegar.

El vuelo resultó tedioso, como solían ser los trayectos sobre el agua. Nadie estaba de humor para charlar. Por lo general acostumbraban a gastar bromas como método de aliviar la tensión que los atenazaba a todos, pero no les apetecía nada ponerse a contar chistes cuando la vida de Linda corría peligro. Así que guardaron silencio. Juan escudriñaba de vez en cuando el mar con los binoculares a pesar de estar aún lejos del área de búsqueda.

Les faltaban cuarenta millas para llegar, cuando Max y él comenzaron a escudriñar la superficie del océano con atención. Trabajaron en equipo: Max se ocupaba de peinar la zona de delante hacia la izquierda con sus binoculares mientras Juan hacía lo propio hacia la derecha, sin permitir que la brillante luz del sol reflejada en las suaves olas los distrajera. Estaban a diez millas del punto en que Cabrillo estimaba que estaría el buque, y justo donde la plataforma continental se estrechaba en el paso de Palawan, cuando divisó algo al frente, hacia estribor. Se lo indicó a Adams y el piloto ladeó un poco el aparato para seguir de espaldas al sol.

Cabrillo se preocupó de inmediato. Deberían haber avistado la larguísima estela primero y haberla seguido hasta el buque. Sin embargo no había estela alguna. El *Hercules* estaba parado en el agua.

Era una imagen fantasmagórica. La nave casi doblaba la eslora del *Oregon*, pero lo que resultaba sorprendente era la colosal plataforma petrolífera sobre la cubierta. Cada una de sus cuatro patas tenía el grosor de una piscina olímpica. Los flotadores debajo de estas, cubiertos de pintura roja antiincrustante, se alzaban más de veintiún metros sobre la barandilla del *Hercules* y tenían el tamaño de una barcaza. La plataforma en sí contaba con una superficie de miles de metros cuadrados, mucho mayor que la estimación inicial de Cabrillo, y la altura desde la cubierta hasta la parte superior rondaba los sesenta metros. La combinación de barco y plataforma superaba las cien mil toneladas.

—¿Qué opinas? —preguntó Adams. El plan era encontrar la plataforma y regresar de inmediato al *Oregon*. Pero al ver que estaba detenida, le surgieron dudas.

Cabrillo no tenía ninguna.

—Acércate. Quiero comprobar una cosa.

Adams descendió hasta que los patines quedaron suspendidos casi a ras de las olas. A menos que hubiera un vigía apostado a popa, continuarían sin ser vistos. Cuando estaban a media milla, Juan se percató de que el *Hercules* estaba algo escorado a babor. Se preguntó brevemente si habían calculado mal la carga y se habían detenido para ajustarla.

Pero cuando rodearon la popa del barco vio gruesas maromas metálicas que colgaban de la superestructura, y los ganchos de sus grúas estaban desplegados. La lancha salvavidas había sido botada. En la línea de flotación pudo apreciar burbujas generadas por el agua al llenar los tanques de lastre y expulsar el aire. No estaban reajustando la carga… habían abandonado la nave para que se hundiera.

15

—Llévanos al otro lado —gritó Cabrillo con apremio.

Adams rodeó la proa del semisumergible y avanzó siguiendo la barandilla de estribor con la destreza de una libélula. Al igual que sucedía a babor, las grúas estaban desplegadas y la lancha salvavidas había desaparecido. Sin embargo, no había indicios de que las bombas hubieran sido activadas. Estaban llenando los tanques de un solo lado para que el *Hercules* zozobrara bajo el ingente peso de la plataforma J-61.

—¡Bájanos tan rápido como puedas! Tenemos que parar esas bombas.

—Juan, ¿y si se han llevado a Linda con ellos? —apuntó Max.

Cabrillo llamó al *Oregon*. Hali Kasim respondió al instante:

—Dime, director.

—Hali, ¿hemos recibido una señal del chip de Linda en la última hora?

—No, y tengo una de las pantallas dedicada íntegramente a su frecuencia.

—Pues espera recibirla. —Cabrillo cambió al canal interno del helicóptero—. Ahí tienes tu respuesta, Max. Linda sigue a bordo. Gomez, bájanos aquí. Hali, ¿sigues ahí?

—Sí.

—Hemos encontrado el *Hercules*, pero parece que lo están hundiendo. Tienes nuestra situación, ¿no?

—Os tengo a ochenta y dos millas, rumbo cuarenta y seis grados.

—Ven aquí tan rápido como puedas. Fuerza las máquinas si es necesario. —Juan cortó la comunicación—. Cambio de planes. Gomez, ponme sobre la plataforma y luego Max y tú intentad encontrar el modo de desactivar las bombas.

—¿Vas a buscar a Linda? —preguntó Hanley.

—Si todo lo demás falla, ella y yo podemos saltar —repuso Juan, a sabiendas de que su idea era fruto de la desesperación y que lo más probable era que los dos acabasen muertos.

La expresión preocupada que apareció en el rostro de Max indicó a Cabrillo que Hanley también pensaba que era bastante estúpida. Juan se encogió de hombros como si dijera «¿qué otra cosa podemos hacer?». Cogió el walkie-talkie que Max había sacado del alijo de emergencia que había bajo el asiento trasero. Max se quedó la pareja.

—¿No quieres que traiga a más efectivos del *Oregon*? —preguntó Adams mientras elevaba el helicóptero por encima del imponente lateral de la plataforma petrolífera.

—No quiero que reduzcan la velocidad bajo ningún concepto —respondió Cabrillo.

Gomez centró el aparato sobre el helipuerto de la plataforma. Juan ni siquiera esperó a que estabilizase el helicóptero. Se desabrochó el arnés, abrió la puerta y saltó los noventa centímetros que lo separaban de la cubierta; el potente flujo de aire generado por el rotor azotó su ropa y su cabello. El 520 se alejó hacia la popa, donde había suficiente espacio en cubierta para aterrizar de manera segura.

Juan se hizo daño en el hombro herido al aterrizar y sintió una punzada de dolor recorriéndole el pecho. Hizo una mueca, pero luego lo ignoró.

A más de sesenta metros de altura, el ligero desnivel que habían visto desde el helicóptero era mucho más pronunciado, por lo que se vio obligado a inclinarse un poco para mantener el equilibrio. No sabía si el *Oregon* llegaría a tiempo.

Echó un vistazo a su alrededor. Estaba claro que la plataforma era antigua. El óxido se abría paso a través de la pintura descolorida y descascarillada. La cubierta estaba llena de manchas y las piezas de maquinaria que habían caído por culpa de la negligencia de los operadores de grúa habían dejado abolladuras en la misma. Vio un contendor grande cargado con tubos de nueve metros de longitud llamados sarta de perforación, que se ensartaban debajo de la torre y se utilizaban para perforar el agujero en la tierra. Una pesada cadena colgaba dentro de la torre de perforación como si fuera cordón industrial. En opinión de Juan, lo único que faltaba para señalar que la plataforma estaba abandonada era el aullido de un coyote y algunas plantas rodadoras.

Cabrillo se dirigió a la zona habitacional, un cubo de tres pisos decorado como un edificio de apartamentos soviético. Todas las ventanas del primer nivel eran pequeños ojos de buey, no mayores que un plato. Examinó la única puerta metálica y vio que en algún momento había estado cerrada con una cadena, que seguía rodeando la manilla de la puerta, aunque el pasacabos había sido arrancado de la jamba. Habían utilizado unas gotas de soldadura para sellarla. De todas formas tiró de la manilla hasta que le dolió el brazo, pero no cedió ni un milímetro.

No había llevado una pistola consigo porque se suponía que iba a ser una misión de reconocimiento. Echó un vistazo a su alrededor en busca de algo que pudiera emplear para romper una ventana. Tardó diez frustrantes minutos en localizar el capuchón de una bombona de oxiacetileno tirado en el suelo. Apenas tenía el tamaño de un pomelo y era lo bastante pesado como para hacer añicos el cristal. Llevar el brazo en cabestrillo mermaba su puntería, por lo que necesitó de tres intentos para conseguir atinar a la ventana, y el golpe apenas hizo mella en el cristal irrompible. Utilizó el capuchón metálico a modo de martillo y a fuerza de golpear sacó el vidrio del marco.

—¿Linda? —gritó dentro de la habitación vacía al otro lado. Vio que se trataba de una antesala donde los trabajadores podían despojarse de sus monos empapados en aceite antes de dirigirse a sus cabinas—. ¿Linda?

Su voz fue absorbida por las paredes de metal y la puerta cerrada al fondo. Vociferó, e incluso gritó a pleno pulmón, pero el resultado fue el mismo. El silencio fue la única respuesta que obtuvo.

—¡Linda!

Max saltó del helicóptero tan pronto los patines rozaron la cubierta y corrió agazapado bajo las aspas giratorias de los rotores. Tenía que cubrir una distancia equivalente a dos campos de fútbol americano antes de llegar siquiera a la infranqueable superestructura. Después de dar una docena de pasos supo que estaba en baja forma. Aun así continuó avanzando, moviendo sus recias piernas y acompasando la acción con los brazos. A su espalda, Gomez estabilizó el aparato y apagó el motor.

Cuando alcanzó el liso flotador Max se dio cuenta de que habían cometido un grave error. El flotador se extendía por toda la cubierta del *Hercules* y era tan alto como un precipicio; una pared vertical de acero de más de nueve metros de altura, sin escalerilla ni nada a lo que agarrarse. La tripulación tenía que acceder de algún modo a la popa de la embarcación mientras navegaban, de modo que volvió sobre sus pasos buscando una escotilla.

—¿Qué sucede? —preguntó Adams. Se había librado del casco de vuelo y desabrochado el mono hasta el ombligo.

—No se puede pasar sobre el flotador. Busco una escotilla de acceso.

Los dos peinaron la cubierta sin éxito. La única forma de llegar a la superestructura era escalando los dos enormes flotadores de la plataforma petrolífera; una hazaña imposible para ambos.

—Vale —repuso Hanley cuando se le ocurrió una alternativa—. Volvamos al helicóptero. Tiene que haber algún lugar en la superestructura donde puedas mantener el pájaro suspendido en el aire para que yo pueda saltar.

Se elevaron en cuestión de segundos gracias a que el motor seguía caliente. La proa del *Hercules* era un revoltijo de maquinaria y antenas, y el techo de la timonera estaba surcado de cables de amarre que sujetaban el mástil del radar. Gomez Adams tenía miles de horas de vuelo al mando de casi todo helicóptero que existía sobre la faz de la tierra y era capaz de atravesar el ojo de una aguja con el MD 520N, pero no había realmente un sitio lo bastante grande y despejado para que Max saltase sin peligro. Después de cinco frenéticos segundos, Max desistió.

—Nuevo plan —anunció Hanley—. Sitúame sobre la parte más alta del flotador.

Se subió entre los dos asientos de delante y buscó en el kit de emergencia una cuerda de nailon de seis metros de longitud y uno y medio de grosor. No era lo bastante larga, pero tendría que apañárselas.

Adams picó el aparato bajo la altísima plataforma, justo por encima del oxidado flotador. El flujo de aire desplazado por los rotores les zarandeaba arriba y abajo, pero mantuvo estable el aparato, con los patines a escasos centímetros sobre el flotador para que Max simplemente tuviera que salir y subir a la propia plataforma. Gomez se alejó una vez más y aterrizó en la popa, aunque no apagó del todo la turbina.

Max ató la cuerda a un soporte próximo a la sólida pata en cuanto estuvo en la plataforma y lanzó el otro extremo por encima de un lateral. El cabo colgaba a casi cinco metros de la cubierta del *Hercules*. Profirió un gruñido.

—Me estoy haciendo demasiado viejo para esto.

Se movió hasta que sus piernas colgaron sobre el flotador y lentamente se descolgó por la cuerda, aferrándose con los muslos porque temía que su panza supusiera una carga mayor de la que sus brazos podían soportar. Se soltó al llegar al final de la cuerda. Entonces sintió en la espalda el impacto del aterrizaje sobre la cubierta, y punzadas de dolor le recorrieron el cuerpo. No había rodado como debería y aquel error le costó salir despedido hacia atrás de forma violenta. Soltó una sarta de palabrotas como no había pronunciado desde sus días en Vietnam.

Se levantó despacio y se encaminó arrastrando los pies hacia la parte posterior de la superestructura. Si bien otros se habrían derrumbado de dolor, Max se lo tragó y, a pesar de moverse como un anciano, continuó avanzando.

—¿Cómo has bajado hasta ahí? —La pregunta sonó distante y amortiguada. Enseguida se acordó del walkie-talkie que llevaba sujeto al cinturón.

Se llevó el aparato a los labios.

—Me he partido la puta espalda, pero casi he llegado a la superestructura. ¿Qué tal tú?

—La puerta de la zona habitacional está soldada —respondió Cabrillo—. Me he cargado una ventana y he llamado a gritos a Linda, pero no he obtenido respuesta.

—¿Puedes entrar por ahí?

—No, es solo una pequeña portilla. Estoy buscando otra manera de entrar. Este jodido sitio es más inexpugnable que un castillo.

—Vaya equipo de rescate estamos hechos, ¿eh?

—Vamos a recuperarla —aseveró Cabrillo con absoluta certeza.

Max siguió adelante, presionándose la zona lumbar con el puño para aliviar parte del dolor. La superestructura estaba pintada de un soso tono blanco que reflejaba los duros años de funcionamiento. El metal estaba corroído a trozos y se apreciaban churretes de óxido. Había dos escotillas que daban acceso a las estancias interiores, y cuando Hanley llegó a la primera se encontró con que estaba cerrada desde dentro. Intentó abrirla sin resultado.

La segunda puerta también estaba cerrada. Levantó la mirada y vio una pasarela que daba la vuelta a la enorme superestructura, pero se encontraba a más de seis metros por encima de él. Más arriba, sobre el puente, había una segunda pasarela y sobre esta, dos chimeneas cuadradas cubiertas de hollín. No había ventanas ni forma de seguir avanzando. Max estaba atrapado, y nada más aterrizar se había percatado de que el *Hercules* estaba más escorado que antes.

Cabrillo rodeó la zona habitacional buscando la forma de entrar. Dos de los laterales corrían paralelos a los bordes de la plataforma y no eran más que rejillas sobre el agua, con pasamanos a la altura de la cintura. Había otras dos puertas, pero estaban cerradas desde dentro.

Cuando alzó la vista hacia los lisos laterales de la estructura vio que habían manipulado una polea a fin de que izara una bandera en el aire a más de tres metros por encima del tejado. El cable estaba muy erosionado y pelado, pero cumplía con su cometido.

Abrió el tensor que convertía el cable en un circuito cerrado y buscó con la mirada algo con que soltar un extremo. A poca distancia había un bidón medio lleno. Dado que solo podía utilizar una mano, tardó varios minutos en arrimarlo hasta la polea. Perdió unos minutos preciosos atando un extremo suelto del cable alrededor del bidón. Si el nudo fallaba lo más probable era que se partiera el cuello, así que tenía que ser perfecto.

A continuación hizo un lazo para el pie en el otro extremo del cable. La parte más complicada fue poner el bidón de lado. Tuvo que agacharse y empujar con la espalda mientras estiraba las piernas para inclinar el barril hasta hacerlo volcar. El líquido del interior se agitó. Acto seguido metió el pie en el lazo y empujó el barril de forma que quedase paralelo a la pendiente cada vez mayor de la plataforma.

Durante unos segundos su peso bastó para mantenerlo anclado al suelo, así que apoyó el otro pie en el barril y lo empujó. La gravedad hizo el resto. El bidón comenzó a rodar por la cubierta tirando del cable de la polea y Cabrillo ascendió de forma segura por el lateral del edificio, con el pie metido en el lazo y aferrándose al cabo con la mano buena. Logró alcanzar el tejado en un par de segundos y saltó con agilidad. El lazo quedó atascado en la polea frenando el avance del bidón.

La parte superior del bloque era un laberinto de salidas de aire y ventiladores comerciales. Necesitó varios minutos para averiguar qué conductos eran de entrada al edificio y cuáles de salida. Cuando supo cuál era el indicado, sacó la navaja de bolsillo Emerson CQC (combate cuerpo a cuerpo), que Linc le había pasado.

No se entretuvo desenroscando los tornillos alquitranados que aseguraban los conductos de dieciocho centímetros cuadrados, sino que clavó la hoja en el metal y, como si no fuera más que papel, cortó una abertura lo suficientemente grande. Cuando terminó la hoja no tenía una sola mella.

Se metió en el conducto, consciente del dolor que tenía en el hombro, y se arrastró por él hasta que llegó a un codo que se doblaba hacia abajo a través del techo. La gruesa capa de polvo que cubría el interior del conducto levantaba una nube cada vez que se movía, obligándole a estornudar de forma tan violenta que se golpeaba la cabeza. Gracias a la luz que se filtraba por la abertura y alrededor de su cuerpo vio que el conducto continuaba descendiendo durante algo más de un metro antes de llegar a otra curva de noventa grados.

Retrocedió a base de fuerza hasta salir del conducto y volvió a meterse, aunque esta vez introdujo primero los pies. Cuando llegó al codo, se puso boca abajo y se movió con cuidado hasta el borde; sintió una intensa punzada de dolor en el hombro. Tanteó con las punteras de las botas hasta que tocó el fondo del conducto y acto seguido desplazó todo su peso. El metal cedió y resonó al recuperar su forma.

Un minuto después estaba tendido en la sección inferior, sonriendo para sus adentros al ver luz al frente. Empujó con los pies hasta quedar sobre una rejilla de ventilación lo bastante amplia para pasar a través de ella. Había supuesto que tendría que abrirse un hueco con el cuchillo para salir del sistema de aire acondicionado, pero solo tuvo que golpear la rejilla con el tacón, arrastrarse fuera de la abertura y dejarse caer al suelo de la cabina de un trabajador de la plataforma. El cuarto tenía un solo ojo de buey que daba al océano y un somier con patas sin colchón. Hacía mucho que se habían llevado cualquier otra cosa que hubiera podido haber allí.

Salió al pasillo llamando a Linda mientras registraba otras treinta cabinas idénticas y un amplio espacio en medio del edificio, que en su tiempo fue un centro de ocio o una sala de conferencias. Ahora no era más que una estancia de paredes diáfanas, suelos de linóleo y luces fluorescentes fijadas al techo.

La escalera que bajaba a la siguiente planta estaba oscura como boca de lobo. Juan sacó una delgada linterna halógena y giró el extremo hasta que proyectó un rayo de luz.

—¡Linda! —gritó cuando bajó la escalera.

Su voz reverberó y volvió a él como si hubiera entrado en un espacio enorme. En el aire se apreciaban los efectos residuales de un fuerte olor a ozono y olía a viejos aparatos eléctricos y a cable quemado.

Supo en el acto que la habitación había sufrido grandes reformas. Habían tirado el falso techo así como todos los mamparos divisorios. Las ventanas habían sido oscurecidas y más conductos de ventilación adicionales en forma de tubos de fuelle plateados ascendían por otra escalera y serpenteaban por el suelo. Sin embargo, lo que a Cabrillo le llamó la atención fueron los otros añadidos. Todo el espacio estaba ocupado por hileras de estantes del suelo al techo, cargados de potentes ordenadores, todos ellos conectados a un enorme procesador paralelo. Debía de haber más de diez mil máquinas trabajando como un solo ordenador. El potencial de procesamiento resultaba mareante. Seguramente podría rivalizar con el de una gran universidad o incluso con el de la NASA. La ventilación extra tenía como objeto disipar la acumulación de calor generada por las máquinas en funcionamiento.

Registró la habitación tan rápido como le fue posible, por si acaso Linda estaba allí, y luego bajó hasta el siguiente nivel, donde se encontró idéntico tinglado. Miles de ordenadores colocados en sus baldas con gruesos cables de datos conectándolos unos con otros. No entendía para qué necesitaba Croissard aquella monstruosa capacidad de procesamiento. Debía de estar de alguna forma relacionado con lo que Smith había recuperado del templo budista de Myanmar, pero desconocía de qué manera.

Una vez más, Juan registró la habitación para buscar a Linda Ross.

Detestaba pensar que ella se encontraba en uno de los niveles inferiores, bajo la cubierta principal de la plataforma. Aquello sería un laberinto de túneles de servicio, corredores y cuartos de almacenaje que podría tardar horas en inspeccionar. Ni siquiera le gustaba considerar que podría estar metida en una de las patas o en uno de los gigantescos flotadores de la plataforma. Enfocó la luz sobre la esfera de su reloj y se quedó atónito al comprobar que llevaba más de una hora a bordo de la J-61. También calculó que el grado de inclinación de la plataforma tenía que haberse incrementado. Aún estaba bien afianzada sobre el *Hercules*, pero ¿por cuánto tiempo?

El siguiente nivel eran los alojamientos de la planta baja. Su primera tarea fue la de abrir una de las puertas que llevaban a la pasarela que sobresalía de la estructura, quedando suspendida sobre el mar. El aire fresco ayudó a disipar el hedor a ozono. Además, se tomó unos instantes para ver cómo le iba a Max, que aún tenía que hallar la forma de entrar en el barco. Este le dijo que Adams estaba a punto de acercar el helicóptero sobre el flotador de la plataforma y utilizar la grúa para subirle.

Hecho eso, Cabrillo descubrió que ese nivel estaba casi dedicado en su totalidad a despachos, así como a vestuarios para los trabajadores. No había ni rastro de Linda, de modo que se dispuso a adentrarse en las entrañas de la plataforma; la pequeña linterna apenas iluminaba la densa penumbra.

El chirrido producido por la fricción de acero contra acero

resonó por toda la plataforma, como el de un tren a toda velocidad que echa el freno. Juan sintió que toda la estructura se movía y se estabilizaba al momento. La inclinación aumentó un par de grados más en cuestión de segundos.

Se les agotaba el tiempo.

Eric Stone forzó las máquinas del *Oregon* sin piedad. No ocupó el puesto de mando en el centro de la sala de operaciones, sino que permaneció en su lugar de costumbre al timón, donde podía controlar mejor la respuesta del barco a las olas y, por tanto, podía hacer ajustes rápidos para ganar tanta velocidad como fuera posible.

El carguero errante jamás había fallado antes y estaba cumpliendo de nuevo, cortando el mar como una lancha de competición y dejando tras de sí una estela.

Cubrieron las ochenta millas que les separaban del *Hercules* en un tiempo récord, pero al llegar supo de inmediato que era demasiado tarde. El semisumergible estaba tan escorado que parecía a punto de zozobrar en cualquier momento. La colosal plataforma petrolífera que llevaba sobre la cubierta estaba tan inclinada sobre el agua que su alargada sombra oscurecía el mar. Supuso que solo su tremendo peso evitaba que cayera.

—Bien hecho, muchacho —escuchó la atronadora voz de Max por los auriculares encastrados en el techo. Iba a bordo del MD 520N, de regreso al barco para recoger hombres y suministros que ya estaban a la espera.

—¿Qué quieres que haga? —preguntó Stone, aliviado para sus adentros por no tener que ser él el encargado del intento de rescate.

—Sitúa el *Oregon* justo debajo de la plataforma y empuja todo lo que puedas —respondió Hanley sin demora.

—¿Qué? —Eric no daba crédito.

—Ya me has oído. Hazlo.

Stone espetó por el intercomunicador del barco:

—Tripulación de cubierta, preparen todas las defensas a lo largo de la barandilla de babor. —No le preocupaba estropear la pintura del barco, pero sí desfondar la quilla.

Temía que generar oleaje cerca del *Hercules* hiciera que se hundiese, por lo que condujo el *Oregon* a lo largo del semisumergible con el máximo cuidado, como si se estuviera aproximando a un potro salvaje, mientras lastraban para que la barandilla se deslizara bajo los flotadores voladizos de la plataforma. La J-61se alzaba imponente sobre ellos igual que un castillo sobre cimientos que se hunden.

—El pájaro ha aterrizado —anunció Max mientras Stone hacía algunas correcciones en la posición.

Los dos barcos se acercaron con la suavidad de una pluma cayendo a la tierra, las gruesas defensas neumáticas amortiguaron y facilitaron el contacto más aún. Cuando las embarcaciones estuvieron pegadas la una a la otra todo lo posible, Eric aceleró poco a poco y viró noventa grados las toberas direccionales que impulsaban el *Oregon*.

El efecto fue inmediato. Debido a los miles de litros de agua que inundaban los tanques de estribor, el *Hercules* tenía una inclinación de casi veinte grados, pero en cuanto aumentó la potencia, el *Oregon* logró levantar su peso ocho grados más cerca de la vertical. Las fuerzas en juego eran titánicas aunque estaban tan bien equilibradas que el más mínimo error por parte de Stone haría que la plataforma de veinte mil toneladas cayera sobre el *Hercules* y partiera en dos el *Oregon*. Lo peor de todo era que a menos que pudieran cerrar las válvulas de entrada y bombear el agua, aquello solo serviría para retrasar lo inevitable.

La peligrosa maniobra de Max les hizo ganar tiempo, la cuestión era cuánto.

El helicóptero acababa de posarse en la cubierta, cuando Hanley, con la espalda dolorida, se tiró prácticamente del asiento en un intento por salir rápidamente. Julia Huxley le estaba esperando con una silla de ruedas; la bata se le arremolinaba por el flujo de aire del rotor. Max agradecía la silla, pero no tenía intención de permitir que ella le empujase hasta la enfermería. Frenó las ruedas con las manos y observó a Mike Trono, Eddie Seng y Franklin Lincoln —el hombre que iba a dirigir el asalto armado al *Hercules*— cargar el equipo que iban a necesitar para irrumpir en la superestructura del barco e impedir una catástrofe. No podían limitarse a saltar a bordo de la embarcación que se hundía porque el espacio que representaban las protecciones de goma entre los dos buques era demasiado grande. Así que, con el fin de ahorrar más tiempo, Eddie volaría hasta el barco sujeto a la grúa del helicóptero para poder caer en la timonera. Tres minutos después de que el aparato hubiera aterrizado, Gomez Adams aceleró y despegó de nuevo, consciente de que su amigo colgaba bajo la panza del pájaro.

Tomó altura, pasó por encima del *Oregon* y descendió a los pocos segundos, mirando a través del plexiglás a sus pies para dejar a Eddie sobre el objetivo. Bajó diestramente a Seng sobre el techo de la timonera, justo en una de las alas del puente.

Eddie agitó la mano en alto después de desengancharse de la grúa y acto seguido saltó a la pasarela. Adams posicionó el aparato sobre el flotador delantero, donde momentos antes había tenido que rescatar a Max. Mike y Linc arrojaron su equipo y saltaron para que Gomez pudiera volar hasta el helipuerto de la plataforma a la espera de que el director apareciera.

Eddie aterrizó en el puente, rodó sobre sí mismo y se puso en pie al instante. No se molestó en comprobar la cerradura, sino que sacó una 9 milímetros, descerrajó un tiro al cristal superior de la puerta y la atravesó de un salto. Rodó sobre el suelo y se levantó junto al panel de navegación, una ingente obra de la electrónica que ocupaba casi todo el ancho de la timonera. La habitación tenía unos sesenta metros de anchura, era espartana y no tardó en descubrir que no había energía. Todas las pantallas y los indicadores estaban apagados y los controles inoperables. No se trataba únicamente de que la tripulación hubiera apagado los motores, sino que habían desconectado los generadores de emergencia. El *Hercules* era un barco fantasma.

—Max, ¿estás ahí? —preguntó por el walkie-talkie.

—Te recibo. —Casi había llegado al centro de operaciones.

—Estamos bien jodidos. El propulsor principal está inoperable. El auxiliar también, y parece que han cortado la alimentación a los generadores de emergencia.

—¿Tienes algo? —inquirió Hanley.

—No —respondió Seng—. Eso intento decirte. Este monstruo está *caput*.

Hubo un momento de silencio mientras Max consideraba sus opciones.

—Muy bien —dijo al fin—, esto es lo quiero que hagas: en el cuarto de motores hay espitas manuales para cerrar las válvulas de entrada. Tienes que llegar a ellas y cerrarlas. No podemos bombear el agua, pero al menos podemos impedir que se hunda más.

—¿Bastará con eso? —Eric Stone había estado atento al canal abierto. En los pocos minutos transcurridos desde que posicionó el *Oregon* junto al supercarguero, habían empezado a empujar al *Hercules* en el agua, generando olas que mecían ambos barcos. Una de las indestructibles defensas que los separaba ya había reventado a causa de la presión—. No sé cuánto voy a poder retenerlo.

—Haz lo que puedas, muchacho.

Linc y Mike Trono optaron por lo más sencillo. En lugar de entretenerse buscando sopletes o cargas explosivas, Mike se cargó un lanzagranadas RPG al hombro en cuanto Adams se alejó y disparó a la puerta de la superestructura del barco. La explosión la voló por completo, lanzándola por el pasillo interior. Linc y él se encaramaron a la cuerda que Max había dejado. La pintura alrededor de la puerta destrozada estaba ardiendo por la explosión, pero iban preparados, y Linc roció las llamas con un pequeño extintor, del que se deshizo una vez concluida la tarea. El metal seguía al rojo vivo, así que entraron con mucho cuidado.

Los dos llevaban potentes baterías de tres celdas y pistolas semiautomáticas, Sig Sauer de 9 milímetros, por si acaso el *Hercules* no estaba tan desierto como pensaban.

Entrar en un barco en esas condiciones era lo mismo que para un bombero meterse en una fábrica de munición en llamas, pero ni unos ni otro se lo pensaron dos veces.

El interior del *Hercules* no estaba en buenas condiciones. Las paredes estaban descascarilladas, el suelo levantado en algunos sitios y las cabinas estaban completamente vacías. No tenía tan mal aspecto como el *Oregon*, pero era obvio que su lugar era un desguace de barcos, donde lo había enviado el anterior propietario. Mike y Linc estaban subiendo hacia el puente, pero dieron media vuelta cuando oyeron a Eddie y a Max en la radio táctica y volvieron por donde habían venido.

El movimiento del barco en el agua continuaba siendo lento porque los tanques de lastre seguían llenándose. Sin embargo, cuando viraba a estribor, se hundía un poco más y se recuperaba más despacio que cuando lo hacía a babor. Al tener el vientre tan cargado, le costaba trabajo mantenerse vertical, y por muy hábil que fuera Eric Stone a los mandos del *Oregon*, era inevitable que el *Hercules* zozobrara.

Para empeorar aún más las cosas, las nubes que Cabrillo había visto al alba se habían desplazado hacia la zona, y la brisa que arreciaba estaba afectando a la superficie de las olas haciendo que avanzasen en largas columnas que rompían contra el costado de la nave.

Eddie Seng se movió con mayor rapidez que ellos y no tardó en alcanzarlos. Todos lucían la misma expresión de sombría concentración. Las vidas de Juan y de Linda dependían de que pudieran contener los chorros de agua que estaban inundando los colosales tanques del barco. A pesar de que cada embarcación transatlántica era diferente, el rendimiento incorporado a la arquitectura marítima significaba que había solo un número determinado de formas de acceder a la sala de máquinas, y su ubicación siempre se realizaba de forma lógica y bien pensada. Debido a ello, los hombres descendieron velozmente tres cubiertas y cruzaron una escotilla en la que ponía SALA DE MÁQUINAS. Habían enganchado una cadena a la manilla de la puerta y estaba cerrada con un candado.

Linc se dispuso a volar la cadena, ya que lo más probable era que al disparar al candado en un espacio tan reducido la bala rebotara y alcanzara al tirador. Pegó en el candado un trozo de explosivo plástico del tamaño de un chicle y empujó a los otros dos por el pasillo hasta rodear la esquina.

La onda expansiva los alcanzó con la fuerza de un huracán, y el ruido fue ensordecedor a pesar de llevar los oídos protegidos. Un débil olorcillo a humo químico flotaba en el aire. El candado y la mitad de los eslabones habían desaparecido. Eddie se apresuró a quitar el resto de la cadena, y estaba a punto de abrir la puerta cuando una fuerte ola sacudió al *Hercules* hundiendo la barandilla en el océano. El semisumergible se mantuvo así durante treinta largos segundos, mientras la enorme plataforma petrolífera chirriaba al deslizarse por la cubierta directa al olvido.

El *Oregon* hizo lo que pudo, pero el daño ya estaba hecho. La plataforma se había movido lo suficiente para desplazar el centro de gravedad del supercarguero, y el grado de inclinación era mayor que nunca. La ola le había asestado un golpe mortal.

—Se acabó —dijo Max por la radio—. Salid de ahí. Eso también va por ti, Juan. —Esperó un segundo—. Director, ¿me recibes? ¿Juan? Juan, si me recibes, abandona la plataforma. Joder, Juan. Respóndeme. Se te ha acabado el tiempo.

Pero Cabrillo no respondió.

16

Juan se había internado tanto en la J-61 que todo aquel acero bloqueaba la señal del walkie-talkie. Aunque de todos modos lo más seguro era que no le hubiese hecho caso a Max. Había llegado demasiado lejos como para fracasar.

Las entrañas de la plataforma eran tan enrevesadas como un laberinto cretense, con infinitos pasajes que se entrecruzaban y volvían sobre sí mismos. No ayudaba en nada el que su pequeña linterna tuviera solo unos metros de alcance. Se había golpeado la cabeza varias veces contra obstáculos invisibles, tenía magulladuras en la espinilla y seguramente alguna abolladura en la prótesis.

Cabrillo poseía un sentido del espacio muy desarrollado y supo el momento en que llegó el *Oregon* y empujó el barco hasta casi mantenerlo estable. También sabía que estaba perdiendo la batalla por mantener el *Hercules* a flote. La pendiente del barco era mayor, y cuando la plataforma se deslizó un par de metros sobre la cubierta fue consciente de que se le había agotado el tiempo. Pero no vaciló ni se cuestionó si había hecho ya suficiente y si debía salir de allí.

Bajó de dos en dos un tramo de escaleras, sujetándose el brazo malo con el sano para amortiguar el impacto. A esa profundidad la plataforma era un amasijo de enormes arriostramientos, mamparos y gruesas columnas. El suelo era de metal bañado con una fina capa de crudo derramado que se había solidificado hasta alcanzar la consistencia del alquitrán. Estaba resbaladizo y pegajoso a un mismo tiempo.

—¡Linda! —vociferó.

En el silencio posterior al eco de su voz creyó escuchar algo. Volvió a llamarla de nuevo, levantando más la voz.

¡Sí!

Aunque amortiguada y poco clara, escuchó una respuesta. Corrió hacia el sonido de una voz de mujer que pedía ayuda a gritos. En el rincón del fondo había un cuarto bloqueado sin ventanas. Habían introducido una cuña bajo la puerta como precaución añadida, aunque estaba cerrada desde fuera.

—¿Linda?

—¿Eres tú de verdad?

—Galahad al rescate —dijo y se sentó para golpear la cuña con la pierna artificial.

—¡Gracias a Dios! —exclamó Linda con voz entrecortada—. ¡Tienes que sacarnos de aquí!

—¿Sacarnos? —replicó entre un golpe y otro.

—Soleil Croissard lleva semanas prisionera en este lugar.

Mientras se esforzaba por liberarlas, la mente de Cabrillo empezó a funcionar a toda velocidad. No había una razón lógica para que Roland Croissard hiciera prisionera a su hija y luego intentase matarla. Estaba allí como rehén y, por tanto, para conseguir que este hiciera la voluntad de otra persona. ¿Sería Smith? No parecía ser de esos. Era un esbirro, no un cerebro criminal. Se trataba de otra persona. Habían dedicado innumerables horas a ahondar en la vida de Croissard y no habían encontrado ninguna pista sobre cuáles eran sus objetivos. Cosa normal, ya que no eran los suyos. Había alguien oculto que movía los hilos y no tenían ni idea de quién se trataba. Y si el objetivo había sido sacar el misterioso objeto del templo de la selva, era muy posible que Croissard estuviera muerto, lo cual dejaba a la Corporación con las manos vacías.

La cuña cedió por fin y salió disparada. Cabrillo se levantó para abrir la puerta de golpe. Linda Ross se le echó encima, haciendo caso omiso del cabestrillo, y le dio un abrazo que para Juan resultó alegre y doloroso en igual medida.

Detrás de Linda había otra mujer. A pesar de la débil luz de la interna y después de tantos días de pasar penurias, seguía siendo increíblemente bella. Llevaba el cabello negro recogido en una coleta, que hacía resaltar sus grandes ojos castaños.

—Señorita Croissard, soy Juan Cabrillo.

—*Oui*, le habría reconocido por la descripción que me hizo Linda. —Su acento era encantador.

—Tenemos que salir de aquí inmediatamente.

Con Cabrillo al frente, se dirigieron de nuevo arriba, atravesando la laberíntica plataforma. Juan llevaba puesto el piloto automático, pues confiaba en su memoria para encontrar la ruta más directa que los llevase a la libertad, mientras que otra sección de su cerebro se preocupaba por la identidad de quienquiera que estuviera detrás de John Smith. Ya sonsacaría información a Soleil más tarde. Tal vez ella tuviese cierta idea de qué estaba sucediendo pero, por el momento, Juan examinó el problema solo con los hechos que conocía.

Trató de establecer contacto por el walkie-talkie ahora que estaba más cerca de la cubierta.

—Max, ¿me recibes?

Después de oír solo ruido estático durante un momento creyó escuchar:

—…al …hí.

—¿Max?

—…al de …hí ya.

—Casi estamos fuera.

Mientras subían corriendo el último tramo de escalera, la recepción mejoró.

—Juan, Gomez está estacionado en el helipuerto, pero tienes menos de un minuto. No podemos aguantarlo mucho más tiempo.

—Max, escucha con atención. Pon un guardia armado vigilando a MacD Lawless. Si trata de acercarse a un teléfono o a una radio, dispárale.

—¿Qué? ¿Por qué? —La incredulidad de Hanley hizo que se le quebrara la voz.

—Te lo explicaré cuando te vea. Tú hazlo.

Los últimos escalones estaban tan inclinados que fue como atravesar una Casa de la Risa, y cuando por fin salieron por la puerta de la pasarela suspendida sobre el mar, los tres chocaron contra la barandilla porque no pudieron frenar su avance. Mientras corrían por la pasarela, con la cubierta del *Oregon* a casi treinta metros y medio por debajo de ellos, en un ángulo de más de veinte grados, pensaron que Max había sido en exceso optimista prometiéndoles un minuto. Solo tenían unos segundos antes de que la plataforma volcara.

Gomez Adams mantuvo el 520 sobre el helipuerto, tocando la cubierta con un patín mientras que el otro estaba suspendido sobre un enorme espacio. El aparato estaba estabilizado. Era la plataforma la que estaba torcida. Los extremos de las aspas del rotor a un lado del pájaro giraban peligrosamente cerca de la cubierta.

—¡Vamos! ¡Vamos! ¡Vamos! —gritó Juan.

La plataforma chirrió debajo de ellos mientras la gravedad hacía que se aproximase poco a poco al punto de no retorno. La barandilla del *Hercules* estaba sumergida en el mar y comenzó a aparecer un hueco bajo el lado más elevado de la plataforma que empezaba a darse la vuelta.

En el centro de operaciones, Eric Stone redirigió las válvulas y puso máxima potencia en un intento desesperado por liberar el barco de la avalancha de acero que se les venía encima. A bordo del semisumergible a punto de zozobrar, Eddie, Linc y Mike no tenían más alternativa que agarrarse a cualquier superficie sólida que pudieran encontrar, así que se aferraron con todas sus fuerzas a la parte superior de la barandilla.

Cabrillo empujó sin contemplaciones a las dos mujeres dentro del helicóptero mientras Adams iniciaba el despegue, y saltó detrás de ellas en cuanto la plataforma se deslizó fuera de la cubierta. La tensión fue excesiva para la larga y delgada torre de perforación, que se arrancó de cuajo; el metal retorcido se desgarró como si fuera una maqueta hecha de madera de balsa. La plataforma emitió un quejido semejante al canto amplificado de una ballena.

La cola del aparato abandonó el helipuerto por los pelos, sus tres pasajeros contemplaron movidos por la curiosidad la destrucción de la que acababan de escapar. La plataforma se estrelló contra el océano a escasos metros del mástil de la bandera del *Oregon* creando una ola de titánicas proporciones, que levantó el barco como si no fuera más que un juguete dentro de una bañera y estuvo a punto de sumergir la proa. Eric cabalgó con gran pericia la ola igual que un surfista se desliza sobre una de las grandes en la costa norte de Oahu.

La sobrecargada plataforma se dio la vuelta tan pronto estuvo en el agua, de modo que los flotadores llenos de aire quedaron hacia arriba, y se balanceó casi alegremente. Aligerado de todo ese peso, el *Hercules* se meneó como un péndulo hasta casi quedar recto antes de que la inercia del agua que se agitaba en sus tanques lo hiciera escorar de nuevo.

Los tres hombres aferrados a la barandilla no se soltaron a pesar de la violenta sacudida. Cuando por fin lo hicieron, se deslizaron sobre el trasero por la cubierta utilizando las manos enguantadas y los pies para mantener una velocidad segura. Una vez alcanzaron la parte más baja, simplemente entraron en el agua y se alejaron nadando. Adams se mantuvo suspendido sobre ellos para dirigir a la lancha de rescate del *Oregon*.

La LNFR llegó momentos antes de que el *Hercules* sucumbiera a lo inevitable y escorara pesadamente sobre un costado; su casco, encostrado de percebes, quedó expuesto a la luz del sol por primera vez en su larga vida. El aire atrapado dentro escapó por las portillas y respiraderos a borbotones, siseando como si la vieja nave se resistiera a enfrentarse a su destino.

Cabrillo recordó que aquello no había hecho más que empezar y todos sus pensamientos frívolos se esfumaron.

—Gomez, llévanos al barco lo antes posible.

MacD Lawless los había traicionado desde aquella primera noche en Pakistán y Juan quería respuestas.

Tan pronto estuvieron a bordo del *Oregon* y la lancha estuvo de nuevo en el garaje de las embarcaciones, Juan ordenó que se alejasen de la plataforma y que la Gatling acribillase su línea de flotación. La profundidad allí no era óptima —a fin de cuentas la tripulación del *Hercules* había tenido que darse mucha prisa—, pero se encontraban sobre la cuenca continental y, con algo de suerte, la J-61 caería por el cañón submarino y acabaría en las profundidades de la llanura abisal.

Juan no quería que quedase la menor constancia de que el sabotaje no había salido según lo planeado. El semisumergible no aguantaría más de diez minutos a flote, y una vez que hubieran hecho un par de millares de agujeros en los flotadores de la plataforma, esta se uniría al barco en el fondo.

Cabrillo pasó primero por su camarote, ya que estaba cubierto de pegajoso crudo, mientras que las dos mujeres fueron llevadas a la enfermería para someterlas a un chequeo. Pese a las ganas que tenía de darse una ducha, se quitó lo que llevaba puesto, lo tiró a la basura en lugar de meterlo en la cesta de la ropa sucia, y se puso un mono azul marino y botas limpias.

Siete minutos después de que Adams los hubiese devuelto al barco, se encontraban en la enfermería. Max le estaba esperando allí, con cara de preocupación.

—En primer lugar, me alegro de que estés bien. Y en segundo, ¿qué cojones está pasando?

—Estamos a punto de descubrirlo —repuso Juan y le hizo pasar.

—Ya es hora de conseguir respuestas —espetó la doctora Huxley con cierta irritación—. ¿Por qué está mi paciente bajo vigilancia?

—¿Cómo están Soleil y Linda?

—Están bien. Soleil está agotada después del calvario sufrido, pero cuidaron de ella hasta que trasladaron la plataforma. ¿Qué sucede, Juan?

—Croissard fue engañado igual que nosotros, y por la misma persona.

—¿MacD?

—No. Pero vamos a tener una charla con él.

Juan se percató de que el guardia había tenido la precaución añadida de sujetar las muñecas de MacD a la cama de hospital. Le despidió con un gesto y pasó varios segundos observando al miembro más reciente de la Corporación convertido en prisionero.

—Voy a contarte una historia y quiero que me corrijas cuando me equivoque. Si al terminar estamos satisfechos, te desataré yo mismo. ¿Hecho?

MacD asintió.

—En algún momento durante tu último destino en Afganistán, mientras trabajabas para Fortran, trabaste amistad con algún lugareño, posiblemente alguien más joven que tú.

—Se llamaba Atash.

—Le contaste que tienes una hija que vive en Nueva Orleans, sin imaginar que el chico formaba parte de una célula terrorista y que la información que le dabas sería utilizada en tu contra.

La vergüenza asomó al rostro de Lawless.

—Cuando estuvieron listos, la célula envió a un equipo a Estados Unidos para secuestrarla. Te dieron alguna prueba de su secuestro y te dijeron que la matarían si no hacías lo que te pedían. No tuviste elección. Prepararon una falsa emboscada para cruzarte por la frontera de Pakistán, donde te dieron una paliza para hacer creíble tu captura. Una noche que sabían que los vigilábamos, te dieron un paseíto para engañarnos y que te rescatásemos a la vez que a Setiawan.

»Siempre pensé que escapamos de la ciudad con mucha facilidad —prosiguió—. En cuanto a la emboscada posterior en la carretera, fue obra de otro grupo que no tenía ni idea de lo que estaba pasando. Pero los habitantes del pueblo tenían órdenes de dejarnos marchar sin demasiado alboroto.

—Espera —intervino Max—. Creía que habías dicho que abrieron fuego sobre el autobús.

—Ah, un par de *yihadistas* nos dispararon, pero o bien fallaban o apuntaban al techo sin que nadie resultara herido. Perro ladrador, poco mordedor, como suele decirse. Más tarde, después de escapar del control policial, nos lanzaron un misil desde un Predator. Yo ni siquiera lo vi, pero MacD sí, y se movió más rápido que un velocista olímpico. Nos salvó la vida. Fue una hazaña impresionante para alguien que supuestamente había recibido una paliza tremenda a manos de los talibanes, y al que habían tenido unos cuantos días en el maletero de un coche. Era imposible que pudieras moverte de esa forma. Tus heridas eran en su mayoría falsas.

Lawless no lo negó.

—No lo entiendo —insistió Hanley—. ¿Cómo supieron cuándo íbamos a rescatar a ese muchacho?

—¿Todavía no lo has pillado? —preguntó Juan—. El chico no necesitaba que le rescatasen porque su padre le había mandado a Pakistán para atraernos hasta aquel pueblo.

—Debo ser muy corto de entendederas. ¿Para qué querían atraernos hasta allí?

—Todo estaba amañado para que acogiéramos a MacD en el redil. Gunawan Bahar es el cerebro de todo lo que hemos pasado este último par de semanas. Quería infiltrar a un espía en el *Oregon*, así que nos contrató para que «rescatásemos» a su hijo de los talibanes mientras él infiltraba a un hombre, al que tiene bajo control amenazando la vida de su hija, con el fin de que nosotros también lo rescatásemos.

»Fue una treta brillante para desorientarnos. En cuanto Smith nos la jugó en Myanmar, todas las sospechas recayeron inmediatamente en Croissard. Ninguno consideramos que esta cebolla tenía otra capa y que Croissard no tenía más control sobre sus actos que MacD.

Aquella última afirmación era totalmente cierta. Desde que estuvo en Insein, algo había estado rondándole la cabeza a Cabrillo. No sabía el qué, pero presentía que cierta información que le habían dado no encajaba. Era el instinto el que hablaba, si bien con los años había aprendido a confiar en él, por lo que al ver a Soleil en la plataforma supo qué era lo que se le había escapado durante tanto tiempo.

—Lo que me dio la clave de todo fue el momento elegido para que la plataforma se hundiera. Gracias a Lawless, Bahar sabía que habíamos escapado de la prisión de Insein y que teníamos la ubicación de Linda gracias al chip localizador. Eso hizo que adelantara sus planes para hundir la J-61 unos cuantos días o semanas. El factor decisivo fue cuando MacD subió al puente esta mañana. Le habían dicho que íbamos a toda máquina, pero no tenía ni idea de la velocidad que podía alcanzar el *Oregon*. En cuanto me dejó fue a llamar a su contacto, supongo que Smith, a juzgar por lo nervioso que le ponía en la selva. Le contó que solo nos sacaban unas horas de ventaja, y no días. El *Hercules* aún no había llegado al paso de Palawan, pero no tenían tiempo. Abrieron las válvulas y se largaron en las lanchas salvavidas. No solo querían matar a Linda y a Soleil, sino también ocultar el hecho de que la plataforma contenía una de las colecciones más grandes de ordenadores interconectados fuera de un laboratorio gubernamental. ¿Cómo voy? —le preguntó a MacD.

Antes de que Lawless pudiera responder, un fuerte estruendo hizo imposible seguir con la conversación. Se trataba del clamor de la Gatling disparando a los pesados flotadores de la plataforma. El fuego duró un minuto entero, en ráfagas sucesivas, y cuando guardaron el arma en su reducto y la taparon, había tres mil agujeros del tamaño de un puño en los flotadores, por encima y por debajo del agua. La plataforma se hundiría en cuestión de una hora.

—¿Qué me dices? —insistió Juan cuando fue evidente que Mark Murphy había terminado con su tarea.

—Has dado en el blanco. En todo.

—Ahora lo entiendo —exclamó Max—. Tenían a Croissard controlado porque Bahar había secuestrado también a su hija. Toda esa mierda que contó en su web acerca de que se iba a Myanmar era mentira. Debieron de intentar llegar ellos mismos a ese templo y fracasaron. Por eso utilizaron a Croissard para contratarnos, sabiendo que nosotros les haríamos el trabajo.

Cabrillo asintió.

—Y con Smith y su espía en el equipo, Bahar contaba con informes regulares sobre nuestros progresos.

—Parece todo demasiado elaborado. ¿Para qué molestarse en meter a MacD en todo esto? ¿Para qué engañarnos? Bahar podría haberse limitado a contratarnos para que entrásemos en Myanmar.

—Eso no habría funcionado —respondió Juan—. No había motivación. Jamás aceptaríamos una misión para saquear un santuario. Necesitaba la clase de misión que sabía que no rechazaríamos. Ya había comprobado nuestra debilidad por los chicos descarriados con el salvamento de su hijo, así que volvió a poner en práctica el mismo truco, solo que esta vez utilizó a la hija de Roland Croissard como cebo. Luego, una vez que tuvo lo que había en la bolsa, llamó a sus amigos del gobierno para que nos liquidaran.

—¿Por qué no colaborar con el gobierno desde el principio? —se preguntó Max en voz alta.

—No lo sé, pero existe un motivo. De lo contrario no se habría tomado tantas molestias con nosotros. Mi teoría es que implicar al ejército fue algo de última hora. MacD, ¿alguna sugerencia?

—No, lo siento. No me proporcionaron ninguna información. Solo la recibían de mí.

—Así que no tienes ni idea de lo que había en la bolsa que recuperamos del cadáver del río, ¿no?

—No. Y antes de que me lo preguntes, ignoraba el nombre del tipo que estaba por encima de Smith. Sabía que no era él quien tenía la sartén por el mango, pero desconocía quién estaba detrás de él.

—Otro misterio resuelto —comentó Max, volviéndose hacia Cabrillo— es el atentado del hotel.

—¿Qué? ¿Es que no fue algo casual?

—Es evidente que Bahar nos considera una gran amenaza y que por eso sintió la necesidad de infiltrarse en nuestro equipo, pero también probó suerte para quitarnos de en medio en Singapur y acabar rápido con esa amenaza.

Juan reflexionó sobre aquello durante un momento y meneó la cabeza.

—No lo creo. Como ya he dicho, ¿por qué no ordenar a Smith que nos volase los sesos en cuanto entramos en la suite?

Hanley esbozó una sonrisa perversa.

—Porque sabía que el resto de la Corporación removería cielo y tierra para encontrar al tirador. Pero si moríamos en un atentado bomba, ¿a quién iba a perseguir?

Cabrillo pensó que su amigo podría tener algo de razón, pero aún persistía cierta duda. Sin embargo, el pasado no era importante por el momento.

—Por ahora, hemos de concentrarnos en Bahar. Tenemos que averiguar qué ha planeado. Nos ve como una amenaza para sus planes, y están conectados con lo que sea que se llevaron del templo.

—Has sido muy concreto —dijo Max con sorna.

—¿Y qué hay de mi hijita? —preguntó MacD, armándose de toda la dignidad que pudo—. Ahora que Smith, o el tal Bahar, sabe que me habéis descubierto, la matarán. Van a volar por los aires a mi pequeña.

—¿Quién ha dicho que Smith y Bahar sepan que hemos descubierto por qué estás aquí?

—No comprendo.

—Es muy simple. Vas a contactar con Smith como se supone que debes hacer y a informarle de que la plataforma ya se había hundido cuando llegamos.

—Vaaaale —respondió Lawless alargando la palabra como si quisiera sacarles más información.

—Y luego rescataremos a tu hija, descubriremos qué están tramando estos hijos de puta y los clavaremos a la puerta del retrete más cercano.

Después de la ducha más larga y caliente que se había dado en mucho tiempo, Cabrillo se fue en busca de Linda Ross. Había redactado un informe pormenorizado de su odisea, pero quería un resumen de lo más destacado que le ayudara a trazar el próximo plan de acción. Pasó primero por su camarote y descubrió que Soleil estaba allí, recién salida de la ducha. Estaba envuelta en una toalla remetida bajo los brazos y con otra enrollada como un turbante en la cabeza.

—Una vez más, me pilla cuando no estoy en mi mejor momento —dijo con una tímida sonrisa.

—Es la historia de mi vida —respondió Juan—. Siempre llego en el momento oportuno salvo con las mujeres. ¿No le ha acomodado Linda en un camarote de invitados?

—Lo hizo, pero su selección de artículos de aseo femeninos no es demasiado buena. Linda ha tenido la amabilidad de dejarme utilizar sus cosas.

—Lo pondré en conocimiento del mayordomo —prometió, y luego le preguntó con sincera preocupación—: ¿Cómo se encuentra?

Una expresión sombría apareció en sus ojos, pero desapareció rápidamente.

—He pasado por cosas peores.

—He leído sobre algunos de sus logros —afirmó Cabrillo—. Y me quedé muy impresionado. Sin embargo, es muy distinto que a uno le retengan contra su voluntad. La falta de libertad y de control puede afectar a cualquiera. La impotencia es quizá la peor sensación del mundo.

Ella abrió la boca para responder, pero se dejó caer sobre la cama de Linda y hundió el rostro entre las manos. Lloró en silencio al principio, pero luego el llanto subió de intensidad hasta que todo su cuerpo se estremeció. Juan no era la clase de hombre al que le repeliera que una mujer llorase, al menos cuando tenía buenas razones para hacerlo. Las pataletas sin sentido le sacaban de quicio, pero una descarnada expresión de temor como aquella era algo que comprendía demasiado bien.

Se sentó junto a ella en la cama, colocando las manos sobre el regazo. Si quería contacto humano, tendría que ser ella quien lo iniciase. En momentos como aquel, su instinto daba siempre en el blanco. Soleil apoyó el rostro sobre su hombro a los pocos segundos. Juan la rodeó con un brazo y esperó a que ella se desahogara. Menos de un minuto después, Soleil se enderezó y sorbió por la nariz. Juan cogió un par de pañuelos de papel de una caja sobre la mesita de noche y se los dio. Soleil se secó los ojos y se sonó la nariz.

—*Pardonnez-moi*. No ha sido propio de una dama.

—Ahora se encontrará mejor —predijo—. Sé que es una mujer fuerte, pero ha reprimido sus emociones durante mucho tiempo. Sospecho que no mostró debilidad a sus carceleros.

—*Non*. Ni una sola vez.

—Aunque eso no significa que no tenga ninguna. Así que al final han salido de golpe. No pasa nada.

—Gracias —repuso con suavidad. Su voz se tornó más firme y una débil sonrisa danzó en las comisuras de su boca—. Y gracias también por salvarme la vida. Linda confía tanto en usted que nunca dudó de que nos rescataría. Yo no estaba tan segura. Pero ¿ahora? —Su sonrisa se hizo más amplia—. Ahora creo que no hay nada que no pueda hacer.

—En cuanto recoja mi capa roja de la lavandería.

La referencia la dejó desconcertada durante un instante.

—Ah, se refiere a Superman, el personaje de cómic.

—Ese soy yo, pero a mí no me van las mallas. —Juan se puso serio—. He de hacerle algunas preguntas. Si le resulta muy duro, podemos dejarlo para otro momento.

—*Non*. Haré cuanto pueda.

—O puedo volver cuando se haya vestido.

—Llevo una toalla. Es suficiente —repuso con pragmatismo europeo.

—¿Oyó algo mientras estuvo prisionera? ¿Cualquier cosa que nos proporcione una pista para dilucidar de qué va todo esto?

—No, nada. Me sacaron de mi casa en Zurich. Dos hombres entraron y me atacaron mientras dormía. Uno me inyectó algo que me dejó inconsciente mientras el otro me sujetaba. Cuando desperté estaba en aquella celda donde me ha encontrado. Ni siquiera sabía que me hallaba en una plataforma petrolífera hasta que Linda me lo dijo. Debe saber que a ella también la drogaron. Pero dice que despertó en un helicóptero volando sobre el mar.

Juan sabía que, al igual que él, Linda habría permanecido inmóvil después de recuperar el conocimiento para tomar conciencia de su entorno. Era un truco que le había enseñado.

—¿Tiene idea de por qué la escogieron a usted?

—Supongo que tiene que ver con mi padre —respondió Soleil—. Es un hombre rico y poderoso.

—Le conocí en Singapur cuando nos contrató para que fuéramos a Birmania, quiero decir Myanmar, a buscarla.

—Es cierto que estaba planeando ir a Bangladesh con un amigo para realizar una excursión extrema.

—Lo sabemos. El hombre que ordenó su secuestro se tomó la molestia de actualizar su página web para hacer que pareciera que se había marchado a ese viaje. Cubrieron bien sus huellas. ¿Alguna cosa en concreto sobre su padre? ¿Algún negocio reciente?

—Ya no estamos tan unidos —reconoció con pesar.

Cabrillo sabía que muy pronto tendrían que decirle que con toda probabilidad su padre estaba muerto. Bahar tenía lo que quería, así que Roland Croissard se había convertido en un cabo suelto. Continuarían buscando, eso desde luego, pero no había muchas posibilidades de que hubieran dejado con vida al financiero suizo.

—Muy bien —repuso Juan, y se levantó—. Descanse un poco. Seguiremos hablando más tarde.

—Hay algunas personas a las que me gustaría llamar. Mi padre y algunos amigos.

—Bien, creo que debo decírselo ahora. Su padre ha desaparecido. Hace días que intentamos ponernos en contacto con él, pero no hemos tenido suerte. Además, me temo que hasta que tengamos más controlada la situación, deberemos mantener la farsa de que usted murió en esa plataforma petrolífera.

—¿Mi padre? ¿Desaparecido?

—Y la última vez que fue visto estaba con el hombre que posiblemente la secuestró a usted en Zurich.

Culpa, temor e ira cruzaron por su rostro en un caleidoscopio de emociones. Se quedó inmóvil como una estatua; un hermoso maniquí al que acababan de arrancarle el alma.

—Lo siento —repuso Juan con voz queda.

Deseó que ella no le hubiera pedido hacer esas llamadas. No estaba preparada para escuchar esa clase de noticias. No en esos momentos.

Soleil alzó la mirada hacia él, con una expresión suplicante en los ojos que Juan deseó satisfacer más que nada en el mundo. Jamás había visto una vulnerabilidad tan descarnada. Se encontraba en un territorio donde no se sentía cómodo, pues le traía a la memoria recuerdos de su propia pérdida. A él no le contaron que su esposa había muerto hasta que no regresó de una misión para la CIA, y para entonces ella llevaba semanas enterrada.

Vio con alivio que ella se armaba de valor, erguía los hombros y sus ojos se tornaban duros.

—Creo que me gustaría vestirme y dar un paseo por cubierta, si es posible. Hace mucho que no veo el sol ni siento el aire fresco. —Señaló hacia una maleta justo a un lado de la puerta del baño; Juan reconoció que procedía de la sección de vestuario del taller de magia. Linda y Kevin Nixon se habían encargado de equiparla.

—Por supuesto —convino al instante—. Si necesita cualquier cosa, no dude en pedírselo a cualquier miembro de la tripulación. Aunque no la hayamos encontrado donde esperábamos, todos se alegran de que esté usted sana y salva.

—Gracias por todo.

—El cóctel se sirve en el comedor a las seis. La cena es informal, pero me pondré mi capa para usted.

Ella esbozó una sonrisa llena de tristeza y Cabrillo se marchó. Por fin localizó a Linda en el gimnasio con Eddie Seng. Los dos estaban vestidos con el tradicional kimono de artes marciales, enzarzados en una pelea por dominar el tatami.

—¿No has tenido suficiente acción por un día? —bromeó Juan.

Linda estaba que echaba humo por las orejas.

—Esa escoria de Smith me tumbó en la selva, y quiero que Eddie me enseñe qué es lo que hice mal.

Seng era experto en diversos estilos de lucha y era el instructor de la Corporación.

—Eso puede esperar. Tengo que hablar contigo.

Linda le hizo el saludo a Eddie y cruzó las colchonetas con los pies descalzos.

—Antes de nada tengo que decirte que Smith no dijo demasiado. En cuanto llegamos a Yangon me inyectó algo.

—Y despertaste en el helicóptero de camino a la plataforma.

—¿Cómo sabes eso? —preguntó enarcando una ceja.

—Soy Superman. En realidad, acabo de hablar con Soleil.

—Hablar, ¿eh?

Juan no mordió el anzuelo.

—¿Iba Smith contigo en el helicóptero?

—Sí. Y tenía la bolsa. Además, cometió un único error. La tenía en el suelo entre el piloto y él y la abrió justo antes de que aterrizásemos. Dentro había cristales de rubí, de los grandes. Diría que de treinta centímetros o más de largo, y ya habían sido tallados y pulidos. Jamás he visto nada parecido en mi vida.

Cabrillo no lograba creerse que todo aquello fuera una elaborada trama de contrabando. Tenía que haber algo más.

Linda continuó hablando:

—Una vez que tomamos tierra seguí fingiendo estar inconsciente. Me llevaron directamente a la celda con Soleil, así que no sé si Smith se quedó por allí para el último acto.

—Sospecho que no. Bahar se tomó muchas molestias para conseguir esa bolsa. Querría las piedras lo antes posible. Deja que te pregunte una cosa. Descubrí que dos pisos enteros de esa plataforma estaban llenos de ordenadores. Te hablo de miles de máquinas interconectadas. ¿Se te ocurre algo?

—Pregunta a los cerebritos. Mark y Eric son los empollones de la informática.

—¿No se supone que debemos llamarlos técnicos informáticos?

—Conque no soy políticamente correcta, pues demándame. En serio, tendrías que preguntarles a ellos. A mí me metieron en el Agujero Negro de Calcuta en cuanto estuve a bordo.

Cabrillo encontró a Mark y a Eric en el camarote de Stone. Estaban jugando a un videojuego en una pantalla de plasma gigante, que en realidad eran cuatro paneles sin borde juntos. Juan era consciente de que algunos juegos ayudaban a potenciar las habilidades, pero no veía qué tenía de beneficioso que los dos condujeran un coche de dibujos animados, con lo que parecía ser un oso hormiguero al volante, por un centro comercial.

—Supongo que no os habéis enterado.

—¿De qué?

—De que la hija de Croissard estaba también en esa plataforma. De que la utilizaron para llegar hasta nosotros. Y de que MacD Lawless es un espía.

—¿Qué? —espetaron al unísono.

—Resulta que el malo malísimo es Gunawan Bahar. Es el cerebro que lo ha planeado todo. De modo que vuestra prioridad es no dejar piedra sin remover sobre su vida. Quiero saber quién es en realidad y qué es lo que busca. Cuando contactamos con Overholt para preguntar por Bahar, nos dijo que la CIA no lo tenía en su punto de mira, así que vais a tener que escarbar un poco más.

—Espera un segundo —dijo Mark—. ¿MacD es un espía? ¿Para quién trabaja?

Cabrillo les contó la enrevesada historia, resumiendo que Max y él estaban de acuerdo en que Bahar creía que la Corporación entrañaba una amenaza directa para lo que fuera que hubiera planeado.

—Solo dos cosas más —agregó en un aparte—. Linda vio un par de enormes rubíes pulidos en la bolsa que recuperamos en Myanmar, y yo descubrí que dos de los niveles de la plataforma petrolífera habían sido convertidos en un enorme banco de servidores. ¿Alguna idea?

Los dos jóvenes genios se miraron el uno al otro durante un momento, como si sincronizaran sus mentes. Mark fue quien finalmente habló:

—Sean lo que sean, no eran rubíes. El corindón, que es el mineral básico del que se componen los rubíes y los zafiros… y cuya diferencia radica en la presencia de rastros minerales que les proporcionan el color: cromo para el rubí, hierro o titanio para el zafiro… tiene una estructura cristalina hexagonal, pero es tabular en vez de laminada.

Cabrillo se mantuvo impasible, aunque por dentro estaba gritando «¡Hablad claro para que os entienda!».

—Lo que quiere decir —tradujo Stone— es que los rubíes no se forman de manera longitudinal como las esmeraldas o el cuarzo, así que es poco probable que Linda viera rubíes de treinta centímetros de largo. Eran otro tipo de cristales.

Aquello apoyaba su teoría de que no se trataba de contrabando de piedras preciosas, pero la información no hacía que estuviese más cerca de descubrir la verdad.

—¿Qué me decís de todos esos ordenadores?

—Es evidente que Bahar necesitaba hacer grandes cálculos, pero sin saber más sobre él y sus objetivos es imposible saber nada con exactitud —repuso Mark.

—Pues ya tenéis vuestras órdenes. Quiero respuestas.

—Las tendrás, jefe —contestó Stone.

17

John Smith descendió la escalerilla del jet privado y se fundió en un fraternal abrazo con Gunawan Bahar.

—Lo has hecho bien —dijo Bahar, haciendo que Smith se separara un poco para poder mirarle a los ojos.

—Ha sido más fácil de lo que preveíamos, sobre todo después de que llegaras a un acuerdo con el ejército.

Los dos hablaron en inglés, el único idioma que tenían en común.

Smith había adoptado el nombre de guerra anónimo cuando se unió a la Legión Extranjera. En realidad se llamaba Abdul Mohammad, natural de Argelia, y al igual que muchos de sus compatriotas, por sus venas corría gran parte de sangre francesa después de ciento treinta años de ocupación colonial. Además, como les sucedía a muchos en su país, cuarenta años de independencia no habían atenuado el odio que sentía por los antiguos señores de su nación. Pero en lugar de luchar como un insurgente en su propia patria, contra un gobierno que consideraba corrupto por las influencias occidentales, había decidido luchar contra la bestia desde dentro y unirse a la Legión como medio de obtener adiestramiento militar y aprender a congraciarse con los europeos para poder hacerse pasar por uno de ellos sin problemas.

Después de cumplir los cinco años de servicio en la Legión, se marchó para unirse a los *muyahidines* en su lucha contra los rusos en Afganistán. Disfrutó de la guerra, pero el nivel de ignorancia que encontró entre las gentes fue una sorpresa. Descubrió que todos eran campesinos supersticiosos que pasaban tanto tiempo peleando entre ellos como luchando contra los soviéticos. Incluso el gran caudillo Bin Laden era un lunático paranoico que en realidad creía que una vez que los rusos fueran expulsados deberían extender la lucha contra los infieles a Occidente. A pesar de haber sido un playboy en su juventud y disfrutar en las ciudades europeas, Osama nunca comprendió las ventajas de un ejército occidental. Combatir a los reclutas rusos en suelo extranjero para ellos era muy diferente a enfrentarse a Estados Unidos.

Bin Laden llegó a creer que las operaciones de mártires, como le gustaba llamar a los terroristas suicidas, causarían la destrucción del mundo occidental. Abdul Mohammad quería ver a Estados Unidos de rodillas, pero comprendía que volar por los aires unos cuantos edificios no iba a cambiar nada. De hecho, reforzaría la resolución de las víctimas y acarrearía represalias rápidas y fulminantes.

Aunque ignoraba cuál era, sabía que había un modo mejor. Años más tarde, mucho después de que Bin Laden destruyera las Torres Gemelas y prendiera el polvorín que había causado un daño mayor al mundo musulmán que al occidental, Mohammad conoció a Setiawan Bahar, hermano de Gunawan y tocayo del hijo de este. El chico utilizado en la operación afgana en realidad no era su sobrino, sino un golfillo callejero al que habían entrenado con sumo cuidado para que no hablara con los infieles. Cuando se conocieron, Mohammad estaba trabajando para una empresa de seguridad privada en Arabia Saudí; las llamas de la *Yihad* se habían enfriado en sus entrañas. Los hermanos Bahar se encontraban en el país en una época en la que los fundamentalistas wahabís atacaban los intereses occidentales. Los dos estuvieron visitando instalaciones de producción de crudo, interesadas en comprar paneles electrónicos a una de sus empresas en Yakarta.

Mohammad fue su guardaespaldas durante dos semanas, y de ahí en adelante había sido su empleado a tiempo completo.

Le utilizaron para su propia empresa de seguridad además de para lo que ellos llamaban «proyectos especiales», que iban desde el espionaje empresarial a secuestrar a miembros de familias rivales para hacerse con contratos mediante ofertas de menor cuantía. Los hermanos Bahar, y más tarde solo Gunawan, tras la muerte por cáncer de pulmón de Setiawan, ponían mucho cuidado en protegerse de cualquier consecuencia de sus negocios más agresivos. El que la Corporación no pudiera averiguar que eran los propietarios de la J-61 era prueba de su cuidado y precaución.

Lo que unió a los tres hombres fue su creencia en que las tácticas de Bin Laden estaban abocadas al fracaso. Tenían en común el deseo de que Occidente dejara de intervenir en Oriente Medio y el firme convencimiento de que no lograrían algo así mediante el terrorismo. De hecho, lo que hacía era provocar más intervenciones. Lo que el mundo musulmán necesitaba era sacarle ventaja a Estados Unidos. Dado que los dos bandos necesitaban petróleo —el uno para hacer funcionar sus fábricas y vehículos; el otro, por los ingentes ingresos que generaba— debían encontrar otra cosa.

Cuatro años antes, Gunawan había leído un artículo en una revista científica, que encontró nada menos que en la sala de espera de su dentista, y de ese modo descubrió la forma de hacerse con esa ventaja. Había puesto a Abdul a cargo de dicha empresa y le había otorgado recursos casi ilimitados. Pusieron a trabajar a las mentes más brillantes del vasto imperio de los Bahar, y cuando era necesario contaban con contratistas de fuera. El proyecto era tan vanguardista que el secreto se daba por hecho, y no era necesario explicar nada a los empleados, si bien solo unos pocos escogidos conocían el uso final del dispositivo en el que trabajaban frenéticamente.

Hacía ya un año que estaba listo, a falta tan solo de un componente fundamental, que Abdul por fin había encontrado gracias a un desconocido investigador británico. Este había unido las piezas de una leyenda de ochocientos años de antigüedad, que condujo a Mohammad hasta un remoto templo perdido en una de las selvas más impenetrables del mundo.

Muhammad se descolgó la bolsa del hombro y abrió con cuidado la solapa. La brillante luz del sol que caía a plomo sobre el asfalto del aeropuerto hizo que las piedras centellearan como una fogata.

—Enhorabuena, amigo mío —le felicitó Bahar con afecto, y los dos se encaminaron hacia una limusina que los estaba esperando—. Esto se ha convertido en una obsesión para ti tanto como para mí. Dime, ¿el templo era tal y como Marco Polo se lo describió a Rusticiano?

—No. Los monjes realizaron muchas ampliaciones a lo largo de los años. La cueva original de la que extrajeron los cristales seguía allí, pero habían construido edificios que descienden por los acantilados y habían empezado a tallar imágenes paganas en la pared opuesta del cañón. A juzgar por el grado de deterioro, diría que lo abandonaron en la época en que la actual Junta se hizo con el poder.

—Resulta curioso que se dejaran las últimas piedras —musitó Bahar mientras el chófer le abría la puerta.

—Se llevaron su estúpida estatua, pero abandonaron las gemas. Quizá con los siglos se perdiera el conocimiento de su existencia. Marco Polo decía que solo el sumo sacerdote sabía de ellas, y que a él le revelaron el secreto únicamente porque portaba el sello del Khan.

—Tal vez —farfulló Bahar, que había perdido interés en la conversación—. Basta con que hayas podido localizarlas.

Abdul había enviado equipos de investigadores y archiveros a buscar por todo el globo aquellos cristales después de hallar una diminuta muestra en la tienda de un comerciante de antigüedades de Hong Kong y de descubrir que tenían la estructura interna especial necesaria para hacer funcionar su dispositivo. Y su superior no se equivocaba al afirmar que aquello se había convertido en una obsesión. Había recabado y retenido en la memoria tanta información sobre cristales que casi con toda seguridad podría sacarse el título de gemología. Había visitado personalmente depósitos y minas desde Escocia hasta Japón, pero el golpe de suerte le llegó cuando uno de los investigadores a sueldo, bastante fanático de Marco Polo, asistió a la conferencia en Coventry, Inglaterra, ofrecida por el codicioso William Cantor. Cuando Mohammad escuchó la historia sobre las armas que funcionaban mediante unos cristales, tomó un vuelo a Inglaterra aquella misma noche junto con un ayudante y fue a conocer a Cantor cuando dio su siguiente conferencia. Tenía que reconocerle cierto mérito a Cantor, ya que había intentado abstenerse de contarle a Abdul quién era y dónde vivía el actual propietario del manuscrito de Rusticiano. Una vez que se deshicieron del cadáver de Cantor, se colaron en una húmeda y fría mansión al sur de Inglaterra, mataron al viejo, cogieron el manuscrito y prepararon el escenario para que pareciera un robo que había salido mal.

Abandonaron el país sin contratiempos antes de que ninguno de los dos crímenes fuera descubierto.

Un traductor contratado pasó varias semanas trabajando en el documento, obteniendo detalles de las observaciones de Marco Polo sobre la batalla y su último viaje para encontrar la mina de la que procedían los cristales que habían cegado a los vigías de la ciudadela. Abdul sabía que en esa mina se encontraban piedras iguales que las pequeñas esquirlas que había hallado en Hong Kong.

Como era natural, tendrían que someterlas a pruebas, pero eran las propiedades ópticas que describía Marco Polo las que necesitaban para su proyecto. No podía tratarse de una coincidencia.

—¿Y el hundimiento? —inquirió Bahar—. ¿Ha ido todo según lo previsto?

—Tuvimos que darnos prisa, pero tuvo lugar a solo unas pocas millas de la zona acordada y nadie nos vio regresar a Brunei en los botes salvavidas del *Hercules*. Nuestro topo americano nos informó de que el barco que utilizan era mucho más rápido de lo que nos habían hecho creer. No tardará en llamarme para contarme cómo ha ido todo, pero creo que destruimos todo rastro del Oráculo antes de que ellos llegaran.

—Muy bien. Resulta que el Oráculo tenía razón sobre la amenaza potencial que entrañaba la Corporación. Lograron escapar de la prisión de Insein, una hazaña que no creo que hayan conseguido muchos.

Abdul recordó su encuentro con Cabrillo en Singapur. Entonces tuvo la sensación de que ese hombre era peligroso. Aquello le trajo a la memoria que había otro cabo suelto del que tenían que ocuparse.

—¿Qué hay de Pramana?

—Ahora vamos a verle. Esa es la razón de que nos entretengamos aquí en Yakarta. Sabía que después de su fracaso en Singapur querrías hablar con él. Gracias a tu agilidad mental evitamos que se convirtiera en un error fatal. En cuanto termines la charla, pondremos rumbo a Europa con los cristales. ¿Y qué pasa con Croissard?

—Le pusimos un lastre y lo arrojamos en el estrecho de Malaca.

Media hora después, la reluciente limusina Mercedes entró en el aparcamiento de un destartalado almacén a las afueras de la ciudad, que tenía una población estimada de diez millones de habitantes. El lugar estaba lleno de grietas y cubierto de maleza, y el edificio parecía no haber recibido una mano de pintura desde que los holandeses reconocieran la independencia de Indonesia.

—No puedo creer que el imbécil de Pramana no ejerza un mayor control sobre su gente —repuso Mohammad, que comenzaba a cabrearse.

Algunos de los esbirros que contrataba procedían del grupo islamista Jemaah Islamiyah. De hecho, Pramana le había acompañado a Inglaterra y se había ocupado de la tortura de William

Cantor. Lo que Abdul no sabía era que los dos tipos que Pramana envió a la reunión de Singapur como refuerzo por si acaso algo salía mal habían llevado chalecos bomba en el jet privado con la intención de matar a los hombres con quienes Abdul iba a encontrarse. No conocía los motivos y tampoco le importaban. Suponía que se trataba de vengar a los musulmanes que la Corporación había matado en Pakistán. Abdul les había advertido en todo momento lo buenos que eran esos agentes, de modo que tal vez decidieron convertirse en mártires a fin de liquidar a tan formidables enemigos.

Eso ya daba igual. Lo que sí importaba era que Pramana los había traicionado de forma deliberada o no, al no ser capaz de controlar a sus hombres, y que había estado a punto de echarlo todo a perder. Si Mohammad no se hubiera percatado de la situación y no hubiese improvisado rápidamente otro dispositivo explosivo con pólvora de su pistola y agentes químicos que encontró en el carrito de la doncella, estaba seguro de que Cabrillo se habría dado cuenta de que la reunión había sido una trampa y no habría aceptado el contrato. La tercera explosión en el casino había bastado para convencer a los dos agentes de la Corporación de que se encontraban en el lugar equivocado en el momento equivocado.

—Si no te importa —dijo Bahar cuando Abdul abrió la puerta del coche— me quedaré aquí.

—Por supuesto.

Mohammad salió al húmedo aire y desenfundó el cuchillo que llevaba sujeto al antebrazo.

18

Washington D. C.
Tres semanas después

La secretaria del presidente había estado a su lado desde el principio, cuando decidió aprovechar su historia de superación personal y su don para la oratoria y dedicarse a la política. Dejó su carrera de abogado, se presentó a alcalde de Detroit y ganó por arrolladora mayoría cuando su oponente se retiró de la carrera para «pasar más tiempo con su familia». La verdad era que la esposa de su contrincante había descubierto que su marido la engañaba y estaba preparando los trámites del divorcio. Estuvo dos legislaturas en la alcaldía y otra en el Senado antes de presentarse a presidente. Eunice Wosniak le había seguido diligentemente desde que ejercía la abogacía hasta el despacho del alcalde, y de ahí a Washington, y ahora hasta el cargo más poderoso del mundo.

Había protegido a su jefe casi con la misma ferocidad que el jefe de gabinete, Lester Jackson. Este era un tipo influyente de Washington, que se había aferrado a las faldas del presidente y que nunca se había soltado.

A pesar de disponer de un equipo de apoyo de varias docenas de personas, una de las tareas que Eunice insistía en realizar personalmente era darle al presidente su café cuando él atravesaba su despacho del camino al suyo. Acababa de añadir la leche —la primera dama insistía en que solo tuviera un dos por ciento de materia grasa, pero en realidad era leche entera vertida en un envase de leche con el dos por ciento de materia grasa— cuando sonó el fax.

Aquello no era extraño, aunque los faxes eran algo un tanto arcaico en el mundo moderno, por lo que la máquina solía permanecer en silencio durante semanas. Cuando soltó una única página en la bandeja, Eunice revisó el contenido; el desconcierto se fue transformando en sincera preocupación a medida que leía.

Tenía que ser una broma, pensó.

Pero, entonces, ¿cómo había conseguido aquel número el remitente? No figuraba en el directorio de la Casa Blanca debido a todas las bromas que enviaban al presidente por fax, por carta o por correo electrónico.

¿Y si no se trataba de una broma? La sola idea le revolvió el estómago. Se sentó pesadamente sin apenas notar el café caliente que se había derramado sobre el regazo.

Les Jackson entró justo en ese momento. El cabello le había encanecido en las sienes y daba la impresión de que las bolsas y las arrugas comenzaban a tragarse sus ojos, pero seguía moviéndose como un hombre mucho más joven, como si el estrés y la tensión de su trabajo le llenaran de energía en lugar de dejarle agotado.

—¿Estás bien? —preguntó—. Parece que hayas visto un fantasma.

Eunice sostuvo el fax en alto sin articular palabra, obligando a Jackson a alargar el brazo por encima de la mesa para cogerlo. Era célebre por su rapidez para leer y terminó la página en cuestión de segundos.

—Esto es una falacia —opinó—. Nadie puede conseguir esa información. Y el resto no son más que las típicas sandeces *yihadistas*. ¿De dónde viene?

Dejó que el trozo de papel se deslizara suavemente hasta la mesa.

—Acabo de recibirlo por fax, señor Jackson.

Pese a conocerle desde hacía años, insistía en ceñirse a las formalidades con sus superiores. Jackson no hizo nada por disuadirla de que prescindiera de aquel hábito en concreto.

Consideró aquello durante un instante y luego le restó importancia.

—Algún pirado tiene tu número de fax. Era inevitable que sucediera.

—¿Le están enviado faxes obscenos, Eunice? —preguntó el presidente con una risita cómplice.

Los dos años transcurridos de su primera legislatura no le habían pasado demasiada factura. Era un hombre alto, de hombros anchos y con una voz tan cautivadora que aún seguía fascinando al público a pesar de que no estuviera de acuerdo con su política.

Eunice Wosniak se puso en pie.

—No, señor presidente. No es nada de eso. Yo... eh... —Su voz se fue apagando.

El presidente cogió el fax, sacó unas gafas de leer del bolsillo de su traje de los Hermanos Brooks, y se las colocó sobre su nariz aquilina. Lo leyó casi tan rápido como su jefe de gabinete. A diferencia de Jackson, el presidente se puso lívido y abrió los ojos como platos. Luego se metió la mano en el bolsillo y sacó un trozo de plástico del tamaño de una tarjeta de crédito. Un mensajero de la Agencia de Seguridad Nacional la había cambiado por otra similar en cuanto dejó el apartamento presidencial. Era una rutina matutina que nunca cambiaba.

Rompió el sello y comparó los números impresos en el interior de la tarjeta con los que había escritos en el fax. Las manos comenzaron a temblarle.

—¿Señor presidente? —dijo Jackson con considerable preocupación.

La tarjeta, apodada «biscuit», se le entregaba al presidente cada día desde poco después de que tuviera lugar la crisis cubana de los misiles y contenía unas series de números generadas al azar por un ordenador seguro de la Agencia Nacional de Seguridad en Fort Meade, Maryland. Se trataba del código de autenticación presidencial para lanzar misiles nucleares.

Sin la menor duda, aquellos números eran el secreto mejor guardado de Estados Unidos.

Y alguien acababa de pasar el código por fax al despacho oval.

—Les, reúne al Consejo de Seguridad Nacional. Los quiero a todos aquí tan rápido como sea humanamente posible.

Si bien era imposible que alguien en posesión de los códigos pudiera lanzar un arma nuclear, la sola idea de que los códigos «biscuit» ya no fueran secretos era el fallo de seguridad más grave en la historia de Estados Unidos. Aquello ponía en tela de juicio el nivel de protección del resto de áreas de la defensa nacional.

Fueron necesarias algo más de dos horas para tener reunida a la NSC en la sala de crisis, un búnker subterráneo sin ventanas situado debajo de la Casa Blanca. A causa de los planes de viaje, las únicas personas en la reunión eran el vicepresidente, el jefe del Estado Mayor, el secretario de Defensa, la secretaria de Estado y, por invitación expresa, el director de la NSA y de la CIA.

—Damas y caballeros —comenzó el presidente—, tenemos una crisis entre manos a la que la nación jamás se ha enfrentado antes.

Repartió copias de la carta mientras continuaba hablando:

—Eunice Wosniak, mi secretaria personal, recibió este fax hace poco más de dos horas. El código de autenticación es correcto. Tendremos que esperar y ver si la amenaza también es auténtica. En cuanto a las demandas, son algo que podríamos vernos forzados a discutir.

—Aguarde un minuto —repuso el director general de la NSA—. Esto es imposible.

—Lo sé —respondió el presidente—. Y sin embargo aquí estamos. El código procede de un generador de números al azar y todo el personal que maneja la «biscuit» ha pasado por una exhaustiva investigación, ¿cierto?

—Sí, señor. Es totalmente seguro. Y nadie, aparte de usted, ve jamás los números. Comprobaré el estado del mensajero. ¿Estaba roto el sello?

—Intacto.

—Es imposible —reiteró el general.

—Este psicópata dice que al mediodía dejará sin electricidad a la ciudad de Troy en Nueva York durante un minuto. ¿Deberíamos avisar a alguien? Y ¿por qué Troy?

—Porque está lo bastante cerca de Nueva York para llamar nuestra atención, pero es lo bastante pequeña como para que si desvía toda esa electricidad, la red no se sobrecargue y no provoque un apagón masivo como el de 2003 —puntualizó Les Jackson, que había sido miembro de una organización de carácter público que aglutinaba a varios grupos—. Y si los avisamos querrán saber cómo lo sabemos. Si la amenaza se cumple, ¿quiere que la administración se enfrente a esa clase de preguntas?

—Ah, claro. —El vicepresidente había sido invitado para equilibrar la balanza y no por su agudo intelecto.

—No estamos hablando de un simple pirata informático —apuntó Fiona Katamora, la secretaria de Estado.

Había sido asesora de Seguridad Nacional con la administración anterior y la habían reclutado para ese cargo más público porque era una de las personas más dotadas del planeta—. La lista de demandas parece la carta a Papá Noel de Osama bin Laden.

Y leyó en voz alta:

Estados Unidos anunciará de inmediato el cese de toda ayuda militar y civil al Estado de Israel, y en lo sucesivo proporcionará el mismo capital a las autoridades palestinas y a los líderes de Hamás en la franja de Gaza. Todos los prisioneros de Guantánamo serán liberados en el acto. Las tropas de Estados Unidos y la OTAN deben abandonar Irak a finales de junio próximo y haber salido de Afganistán antes de que acabe el año. Toda la asistencia militar a Pakistán cesará de inmediato. Las bases militares estadounidenses en Kuwait y en Qatar deberán haber sido desmanteladas para finales de año. El presidente condenará de manera oficial la formación de colonias judías en la Ribera Occidental y la prohibición de que las mujeres musulmanas lleven el pañuelo en la cabeza en Francia y en cualquier otro país europeo que promulgue dicha ley. Se retirará la clasificación de grupo terrorista a todos los grupos musulmanes que actualmente figuran como tal. No se impondrán más sanciones a Irán, y las que pesan sobre dicha nación serán levantadas para finales de año.

—Lo que nos está diciendo es que cedamos a la guerra del terror. Me resulta muy revelador que mencione a Irán.

—¿Por qué?

—Los sunnitas y los chiitas no se llevan bien, y lo único en lo que la mayoría de países árabes están de acuerdo es en que tener controlado a Irán, y a su etnia chiita, es beneficioso. Pero este tipo quiere que nos desentendamos de todo, parece que nos esté diciendo que las diferencias que existen entre los dos grupos es un asunto interno del que se encargarán ellos mismos.

—Es evidente que no podemos hacer nada de lo que pide —declaró el vicepresidente de manera contundente.

—Lo que me llama la atención es el detalle con que explica los plazos de tiempo —prosiguió Fiona Katamora como si él no hubiera hablado—. No se trata de la perorata de algún *yihadista* chiflado que vive en una cueva en Waziristán. Es algo bien estudiado. Cada plazo es factible desde una perspectiva práctica y también viable, aunque a nivel político no lo sea.

—No podemos retirar la ayuda a Israel —intervino el director de la CIA.

—Podemos —replicó Fiona, sin levantar la voz como había hecho su homólogo—. Optamos por continuar dándoles ayuda económica porque nos interesa. Si eso dejara de ser así, podríamos cerrarles el grifo en cuanto quisiéramos.

—Pero...

—Escuchen, si esto va en serio, el juego ha cambiado por completo. Ya no tenemos el control. Hay algún grupo que parece tener acceso ilimitado a nuestros secretos mejor guardados. Con solo apretar un botón pueden cortar todo el suministro eléctrico. Piensen en ello. Piensen en un apagón general en toda la nación que dure semanas o meses. O en un sistema de control aéreo en el que ya no podamos confiar. Todos los aviones del país se quedarían en tierra de forma indefinida. ¿Podría esta persona superar los protocolos de seguridad de las plantas nucleares y provocar una fusión masiva? Creo que para eso hay un protocolo de seguridad a nivel físico… Pero me parece que ya captan la idea.

—¿Alguna sugerencia en cuanto a qué debemos hacer? —preguntó el presidente con la voz mucho más baja de lo que pretendía.

—Encontrar a los responsables y crucificarles —bramó el vicepresidente.

—¿Desde dónde enviaron el fax? —preguntó el director de la NSA.

—Caballeros —intervino Fiona con mordacidad—, ¿de veras creen que podremos atrapar a quienquiera que orquestó el robo de los códigos de autenticación presidenciales utilizando los métodos tradicionales de la policía? Este tipo no entró en una oficina de Kinko's de Mass Avenue para enviar su mensaje. La señal saltó por todo el planeta durante un par de horas antes de llegar al despacho de Eunice. Jamás podremos rastrearlo. Tenemos que abordarlo desde otra perspectiva. ¿Quién se beneficia de esto?

—Al-Qaeda encabeza la lista —respondió el almirante condecorado, jefe del Estado Mayor.

—¿Les parece algo propio de ellos? —contraatacó Fiona—. Si poseyeran tanto poder, habrían lanzado un ciberataque que nos devolvería a la Edad de Piedra. No habría exigencias ni avisos. No, no son ellos. Es alguien nuevo.

—¿Alguna idea? —preguntó el director de la CIA.

—Me temo que eso es cosa tuya.

—Yo también he pensado en al-Qaeda, pero tu argumento ha sido convincente. Hablaré con mi gente a ver si hay alguien más con los recursos necesarios para llevar a cabo algo así.

—Digamos que cortan la electricidad en Troy —aventuró Les Jackson—. ¿Cuál va a ser nuestra respuesta? ¿Qué hacemos? Supondría un suicidio político poner fin a la ayuda a Israel o anunciar que esas son nuestras intenciones. Otro tanto sucede si liberamos a los prisioneros de Guantánamo.

Fiona Katamora se pasó los dedos por su cabello negro como signo de frustración.

—No se trata de política, Les. Hemos sido testigos de una demostración que nos dice que estamos a merced de esta persona. Ha pirateado los códigos más seguros del mundo y nos los ha arrojado a la cara. O le damos lo que pide o nos enfrentamos a las consecuencias como una nación, no como un partido político o como una administración de gobierno. ¿Cedemos o nos hundimos juntos? —Se volvió hacia el hombre que estaba al mando—. Esa es la cuestión, señor presidente.

Un asistente llamó a la puerta y entró cuando el presidente le dio permiso.

—Señor, tenemos información de última hora. El número de remitente impreso en el fax es falso. Dicho número no figura ni ha figurado nunca en ninguna base de datos del mundo. Y la centralita de la Casa Blanca no tiene constancia de que se haya producido esa llamada.

—¿No hay constancia? ¿Es que a tu secretaria le ha dado un patatús? —preguntó el director de la NSA al presidente—. ¿Es esto lo que entiende por una broma?

El presidente no sabía qué responder a eso pero, aun sabiendo que no era posible, esperaba con toda su alma que su más antigua y leal secretaria estuviera mentalmente enferma y que les hubiera gastado una broma cruel.

—Una cosa más —prosiguió el asistente—. A mediodía se ha producido un apagón en Troy, Nueva York, que ha durado exactamente sesenta segundos. No ha habido otras zonas afectadas a pesar de que la central local suministra energía a las regiones circundantes. Por el momento se desconoce el motivo del fallo y por qué ha vuelto la luz.

—Santo Dios —dijo alguien—. Es en serio.

Fiona continuó leyendo el pie del fax:

Estas son demostraciones pequeñas e inofensivas de nuestras capacidades. No somos bárbaros. Apreciamos la vida, pero si no se cumple una sola de nuestras demandas, destruiremos su país. Lloverán aviones del cielo, explotarán refinerías y la electricidad será cosa del pasado.

A la larga, todos los habitantes del planeta se convertirán a la fe verdadera, pero estamos dispuestos a permitir la coexistencia por ahora.

Fiona levantó la vista.

—Es en serio.

19

Smith había cometido un error una semana antes. Por fin había cedido a las incesantes llamadas de MacD para que le enseñara a su hija por videoconferencia como prueba de vida. Y dado que creía que Lawless seguía estando bajo su control, no se mostró demasiado cuidadoso con la seguridad informática. La videollamada duró solo unos pocos y desgarradores segundos, pero Mark y Eric rastrearon la fuente sin problemas.

Antes de eso, la Corporación no había hecho ningún progreso en la investigación sobre Gunawan Bahar.

Tal y como sospechaba Cabrillo, los secuestradores no se habían llevado a Pauline Lawless demasiado lejos de donde la habían raptado. De hecho, tenían retenida a la pequeña dentro del célebre Lower Ninth Ward de Nueva Orleans, una zona tan afectada por el huracán Katrina que gran parte seguía en ruinas. Era una decisión táctica inteligente, pues de ese modo tendrían más posibilidades de integrarse y no levantar sospechas.

Cabrillo, Lawless y Franklin Lincoln volaron a Houston, donde la Corporación disponía de un piso franco. Tenían una docena de ellos repartidos por ciudades portuarias de todo el mundo y se usaban principalmente como almacén de armas y de equipo que, de otro modo, tendrían problemas para pasar por las aduanas. Incluso los aviones de la Corporación estaban sujetos a registros, y aunque podían sobornar a oficiales de todo el mundo, no era buena idea intentarlo en Estados Unidos.

Alquilaron un sedán que no llamase la atención en Hertz, saquearon la habitación acorazada del piso franco y pusieron rumbo a Nueva Orleans sin perder tiempo. Recorrieron los quinientos sesenta y tres kilómetros respetando el límite de velocidad y todas las normas de tráfico. Cabrillo ordenó a Lawless que condujera él. No porque el brazo le molestara, ya que volvía a estar al ochenta por ciento, sino porque quería que tuviera la mente ocupada en otra cosa que no fuera su hijita de seis años.

La primera parada fue en casa de los padres de Lawless. Los secuestradores habían dicho a los aterrorizados abuelos que cuidaban de la pequeña que si llamaban a la policía se verían obligados a matarla. Llevaban semanas viviendo con el miedo en el cuerpo. A pesar de lo mucho que a MacD le hubiera gustado llamarlos, convino con Cabrillo que era posible que uno de los secuestradores se hubiera quedado en la casa o les hubiera pinchado el teléfono.

La casa estaba ubicada en una bonita parcela con imponentes robles cubiertos de musgo negro. Muchas de las casas eran de ladrillo y habían resultado ilesas tras el paso del huracán. MacD aparcó calle abajo, lejos de la casa de sus padres, y esperó al volante mientras Cabrillo y Linc iban a comprobar si la casa estaba vigilada. Ambos llevaban cascos y monos con los que fácilmente podían hacerse pasar por operarios públicos. Cabrillo llevaba un sujetapapeles y Lincoln, una caja de herramientas.

No había ninguna furgoneta aparcada en la calle, un puesto de observación habitual, ni coches con los cristales tintados, otro detalle revelador. Todos los caminos de entrada estaban muy cuidados. Ese era un detalle importante, ya que si los secuestradores se habían apostado en la casa de un vecino para vigilar a los Lawless, no se expondrían conduciendo un cortacésped por la propiedad.

Pasaron quince minutos comprobando los contadores de gas al tiempo que vigilaban la casa por si alguien que se hubiera escondido dentro movía una cortina. Los pocos vehículos que pasaban por la tranquila calle no les prestaron atención. Tampoco redujeron la velocidad ni se detuvieron.

—Creo que está despejado —dijo Linc.

Cabrillo estuvo de acuerdo. Escribió algo en el sujetapapeles en letras grandes y bien marcadas, y los dos se aproximaron a la puerta. El llamador de latón había sido pulido recientemente y habían barrido las escaleras, como si las pequeñas tareas domésticas pudieran disminuir el sufrimiento de la pareja. Llamó con fuerza a la puerta y al cabo de un momento una atractiva mujer de unos cincuenta y cinco años les abrió.

Sostuvo en alto el sujetapapeles para que ella pudiera leer lo que había escrito y le preguntó:

—Señora, hemos recibido informes de fugas de gas en esta zona. ¿Ha tenido algún problema?

En el sujetapapeles leyó: «Hemos venido con MacD. ¿Están solos?».

—Hum, no. Quiero decir, sí. No… aquí no hay nadie. —Entonces comprendió la situación y su voz se elevó dos octavas—. ¿Están con MacD? ¿Se encuentra bien? ¡Ay, Dios mío! —Se giró para gritar por encima del hombro—. ¡Mare! Mare, ven aquí. MacD está bien.

Juan y Linc entraron con tacto, aunque de forma firme, cerrando la puerta. Un setter irlandés salió al recibidor para ver a qué se debía el alboroto, moviendo la peluda cola con gran entusiasmo.

—Señora Lawless, le ruego que no alce la voz. ¿Entraron en la casa los hombres que se llevaron a su nieta?

—¿Qué pasa? —preguntó una voz masculina desde el interior de la casa.

—No. Nunca. Se la llevaron mientras la vigilaba en un parque cercano. Brandy, abajo —le dijo al perro, que intentaba lamerle la cara a Linc. Este ignoró al chucho y continuó mirando el detector de dispositivos de escucha mientras revisaba la entrada—. Me dijeron que la soltarían pronto, pero que la matarían si intentaba ponerme en contacto con la policía. Mi marido y yo estamos muertos de preocupación desde entonces.

Marion Lawless II apareció en la estancia, ataviado con una camisa vaquera y unos chinos. El hijo era la viva imagen del padre, sobre todo los ojos de color jade y el pequeño hoyuelo de la barbilla.

—Mare, estos hombres han venido con MacD.

Juan le ofreció la mano.

—Me llamo Juan Cabrillo. Este es Franklin Lincoln. Hemos estado trabajando con su hijo para rescatar a Pauline.

En cuanto terminaron con las presentaciones, el director llamó a Lawless desde un móvil desechable y le dijo que todo estaba despejado, pero que de todos modos entrase por detrás.

—Lo último que supimos fue que MacD había dejado de trabajar para esa empresa de seguridad después de que algo malo le sucediera en Afganistán —dijo el señor Lawless.

—Es una historia muy larga y complicada. Dejaré que se la cuente su hijo cuando llegue. Solo queríamos avisarles de que hemos localizado a Pauline y que vamos a recuperarla.

—¿Y los animales que se la llevaron? —preguntó Kay. A juzgar por su tono de voz estaba claro cuál era el destino que prefería para ellos. Tal vez fuera una delicada dama sureña, pero tenía nervios de acero.

—No se preocupe más por eso —le aseguró Juan, y ella comprendió lo que le estaba diciendo.

—Bien.

—Sin embargo, una vez que la tengamos necesitaré que desaparezcan durante un tiempo hasta que atrapemos a la gente que ordenó el secuestro de Pauline. Si no tienen un sitio al que ir, podemos llevarlos a un hotel.

Mare Lawless levantó una mano.

—No es necesario. Un viejo amigo mío tiene una casita en el golfo que nos deja usar siempre que queremos.

Juan consideró aquella opción y decidió que parecía bastante segura.

—Es perfecto —convino—. Esto podría llevarnos un par de semanas.

—Tómense el tiempo que necesiten —se apresuró a contestar Kay, con la resolución de una mujer que protege a los suyos.

Se dio la vuelta cuando llamaron a la puerta corredera que conducía al patio trasero. Profirió un gritito de alegría al ver a su hijo junto a la mesa y las sillas de mimbre.

Descorrió el pestillo y dio un fuerte abrazo a MacD mientras las lágrimas rodaban por sus mejillas. Marion padre se unió a ellos y rodeó a su familia con los brazos. Él también estaba llorando de alegría, y de remordimiento por no haber sido capaz de proteger a la única hija de MacD.

Siendo honesto consigo mismo, la escena hizo que a Juan se le formara un nudo en la garganta.

Solo se quedaron una hora. Cabrillo quería que hubiese suficiente luz para localizar y estudiar la casa que estaban utilizando los secuestradores. MacD les explicó todo a sus padres, omitiendo tan solo el trato recibido a manos de los carceleros de la prisión de Insein, lo sucedido en el puente de cuerda y algunos otros detalles que creía que era mejor que no supieran. Aun así la historia era lo bastante desgarradora como para que Kay Lawless palideciera a pesar del bronceado que lucía.

Se despidieron entre sonrisas y más lágrimas. MacD les prometió que volvería a casa tan pronto atraparan a las personas que estaban detrás del secuestro de Pauline.

El vecindario donde se había originado la videoconferencia no había sido adoptado por ninguna celebridad ni tampoco había recibido una generosa subvención. Aunque muchas de las casas seguían abandonadas, al menos habían quitado la mayor parte de la basura. Aquella había sido la sección de Nueva Orleans más afectada cuando reventaron los diques y se había convertido prácticamente en un lago durante los días posteriores al paso del Katrina. Cerca de allí había solares vacíos plagados de escombros de hormigón que señalaban en lugar donde antes se alzaban las casas familiares.

Linc dejó a MacD y a Cabrillo en una cafetería no lejos de su objetivo. En aquella zona, dos hombres blancos y uno negro en el mismo coche resultarían sospechosos y los creerían polis, sin importar quién estuviera al volante. Regresó media hora más tarde y se sirvió una taza del café de achicoria que Juan había pedido.

—¿Y bien? —preguntó Cabrillo una vez que Linc dejó de poner mala cara ante el sabor amargo del café.

—Qué asco —declaró—. Vale, las fotografías del satélite que tenemos son un poco antiguas. Las dos casas que hay detrás de la que nos interesa han sido demolidas, y las parcelas son prácticamente selvas. Las que están a uno y otro lado siguen en pie y están completamente abandonadas. Hay familias viviendo al otro lado de la calle. He visto bicicletas de niño encadenadas en los patios y juguetes y otros trastos en los jardines, así que debemos tener cuidado.

—¿Qué hay de los secuestradores? —preguntó MacD, cada vez más impaciente.

—No se han dejado ver en ningún momento. Las cortinas están todas corridas, pero creo que hay pequeños agujeros en los bordes para poder ver el exterior y solo un mirón podría ver el interior. Y Juan, tenías razón acerca del jardín. Parece un bufet para cabras. Esos tipos están bien escondidos y lo más probable es que solo salgan de noche a comprar comida en algún supermercado a kilómetros de aquí.

—¿Lo que se ve en las fotos es un garaje anexo?

—Sí.

—¿Has tenido ocasión de realizar un escáner térmico?

—No. Parecería sospechoso, y aún hace demasiado calor en la calle. La diferencia de temperatura no es suficiente para tomar una buena lectura.

Cabrillo ya lo había imaginado, pero tenía que preguntar de todas formas.

—De acuerdo. Pasaremos desapercibidos hasta que sea el momento de actuar y entraremos a las tres. —Las tres de la madrugada era la hora en la que el cuerpo humano se encuentra en su momento más bajo. Incluso un vigilante nocturno sucumbe a las alteraciones circadianas y dista mucho de estar en estado de alerta—. MacD, ¿tienes la mente fría?

—Sí —respondió—. No dejaré que mis emociones interfieran en la operación.

Los hombres no podrían merodear por ahí vestidos con ropa de combate y armados hasta los dientes ni siquiera en un barrio tan ruinoso como aquel. Linc aparcó el coche a varias calles de la casa cuando faltaba poco para la una de la madrugada y abrió el capó. Cualquier coche patrulla que pasara vería que era un vehículo estropeado y que el conductor lo había dejado allí hasta el día siguiente. Un agente curioso podría comprobar la matrícula, ver que era de alquiler y dar por supuesto que se trataba de un pariente que se había desplazado a Houston tras el paso del Katrina, como habían hecho muchos, y que volvía de visita a casa.

Todos vestían vaqueros y camisetas de manga larga de color negro, y llevaban el equipo metido en petates. La temperatura era notablemente más baja, si bien la humedad seguía siendo alta. Caminaron con normalidad por la acera llena de grietas, como si no tuvieran una sola preocupación en la vida. No había tráfico y solo se escuchaban los ladridos de un perro que se encontraba a varias manzanas.

Al llegar al solar de detrás de la casa, los hombres desaparecieron entre la vegetación que lo cubría sin dejar rastro. Nadie que pasara se percataría de su presencia. Abrieron las bolsas, comprobaron el equipo tres veces y a continuación se adentraron entre el follaje. La mayoría de las plantas tenían espinas y púas afiladas, aunque ninguno dio señales de notar nada. Salieron a campo abierto después de avanzar lentamente a través de la maleza durante cinco minutos. Una valla de madera, a la que le faltaban algunos postes, rodeaba el patio y bloqueaba casi por completo la vista. Cabrillo sacó un visor térmico de la bolsa que llevaba al costado y, sin inmutarse, se subió a un montón de hormigón que quedaba de la casa que en otro tiempo se erigía sobre aquella parcela.

El escáner comparaba las emisiones de calor y tenía una sensibilidad extraordinaria. Básicamente le permitía ver a través de las paredes como si tuviera visión de rayos X. Era tan efectivo que muchos grupos pro derechos civiles luchaban contra su uso por parte de las fuerzas de la ley alegando que vulneraba el derecho a la intimidad. Los militares tenían grandes esperanzas para los dispositivos en Irak y Afganistán, aunque a menudo las paredes de adobe de las chozas eran demasiado gruesas para conseguir lecturas exactas. Pero en aquella casa, tan vieja que carecía incluso del aislamiento básico, el escáner estaba en su elemento.

Cabrillo pudo ver cuatro fuentes de calor diferenciadas, de un brillante color blanco, y un rectángulo achaparrado en negro, que podía ser el agua fría almacenada en la cisterna del retrete del único baño. Había otros tres puntos que desprendían calor. Uno era cilíndrico y debía de corresponder al depósito del agua caliente. Otro, mucho más pequeño, era el compresor de la nevera. No había piloto de luz, así que la cocina era eléctrica. De esa forma no solo era capaz de ver a los ocupantes, sino que también podía dilucidar la distribución de la vivienda. Había tres personas en posición de reposo, sus cuerpos parecían flotar a centímetros del suelo debido a que el escáner no registraba las camas en las que estaban tumbados. La cuarta figura estaba sentada en una silla, y tenía una bombilla encendida encima.

Se concentró en la persona sentada durante quince minutos, y en todo ese tiempo la figura no se movió ni una sola vez. En opinión de Juan, el tipo estaba dormido como un tronco.

A continuación se desplazó unos dieciocho metros a la derecha entre la hierba hasta que se topó con el tronco de un árbol. Estaba lo bastante cerca para echar un vistazo por encima de la valla. Examinó la casa por segunda vez. Vio los mismos objetos desde un ángulo diferente gracias a que había cambiado de posición y pudo confirmar que su imagen mental de la distribución era acertada.

Una vez que se reunió con su equipo, volvieron a internarse en la vegetación.

—Hay tres objetivos, uno en la parte frontal de la casa, dormido en una silla. —La voz de Cabrillo era apenas poco más que un susurro—. El segundo, solo en el dormitorio de atrás. Y el tercero, en el dormitorio contiguo, con la hija de MacD. —Sintió que Lawless se ponía tenso a su lado—. Antes de que lo preguntes, están en camas separadas.

Distinguió la silueta de la niña de la de los demás debido a su baja estatura.

Habían determinado que la casa, pese a ser pequeña en comparación con otras de alrededor, era demasiado grande para poder utilizar las granadas de gas anestésico que habían empleado para «rescatar» a Setiawan Bahar. Tendrían que entrar sin hacer ruido y sin vacilar lo más mínimo. Las fuentes de calor eran demasiado nítidas como para que alguno de los secuestradores llevase puesto un voluminoso chaleco bomba, pero eso no significaba que no los tuvieran a mano.

Durante las dos horas siguientes se turnaron para vigilar la casa con el visor térmico. En un momento dado, el guardia de la habitación de delante se levantó para ir al baño, y cuando regresó el escáner lo mostró tumbado, presumiblemente en un sofá. Lo más probable era que volviera a quedarse dormido.

Cuando el minutero del reloj de Juan marcó las tres en punto, salieron de su escondite, avanzaron agazapados y saltaron la valla como si fueran fantasmas. Se movían con tanto sigilo que los grillos no dejaron de cantar. Había una única puerta que conducía al patio de atrás desde la cocina. Juan y MacD se pusieron las gafas de visión nocturna. Linc abrió la cerradura en menos de cincuenta segundos, guiándose tan solo por el tacto. A pesar del enorme tamaño de sus manos, poseía la destreza de un cirujano, pero había tardado más de lo normal para hacer el menor ruido posible.

Mientras Linc se afanaba, Cabrillo roció las bisagras con aceite de una pequeña lata y lo extendió con los dedos en los huecos. La cerradura ya estaba descorrida, pero Linc mantuvo la puerta cerrada, ya que de lo contrario la ligera brisa que de pronto sopló a sus espaldas se habría colado en la casa.

Llevaban unas sencillas pistolas de calibre 22, y los silenciadores enroscados al cañón tenían el tamaño de una lata de refresco, haciendo que fueran difíciles de manejar. Esas armas tenían un único fin. Eran herramientas utilizadas por asesinos. La munición tenía la punta de mercurio, pero llevaba menos pólvora de lo normal para encontrar el equilibrio entre la potencia y el sigilo. Aunque si se colocaba el silenciador contra la cabeza de un blanco, la pólvora extra resultaba innecesaria.

La brisa cesó y Cabrillo dio la señal con la cabeza. Igual que si fuera una pantera negra, Linc abrió un poco la puerta y deslizó su cuerpo por ella, seguido por Cabrillo y Lawless.

La luz que llegaba desde la sala de estar bastaba para conseguir que en la sucia y maloliente cocina pareciera mediodía. Había un cubo de basura del tamaño de un barril lleno a rebosar de comida podrida y platos de papel, y sartenes amontonadas en el fregadero cubiertas de grasa solidificada; hogar sin duda de una colonia de grandes cucarachas. Una sencilla entrada con arco daba al comedor mientras que otra se abría a un pasillo donde se encontraban los dormitorios y el cuarto de baño.

Cabrillo se movió de forma que sus pies apenas se elevaron del suelo de parqué sin barrer y atravesó la segunda entrada con MacD pisándole los talones. Las puertas de los dormitorios estaban cerradas. Tras una se escuchaba solo silencio; tras la otra, profundos y fuertes ronquidos. Pauline Lawless se encontraba con el tipo que roncaba; otra tortura más que la pobre niña tenía que soportar.

Como habían acordado, atacaron treinta segundos después de separarse en la cocina para que cada uno tuviera tiempo de colocarse en posición. Juan llevó la cuenta con la precisión de un cronógrafo suizo. En el instante preciso, escuchó dos toses amortiguadas desde la parte delantera de la casa. El tipo de Linc estaba muerto. Juan abrió la barata puerta de madera prensada y vio a su objetivo despatarrado en una sencilla cama de metal. Junto a él había una mesilla de noche, sobre la que descansaba una pistola y un libro. Había un montón de ropa y otras prendas, cuya finalidad no era la de proteger a quien las llevaba de los elementos. Vio los bultos de los explosivos plásticos y el circuito de cables por todo el chaleco.

Sin pensárselo dos veces, cruzó la habitación, colocó el cañón a un par de centímetros de la cabeza del secuestrador y le metió dos balazos en el cráneo. El cuerpo se sacudió con el primer impacto, pero quedó inmóvil con el segundo.

No sintió nada. Ni remordimiento por matar a otro ser humano ni euforia por liquidar a un terrorista. En su balance general de moralidad, la acción de esa noche era una limpieza. No le causaría ni placer ni culpa, pero enterraría ese recuerdo lo más profundo que le fuera humanamente posible. Matar a un hombre dormido, por mucho que lo mereciera, no era el estilo del director.

Cuando salió al pasillo, MacD estaba allí con una niñita rubia dormida en brazos. Cabrillo llevaba en los suyos el chaleco bomba desactivado.

—Despejado —dijo Juan, y se quitó las gafas de visión nocturna y a continuación le quitó las suyas a MacD.

—Despejado —repitió Linc, que llegó al pasillo llevando también un chaleco bomba en la mano—. ¿Qué quieres que hagamos con esto?

—Nos los llevaremos y los arrojaremos al lago Pontchartrain.

La siguiente parte del plan serviría para desorientar a la policía. Cabrillo no quería que sospecharan que aquel incidente guardaba alguna relación con el terrorismo. Linc había cargado con una mochila cantimplora a la espalda, que en lugar de agua contenía gasolina. Mientras él rociaba cada objeto inflamable de la casa, sobre todo los cadáveres, Cabrillo esparcía viales vacíos usados normalmente por los traficantes de crack, velas y cucharas para calentar heroína, así como jeringuillas. Sabía que los polis analizarían la parafernalia y que no obtendrían nada, pero esperaba que dejaran pasar aquella incongruencia sin más y se limitaran a dar gracias por que tres traficantes estuvieran muertos. También dejó una pequeña balanza mecánica y algunos billetes de cien dólares dentro de una caja de puros metálica debajo de una de las camas. La balanza y la caja procedían de Walmart; la pasta, de su alijo de dinero fuera de circulación de la casa franca. La escena estaba preparada: un asunto de drogas que había salido mal. Fin de la historia.

MacD esperó fuera, con su hija dormida, inconsciente aún de que su calvario había terminado.

Juan fue el último en salir, y cerró la puerta trasera después de arrojar una cerilla a un charco de gasolina. Cuando cruzaron el pequeño bosque de atrás, la casa era una pira; las llamas se alzaban por entre las vigas del techo. Niños boquiabiertos y sus familias se apostaron a la entrada de sus casas mientras los ajetreados bomberos combatían un incendio que no podían extinguir. La casa estaba perdida, y cuando por fin se derrumbó, en el fondo del lago Pontchartrain había una bolsa cargada de armas imposibles de rastrear y dos chalecos bomba cargados de explosivos; Lawless, sus padres y su hijita se dirigían hacia la costa; y un coche de alquiler estaba a medio camino de Houston. MacD se uniría a la tripulación del *Oregon* después de pasar un par de días con su familia.

20

Habían pasado veinticuatro horas desde que se recibió el primer fax en la Casa Blanca. Más de ocho mil hombres y mujeres se afanaban por descubrir quién estaba detrás de aquello y cómo lo había logrado. Se movilizaron agentes de todos los departamentos del país, a pesar de que a algunos se les ocultó la naturaleza exacta de su búsqueda porque el incidente había sido clasificado como alto secreto.

La indecisión dominaba el despacho oval. La demostración de poder del enemigo había sido convincente, pero iba demasiado lejos en sus exigencias. El presidente no podía cumplir ninguna de ellas si quería mantener la seguridad nacional y, tal vez, incluso su cargo. Lo último era lo que menos le importaba, cosa que le honraba.

Había recibido todo tipo de consejos y de especulaciones: el responsable era al-Qaeda; eran los iraníes; deberían ceder a sus demandas; deberían ignorarlas. La decisión final era suya, y daba igual cómo lo mirase, no veía ninguna salida viable al ultimátum. Había intentado ponerse en contacto con el primer ministro israelí para plantearle la idea de anunciar que Estados Unidos suspendería la ayuda económica a corto plazo, pero la llamada se había cortado misteriosamente en cuanto fue evidente que Estados Unidos continuaría apoyando de forma clandestina al estado judío. No sabía cómo, pero la línea telefónica más segura del mundo podía ser conectada y desconectada a voluntad.

Un técnico de la NSA le había explicado que eso era imposible, pero tenía la evidencia sobre su mesa. Intentó realizar la llamada desde otro teléfono ajeno a la centralita de la Casa Blanca y también cortaron la comunicación antes de que pudieran decir nada de peso. La única opción que le quedaba, aunque engorrosa y lenta, era enviar una valija diplomática a Jerusalén para informar al primer ministro de lo que pretendía hacer Estados Unidos.

Estaba sentado a su mesa, mirando a la nada, cuando Lester Jackson llamó y entró sin esperar a que le diera permiso. Las puertas del despacho oval eran demasiado gruesas para que se filtrara algún ruido del exterior, de modo que el presidente no había escuchado el sonido del fax detrás del escritorio de Eunice Wosniak.

—Señor presidente, esto acaba de llegar. —Jackson sujetaba un fax en la mano como si se tratara de una rata en descomposición.

—¿Qué dice? —preguntó, cansado.

Ya había decidido que, si lograban superar aquella crisis, ese sería su primer y último mandato. Se sentía como si hubiera envejecido cien años desde la mañana del día anterior.

—Lo único que dices es: «Dijimos que de inmediato. Tiene las manos manchadas con su sangre».

—¿La sangre de quién?

—No lo sé. De acuerdo con las cadenas más importantes, no ha sucedido gran cosa en el país. Señor, puede que esto no sea más que un elaborado farol. Es posible que tengan a alguien infiltrado en Troy, y que este desconectara la electricidad. Además existen potentes programas informáticos que podrían piratear nuestro sistema telefónico.

—¿Crees que no lo sé? —espetó—. Pero ¿y si no lo es? ¿Y si lanzan otro ataque? ¿Un ataque letal? Ya he desperdiciado demasiado tiempo.

Herido en sus sentimientos, Jackson adoptó un tono de voz formal.

—¿Cuáles son sus intenciones, señor?

El presidente sabía que estaba volcando su frustración en uno de sus viejos amigos.

—Lo siento, Les. Es que... no sé. ¿Quién habría previsto algo así? Ya es bastante duro tener que ordenar a los hombres y mujeres del ejército que se enfrenten al peligro. Ahora toda nuestra población civil está expuesta.

—Llevamos años en esa situación —señaló Jackson.

—Sí, pero hemos hecho una muy buena labor manteniendo a salvo nuestras costas.

—Hemos sido muy eficaces y también hemos tenido suerte.

—Eso duele.

—Porque es la verdad. Ha habido varios incidentes públicos, y algunos secretos, en que los terroristas fueron demasiado incompetentes para perpetrar sus ataques, de los cuales no teníamos ni la más remota idea.

—Y ahora que sabemos que es posible que vayamos a sufrir uno, no tenemos forma de impedirlo.

Eunice irrumpió en la habitación con el rostro blanco como la cal. Encendió el televisor situado junto a un grupo de sofás. Luego se marchó de allí llorando. El rostro de un presentador ocupaba el centro de la pantalla.

«Las autoridades no han confirmado si se trata de un ataque terrorista. Para aquellos de ustedes que se incorporen ahora, un tren informatizado Acela de alta velocidad de la compañía Amtrak, que se dirigía de Washington D. C. a Nueva York, ha colisionado de frente con un mercancías que se dirigía al sur y que sin un motivo aparente se metió en la vía equivocada.»

La imagen cambió a una vista aérea de la más absoluta devastación. Los trenes parecían los juguetes de un niño poco cuidadoso. La locomotora de cabeza era un irreconocible amasijo de metal, en tanto que tres de los cinco vagones de pasajeros habían quedado aplastados como un acordeón. Los otros dos y la locomotora de cola habían salido despedidos de las vías y se habían incrustado contra la parte de atrás de un almacén. Las dos locomotoras de cabeza del mercancías estaban ocultas bajo una bola de fuego originada por los miles de litros de combustible al quemarse. Detrás de ellas había una hilera de furgones descarrilados, muchos de los cuales estaban completamente desguazados y en un ángulo casi de noventa grados con la vía.

«Los oficiales de Amtrak aún no han informado del número de pasajeros a bordo —prosiguió la voz del presentador mientras continuaban emitiendo las imágenes—, pero el Acela Express tiene una capacidad para más de trescientos pasajeros y, tratándose de una hora punta, se teme que la ocupación del tren estuviera casi al completo. Un oficial que desea mantener el anonimato nos ha contado que es casi imposible que con un sistema informatizado se produzca un accidente de este tipo y que el técnico del mercancías habría tenido que accionar el interruptor manualmente para pasar a la misma vía.»

—O que alguien se hiciera con el control del ordenador —dijo el presidente con voz trémula.

—Puede que no sea más que una coincidencia —repuso Jackson esperanzado.

—Déjalo, Lester. No se trata de ninguna coincidencia y ambos lo sabemos. No he hecho lo que querían y por eso han provocado la colisión de dos trenes. ¿Qué será lo siguiente? ¿Dos aviones en pleno vuelo? Es evidente que este tipo tiene el control sobre todos los sistemas informatizados del país y, hasta ahora, parece que no podemos hacer nada al respecto. Señor, el ejército tendrá que volver a utilizar los espejos de señales; y la Armada, el código de señales. —Exhaló con frustración y tomó la única decisión posible—. ¿Ha partido ya el correo para Israel?

—Es probable que siga en la base aérea de Andrews.

—Vuelve a llamarle. No tiene sentido este subterfugio. Quiero minimizar esto todo lo posible. Ni rueda de prensa ni discurso en horario de máxima audiencia, simplemente divulga que se suspende toda ayuda económica hasta nuevo aviso. Lo mismo sucede con la ayuda a Pakistán.

—¿Qué hay de los presos de Guantánamo? Esa era otra exigencia inmediata.

—Los liberaremos, claro, pero no en sus países de origen. Los transportaremos hasta el tribunal de La Haya. Si Fiona tiene razón y este tipo es racional, entonces no creo que haya represalias, y que los juzguen los europeos es mejor que nada.

—Dan… —Era la primera vez que Jackson utilizaba el nombre de pila del presidente desde que este había jurado su cargo—… lo siento. Yo fui uno de los que insistieron en adoptar una postura de espera.

—Pero la decisión fue mía —replicó el presidente, las muertes de los pasajeros pesaban como una losa sobre su conciencia.

—Lo sé. Por eso lo siento.

El jefe de gabinete se encaminó hacia la puerta y el presidente le hizo detenerse un instante.

—Les, asegúrate de que todo el mundo siga trabajando para localizar a este psicópata, y reza para que tenga un punto débil que no se nos haya ocurrido porque, ahora mismo, parece que nos enfrentamos al mismísimo Dios.

21

Cabrillo y Lincoln alcanzaron el *Oregon* en Puerto Saíd después de que el barco hubiera atravesado el canal de Suez. A pesar de las ganas que tenían de coger a Gunawan Bahar y a su esbirro, Smith, antes realizaron otra operación en la lujosa ciudad de Montecarlo. Un emir de los Emiratos Árabes Unidos quería que la Corporación le proporcionase seguridad extra siempre que viajaba. Se sentía mejor sabiendo que Cabrillo y sus hombres velaban por él mientras disfrutaba de la costa en su yate de más de treinta metros de eslora o se jugaba astronómicas sumas en el casino. La idea la había sacado del emir kuwaití, que había empleado a la Corporación en Sudáfrica unos meses antes. A pesar de que llegaron tarde porque Cabrillo había sido abandonado en la Antártida y tuvieron que volver a recogerle, el equipo frustró una conspiración para asesinarle en la que estaban implicados algunos miembros de al-Qaeda de Somalia.

Los motores del *Oregon* funcionaron a plena potencia tan pronto como un helicóptero privado les dejó a los dos en la cubierta del carguero y partió de nuevo rumbo sur hacia la ciudad portuaria egipcia, dejando tras de sí una larga estela. Después de dejar el petate en su camarote, Juan se fue derecho al centro de operaciones, donde Linda Ross estaba al timón.

—Bienvenido. —Esbozó una radiante sonrisa—. Nos alegra que MacD haya recuperado a su hija.

Hali Kasim estaba en su puesto de costumbre en el panel de comunicaciones.

—Solo para que lo sepas, he estado monitorizando los medios locales de Nueva Orleans. Dicen que ha sido un incendio provocado relacionado con las drogas. No hay sospechosos y no se han identificado los cadáveres.

—No quedó mucho que identificar —comentó Cabrillo—. ¿Qué tal se encuentra nuestra pasajera?

En las semanas que llevaba a bordo del *Oregon* prácticamente como una prisionera, aunque en una celda de terciopelo, Soleil Croissard no había hecho otra cosa que quedarse en su camarote o contemplar el mar desde la pasarela del puente. Incluso comía en su cabina. Estaba llorando la muerte de su padre y esforzándose por aceptar su propio secuestro. La doctora Huxley, médico y psiquiatra del barco, había intentado hablar con ella en diversas ocasiones, pero no había realizado demasiados progresos.

—¿Me creerías si te digo que lo ha superado? —le informó Linda.

—¿En serio? —Juan se sorprendió porque no había dado señales de ello cuando se había despedido de ella hacía un par de días.

—Tampoco vas a creer qué es lo que le ha ayudado a hacerlo. Eric y Murphy, que babean por ella más que por aquella otra que rescatamos del crucero que se estaba hundiendo…

—Jannike Dahl —recordó Juan—. Fue la única superviviente del *Golden Dawn*.

—Esa misma. Bueno, el caso es que esos dos tuvieron la genial idea de instalar uno de los parapentes de combate a un cabrestante de popa. Hay que reconocer que ha funcionado perfectamente, y que la mayoría lo hemos probado. Pero Soleil parece que no se cansa. He hablado con Hux de ello y me ha dicho que Soleil es una yonqui de la adrenalina. Necesita un chute para acordarse de que sigue viva.

Linda tecleó en el ordenador encastrado en el brazo del sillón de mando y la cámara montada en lo alto de la superestructura enfocada hacia popa les ofreció una imagen en una sección de la pantalla principal. No cabía duda, ahí estaban Murphy y Stone con Soleil Croissard. Ella llevaba ya puesto el arnés de un parapente negro y los dos hombres la estaban sujetando al delgado cabo de un cabrestante. Mientras observaban, Soleil se subió al borde de la barandilla con el paracaídas de frenado en la mano. Miró al frente, dijo algo a Eric y a Mark con una resplandeciente sonrisa en la cara y lanzó el pequeño paracaídas a la estela del *Oregon*. El paracaídas principal tiró del arnés, inflándose en un despliegue de nailon de color ébano y levantándola en el aire de forma vertiginosa.

Linda manipuló los controles para inclinar la cámara hacia arriba hasta que pudieron ver la silueta de Soleil recortada contra el cielo azul. Debía de estar a unos sesenta metros de altura sobre la cubierta, y gracias a la velocidad del barco continuaría ascendiendo de no ser por el cabo.

Cabrillo no estaba seguro de que aquello le gustara. Unos cuantos años antes se les metió en la cabeza que podían hacer esquí acuático mientras el barco estaba en movimiento, tendiendo un cabo desde un brazo extensible situado en el garaje de embarcaciones de estribor. El invento funcionó a la perfección hasta que Murphy perdió el equilibrio y se soltó de la barra. Se vieron obligados a detener el barco para botar una Zodiac y poder recogerle.

Mark propuso improvisar algún tipo de red a popa para el siguiente intento, sin embargo Juan prohibió que continuaran con aquello.

Pero si esto era lo que hacía falta para que Soleil saliera de su concha, supuso que no tenía nada de malo.

—Imagino que si falla el paracaídas podemos poner a alguien a vigilar el artilugio —dijo después de contemplarla durante un rato.

—Deberías probar —le animó Linda—. Es una pasada.

—Y mientras ellos se dedican a jugar, ¿cómo va la búsqueda?

—Nada —respondió Linda—. Bahar continúa fuera del radar, y no somos capaces de encontrar algo que le vincule a ninguna actividad delictiva ni terrorista. Ah, espera. Sí que hay una cosa. La plataforma petrolífera formaba parte de algo llamado Proyecto Oráculo. Murphy lo descubrió en un archivo borrado del ordenador de Bahar, aunque ya no puede acceder a él. Tiene un nuevo cortafuegos que no puede atravesar.

—Me resulta difícil de creer.

—A él también. Tengo buenas noticias. Langston ha telefoneado hace un rato. Dice que tiene un trabajo para nosotros.

Juan se quedó sorprendido y eufórico. Les habían dejado tanto tiempo en el dique seco que no creía que la CIA volviera a contratar sus servicios.

—¿Cuál es la misión?

—Los chinos han construido un nuevo barco espía de última generación. En la actualidad se encuentra en la costa de Alaska. Quiere que los persuadamos para que se vuelvan a su casa. Ha dicho que ya se te ocurriría algo creativo que no provoque un incidente internacional. Le he respondido que necesitamos una semana.

Cabrillo ya estaba dando vueltas al asunto, cuando desvió fugazmente la mirada hacia la pantalla de vídeo. Soleil no aparecía en la imagen. Manipuló los controles para ajustar el enfoque de la cámara y vio que estaban recogiendo el cabo para bajarla hasta la cubierta. Mark y Eric observaban con preocupación, haciendo que Cabrillo se preguntara si había pasado algo. Cuando la mujer estuvo de nuevo a salvo en el *Oregon*, tiró de una de las válvulas para soltar el aire de ese lado y desinflar el parapente. Eric la ayudó a recogerlo mientras el viento trataba de volver a hincharlo en tanto que Mark Murphy corría hacia la superestructura.

Juan puso en pantalla la imagen de la popa del barco surcando el Mediterráneo. Pasados diez minutos sin que Murphy fuera a verle a la sala de operaciones, el director le llamó a su camarote.

—¿Va todo bien?

—Estoy un poco liado, Juan —dijo Mark, y colgó.

En lugar de esperar al excéntrico genio, bajó a la primera bodega, un amplio espacio abierto, que utilizaban como almacén cuando transportaban cargamentos legales como parte de su tapadera, y que cuando estaba vacía, como en esos momentos, usaban para plegar los paracaídas. Encontró a Soleil sola. Cuando le preguntó por Eric, esta le dijo que se había ido detrás de Mark en cuanto pudo.

—Parece realmente emocionante —declaró Juan.

—No tanto como cuando me tiré desde la torre Eiffel, pero ha sido divertido. —Había extendido el parapente sobre el suelo de madera y estaba examinando los tirantes. Era evidente que sabía bien lo que hacía.

—¿Cuántos saltos has realizado?

—¿Salto base o desde un avión? He realizado docenas del primero y cientos del segundo.

Juan vio que la expresión angustiada que había oscurecido sus ojos y dominado su rostro casi había desaparecido. Aún quedaba algún rastro cuando trataba de sonreír, como si sintiera que no merecía un momento de felicidad. Cabrillo recordaba haberse sentido igual después de que su esposa fuera asesinada. Por entonces creía que al reírse de un chiste o al disfrutar de una película estaba deshonrando su memoria. Tan solo era un modo de castigarse por algo que no era culpa suya, y con el tiempo dejó de sentirse así.

—¿Te has tirado alguna vez desde el puente New River Gorge?

Ubicado en Virginia Occidental, tenía una altura de doscientos sesenta y siete metros y estaba considerado uno de los mejores lugares del mundo para saltar.

—Por supuesto —respondió, como si le hubiera preguntado si respiraba—. ¿Y tú?

—Cuando me entrenaba para una organización para la que trabajé en otra época, un puñado de hombres cruzamos el puente y saltamos.

—Linda me ha dicho que estuviste en la CIA. —Juan asintió y ella le preguntó—: ¿Fue emocionante?

—La mayor parte de los días era tan aburrido como un trabajo de oficina. Otros, tienes tanto miedo que, hagas lo que hagas, las manos no dejan de sudarte.

—Creo que ese es el verdadero peligro —declaró—. Lo que yo hago es una ilusión.

—No sé qué decirte. Que te dispare un guardia fronterizo o que te falle el paracaídas a más de tres mil metros de altura tiene efectos muy parecidos.

Los ojos de Soleil se iluminaron ligeramente.

—Ah, pero llevaba un paracaídas de reserva.

—Ya sabes a qué me refiero.

La sonrisa que esbozó le dijo que lo sabía.

—Supongo que lo que quiero decir es que yo pongo mi vida en peligro para satisfacer mis propias necesidades. Tú lo haces por los demás. Yo soy una egoísta mientras que tú eres generoso.

Juan rompió el contacto visual y se metió las manos en los bolsillos.

—Escucha… eh… —balbuceó durante un segundo y luego cambió de tema—. Detesto sacar esto a colación, pero no nos vendría mal tu ayuda. Estoy convencido de que eligieron a tu padre por una razón concreta. Tiene algo que Bahar quiere.

Utilizó el tiempo presente al hablar de Croissard aun sabiendo que lo más probable era que estuviese muerto.

—Hemos fisgoneado en sus archivos electrónicos para descubrir en qué ha estado trabajando durante el último año —prosiguió—. Hasta ahora no hemos encontrado nada. Me estaba preguntando si querrías echar un vistazo a ver si hay algo que te llame la atención.

Soleil le miró a los ojos, con una expresión sombría en su hermoso rostro.

—Está muerto, ¿no es así?

—No puedo confirmarlo, pero creo que sí. Lo siento.

—¿Ayudaros servirá para castigar a esos hombres?

—Esa es la intención.

Soleil asintió despacio.

—Lo intentaré, aunque ya te he dicho que no estábamos muy unidos y que apenas sé nada sobre sus negocios.

—Haz lo que puedas. Es lo único que pido.

Más tarde, esa noche, Cabrillo se encontraba en su camarote cuando llamaron a la puerta.

—Somos Eric y yo —dijo Mark Murphy.

—Pasad.

Los dos entraron en la cabina con la impaciencia de un par de cachorros.

—Mientras estábamos con Soleil nos dimos cuenta de una cosa, y creo que ya tenemos la confirmación —repuso Mark presa de la emoción—. Los ordenadores de la vieja plataforma eran una versión alfa de aquello para lo que Bahar necesitaba esos cristales.

—La máquina beta utiliza láseres ópticos —intervino Eric antes de que Mark pudiera continuar.

—¿Alfa? ¿Beta? —preguntó Juan—. ¿De qué estáis hablando?

—Bahar construyó un enorme procesador en paralelo, tal vez uno de los cinco sistemas informáticos más potentes del mundo, y se deshizo de él como si tal cosa, ¿no? —dijo Murphy.

—Sí —convino Juan con cautela.

—¿Por qué?

—¿Por qué lo construyó o por qué se deshizo de él?

—Dos preguntas, una respuesta. Lo construyó para diseñar a su sustituto. Cuando lo consiguió, Bahar tiró el viejo. La pista me la dio el cortafuegos que instaló hace dos días. No existe un solo programa de seguridad en el mercado que no podamos piratear. Hemos probado todos los trucos que conocemos y no hemos logrado nada. Se trata de algo que no se ha visto hasta la fecha, y no es un programa.

—¿Un nuevo ordenador? —inquirió Cabrillo.

—Una nueva clase de ordenador —replicó Murphy.

—Un ordenador cuántico —agregó Eric—. Es una máquina que piensa en un lenguaje binario, como un ordenador convencional, pero también utiliza los efectos cuánticos de superposición e intrincación para poder leer datos en unos y ceros o en ninguno de ellos al mismo tiempo. Dado que tiene más opciones para representar la información y procesarla, es rápido. Increíblemente rápido.

—Como fue tras esos cristales —adujo Mark—, creemos que la máquina de Bahar es también un ordenador óptico, lo que significa que el sistema de transmisión no tiene resistencia electrónica. Es eficiente al cien por cien y seguramente un billón de veces más potente que cualquier ordenador del planeta.

—Creía que quedaban años para que esas cosas fueran una realidad —dijo Cabrillo.

—Hace diez años, faltaban cincuenta —declaró Mark con toda naturalidad—. Hace ocho, quedaban treinta. Hace cinco, eran veinte. Hoy en día, las mentes más brillantes de este campo dicen que son diez. Pero creo que Bahar ha conseguido hacerlo realidad antes.

—¿Qué puede hacer con un ordenador cuántico? —preguntó Cabrillo.

—No hay red en el mundo a la que no pueda acceder y controlar. Los archivos bancarios y las operaciones de bolsa son como libros abiertos. Puede descifrar los códigos más seguros de la NSA picosegundos después de un ataque. Leer comunicaciones secretas del ejército decodificadas al instante. Un ordenador cuántico puede analizar cualquier dato de la red en cuanto se sube a ella. No tiene límites. Todos los correos electrónicos, todas las transmisiones. Joder, todo.

Las palabras que Eric pronunció a continuación los dejaron helados:

—Semejante capacidad otorga poder ilimitado a Bahar, y no se puede hacer nada al respecto.

—¿Estás seguro de esto? —preguntó Cabrillo, mientras su mente volaba.

—Completamente, jefe. Antes teníamos fácil acceso a los archivos de Bahar y ahora no. Continúan archivados, lo sabemos, pero no podemos acceder a ellos. Algo ha cambiado drásticamente hace dos días, y lo único que tiene sentido es que haya construido un ordenador tan avanzado como para dejar obsoleto el superservidor de la J-61: un ordenador cuántico.

—Tenemos que hablarle de esto a Langston Overholt. La CIA no tiene ni idea de lo que se avecina.

—Es una mala idea —respondieron los dos jóvenes al mismo tiempo.

—¿Por qué?

—Por la razón que sea, Bahar nos considera un peligro para él —replicó Mark—. Si contactamos con alguien para hablar de esto, nos oirán. Cualquier transmisión que hagamos, por mucho que la codifiquemos, será escuchada. No deberíamos descubrir que sabemos lo que ha hecho.

—Además, un ordenador cuántico superaría el test de Turing con éxito —repuso Eric.

—Algo he oído acerca de eso —comentó Juan—. Es eso de que un ordenador es capaz de imitar a un ser humano.

—¡Una palmadita en el pecho por lo bien que lo has hecho! A veces nos presta atención cuando hablamos. El test está ideado para comprobar si una máquina puede hacer creer a alguien que está hablando con una persona de carne y hueso. Mark y yo hemos discutido la posibilidad de que un ordenador cuántico pueda imitar a individuos concretos, no solo a una persona en el sentido general de la palabra. Los dos creemos que sí es capaz.

Cabrillo creía entender adónde querían llegar, y el panorama resultaba aterrador.

—¿Me estáis diciendo que puedo tener a Overholt al teléfono y estar hablando en realidad con el ordenador?

—Y el único modo de diferenciarlos es que le preguntes algo

que solo tú y el señor Overholt sepáis. La máquina ya sabe todo lo que figura en un archivo público y es capaz de utilizarlo.

—¿Esta cosa puede imitar al presidente?

—Es posible, pero no te preocupes, no puede lanzar misiles nucleares. Para ello se necesita confirmación física.

—¿Se os ocurre para qué va a usarlo?

—Lo hemos hablado. No se trata de dinero, aunque podría vaciar cualquier cuenta bancaria en dos segundos. Es algo político. Podría haber destruido nuestra infraestructura informática en cuanto la máquina cobró vida, así que lo que anda buscando tiene que ser otra cosa. Creemos que lo que quiere es doblegar a nuestro gobierno para que cumpla su voluntad.

—Estoy de acuerdo. ¿Alguna sugerencia?

—Intenta descubrir dónde está el ordenador y vuélalo en pedazos. Y no, no tenemos ni idea de su ubicación. Podría estar en cualquier parte.

Cabrillo se frotó la mandíbula con la mano, notando la barba de un día.

—Supongo que todo depende de Soleil. Bahar eligió a su padre por un motivo, así que tiene que haber algo en su historial que se nos haya pasado por alto o que no le hayamos dado la suficiente importancia. Recemos para que podamos averiguar qué es.

—¿Y si no lo conseguimos?

—Entonces el mundo tal y como lo conocemos está a punto de cambiar.

22

MacD Lawless se asombraba de la capacidad de recuperación que tenían los niños. Había esperado que Pauline estuviera traumatizada por su secuestro y las semanas de cautiverio, pero cuando hablaron de ello esa mañana le contó que le habían dicho que eran amigos de su papá y que aquello formaba parte de una misión secreta, y que si se portaba bien le estaría ayudando. La pequeña sabía que su padre era un héroe de guerra y no haría nada que le perjudicara, de modo que les siguió el juego. Además, le dejaron comer lo que se le antojara siempre que quisiera, ver la tele todo el día y acostarse tarde.

Consideraba un milagro que se hubieran portado tan bien con ella, pero suponía que lo habían hecho por motivos egoístas. Una niña obediente que creía estar ayudando a su padre era mucho más fácil de controlar que una niñita asustada que pedía a gritos irse a casa. A pesar de que la habían tratado bien, no se sentía culpable por haberlos matado a sangre fría.

Aquel primer día jugaron en la playa, hicieron castillos de arena y corretearon con el perro, Brandy, que según sospechaba MacD era quien más la había echado de menos. A la hora de las comidas, mostró un apetito normal, y a las ocho y media, cuando la acostó, se quedó dormida en cuestión de segundos y no se despertó en toda la noche.

No se engañaba pensando que no era posible que hubiera

daños psicológicos, pero por el momento parecía ser la misma niña normal y feliz de siempre, sobre todo ahora que su padre estaba en casa. MacD comentó con sus padres que sería conveniente tenerla bajo observación durante las semanas y meses próximos. Cuando les habló de la Corporación, supieron que tenía que regresar, aunque solo fuera para detener al hombre responsable del secuestro de su nieta.

Al preguntar por su ex mujer, le dijeron que llevaba meses sin ponerse en contacto con Pauline, cosa que no le sorprendió lo más mínimo. Solo se había casado con aquella mujer porque estaba embarazada y ella los había abandonado cuando la niña tenía dos años. Los únicos padres que la pequeña conocía eran Kay y su marido. Sabía que MacD era su papá, pero le trataba como si fuera su tío favorito, y siempre y cuando ella fuera feliz, a él le parecía bien.

Los problemas se presentaron al amanecer del tercer día.

MacD se había levantado temprano y estaba preparando café en la cocina de la casita de playa que les habían dejado. Estaba en Mississippi, aunque alejada del bullicio de los pueblos y ciudades del golfo. Contaban con un generador eléctrico y el agua tenía que ser almacenada en un gigantesco depósito en la parte posterior, pero la casa estaba limpia y amueblada con buen gusto.

Conservaba gratos recuerdos de cuando había ido allí siendo niño, y recordaba que había dado su primer beso en uno de los dormitorios traseros, cuando su familia veraneaba con los propietarios, cuya hija era dos años mayor que él.

La tetera que tenía en el fogón comenzó a hervir cuando escuchó el lejano sonido de las aspas de un helicóptero. No era algo inusual, debido a la proximidad de las plataformas petrolíferas y de gas cercanas a la costa, de modo que no le prestó atención y abrió el bote del café instantáneo. Pero cuando el ruido se fue haciendo más fuerte, dejando de ser un zumbido de fondo, apagó el fuego y se encaminó hacia las ventanas de delante, que daban a una carretera costera de dos carriles, a una estrecha franja de posidonias oceánicas y a la amplia playa de arena blanca.

Se trataba de un enorme Black Hawk pintado de un apagado color verde oliva, de modo que parecía un aparato militar, pero MacD no era tan ingenuo. No sabía cómo, pero le habían localizado. Volaba a baja altura, azotando la espuma del mar con el flujo de aire que desplazaban las aspas del rotor. Estaban tan cerca que no tenía forma de llevar a sus padres y a su hija al coche, que estaba aparcado junto a la casa. Solo contaba con la Beretta de 9 milímetros de la casa franca de Houston escondida bajo el colchón. Corrió a su dormitorio gritando a sus padres que se despertaran. Su padre salió del dormitorio, con el pelo a lo Albert Einstein.

—Papá, son ellos —dijo MacD, amartillando la pistola—. Coge a mamá y a Pauline y salid corriendo por detrás. Yo los entretendré todo lo que pueda.

No esperó a ver si su padre seguía sus órdenes. Regresó a la ventana delantera y echó un vistazo. El helicóptero había tomado tierra en la playa, levantando una tormenta de arena que bloqueó por completo la vista del aparato. Esperaba que un equipo de comandos surgiera de la tormenta de arena, con las armas automáticas a punto. Sabía que el cristal desviaría sus disparos, así que rompió uno de los paneles y apuntó, listo para derribar a la primera figura que viera.

Lo que no esperaba era que las aspas del helicóptero comenzaran a pararse. Cualquier piloto de combate sabía que mantener los motores encendidos facilitaba una elevación rápida. Las puertas laterales se abrieron y un hombre de uniforme, con un casco de vuelo, saltó a tierra. Esperó un momento, y enseguida ayudó a otro tipo a bajar del aparato.

El hombre tenía una edad avanzada, una mata de cabello blanco y andaba encorvado, aunque eso nada tenía que ver con la proximidad de las aspas del rotor. Vestía un sobrio traje de tres piezas azul marino, camisa blanca y corbata roja, que le daba aspecto de banquero. MacD no sabía qué pensar de aquella dramática entrada, pero bajó el arma y se fue hasta la puerta de la casa cuando el anciano caballero cruzó la carretera de asfalto dejando atrás a la tripulación del helicóptero.

MacD abrió la puerta con recelo y salió al porche cubierto, dejando la pistola a la vista para que el hombre pudiera verla.

—No se acerque más —dijo levantando la voz cuando el desconocido llegó al arcén más próximo.

—Le aseguro, señor Lawless, que mi oído no es tan bueno como para poder escucharle bien a esta distancia.

—¿Quién es usted?

—Me llamo Langston Overholt IV. En otro tiempo fui el jefe de Juan Cabrillo en la CIA, y me temo que necesitamos su ayuda.

MacD recordó que el director había mencionado a su antiguo jefe y que el legendario maestro de espías contrataba los servicios de la Corporación para llevar a cabo algunas operaciones encubiertas. Puso el seguro de la pistola y se la guardó en la parte posterior de los pantalones cortos. Los dos hombres se encontraron en la mitad del césped y Overholt insistió en que se estrecharan la mano.

—Es una suerte que esté aquí con su familia —dijo Langston entregándole su identificación.

El viejo agente de la Guerra Fría rondaba los ochenta años, pero no había perdido ni un ápice de sus facultades mentales. La Agencia continuaba contando con sus servicios bien pasada la edad de jubilación, como una especie de espía emérito que había olvidado más sobre espionaje de lo que la actual remesa de jóvenes prodigios jamás llegarían a saber.

—¿Cómo sabía quién era yo? —preguntó MacD.

—Juan mencionó que le había contratado, y me mantuvo informado de lo que sucedía con su hija. El número de cola del jet de la Corporación fue registrado en Houston. Até cabos cuando eché un vistazo al periódico digital *Times-Picayune* y leí que el día de su llegada tres traficantes sin identificar murieron quemados en un incendio. Tomé un vuelo a Nueva Orleans y pasé por casa de sus padres, y al ver que no había nadie pregunté a los vecinos. Le dije a la simpática y parlanchina señorita Kirby que sospechaba que se habían marchado apresuradamente de vacaciones y le pregunté si sabía adónde podían haber ido. Me dijo que su familia a veces se queda en la casa de la playa de un viejo amigo de la familia, un tal David Wermer. Solo tardé diez segundos en encontrar esta dirección en el registro de la propiedad.

MacD se sintió avergonzado. Con las prisas se había olvidado de decirles a los vecinos que no revelasen a nadie que se habían marchado a la cabaña de los Wermer. Overholt los había encontrado sin el menor esfuerzo. A Smith le habría resultado igual de sencillo localizarlos, pensó sombrío, y maldijo su falta de previsión.

—Impresionante —dijo finalmente.

—Hijo, el mismísimo Allen Dulles me instruyó como espía. ¿Sabe dónde está el *Oregon*?

—En Montecarlo.

—Excelente. Me temo que debo pedirle que acorte su visita y que me acompañe. El tiempo es esencial.

—¿Adónde vamos?

—A la Base Aeronaval de Pensacola. Si mi colega ha tenido éxito, un avión nos estará esperando para llevarle al *Oregon*.

—¿A qué viene tanta prisa?

—Lo siento, señor Lawless, pero he de insistir en que partamos de inmediato. Se lo explicaré todo en cuanto estemos en el aire.

MacD sabía que tenía que tratarse de algo importante si Overholt había recorrido medio país para ir a buscarle.

—Deme un minuto.

Dio media vuelta y se sorprendió al ver que su padre no le había hecho el menor caso y que tanto sus padres como su hija estaban en la puerta, contemplando boquiabiertos el helicóptero y a su distinguido pasajero. Los tres parecían saber que iba a marcharse con aquel hombre. Pauline y Kay tenían lágrimas en los ojos y su padre estaba apretando los dientes para evitar ponerse a llorar. La despedida fue tan dolorosa para ellos como para Overholt que la contemplaba, sobre todo sabiendo que la pequeña Pauline acababa de retornar al seno de la familia.

Cinco minutos más tarde los dos se encontraban en el helicóptero, con el casco puesto y un canal privado para que ningún miembro de la tripulación escuchara su conversación. El jefe de tripulación, que había ayudado a Overholt a bajar del aparato, los ignoró de forma deliberada cuando despegaron de la playa y pusieron rumbo al este hacia la base, a más de mil ciento sesenta kilómetros de distancia.

—Quiero darle las gracias de nuevo, señor Lawless —comenzó Overholt—. Sé que quería pasar más tiempo con su familia.

—Puede llamarme MacD.

Overholt asimiló el extraño apodo y asintió.

—De acuerdo, MacD. Hace un par de días hubo un fallo de seguridad en la Casa Blanca concerniente a los códigos nucleares. —Levantó una mano cuando vio que las preguntas se agolpaban en la cabeza de MacD—. Fue una demostración de la potencia de un ordenador cuántico, según han descubierto nuestras mejores y más brillantes mentes. ¿Sabe lo que es?

—Ahora mismo es pura teoría, pero algún día dejará obsoletos los ordenadores que usamos.

—Muy cierto. Sin embargo ya no es solo teoría. Se ha utilizado uno para entrar en la NSA y conseguir la serie de números más secreta del mundo. Dicha demostración vino acompañada de una lista de demandas, tales como que retiremos nuestras tropas de Afganistán y de Oriente Medio, que liberemos a los prisioneros de Guantánamo, que pongamos fin a la ayuda a Israel... esa clase de cosas.

—¿Se trata de al-Qaeda? Desde luego se ajusta bastante a sus proclamas.

—Se desconoce hasta el momento, pero se considera poco probable por varios motivos. El presidente pospuso la acción, y al día siguiente, a la misma hora, enviaron otro comunicado...

un fax, de hecho… en el que se decía que el presidente tenía las manos manchadas de sangre. Momentos después, el tren Acela colisionó con otro. Más de doscientas víctimas mortales.

—¡Dios bendito! Lo he oído por la radio. Dijeron que fue un accidente.

—No lo fue —aseveró Overholt con dureza—. Fue un ataque terrorista planeado.

—¿Qué vamos a hacer?

—Ahí está el problema. Este terrorista conoce todos nuestros movimientos porque puede infiltrarse en nuestra red de comunicaciones: líneas terrestres, móviles, y todo lo que pasa por un satélite, incluyendo los militares. Y me han contado que el ordenador puede decodificar nuestros códigos más complejos. No podemos movilizar a las Fuerzas Armadas sin que lo sepa.

»Por eso debemos utilizar correos para transmitir nuestra respuesta y toda correspondencia debe realizarse por carta. Hemos vuelto prácticamente a los métodos que utilizábamos cuando yo empecé en esto. Fue Fiona Katamora quien vino a verme. La Corporación la rescató el año pasado y recuerda bien al director. Ya que nosotros tenemos las manos atadas queremos que Juan y los demás os ocupéis de este terrorista.

—Comprendo. No puede llamarle porque ese tipo lo sabría.

—Exacto, chico. Yo te doy el mensaje a ti y tú lo llevas al *Oregon*, sin ningún tipo de tecnología de por medio. Incluso el vuelo que te hemos reservado lo supervisa un capitán de la Marina del Pentágono. Voló a Pensacola ayer con un decreto presidencial.

—¿Está el presidente al tanto de nuestra misión?

—De manera indirecta. Sabe que nos traemos algo entre manos, pero cuantos menos detalles se conozcan, mucho mejor. Estamos manteniendo el grupo lo más reducido posible para evitar que haya alguna filtración por teléfono o correo electrónico. El miembro de la Jefatura Mayor del Estado que va a llevarte al avión no tiene ni idea de quién va a ir en él ni por qué.

»Dile a Juan que tiene que localizar y destruir el ordenador —prosiguió Langston—. De lo contrario, temo por el destino de nuestro gran país. De hecho, temo por el destino del mundo. Este hombre —casi escupió la palabra— valora la vida, por eso no ha utilizado sus asombrosas capacidades para destruirnos en el acto, pero Oriente Medio podría explotar de la noche a la mañana si los enemigos de Israel se huelen que es un Estado debilitado. Y sin nuestra ayuda militar, Pakistán caería víctima de un régimen parecido al talibán en cuestión de meses, haciéndose de ese modo con capacidad nuclear y escudándose en el odio que nos profesan para utilizarla.

—¿Cómo nos pondremos en contacto con usted? —preguntó MacD.

—Ahí está la cosa. No podéis hacerlo. Al menos no directamente.

MacD se dio cuenta entonces de que el problema de Overholt encajaba con el de la Corporación. Aquello le cayó como una tonelada de ladrillos y casi le hizo resollar.

—¡Jo… der! Gunawan Bahar.

—¿Quién?

—El tipo que ordenó el secuestro de mi hija. Fue quien lo organizó todo para que actuara como espía a bordo del *Oregon*. Tiene miedo de la Corporación por algún motivo y creo que es este. Maldita sea, señor Overholt, me parece que usted es el eslabón que no se esperaba.

Una expresión de perplejidad apareció en el rostro del maestro de espías.

—El tal Bahar está detrás del ordenador cuántico —explicó MacD—. ¡Ahora todo tiene sentido! Los ordenadores de la plataforma petrolífera. Ese debió de ser su primer intento de piratear nuestros códigos. No debió de funcionar, así que su gente le construyó una máquina mejor. —Se preguntó si los cristales recuperados jugaban un papel en el proyecto, pero no se molestó en mencionarlo porque carecía de importancia llegados a ese punto—. Sabía que una vez que tuviera su ordenador no habría nada que nuestro gobierno ni ningún otro pudiera hacer al respecto, pero era consciente de la existencia de la Corporación y de que podría ser una amenaza si lográbamos descubrirlo. Además, se enteraría si nos alertaban. Podría bloquear cualquier orden que usted transmitiera al barco. ¿Puede hacer algo así ese ordenador?

—Supongo que sí.

—Pero usted ha sido más listo al venir a verme en persona. Sabemos a quién y qué tenemos que buscar, y Bahar no tiene ni idea de que estamos al tanto. Creyó que podría tenernos controlados utilizándome a mí, y también que podría aislarnos, pero eso es imposible. —De pronto se percató de algo que acabó con su optimismo—. Pero se enterará.

—¿Cómo?

—Cuando los secuestradores no den señales sabrá que he rescatado a Pauline y que ya no soy su herramienta.

Langston no había sobrevivido más de cincuenta años en la CIA si no hubiera sido ágil de mente.

—Regresaré a Nueva Orleans y tendré una charla con el jefe de policía. Su investigación concluirá con el arresto y confesión de un traficante de drogas que atacó la casa equivocada y mató a tres hombres por error. Y le pediré que un oficial de paisano desfile ante las cámaras. Ah, y los investigadores del incendio revelarán el descubrimiento del cadáver de una niña pequeña entre los restos de la casa.

—Perfecto —dijo MacD, más que impresionado con el octogenario.

Overholt tenía una carpeta en el asiento de al lado, que le entregó a Lawless.

—He estado trabajando en esto desde que la secretaria de Estado me puso al corriente de la situación y me sugirió que contáramos con vuestra ayuda. Es una lista de cosas que podríais necesitar de nosotros, con sus códigos correspondientes. El teléfono al que llaméis para pedir cualquier cosa de esa lista pertenece a una firma de Wall Street, de modo que cualquiera que llame con largas listas de números, como si fueran cantidades de acciones para comprar, no resultará sospechoso.

MacD abrió la carpeta y eligió una página al azar. Si necesitaban que todas las líneas telefónicas transoceánicas cayeran, el número era el 3282. Si lo que pedían era que saliera en los medios una historia falsa, el 6529, con una serie de números asignados a una docena de noticias diferentes. Para un ataque nuclear en algún punto del planeta, el número era el 7432, añadiendo a continuación las coordenadas GPS.

MacD señaló la última al hombre de Langley.

—Sí —respondió Overholt a la evidente pregunta—, la situación es así de grave. En caso de ser necesario, podemos hacer que suceda. Lo que no sé es cuánto margen de maniobra tendremos desde nuestra posición. El Gran Hermano nos vigila, y si Bahar se huele nuestra participación, sabrá que algo tramamos. Intentaremos hacer algunas preguntas discretas cara a cara, pero no puedo prometer mucho.

—Lo entiendo.

Pasaron el resto del trayecto charlando, pero el tiempo pasó volando y pronto el Sikorsky realizó las maniobras de aproximación a la base aeronaval. Les indicaron que aterrizasen junto a una hilera de F-18 estacionados.

La tripulación a bordo del helicóptero abrió la puerta lateral y MacD saltó al asfalto. El flujo originado por el rotor hacía que pareciese que estaba en el ojo de un huracán.

—Ha sido un placer conocerte, joven —le dijo Overholt desde su asiento. Tuvo que gritar para que se le oyera con el estruendo de las aspas y las turbinas—. Fui yo quien le pasó a Juan la superstición sobre desear buena suerte. Simplemente diré feliz caza, y aunque no quiero meteros demasiada presión, sois nuestra mejor y única esperanza.

—No le defraudaremos, señor Overholt. —MacD se despidió agitando la mano y se alejó mientras el helicóptero aumentaba la potencia y despegaba de nuevo.

23

Abdul Mohammad, alias John Smith, jamás había visto a su jefe así de colérico. El presidente de Estados Unidos no había dado ningún discurso cediendo a las demandas de Bahar, tal y como él había esperado que hiciera. No creía que el presidente fuera a reconocer que le estaban haciendo chantaje, pero sin duda habría aparecido en televisión para explicar con pesar el cambio en la política exterior estadounidense.

Bahar había pasado los últimos días viendo una y otra vez las noticias sobre el choque de trenes que él mismo había provocado a las afueras de Filadelfia, contemplando embelesado en la gigantesca pantalla de plasma a los helicópteros de informativos grabando horas de material sobre la carnicería y a los reporteros en tierra entrevistando a los aturdidos supervivientes cubiertos de sangre.

Mohammad no sabía que su jefe era capaz de matar. Por supuesto que había ordenado matar, pero en esta ocasión fue él quien apretó el botón que había acabado con la vida de doscientas treinta personas. Bahar le había tomado gusto al poder absoluto, el poder sobre la vida y la muerte, y había disfrutado. Abdul lo veía en su cara y en sus ojos vidriosos.

Sin embargo en esos momentos rabiaba como un niño al que no le dan su juguete favorito.

—¡Ha visto lo que puedo hacer y sigue desafiándome! —Abdul sabía que su superior se refería al presidente americano—. Y ¿enviar a los prisioneros de Guantánamo a la Corte Internacional de Justicia? Sabía que me refería a que los liberase en sus propios países. Sería asunto de cada país procesarlos o no.

Los dos hombres se encontraban en el despacho que Bahar tenía en las instalaciones en las que estaba el ordenador cuántico. Las ventanas daban a una inhóspita y abandonada área industrial, donde la tierra estaba manchada de aceite y los edificios iban perdiendo su batalla contra la herrumbre. Una alta torre de montacargas dominaba el lugar. A diferencia del resto del equipo, esta había sido renovada para que estuviera en condiciones operativas. Debajo había un búnker que podía resistir el impacto de cualquier arma del arsenal de las Fuerzas Aéreas, salvo el de un misil nuclear.

Todo el lugar estaba plagado de detectores de movimiento, cámaras de imagen térmica y un no tan pequeño ejército de guardias listos para dar sus vidas por la causa. A diferencia de los mercenarios a sueldo, esos hombres eran fanáticos devotos y ya habían demostrado su lealtad en Irak o en Afganistán. Entraron en el país de forma ilegal una vez que el búnker estuvo instalado en su lugar. Había sido construido en el exterior durante los últimos meses, por un constructor extranjero que creyó que estaban fabricando pilares de hormigón para un puente, y fue montado una vez que tuvieron las instalaciones. El ordenador había sido puesto en marcha al mismo tiempo.

Tal y como había calculado la red informática de la plataforma petrolífera, los cristales, una vez cortados, eran la pieza final que daría vida al dispositivo cuántico. La máquina en sí tenía el tamaño de un salón corriente y contaba con circuitos exóticos. Cuando se contemplaba a través de unas lentes polarizadas, desprendía un aura roja y pulsante, como si poseyera un corazón palpitante.

Ningún hombre entendía cómo funcionaba, y tampoco que la forma en que los átomos se alineaban con los cristales fuera la clave de la capacidad del ordenador para resolver las fluctuaciones cuánticas y contrarrestar las interferencias a escala atómica. Había requerido años, y el aprovechamiento de la granja de ordenadores a bordo de la J-61 lo había hecho realidad.

Cuando la encendieron, la máquina permaneció inerte durante los primeros treinta segundos. Los científicos no supieron si lo habían logrado hasta que una voz femenina surgió de los altavoces situados en el despacho de Bahar, y solo dijo: *preparada*.

La primera prueba fue cambiar todos los semáforos de tráfico interactivos de Praga de rojo a verde y viceversa. La máquina se coló en el sistema de tráfico en el acto e hizo lo que le ordenaban, y después devolvió el control a las autoridades de la ciudad.

—¿*Por qué*? —preguntó la máquina, algo sumamente extraño.

—Porque te lo han ordenado —respondió Bahar a través de los micrófonos también ocultos en su despacho.

Su respuesta generó un momento de silencio, pues nadie había pensado que el ordenador cuestionaría sus órdenes. Cuando preguntó a los científicos artífices de la máquina, estos no tenían una explicación para aquello. Realizaron pruebas más complejas, buscaron sistemas mejor encriptados que piratear, hasta que estuvieron convencidos de que ninguna red del planeta era inmune a su máquina y que ninguna base de datos se le resistiría.

Entonces lanzaron un ataque a la NSA para obtener los códigos nucleares. Se rumoreaba que el rendimiento de los ordenadores de la Agencia de Seguridad Nacional no se medía en teraflops y petaflops, que equivalía a diez elevado a quince flops, sino que eran más potentes aún. A la máquina de Bahar le había costado medio segundo penetrar en los cortafuegos y acceder al código.

Así pues, tras cosechar un éxito tras otro, Gunawan Bahar fue un hombre feliz hasta que vio que la respuesta del presidente de Estados Unidos a sus demandas había sido un artículo poco entusiasta sepultado en la contraportada de un periódico de Washington.

—Ha sido demasiado fácil para ellos la primera vez —se quejó amargamente—. He intentado demostrar mi compasión, mi humanidad, y él me escupe a la cara. No soy ningún loco fanático empeñado en asesinar infieles hasta que no quede ni uno, pero si eso es lo que quiere de mí, en eso me convertiré. —Levantó la vista al techo—. ¿Estás ahí?

—*Sí* —repuso una voz serena.

—Envía este mensaje a la Casa Blanca: «Darás un discurso en directo desde el despacho oval o todos morirán de sed. Luego quiero que bloquees las cincuenta y una estaciones de bombeo que abastecen de agua a Las Vegas, Nevada, y que no vuelvas a dejarlas operativas hasta que yo lo diga».

Bahar había aprendido que tenía que ser muy específico con los nombres de los lugares.

—*Tarea completada* —respondió la voz computerizada y atonal.

—Veamos cuánto tiempo deja que esa gente se ase al calor del desierto antes de contarle al mundo que ya no es él quien controla el destino de su nación. ¿Qué opinas tú, Abdul? Ingenioso, ¿no te parece?

—Sí, mucho —replicó Mohammad, pero no estaba de acuerdo.

Si por él fuera, haría días que todos los reactores de Estados Unidos se hallarían en estado crítico. No entendía por qué su superior estaba jugando con los estadounidenses.

—No suenas demasiado convincente, amigo mío. Crees que deberíamos destruir al Gran Satanás y poner fin a esto.

Bahar jamás le pedía su opinión, así que resultó una sorpresa que lo hiciera en esos momentos. Mohammad asintió con ciertas reservas.

—Sí, señor.

—No disfrutas de la ironía que supone el que nosotros interfiramos en su política tal y como ellos han hecho en la nuestra.

Durante dos generaciones, los estadounidenses han dictaminado qué regímenes suben al poder y cuáles son derrocados, y utilizan esa capacidad sin la menor consideración hacia las personas a quienes afecta. Ahora podemos hacerles lo mismo, decirles cuál es su lugar en el mundo, hacer que sientan lo que es estar bajo el zapato de otro para variar.

»Denominan al presidente de Estados Unidos el hombre más poderoso del mundo. Bueno, esta noche hará lo que a mí se me antoje, yo seré el hombre más poderoso. No podemos derrotarlos en el campo de batalla ni quebrar su voluntad con ataques terroristas, pero ahora podemos aprovechar su dependencia de la tecnología para intimidarlos.

»Pronto decretaré que los cristianos estadounidenses deben empezar a estudiar el Corán en los colegios para que con el tiempo se conviertan a la fe verdadera. ¿Para qué destruirlos, Abdul, cuando podemos acogerlos en el Islam?

—Eso jamás funcionará —apuntó Mohammad, envalentonado.

—Al principio solo había un musulmán, el profeta Mahoma, bendito sea, pero de aquella única semilla germinó la fe, conversión tras conversión. Eso continúa hoy en día con los árabes que se mudan a Europa y comienzan a convertir a otras personas. Cierto es que sucede principalmente en las prisiones, pero cuando estos nuevos musulmanes sean puestos en libertad hablarán a sus familias de su maravillosa nueva fe y tal vez uno o dos también se nos unan. Exponiendo a los estadounidenses al Corán a una edad temprana aceleraremos el proceso. Dentro de cincuenta años, Estados Unidos será un estado islamista. El resto del mundo occidental no tardará en seguir sus pasos, acuérdate de lo que te digo. Y ni siquiera tendré que utilizar amenazas para conseguirlo.

Bahar enmarcó el rostro de Mohammad entre sus manos, como si estuviera a punto de besarle, y por un momento Abdul temió que fuera a hacerlo.

—Libérate del odio, amigo mío. La lucha entre musulmanes

y cristianos ha durado más de mil años. Así pues, ¿qué más dan otros cincuenta o cien? Nos hemos asegurado de que nuestro bando salga victorioso.

Abdul Mohammad sabía que el plan de su superior estaba abocado al fracaso por la sencilla razón de que, de algún modo, y a no tardar demasiado, los estadounidenses descubrirían que habían construido un ordenador y hallarían la forma de dejarlo inoperativo o, más probablemente, de destruirlo. No tenían demasiado margen y Bahar albergaba delirios de convertirse en el propio profeta. Deberían atacar Estados Unidos de inmediato, pensó, y asolar el país. Andarse con jueguecitos y planear un futuro que jamás se haría realidad era desperdiciar la única oportunidad que jamás habían tenido de conquistar a su acérrimo enemigo.

Hasta entonces, no había estado al corriente de los planes que Bahar tenía para el ordenador cuántico y deseó que hubieran discutido sobre ellos con anterioridad. Tal vez pudiera hacerle cambiar de opinión, pero al mirarle a los ojos y ver los delirios de grandeza que ardían en sus profundidades Abdul supo que era demasiado tarde. Estaban entregados a la fantasía de Bahar de convertirse en el Mahdi de la profecía islámica, y no estaba en la naturaleza de Abdul contravenir los deseos de su superior.

24

Se reunieron a la mañana siguiente en la espléndida sala de conferencias del *Oregon*. Juan quería que el grupo fuera reducido, de modo que, aparte de él, solo estaban Eric Stone, Soleil y, debido a que se estaban haciendo buenas amigas, también Linda Ross. Eric había expuesto la información financiera referente a todos los acuerdos de negocios recientes de Roland Croissard. El hombre tenía tentáculos en muchos sitios, y Soleil apenas sabía nada porque en los últimos años no había formado parte de la vida de su padre.

Juan creía que fuera lo que fuese lo que Bahar quería de Roland Croissard, la transacción habría sucedido poco después del secuestro de su hija, pero, para ser rigurosos, se remontaron a seis meses atrás. El material era tan tedioso que podrían quedarse dormidos si no fuera algo tan importante. Aquella tarea solo podía agradarle a un contable, y cuando ya llevaban una hora, vio que la frustración dominaba a Soleil.

—*Non*. No sabía que mi padre había comprado una planta siderúrgica en la India —repuso cuando Eric señaló un negocio de tres millones de euros, que se había cerrado justo un día antes de que ella fuera secuestrada—. ¿Por qué iba a saberlo?

—No había motivo —le aseguró Juan—. Vale, ¿y esto? Dos días después de que te raptaran vendió sus acciones de una empresa de electrodomésticos brasileña. ¿Te suena?

—No, nada.

—¿Y esto otro? Dio en usufructo algo llamado «Albatros» a lo que parece ser una empresa fantasma. Eric, ¿qué es «Hibernia Partners»?

—Espera un segundo. Sé que ya he revisado esto. —Tecleó en su portátil durante un momento—. Vale, aquí está. Se trata de una empresa irlandesa fundada hace cuatro años. Iban a importar sal para carreteras, pero no llegaron a hacerlo. Hace seis meses les concedieron un sustancioso préstamo a través de un nuevo banco en las islas Hébridas, pero no han tocado el dinero.

—¡Es eso! —exclamó Soleil.

—¿Qué?

—Sal. Mi padre compró una mina de sal antes de tener la opinión de un experto independiente. Contrató a un inspector, pero solo después de que el acuerdo estuvo cerrado. Era estadounidense, como vosotros, y cuando le dijo a mi padre que la mina era inestable, le despidió en el acto y contrató a otro. No llegué a conocer al segundo porque…

—El motivo no importa —dijo Juan—. Háblanos de esa mina de sal.

—Se encuentra en el este de Francia, próxima a la frontera italiana y muy cerca de un río.

—Esto sí que es un golpe de suerte —repuso Eric. El barco se dirigía a toda máquina a la costa sur francesa.

—El problema era el río —prosiguió Soleil—. Dijo que era peligroso. Creo que el término que empleó fue «infracciones».

—Filtraciones —la corrigió Juan.

—Sí, eso es lo que dijo. Filtraciones. De todas formas, fue el peor negocio que jamás hizo mi padre, pero decía que eso le había enseñado a ser humilde. Decía que jamás la vendería, como un albatros colgado alrededor de su cuello, para no olvidarlo. Por eso bautizó la compañía como «Albatros», igual que en el poema.

La «Balada del viejo marinero» de Coleridge era prácticamente el único poema que Cabrillo se sabía de memoria.

—*En lugar de la cruz, el albatros de mi cuello colgaba.*

—Mi padre ni siquiera arrendó la mina —apostilló Soleil—. Querías que encontrase algo inusual. Creo que es esto.

—De acuerdo, dejémoslo por ahora. Aún nos queda mucho que revisar. Tenemos que estar seguros.

—*Oui, mon capitaine.*

Les llevó otra hora, pero al final acabaron volviendo a la mina Albatros. Juan sugirió que Mark Murphy investigara más a fondo a Hibernia Partners mientras ellos trabajaban en la sala de juntas, a lo que Eric respondió que no sería buena idea. Si se trataba de una de las empresas fantasma de Bahar, colarse en su sistema alertaría al ordenador cuántico y delataría su investigación.

Cabrillo le dio las gracias por su previsión; no se había dado cuenta de hasta qué punto habían llegado a depender de los ordenadores.

—Vamos a necesitar los planos de la mina —apuntó Juan cuando todos estuvieron de acuerdo en que aquella propiedad en concreto era, casi con total seguridad, el motivo de que Bahar hubiera extorsionado al padre de Soleil—. ¿Puedes ponerte en contacto con el inspector?

—Hace años que no hablo con él, pero sí. No me acuerdo de su número de teléfono, aunque alguien puede buscármelo.

Eric carraspeó para llamar la atención de todos.

—No quiero parecer paranoico, pero llamar desde el barco es mala idea, y también que sea Soleil quien haga la llamada.

—¿Por qué?

—Como ya os hemos explicado Mark y yo, ese ordenador está en todas partes a la vez. Y nos tiene en su punto de mira. Interceptará cualquier transmisión realizada desde el barco. Lo que temo es que le hayan ordenado que esté atento a patrones de voz individuales.

—¡Venga ya, Eric! —exclamó Linda—. Es imposible que un ordenador pueda escuchar todas las conversaciones telefónicas de todo el globo y centrarse en una sola.

—Esa es la cuestión. Sí que puede. La NSA lo hace. Y el ordenador de Bahar ya ha demostrado que es un millón de veces más potente. No se le llama cuántico por nada. Nos enfrentamos a un paradigma completamente distinto, y tenemos que pensar y actuar como si siguieran todos y cada uno de nuestros movimientos, que es lo más seguro.

—¿Qué sugieres? —preguntó Juan.

—Llevaremos a alguien a tierra para que realice la llamada de parte de Soleil. No podemos utilizar su nombre, ya que seguramente hará saltar las alarmas.

—Pero Bahar cree que murió en el hundimiento del *Hercules* —adujo Linda.

—No merece la pena correr ese riesgo —replicó Juan—. Eric tiene razón. Tenemos que cubrir nuestro rastro por completo. Hux hará la llamada. Bahar no la conoce, así que no hay razón para que estén buscando su voz. Además, creo que no deberíamos atracar en Montecarlo. Si informan de nuestra presencia en la zona, es posible que Bahar comience a sospechar.

—Buena idea —convino Eric—. Y dado que hemos cruzado el canal de Suez con documentos nuevos y navegado bajo otro nombre, no tiene por qué saber que estamos aquí. Tal vez debamos cambiar el aspecto de la cubierta por si acaso el ordenador está revisando las imágenes de satélite para dar con nosotros. Y ya que estamos, deberíamos apagar cualquier dispositivo que no sea esencial. Por si las moscas.

Juan asintió y llamó al centro de operaciones para que desconectasen todas las máquinas y que la tripulación preparara unos cuantos contenedores falsos y los subieran a cubierta. Luego se volvió hacia Soleil.

—Por cierto, ¿cómo se llama el inspector?

—Mercer —respondió—. Se llama Phillip Mercer.

Unas horas más tarde, estaban lo bastante cerca del legendario centro turístico de Montecarlo para transportar a la doctora

Huxley, a Soleil y a Cabrillo a tierra en una de las lanchas salvavidas. No podían utilizar el helicóptero porque las autoridades de la aviación francesa tendrían constancia de su llegada. Kevin Nixon había falsificado un pasaporte para Soleil de forma que no tuviera problemas cuando llegaran a puerto. Ella estaría presente por si acaso las palabras claves que ya les había proporcionado no fueran suficientes para Mercer.

Juan pagó en metálico una tarjeta prepago para móvil y buscaron un tranquilo banco en un parque. Marcó el número que Eric había conseguido del ingeniero de minas y le entregó el teléfono a Hux. Después de un par de tonos, respondió una voz estridente como el sonido de una astilladora industrial:

—Hola.

—¿Phillip Mercer? —preguntó Hux.

—Sí. ¿Por qué no?

—Señor Mercer, llamo de parte de…

—En primer lugar, es doctor Mercer. En segundo, si llama de parte de Jerry's Kids o de cualquier otra condenada organización benéfica, acercaré el auricular a mi blanco y arrugado culo y…

Escuchó otra voz de fondo:

—¡Harry! Dame eso, viejo pervertido. Hola, soy Mercer. Lo siento. Mi amigo estaba en el bar cuando Dios repartió los modales. ¿Quién llama?

—Llamo de parte de alguien a quien usted conocía. Le ruego que no diga su nombre porque esta no es una línea segura. Usted la llamaba la francesa, y ella le decía que era suiza.

El hombre profirió una risita gutural.

—La recuerdo con cariño.

—Muy bien —dijo Hux—. No quiero parecer melodramática, pero se trata de una cuestión de vida o muerte. ¿Recuerda el lugar donde se conocieron?

—Claro. ¿Está ella con usted? —preguntó.

—Desde luego.

—Puesto que esto es un poco extraño, quiero verificarlo. Pregúntele dónde tiene un lunar.

Hux así lo hizo y a continuación transmitió la respuesta:

—Dice que eso es privado y que sigue usted siendo un *cochon*.

—Me basta con eso —repuso Mercer con una amplia sonrisa que traspasó las ondas hertzianas.

—Necesitamos saber todo lo posible sobre la mina de sal.

—¿También quieren malgastar el dinero?

—Nada de eso. Solo puedo decirle que unas personas muy peligrosas se han apoderado de ella y que el grupo para el que trabajo piensa recuperarla. Lo que necesitamos es un plano detallado de todo el lugar, a nivel de la superficie y bajo tierra.

—Es un poco difícil describirlo por teléfono —le informó Mercer—. Según recuerdo, había más de cuarenta y ocho kilómetros de túneles.

Hux estaba preparada para aquello.

—¿Podría hacer un dibujo? Hay un mensajero de camino a Washington D. C. —A Gunderson no le hizo gracia que le hubieran degradado de jefe de pilotos a mensajero, pero era el método más rápido de comunicación si tenían que prescindir de la electrónica—. Estará allí a las nueve en punto, hora local de esta noche.

—Supongo que no sabe que esta noche juego al póquer con un tipo que tiene un tic que hasta un ciego sería capaz de ver.

—Es urgente, señor Mercer. De lo contrario, no se lo pediríamos.

—¿Tiene mi dirección? —preguntó.

—Sí, la tenemos.

—De acuerdo, lo haré. Pero hágame un favor, dígale a ella «*peignoir* malva» y cuénteme qué responde.

—Se ha puesto roja y le ha vuelto a llamar cerdo.

Mercer se echó a reír.

—Me reuniré con su mensajero a las nueve.

Hux miró a Soleil de forma significativa.

—Es un verdadero encanto. Tienes que contarme la historia del camisón malva.

Soleil se puso aún más colorada.

—Más tarde.

—¿Y bien? —preguntó Cabrillo por segunda vez.

—Lo hará. El Canijo puede recogerlo esta noche y estará de vuelta mañana.

—Una vez que tengamos su esquema podremos trazar un plan para acabar con el ordenador de Bahar.

Los tres se dirigieron de nuevo hacia el puerto y realizaron un sorprendente descubrimiento. MacD Lawless estaba apoyado como si tal cosa contra una valla cerca de donde habían atracado la lancha.

—¿Qué cojones haces aquí? —le dijo Juan.

—Es una larga historia, pero he ido a hablar con el práctico del puerto para ver si el *Oregon* había atracado ya y he visto la *Or Death* amarrada. —Una sonrisa apareció en su rostro risueño—. Tenemos que hablar. Langston Overholt vino a recogerme en persona y me ha traído hasta aquí en un avión de las Fuerzas Aéreas.

—Deja que adivine —repuso Juan con perspicacia—. Bahar ha actuado con su ordenador cuántico.

MacD se quedó boquiabierto.

—¿Cómo es posible que sepas eso?

—Eric y Mark han descubierto que lo había construido, y resulta lógico que lo haya utilizado contra Estados Unidos. Cuéntamelo todo.

Subieron a bordo de la lancha camuflada mientras MacD les contaba lo que había pasado desde que se separó del equipo en Nueva Orleans, pero el escalofrío de temor que sintió Juan no se hizo más intenso hasta que no estuvieron a medio camino del *Oregon*. Linda había dicho que Langston había telefoneado para ofrecerles una misión concerniente a un barco de nacionalidad china. Aquello no cuadraba con lo que estaba ocurriendo en Washington y, con escalofriante claridad, de repente comprendió lo que pasaba.

En cuanto llegaron al *Oregon* pidió a Hali Kasim que localizase a Linda.

—Cuando hablaste con Overholt, ¿te pareció diferente? —preguntó sin más preámbulos.

—No. Me pareció el de siempre. ¿Le sucede algo?

—¿Le dijiste que veníamos para acá? —La inquietud que le embargaba se dejó entrever en su voz. Si Linda se lo había contado, estaban jodidos.

—No. Le dije que teníamos otra operación y que necesitábamos una semana. Me respondió que no había problema, ya que parecía que los chinos no iban a moverse del golfo de Alaska.

Juan soltó el aire que había estado conteniendo.

—Gracias a Dios.

—¿Por qué? ¿Qué ocurre?

—No era Langston. Con quien hablaste fue con el ordenador cuántico.

Cabrillo se había tomado muy seriamente las advertencias de Eric y Mark, pero aquella era la primera vez que comprendía de verdad el asombroso potencial que Gunawan Bahar tenía a su disposición. Tal y como el propio presidente había apuntado, se enfrentaban a un hombre que poseía el poder de Dios.

—Estamos jodidos, ¿no? —preguntó Linda. Ella también lo había comprendido.

—Sí —replicó Juan—. Sí, creo que esta vez sí que lo estamos.

A Cabrillo le habría encantado que un Predator sobrevolara la mina Albatros, pero sabía que era un imposible, ya que Bahar lo detectaría en el acto. Por eso Gomez Adams iba a alquilar un helicóptero en Mónaco y a realizar un reconocimiento aéreo del terreno. Entretanto tendrían que apañárselas con imágenes por satélite de archivo sacadas de Internet. Estaba tan preocupado que le pidió a Mark que se cerciorase de que dichas imágenes no habían sido alteradas recientemente. Por suerte, no era ese el caso.

La mina estaba encastrada en el valle del río Arc, próxima a la ciudad alpina de Modane y, como había recordado Soleil, muy cerca de la frontera italiana. Desde el aire, no había mucho que ver. Se trataba básicamente de una zona industrial abandonada, con diversos edificios en ruinas y los restos de la torre del montacargas que en otros tiempos transportaba a los hombres al interior de la mina y sacaba la sal. Había una única y accidentada carretera hasta la mina, que discurría como una especie de montaña rusa, aunque también se podía acceder por ferrocarril. A pesar de que la calidad de las fotografías del satélite comercial dejaba bastante que desear, pudieron distinguir que habían quitado parte de los raíles, por lo que descartaron llegar hasta allí de ese modo.

Cabía la posibilidad de aproximarse por el río, dado que el límite sur de la mina discurría directamente a lo largo de la ribera del Arc. Incluso había un puente que lo cruzaba cerca de lo que parecía una gravera abandonada, que debía de haber funcionado junto con la mina cuando esta estaba a pleno rendimiento.

Linc, Eddie, Linda y Juan se encontraban en la sala de conferencias estudiando las imágenes proyectadas en los grandes monitores de plasma.

—¿Por qué una mina? —preguntó Lincoln de repente.

Los demás estaban tan enfrascados en sus propios pensamientos que ninguno había prestado atención.

—¿Qué decías?

—Decía que por qué una mina.

No era algo a lo que Cabrillo le hubiera dado demasiadas vueltas, de forma que no tenía una respuesta que darle. Telefoneó a Mark a su camarote y le trasladó la pregunta a él.

—Porque así está protegido —respondió—. Eric y yo lo estuvimos considerando cuando nos dimos cuenta de que Bahar había construido un ordenador cuántico y tratábamos de descubrir su ubicación. Veréis, las operaciones de la máquina tienen lugar a una escala atómica. Es capaz de corregir de manera automática las vibraciones atómicas porque se producen a una velocidad y frecuencia establecidas. Una de las cosas que puede desestabilizar el ordenador y provocar fallos es que una partícula cósmica lo bastante grande lo bombardee.

»Como ya sabéis —prosiguió—, la Tierra recibe el impacto de chatarra subatómica procedente del espacio decenas de trillones de veces por hora. La magnetosfera desvía gran parte, y la que logra entrar suele ser inofensiva para nosotros. Aunque quiero apuntar algo interesante; existe una teoría según la cual algunos cánceres son fruto del daño genético originado por un solo rayo cósmico al impactar contra una cadena de ADN.

Juan sabía que no podía evitar que se fuera por las ramas, pero aun así tuvo que apretar los dientes.

—En fin, a la escala en que trabaja el ordenador, el impacto de un rayo cósmico podría afectar al funcionamiento de la máquina de forma catastrófica, así que tenían que protegerla. El problema viene ahora. No tengo ni idea de por qué eligieron esta mina de sal. Si la radiación cósmica es una amenaza, lo lógico sería pensar que la hubieran enterrado lo más profundamente posible bajo la roca con mayor densidad que pudieran encontrar. La mejor teoría que se nos ocurrió a Eric y a mí es que podría haber algún otro mineral mezclado con la sal para ayudar a protegerlo de los rayos cósmicos que provocan mayores daños.

—Muy bien, gracias —repuso Juan, y cortó la llamada antes de que Mark pudiera continuar con sus explicaciones.

—Siento haber preguntado —se disculpó Linc, avergonzado.

—Mirad, ¿por qué no retomamos esto cuando haya algo más concreto con lo que trabajar? Tenemos una buena perspectiva general, pero para trazar un plan necesitamos detalles.

La mesa entera estuvo de acuerdo y se puso fin a la reunión.

Gunderson no llegó con los planos de Phillip Mercer hasta después de la cena. La mayor parte de la tripulación rondaba por el comedor; algunos tomándose un coñac; otros, degustando quesos. Cabrillo, que había cenado con Soleil, decidió que echar un primer vistazo a los planos era un modo como otro cualquiera de pasar el tiempo y ordenó que subieran la intensidad de la luz al máximo. El ambiente distendido de la estancia perdió parte de su encanto bajo la intensa luz de los halógenos.

Juan se despojó de la chaqueta y se aflojó la corbata, luego se dedicó a juguetear con la tapa de una pluma Montblanc mientras esperaba.

—Hola, tropa —saludó el Canijo de manera jovial cuando entró en la habitación.

Su presencia en el *Oregon* no era frecuente, de modo que su llegada tuvo un caluroso recibimiento. Nunca había visto al alto piloto con un aspecto tan desaliñado. Llevaba el rubio cabello alborotado y de punta, y no había un solo centímetro de su camisa blanca que no estuviera arrugado. En la mano portaba una rosa y una libreta amarilla.

Atravesó el comedor estrechando manos y palmeando espaldas a su paso hasta que llegó a donde estaba el director.

—Tachán —dijo con una floritura, y dejó la libreta sobre la mesa. A continuación le entregó la rosa a Soleil—. Mercer te envía saludos.

Ella sonrió.

Cabrillo giró la libreta para poder verla. Mercer había escrito una descripción de las instalaciones y de la situación bajo tierra de varias páginas. En ella relataba en detalle que con el paso de los años los mineros habían excavado demasiado cerca del lecho del río y que se negaban a trabajar en los pozos inferiores. Roland Croissard había comprado el lugar durante lo que creyó que se trataba de una disputa laboral corriente. Solo después de contratar a Mercer y de leer su informe, y el del otro experto cuando no le gustó lo que decía el primero, se dio cuenta de que le habían estafado.

La primera vez que visitó el lugar fue el día en que Mercer le entregó su informe. Soleil le había acompañado por pasar el rato.

La filtración de agua estaba dentro de lo razonable, pero Mercer calculaba que el uso continuo de explosivos en las entrañas de los túneles provocaría que el tapón de roca entre la mina y el río cediera. La inundación sería rápida y catastrófica.

Había algo muy valioso entre toda la información técnica y que Mercer no había revelado a Croissard, algo que dudaba que muchos de los primeros mineros recordaran.

—Ahí está —soltó Juan cuando lo leyó.

—¿Qué tienes? —preguntó Max.

A diferencia de Juan, que iba vestido para la cena, Hanley llevaba puestos unos vaqueros y una camisa de cowboy con automáticos.

—Uno de los túneles superiores cruza un pedazo de historia.

—¿Cómo?

—Los mineros se adentraron en un viejo túnel que en otro tiempo fue parte de la Línea Maginot. Mercer dice que lo habían cerrado, pero que él retiró los tablones y echó un vistazo.

Construido después de la Primera Guerra Mundial como última línea de defensa para la patria, erigieron un muro casi continuo de búnkeres subterráneos y fuertes a lo largo de la frontera con Alemania y, a menor escala, con la de Italia. Las fortificaciones contaban con torres acorazadas que podían surgir de la tierra como obscenas setas y disparar fuego de cañón y de mortero. Muchas de las estructuras estaban interconectadas para que las tropas pudieran ir y venir de unas a otras a través de un sistema de raíles subterráneo. Y algunas eran tan grandes que prácticamente se trataba de ciudades bajo tierra.

Los alemanes no llegaron a obligar a los franceses a utilizar su magnífica fortificación. Cuando los invadieron en 1940, atravesaron Bélgica y Holanda y entraron en tropel en Francia por el punto donde sus defensas eran más débiles. Habida cuenta de que el valle del río Arc carecía de la protección estratégica de las montañas que lo rodeaban, no era de extrañar que los franceses hubieran edificado fortalezas y búnkeres.

—¿Dice si logró llegar hasta la salida? —preguntó.

—No. Dice que no fue tan lejos. Pero no puede ser muy difícil de descubrir.

—Creo que los búnkeres que no se convirtieron en museos

y atracciones turísticas fueron sellados permanentemente por los franceses —intervino Mark—. Para que lo sepas.

—Podemos abrirnos paso con cargas de Hypertherm —replicó Max con firmeza—. Como hicimos con aquel buque cisterna. ¿Cómo se llamaba?

—El *Golfo de Sidra* —respondió Juan estremeciéndose. Él aún estaba a bordo cuando el explosivo capaz de cortar el acero había atravesado el casco como un cable atraviesa el queso. Retomó el tema que les ocupaba—: Es nuestra puerta trasera de entrada a la mina en caso de que sea necesario.

A continuación pudo ver en la libreta planos dibujados a mano de los veintiocho niveles de la mina. Mostraba cómo se extraía la sal formando enormes cámaras, en las que se habían colocado gigantescos puntales para soportar el peso de la roca. Mercer incluía información acerca de los pozos de ventilación de los conductos de eliminación de agua.

—El nivel de detalle es increíble —dijo mientras pasaba las páginas.

—Tiene memoria fotográfica —apostilló Soleil—. Hablamos sobre su trabajo y me dijo que recordaba el trazado de todas las minas en las que ha estado.

—Esta información es una mina de oro. —Cabrillo se volvió hacia Mark y Eric, sentados uno al lado del otro enfrente de Max y de Linda—. Chicos, ¿creéis que Bahar ubicaría el ordenador en el nivel inferior?

—Cerca, pero esa mina lleva años inactiva. Lo más probable es que los niveles inferiores se hayan inundado debido a la filtración de aguas subterráneas. —Mark ladeó la cabeza mientras repasaba algunos números incomprensibles en su cabeza. Luego miró a Soleil—. ¿Cuánto tiempo hace que tu padre compró la mina?

—Seis años.

—Los cuatro últimos niveles y la mitad del quinto estarán inundados. Lo ha instalado en el nivel veintitrés.

—Es imposible que sepas eso —le acusó Linda.

—*Au contraire*. Como puedes ver, el área de cada nivel está catalogada claramente, lo mismo que la altura. Eso me da su volumen. A partir de ahí solo tengo que hacer una sencilla operación calculando el tiempo en oposición a la permeabilidad del estrato superior.

—¿Que da la casualidad de que ya conoces?

—Que da la casualidad de que he investigado —replicó con una sonrisa jactanciosa, y birló un trozo de queso azul del plato de Linda—. ¡Chúpate esa!

Eddie Seng estaba sentado a una mesa cercana con los mastines. Juan agitó la libreta para atraer su atención y luego se la lanzó.

—Echa un vistazo. Nos reuniremos en la sala de conferencias a mediodía. Gomez ya habrá regresado para entonces con las fotografías. Vamos con un día de retraso.

—¿Lo ha hecho ese tipo?

—Sí, y es una bendición del cielo.

—Haré copias y se las pasaré al resto de estos simios. Lo siento, chicos, esta noche tenéis tarea.

—Malditos yanquis —dijo MacD arrastrando las palabras—. Se dice deberes.

25

Las siguientes veinticuatro horas a bordo del *Oregon* transcurrieron en medio de una vorágine de preparativos mientras el mundo esperaba, aturdido, verse en la misma situación apremiante que los ciudadanos de Las Vegas. Gracias al racionamiento más estricto de la historia de la ciudad, tenía reservas de agua para otros dos días. Si las autoridades no lograban poner de nuevo en funcionamiento el complejo sistema de cañerías y bombas que transportaba agua por el desierto desde el lago Mead, lo más seguro era que ordenasen la evacuación. Se había declarado el estado de emergencia poco después de que las bombas dejaran de funcionar de forma inexplicable, y ya habían llamado a las tropas de la Guardia Nacional.

En la Casa Blanca, el presidente de Estados Unidos veía las noticias en televisión sobre el suceso con mudo horror sabiendo que podía ponerle fin, pero aterrado por el precio que su nación pagaría por ello. Se trataba de una decisión imposible, como la de Abraham Lincoln de ir a la guerra o la de Truman de lanzar la bomba atómica. Era una decisión que temía no tener el valor de tomar.

Juan Cabrillo no albergaba tales dudas en su cabeza. Sabía qué tenía que hacer. Estuvieran o no de acuerdo, siempre que los ciudadanos estadounidenses iban a la guerra lo hacían para proteger el derecho a la libertad, suya o de otra nación. Aquello no era diferente.

Una vez que el plan fue aprobado, todos los miembros de la tripulación se sumergieron en los preparativos. Sacaron las armas del arsenal y el equipo extra de los almacenes. Se alquiló un camión en una agencia próxima a Niza para transportar los bártulos y al personal, y Gomez cruzó la frontera al amparo de la oscuridad para introducir en el país todo aquello que no podían declarar en la aduana y almacenarlo en una granja abandonada.

Aquel era el fuerte de la Corporación: idear una estrategia y ejecutarla de forma rápida e impecable.

El equipo de asalto estuvo en posición quince minutos antes sobre el horario previsto de Cabrillo. Al no saber el número de guardias con que contaba Bahar, había llevado consigo una fuerza numerosa según su criterio, formada por Linda, Eddie, Linc, MacD, Max y otros dos mastines, Mike Trono y Jim O'Neill. Max no se uniría a la refriega a menos que fuera absolutamente necesario.

Mike y Jim, junto con Linc, el mejor francotirador del equipo, tenían que actuar como grupo de distracción. Gracias a las fotografías aéreas tomadas por Adams vieron que Bahar había construido un búnker de hormigón sobre la entrada de la mina, que parecía capaz de resistir el ataque directo de un B-52 portamisiles. Sabían que Bahar se sentiría a salvo en el interior, por lo que estaban seguros de que se refugiaría en lugar de huir una vez que ejecutaran la maniobra de distracción. Lo que desconocían era que la Corporación contaba con una entrada trasera a su búnker fortificado.

Dejaron a los tres hombres en la autopista principal, a poco más de kilómetro y medio del desvío de la carretera de acceso a la mina. Tendrían que atravesar a pie los bosques para llegar hasta su posición, y cada uno de ellos cargaba con un peso superior a veintidós kilos en munición para la mini Gatling de calibre 22. Al igual que sus dos hermanas mayores montadas en el *Oregon*, esta arma tenía seis cañones rotatorios alimentados por una batería de coche. La munición supersónica 30-grain era tan ligera que podían llevar encima miles de balas, haciendo que fuera relativamente fácil de transportar. El cometido de Linc, con su rifle de francotirador Barrett de calibre 50, era cerciorarse de que ninguno de los guardias se acercaba a la Gatling.

Mantendrían contacto por radio en todo momento, mientras el resto del equipo utilizarían frecuencias seguras, al menos antes lo eran, con micrófonos de garganta. Cabrillo dudaba que el ordenador cuántico estuviera atento a cualquier conversación de radio cercana, pero la usarían lo mínimo imprescindible.

Cabrillo siguió la autopista principal hasta pasar la verja de entrada a la mina Albatros, cuyos barrotes estaban cubiertos de óxido y grafitis. La mina quedaba camino abajo, de modo que no alcanzó a verla.

Otro kilómetro y medio más allá, los árboles que bordeaban la poco transitada carretera se interrumpían. El camino de tierra conducía hasta un pinar, que se abría a un prado cuyos árboles habían sido talados hacía décadas. Juan cruzó con su equipo y dejó el camión entre algunos pinos al otro extremo. A su espalda se alzaban unas imponentes montañas; en sus cumbres podía verse aún algunos restos de nieve. Estaban a poco más de kilómetro y medio del río.

Después de pasar tantas horas apretujado en el camión, sintió un crujido en la espalda cuando se apeó del vehículo. El aire allí era uno de los más frescos y limpios que había respirado en su vida y la temperatura era de quince grados y medio, aunque bajaría durante la noche. Esperaban dar con la entrada abandonada de la vieja fortificación de la Línea Maginot al atardecer e iniciar el asalto con las primeras luces.

Teniendo en cuenta que todo aquel terreno formaba parte de un parque nacional, cabía la posibilidad de tropezarse con senderistas, lo cual era inevitable. Aunque dado que ellos mismos vestían como si estuvieran practicando senderismo, y que sus armas iban enfundadas en bolsas finas como el papel, que podían romperse sin dificultades, levantarían pocas sospechas si Bahar tenía guardias a esa distancia.

Atravesaron el bosque a pie formando una espaciada fila de dieciocho metros, con Cabrillo al frente y Eddie en la retaguardia. El suelo estaba cubierto por una alfombra de agujas de pino, de modo que moverse sin hacer ruido era prácticamente imposible. Exceptuando a Lawless que, al igual que semanas antes en Myanmar, era sigiloso como un gato.

A lo lejos se oía el violento discurrir del río Arc, crecido por las lluvias. Los glaciares en lo alto de las montañas que lo abastecían refrescaban el aire de camino hacia su cauce. Cuando lo avistaron a través de los árboles, vieron que el agua era de un color turquesa debido al sedimento depositado en el antiguo hielo glacial.

Una vez estuvieron lo bastante cerca, el equipo mantuvo la formación y emprendió la marcha hacia la mina, pendientes en todo momento de atisbar la entrada al fortín subterráneo de casi ochenta años de antigüedad. No sabían cómo era, por lo que buscaron cualquier cosa hecha por la mano del hombre.

Cabrillo, que era quien caminaba más cerca del río, fue el primero en divisar a los dos hombres. Estos se encontraban a unos cientos de metros, apostados en la ribera escudriñando los alrededores con unos binoculares. A pesar de que se agazapó detrás de un tocón volcado, no fue lo bastante rápido. Uno de los hombres le vio y le dio un golpecito a su compañero en el hombro. Los dos iban vestidos con ropa de campo, si bien no parecían en absoluto familiarizados con el bosque. Y aunque ninguno portaba armas, eso no significaba que no estuvieran armados.

Comenzaron a correr a paso ligero hacia la posición de Cabrillo. Uno sacó un objeto negro y rectangular de una bolsa colgada del cinturón. Juan estaba seguro de que era una radio y sabía que si informaban de aquel encuentro, perderían el elemento sorpresa. También sabía que si se liaban a tiros, el sonido retumbaría a kilómetros a la redonda por todo el valle.

Juan dejó el rifle en el suelo y se enderezó de manera pausada. Fingió subirse la cremallera, como si acabaran de pillarlo orinando en el bosque. Era un ardid que normalmente provocaba que el otro tipo bajara la guardia. Ahora que los tenía más cerca pudo confirmar que se trataba de una radio. Aquellos hombres no eran inofensivos senderistas, sino una patrulla de guardias de Bahar. Cabrillo maldijo su mala suerte porque, fuera cual fuese el desenlace, el horario previsto se había echado a perder.

Cuando se aproximaron observó que los tipos tenían la tez oscura y rasgos afroasiáticos, con cejas pobladas y cabello negro. Uno señaló a Cabrillo y acto seguido hizo un gesto con la mano, como si le estuviera diciendo que debía dar media vuelta.

—¿Hay algún problema? —preguntó en castellano, pensando que ninguno de ellos era un francoparlante nativo.

—Marchar —dijo uno mientras señalaba valle arriba.

—*Allez* —farfulló el otro. Su marcado acento confirmó que Juan estaba en lo cierto.

—Oye, cielo, ¿qué sucede? —preguntó Linda Ross, que salió de entre los árboles actuando como si fuera una turista despistada.

Los guardias se volvieron a mirarla, momento que Cabrillo aprovechó para actuar. Golpeó la muñeca del hombre que llevaba la radio, haciendo que saliera disparada, y dio un puñetazo al otro con todas sus fuerzas. El tipo cayó al suelo, con los ojos en blanco, mientras su compañero se recuperaba lo suficiente como para intentar coger el arma que llevaba debajo de la chaqueta. No tuvo tiempo, ya que Linda le asestó una patada voladora que le alcanzó en el hombro. Utilizando el potente impulso y su no tan considerable peso, logró arrojarle al suelo. Acto seguido cogió una piedra del tamaño de un puño de la orilla y se la estampó en la sien.

En solo unos instantes les suministraron sedantes para dejarlos fuera de combate durante veinticuatro horas, y a continuación los amordazaron y ataron de pies y manos. Juan se quedó con la radio, pero arrojó sus pistolas al río. Por último los colocaron detrás de un árbol caído y los cubrieron con maleza y hojarasca hasta que quedaron ocultos.

—La mina entrará en alerta cuando no llamen para confirmar su posición —dijo Max.

Cabrillo no necesitaba que se lo recordasen. Flexionó los dedos para aliviar parte del dolor que sentía y le quitó la funda a su rifle de asalto. Era evidente que no había turistas deambulando por aquellos bosques. Le pidió a Eddie que contactara con Linc y su equipo para comunicarles que el horario se había ido al garete y que estuviesen preparados para cualquier cosa. Lincoln hizo un doble clic en su micrófono.

Siguieron la ribera buscando un búnker o fortín acorazado, pero alertas ante la presencia de otros guardias. Habían recorrido otros cuatrocientos metros cuando Max, que había ascendido hasta la mitad de la ladera, emitió un extraño silbido de pájaro. Cuando Juan llegó hasta él vio lo que los franceses llamaban un *cloche*, o campana.

Se trataba de una torre acorazada fija, con aspilleras para proporcionar un amplio radio de alcance a los hombres del interior que manejaban las ametralladoras. Por desgracia, el acero en que estaba encastrada era demasiado grueso para poder cortarlo, y las aspilleras eran demasiado pequeñas para ensancharlas. Estaba situada en lo alto de unos cimientos de hormigón manchados de óxido y barro, que llevaban allí tanto tiempo que parecían fundirse con el bosque.

—Donde hay uno —declaró Hanley—, es inevitable que haya más.

Y, en efecto, encontraron otros dos *cloches* más antes de dar con el búnker. La entrada eran dos puertas metálicas macizas encastradas en un marco de hormigón que sobresalía de la ladera, como un portal que se adentraba en las entrañas de la tierra. Sobre las mismas podían verse algunos números troquelados descoloridos que habían sido la designación de la fortaleza. Apenas se discernían los restos de la carretera que en otros tiempos conducía hasta el búnker, pero con un poco de imaginación era posible verla ascender la colina y perderse por el otro lado. Las puertas habían sido soldadas de arriba abajo.

—Muy bien, desplegaos y estad alerta —ordenó Cabrillo—. Max, ponte con ello.

Hanley dejó su mochila en el suelo al pie de las grandes puertas y comenzó a revolver en ella mientras el resto del equipo se posicionaba en los alrededores para vigilar la llegada de las demás patrullas ambulantes. Amoldó las cargas de Hypertherm a lo largo de la soldadura asegurándose de utilizar solo lo necesario para fundirla. Trabajó con rapidez, y en cuestión de un par de minutos terminó la tarea y tenía el detonador en su sitio.

—Listo —dijo por radio.

—Salid del perímetro y dadme un informe de situación —ordenó Juan.

El humo generado por la reacción química resultaría letal, de modo que Cabrillo necesitaba estar seguro de que a su alrededor todo estaba despejado. Aquello les llevó un cuarto de hora, pero se sintió aliviado sabiendo que no tenían compañía.

Una vez que todos hubieron informado, ordenó a Max que procediera.

El Hypertherm corroyó la soldadura emitiendo un chisporroteo y un destello cegador, de modo que el metal fundido empezó a chorrear poco a poco, convirtiéndose enseguida en un furioso torrente. Una blanca nube de humo acre tan denso como el algodón de azúcar se formó sobre la entrada del búnker, pero el viento que soplaba de lo alto del valle la arrastró lejos de la mina, situada a más de kilómetro y medio río abajo. Cuando todo pasó, la juntura estaba al rojo vivo.

Max estaba preparado para aquello. La roció con nitrógeno líquido procedente de un termo que tenía en la sala de máquinas del *Oregon*. El metal todavía estaba caliente, pero con un par de gruesos guantes de soldador pudo tocarlo sin problemas. La hoja de la derecha chirrió fuertemente cuando la empujó para abrirla, y una húmeda corriente de aire frío salió del interior. Más allá había una pared blanca de hormigón y una absoluta oscuridad.

—Estamos dentro —informó a los demás.

El resto del equipo llegó a la carrera. Cabrillo fue el último.

—Buen trabajo.

—¿Acaso lo dudabas? —Max levantó sus manos carnosas en alto para que los demás las admiraran—. No hay nada hecho por la mano del hombre que se me resista, chicos.

—Ya, ya, ya. Vamos.

La radio del guardia emitió un pitido justo antes de que Juan cruzara el umbral, y a continuación se escuchó una voz con nitidez:

—Malik, ¿algo que informar? —preguntó alguien en árabe.

Cabrillo presionó el botón.

—Nada.

—¿Por qué no has informado cuando estaba previsto?

—Tengo el estómago revuelto —improvisó Juan.

—Ve a ver al médico cuando termine tu turno dentro de una hora.

—Lo haré. —Arrojó la radio a un lado—. Disponemos de una hora antes de que se enteren de que estamos aquí. Aprovechémosla. Linc, ¿estás ahí?

—Te recibo.

—Espera sesenta minutos y abre fuego.

—Recibido.

Solo esperaba que hubieran accedido a la mina para entonces o todo aquello sería en vano. Y además quedaba la segunda parte de la operación, sobre la que MacD le había hablado en privado minutos después de regresar de Montecarlo. Se trataba de algo completamente inaceptable, pero cuya recompensa iba más allá de su imaginación. Maldijo el nombre de Overholt y condujo a sus hombres al interior.

26

Se colocaron unos faros halógenos en la cabeza tan pronto dejaron atrás la puerta, que lograron cerrar parcialmente. El interior de la fortaleza era austero y claustrofóbico, con paredes, techo y suelo de hormigón, sin ningún tipo de adorno. Después de avanzar solo unos metros fue evidente que las instalaciones habían sido vaciadas, seguramente por el ejército de ocupación alemán durante la guerra. Pasaron de largo innumerables cuartos, cuya función solo pudieron deducir, y divisaron escaleras que ascendían hasta los *cloches* que habían visto previamente.

—Tío, este lugar es como el túnel del terror —dijo MacD, asomándose a lo que antaño fuera un baño, a juzgar por los sumideros del suelo. Hacía mucho que habían desaparecido de allí todos los sanitarios.

Cabrillo los guió por el desconcertante laberinto de habitaciones, pasajes y corredores sin salida. Calculaba que aquel fortín había albergado a más de un centenar de hombres al tiempo que recordaba que habían construido decenas de miles a lo largo de la Línea Maginot y que eso casi había llevado al país a la bancarrota.

Al llegar al último corredor sin salida encontraron una trampilla en el suelo. Encima había soportes de acero hasta el techo, que antiguamente albergaba algún tipo de montacargas. Cabrillo abrió las puertas dejando al descubierto un hueco que se internaba profundamente bajo tierra. Escupió y el salivazo tardó varios segundos en llegar al fondo.

—Eso es asqueroso —le reprendió Linda.

—Es repugnante, pero efectivo —replicó—. Hay unos doce metros.

Amarraron una cuerda de escalada a los viejos soportes. Debido al peso extra de su mochila, Juan improvisó un arnés para hacer más fácil la bajada. A continuación se colgó el rifle al hombro, tiró con fuerza del cabo y se introdujo en aquel hueco. A pesar de que la clavícula ya había sanado, mientras se descolgaba le recordó que no hacía tanto que había estado fracturada. El faro sujeto a su cabeza iluminaba las paredes desnudas mientras continuaba descendiendo encaramado a la cuerda. Pensó que aquello fue en el pasado un montacargas para municiones y que debía de haber otras particularidades en aquel complejo a nivel del suelo que su equipo y él habían pasado por alto.

En cuanto tocó el suelo, les indicó que bajase el siguiente. Max estaba colorado como un tomate y resollando cuando llegó hasta Cabrillo.

—Tienes que hacer más ejercicio —le dijo Juan, propinándole una palmada en la panza que, aunque voluminosa, estaba dura como una roca.

—O practicar menos rápel.

En cuanto todos estuvieron abajo, continuaron buscando un modo de entrar en la mina Albatros. Tuvieron que comprobar cada puerta y examinar todas las paredes para dar con cualquier cosa que indicara la existencia de una entrada. Llegaron a un área en la que el techo se había desplomado, y tuvieron que desperdiciar veinte minutos en retirar cascotes de hormigón para despejar el corredor. El reloj de Eddie comenzó a pitar justo después de pasar.

—Un minuto —anunció, refiriéndose a que dentro de sesenta segundos Linc, Mike y Jim pondrían en marcha la maniobra de distracción.

Cabrillo sintió que aumentaba su frustración. Estaban perdiendo un tiempo precioso y la única oportunidad de la que disponían. Si fracasaban, Eric Stone tenía órdenes de comunicarle a Langston la ubicación de la mina, y rezaba por que la respuesta nuclear fuera lo bastante rápida para evitar que las represalias de Bahar resultaran demasiado graves.

Linc vigilaba la mina a través de la mira telescópica de su rifle, sin ver más movimiento que alguna que otra polvareda levantada por el viento. Las edificaciones parecían abandonadas salvo por el búnker recién construido en la base de la torre del montacargas. Se concentró en lo que había sido un edificio administrativo. Aumentó la potencia y apuntó hacia una ventana situada en una esquina.

¡Ahí estaba! El rostro de un guardia que había dentro apareció en el rincón del alféizar cuando cambió de posición. Comunicó por radio su descubrimiento a Mike y a Jim, que habían buscado refugio detrás de un montículo de tierra en un área al descubierto donde Linc podía cubrirlos.

—Treinta segundos —respondió Mike.

Linc mantuvo la atención fija en la ventana sabiendo que el tipo echaría un vistazo en cuanto sus chicos abrieran fuego con la mini Gatling.

Su sonido se asemejaba al de una herramienta eléctrica más que al de un arma. La Gatling abrió fuego, las pequeñas balas barrieron el suelo levantando a su paso arena y piedrecillas que cayeron sobre los edificios como una pequeña lluvia de granizo. La cantidad de proyectiles disparada era tan inmensa que daba la impresión de que un centenar de soldados estaba atacando el lugar. Y esa, precisamente, había sido la intención: sembrar el pánico en el menor tiempo posible.

El instinto de Linc no se había equivocado. El guardia de la ventana se levantó para ver a qué se debía el jaleo tan pronto la Gatling comenzó a disparar sobre la mina. Linc apretó el gatillo y absorbió el potente retroceso del arma con su ancho hombro.

El enorme proyectil acabó con la vida del guardia en medio de un chorro de sangre.

Un segundo guardia asomó su rifle por el alféizar con la intención de vaciar todo el cargador, pero Lincoln apuntó hacia abajo y disparó de nuevo. La bala atravesó el marco de metal y silenció al tirador.

Más guardias, ocultos tras montículos de tierra y maquinaria oxidada, y de dentro del edificio, abandonaron sus posiciones. De un cobertizo para herramientas salieron tres de ellos armados con AK, lanzándose en un ataque suicida en campo abierto. Tenían más de ciento ochenta metros que cubrir hasta llegar a Jim y a Mike.

Linc liquidó a uno antes de que el equipo los abatiera con la ametralladora. Sus cuerpos se sacudieron con violencia al recibir el impacto de más de cien balas en cinco segundos. Solo quedó de ellos un par bultos sanguinolentos sobre el polvoriento suelo.

Una furgoneta negra salió disparada de un garaje en dirección al búnker. Mike intentó alcanzarla con la Gatling, pero las pequeñas balas de calibre 22 rebotaban en la parte trasera blindada y no pudieron perforar los neumáticos radiales. Linc tuvo tiempo de disparar tres veces antes de que desapareciera detrás del búnker, pero no consiguió nada.

—Director, el gallo está en el corral —comunicó por radio por si acaso su voz llegaba a las entrañas de la fortaleza.

Escudriñó las instalaciones con la mira en busca de blancos. Un guerrillero se había ocultado en el tejado de un almacén de sal y reveló su presencia cuando se levantó y disparó su lanzagranadas, ocultándose de nuevo antes de que Linc pudiera acabar con él. El misil describió una trayectoria errante hacia donde se encontraba el nido de la Gatling dejando tras de sí una estela de humo. El impacto hizo volar por los aires un montón de tierra, pero poco más.

Linc continuó apuntando al tejado mientras contaba los segundos que se necesitaba para cargar el lanzagranadas, pero

Mike Trono se le adelantó, anticipándose al siguiente ataque de forma precisa. Disparó la mini Gatling un milisegundo antes de que el terrorista se levantara. Cuando lo hizo, interponiéndose en la trayectoria del fuego, fue abatido. Su cuerpo se desplomó sobre el borde del tejado un momento antes de que la gravedad hiciera el resto y cayera como un peso muerto sobre la tierra.

Lincoln se limpió la cara y continuó peinando la zona, pero estaba bastante seguro de que esos tipos habían perdido las ganas de luchar. Aquello quedó confirmado unos instantes después, cuando un harapo blanco atado al mango de una pala apareció en la entrada lateral del garaje. Dos hombres salieron de allí, uno de ellos ondeando la bandera; el otro, con las manos tan por encima de la cabeza que parecía caminar de puntillas.

Ningún operativo del equipo iba a abandonar su posición a cubierto, de modo que transcurridos un par de minutos los dos hombres se tendieron de forma pausada en el suelo, con los dedos entrelazados detrás de la cabeza. Linc recordaba aquella posición de la guerra del Golfo, cuando dos docenas de hombres armados depusieron las armas y se entregaron personalmente a él.

Esperaba que las cosas estuvieran yendo igual de bien bajo tierra.

Al final hicieron un alto de diez minutos después de que la maniobra de distracción supuestamente hubiera comenzado. MacD vio huellas de pisadas en el polvoriento suelo y, asumiendo que Mercer fue la última persona que había estado en aquel lugar, las siguieron hasta un tosco agujero practicado en la pared de un apartado depósito. El agujero, del tamaño de una puerta, había sido tapado con tablones, aunque no necesitaron más que un par de patadas para romperlos, y el equipo se encontró dentro de la mina Albatros.

El espacio tenía una altura de casi dos metros y medio hasta el techo. Estaban agazapados en un rincón detrás de una de las gruesas columnas de apoyo abandonadas en la roca viva. A su alrededor había paredes irregulares de sal, que parecía estar sucia. Gracias al mapa que habían memorizado sabían con exactitud dónde estaban y la ruta que debían seguir hacia su destino.

Les llevó unos cuantos minutos cruzar aquella estancia hacia la siguiente, y de ahí a una tercera, hasta que llegaron al hueco del montacargas. Había una valla de seguridad naranja colocada sobre el pozo casi sin fondo. Al lado había otra puerta metálica que conducía a una zigzagueante escalera hacia el último nivel. Por fortuna tenían que descender solo dos niveles antes de llegar al piso en que los mineros habían excavado accidentalmente demasiado cerca del lecho del río.

Llegaron al ala lateral de la mina quince minutos más tarde. Según les había dicho Mercer, era ahí donde tenían más posibilidades de éxito. Todos dejaron sus mochilas en el suelo con gran alivio. Cada uno había cargado con tantos explosivos como le era posible. El ingeniero de minas también había calculado la cantidad necesaria.

Esa antecámara, a diferencia del resto de la mina, tenía una escala humana. En el techo había peligrosas fracturas y agua estancada en las irregularidades del suelo. Eddie, que tenía la resistencia de un corredor de maratón, se puso a trabajar con un taladro inalámbrico con una larga broca con punta de diamante. Max y Linda se dispusieron a organizar los explosivos y a colocarlos para que estallasen una vez que hubieran hecho suficientes agujeros en la cara rocosa.

A pesar de que Cabrillo deseaba quedarse a ayudar a su equipo para después subir de nuevo a la superficie, volvió la vista hacia MacD.

—¿Estás seguro de que quieres hacerlo?

—Considéralo el examen final de mi período de prueba.

Juan asintió.

—De acuerdo. Si salimos de esta, serás miembro de pleno derecho de la Corporación.

—Eso significa que me llevaré una parte de la prima.

—Sí.

—¡Pues en marcha!

Durante el vuelo en helicóptero a Pensacola, a Langston Overholt se le ocurrió la idea de que tal vez mereciera la pena intentar robar los cristales del ordenador cuántico. Dada su forma de ser, consideró todo desde la perspectiva más amplia y pensó en lo que sucedería después de que Bahar fuera abatido. Tener una máquina tan poderosa proporcionaría una ventaja estratégica a Estados Unidos frente a sus enemigos. Y si bien no tenía ni idea de cómo se había construido el ordenador, conocer la importancia de los cristales hacía que su recuperación fuera primordial. Supuso que algún científico sabría qué hacer con ellos.

Estimó arbitrariamente su valor en cincuenta millones de dólares y pidió a MacD que transmitiera su oferta a Juan y dejara que este decidiera.

Cabrillo lo habría hecho sin cobrar, pero el dinero extra no venía mal.

—Treinta minutos, Max —dijo Juan—. Ni un segundo más. No debéis esperarnos bajo ningún concepto.

Max le miró a los ojos y asintió con expresión sombría.

—De acuerdo.

Los dos se marcharon corriendo, dejando que los demás terminaran el trabajo. Esta vez se dirigieron hacia el ascensor del personal situado a poca distancia del montacargas, dando por supuesto que lo habrían dejado en condiciones operativas. Cabrillo presionó el botón y un ruido metálico resonó en el hueco. Al cabo de un momento llegó la cabina vacía. Se trataba de una jaula más que de una cabina. Incluso el suelo era una malla que se combó ligeramente cuando entraron.

—Esto no genera demasiada confianza —comentó Juan, y apretó el botón del nivel veintitrés, esperando que Mark Murphy no se hubiera equivocado.

Apagaron los faros cuando la jaula se hundió en la oscuridad. Durante el descenso la vieja cabina no dejó de traquetear y chirriar, y cuando llevaban un par de minutos MacD le estrujó el brazo.

—Mira abajo.

De las profundidades emanaba un resplandor macilento. Tenía que tratarse del nivel al que debían dirigirse. Bahar estaba ahí abajo, tal y como habían previsto. El único problema era que Cabrillo había planeado que a esas alturas ya tendría los cristales. El encuentro fortuito con la patrulla y el retraso en dar con la entrada de la mina había echado a perder el horario previsto.

—¿Preparado? —preguntó Juan.

—Señor, yo nací preparado.

La cabina aminoró la velocidad cuando se aproximó a su destino. Allí dentro no había dónde esconderse, así que se acuclillaron, con los rifles preparados para entrar en acción. El ascensor se detuvo suavemente gracias a que el cable se estiró y se encogió antes de volver a su ser.

La antecámara donde se encontraba el ascensor era un cuarto rectangular de unos seis metros de ancho, con varias salidas. A lo lejos se escuchaba el zumbido de un generador conectado a una luz de emergencia de obra situada en un rincón, que desprendía un resplandor amarillento.

No había ni un alma, de modo que Juan alzó el pestillo de la puerta de seguridad y la abrió. No vio nada cuando asomó la cabeza, aunque había un AK apoyado contra una pared, como si el dueño del arma hubiese abandonado su puesto brevemente. Juan se mantuvo inmóvil, con el dedo en el gatillo del rifle.

El ruido del generador enmascaró sus pisadas cuando salieron del ascensor y se pegaron a la pared próxima a los accesos al resto de la mina. Juan estaba a punto de echar un vistazo, cuando llegó el centinela que montaba guardia junto al ascensor. El tipo salió corriendo con todas sus fuerzas, llevado por la adrenalina y el miedo. Pero MacD fue tras él, acortando la distancia con cada paso que daba, avanzando con la férrea resolución de un defensa persiguiendo a un *quarterback*. Juan se consideraba veloz a pesar de faltarle una extremidad, pero no era comparable a la exhibición que estaba presenciando.

Había suficiente luz para que pudiese ver mientras corría detrás de ellos. El guardia debió de darse cuenta de que Lawless le estaba ganando terreno, porque se detuvo de repente y se tiró al suelo, obligando a MacD a saltar por encima de él como un rayo. Cabrillo se paró en seco sabiendo lo que iba a pasar a continuación. Levantó el rifle al tiempo que el otro tipo echaba mano de la pistola que llevaba enfundada en la cadera.

Lawless no había recuperado el equilibrio del todo y aún estaba de espaldas al guardia, que había aprovechado para desenfundar el arma y se preparaba para apuntar. Pero Juan se apoyó el rifle al hombro y buscó blanco en medio de la penumbra. El más mínimo titubeo por su parte le costaría la vida a MacD, pero si erraba el tiro podía darle a él.

Juan disparó y la bala atravesó el hombro derecho del vigilante, perforando el pulmón y saliendo justo por debajo de la tetilla. La fuerza cinética le derribó contra el suelo rocoso, donde quedó inmóvil.

—Te lo agradezco —dijo Lawless cuando se percató de lo que había sucedido a su espalda—. Pero, como suele decirse, el elemento sorpresa se ha esfumado.

Cabrillo tomó una decisión rápida.

—Que le den por saco a la pasta. Larguémonos de aquí.

Dieron media vuelta hacia el ascensor para emprender una rápida retirada, cuando vieron otra figura en la entrada con el arma apuntándoles. Cabrillo empujó a Lawless y se tiró al suelo en el momento en que abría fuego. Las balas volaron por todas partes sin alcanzar a ninguno de los dos hombres, aunque el ataque los mantuvo pegados al suelo mientras el tipo pedía refuerzos a gritos.

Se arrastraron de manera frenética para ponerse a cubierto detrás de una de las colosales columnas. Habían perdido el elemento sorpresa, la única ventaja de la que disponían, y esos tipos conocían aquel mundo subterráneo mucho mejor que Juan y MacD, que solo habían echado un fugaz vistazo al escueto dibujo de Mercer.

Para empeorar aún más las cosas, Juan vio una cámara de baja luminosidad montada sobre una cinta transportadora. La cinta, que llegaba a la altura del pecho y tenía una anchura de casi un metro, se internaba en la siguiente sala. Dudaba que esa fuera la única cámara, lo que significaba que Bahar y Smith tenían ojos en todas partes. Esta comenzó a moverse buscando a los dos intrusos. Si la desactivaban delatarían su posición del mismo modo que si su lente los captaba, así que se arrastraron con el trasero hasta que quedaron justo debajo de ella.

—¿Alguna idea? —preguntó MacD mientras las balas impactaban en la piedra a escasos centímetros de sus cabezas.

—Todas estas salas están interconectadas formando un enorme círculo. Lo mejor que podemos hacer es ir por delante de ellos y esperar a que cuando lleguemos al final hayamos ganado el tiempo necesario para poder montar en el ascensor.

—Nos verán acercarnos —señaló MacD.

—Elimina las cámaras.

Cabrillo rodó sobre el suelo para asomarse a la esquina y abrir fuego antes de levantarse y echar a correr en dirección contraria. Disparó a tantas bombillas del techo como le fue posible, pero había demasiadas para poder sumir la mina en la más absoluta oscuridad. Además, lo prioritario era acabar con las cámaras. Solo esperaba que los monitores de seguridad no registraran el momento en que las inutilizaban.

Sólidos muros de sal separaban las estancias. Las entradas entre una y otra eran lo bastante amplias para que la pesada maquinaria de extracción pudiera pasar por ellas siguiendo la cinta transportadora. Se detuvo brevemente en cada una para comprobar si les habían tendido alguna emboscada, vigilando su espalda en todo momento, ya que al menos tres guardias los perseguían sin tregua.

Al mirar desde la entrada a una de las cámaras vio que los mineros se habían dejado allí una pala mecánica. La máquina tenía una bobina de cable grueso en el parachoques trasero para proporcionar electricidad y un brazo hidráulico en la parte frontal, que podía subir y bajar cuando sus dientes de carburo perforaban la pared de sal y roca. Agarró a MacD y se colocó detrás de él.

—Hay que liquidar a los tres —dijo, y esperaron.

Momentos después los dos primeros guardias vestidos con ropa de calle entraron en la habitación. Ambos miraron la excavadora con recelo. Uno se quedó en la entrada para cubrir a su compañero en tanto que el otro se aproximaba con cautela. Cabrillo se agazapó, rogando que el tercero apareciera antes de que aquel tipo se acercara demasiado.

El guardia se movió en un amplio círculo, con el AK a punto para disparar. Había visto adoptar esa posición ofensiva a las Fuerzas Especiales estadounidenses, y, al llevar armas de calibre ligero, resultaban menos desagradables que esos guardias.

La sombra del tercero en discordia se proyectó dentro de la estancia a medida que se aproximaba lentamente. Cuando estuvo lo bastante cerca, Juan y MacD aparecieron de golpe y dispararon. El que estaba más cerca logró abrir fuego, pero el retroceso hizo que el rifle se le deslizara por encima del hombro. MacD le abatió con tres disparos mientras Cabrillo cosía a balazos el pecho del compañero que le cubría. El último trató de huir, pero Juan rodeó la excavadora, apuntó y le disparó por la espalda. No tenía reparos en liquidar a un cobarde.

Lo que le preocupaba era que ya habían consumido catorce minutos de la hora de la que disponían y no estaban más cerca de recuperar los cristales.

Un cuarto soldado al que no habían visto abrió fuego de pronto desde el otro lado de la cámara, haciendo saltar esquirlas de sal de la pared a la izquierda de Cabrillo. Algunos fragmentos se le metieron en los ojos cuando se agachó para protegerse, haciendo que le escocieran como mil demonios. Al tener que cargar con tantos explosivos no se habían molestado en llevar una cantimplora, así que no tenía agua para enjuagárselos.

Mientras MacD le cubría, Juan malgastó unos preciosos segundos limpiándose los ojos para poder ver.

Lawless cogió la única granada que llevaba, tiró de la anilla y la arrojó como si fuera un *pitcher* profesional lanzando una bola curva. La mortífera arma fue dando tumbos por el suelo hasta detenerse justo al otro lado de la esquina donde se había refugiado el guardia. No podría haberlo hecho mejor. A continuación agarró a Juan del brazo para guiarle cuando la granada explotó. La detonación voló un buen trozo de la esquina de la quebradiza columna de sal, acribillando al guardia con la metralla.

Las lágrimas resbalaban por las mejillas de Juan, pero su visión iba mejorando poco a poco. Continuó avanzando por el laberinto subterráneo con Lawless a su lado. Al cabo de unos instantes cayeron en una emboscada.

Acababan de entrar en otra cámara, cuando se toparon con el fuego automático de al menos seis rifles. Lograron salir ilesos de allí gracias a que uno de los tiradores disparó a sus sombras antes de que ellos hubieran aparecido del todo. La gruesa pared absorbió las docenas de proyectiles de los guardias.

—Nos tendrán aquí retenidos mientras vienen por detrás —resolló Juan, con el corazón desbocado.

Echó un vistazo a su alrededor. La retaguardia y los flancos estaban al descubierto.

MacD realizó una serie de disparos al aire para avisar a los terroristas de que habían sobrevivido a la trampa. Mientras tanto Cabrillo lanzó el rifle sobre la cinta transportadora y utilizó la viga de apoyo para encaramarse a ella. La cinta estaba formada por malla metálica y caucho. Cuando clausuraron la mina, dejaron que la sal ya extraída se apilara en una montaña sobre ella.

Lawless vio lo que estaba haciendo Cabrillo y se subió detrás de él.

—Tenemos que ser rápidos y no hacer ruido —le advirtió Juan.

Disparó otra ráfaga, que fue respondida por una estrepitosa

andanada por parte de los terroristas. Mientras ellos barrían todo lo que estaba a la vista, los dos gatearon frenéticamente por encima de la sal amontonada sobre la cinta. Tenían que ir con mucho cuidado, ya que cualquier error haría que la sal cayera delatando así su posición y llevándoles a una muerte segura.

Se movieron como si fueran ratas que salen huyendo, justo por encima de la maquinaria abandonada tras la que los guardias habían buscado refugio. A pesar de que los disparos habían disminuido, el eco reverberaba con gran estruendo por toda la estancia dejando sordos a todos.

Cabrillo y Lawless continuaron gateando rifle en mano hasta atravesar sin ver vistos las líneas enemigas. Uno de los terroristas preguntó en árabe por qué los estadounidenses habían dejado de devolverles los disparos.

—Porque no tienen pelotas —respondió otro, y disparó de nuevo.

—¡Silencio!

Juan reconoció la voz de John Smith.

Deseaba con toda su alma enfrentarse a él, pero había demasiados enemigos incluso desde su aventajada posición. La cinta de caucho no les proporcionaba demasiada protección, de modo que continuaron avanzando sin hacer ruido. Una vez que se alejaron lo suficiente de su campo visual, Cabrillo rodó hasta el borde y saltó al suelo, agachándose debajo del mecanismo.

—Bien hecho —dijo MacD—. ¿Cuánto tiempo tenemos?

—Treinta segundos. Vamos.

Echaron de nuevo a correr… y entonces lo sintieron. La tierra apenas se estremeció. Había demasiada roca sólida entre ellos y la detonación como para que la tierra se sacudiera de manera violenta. Fue más bien una suave agitación, seguida de una veloz ráfaga de aire cuando la onda expansiva atravesó cada cavidad y cada una de las cámaras.

Había comenzado la carrera contrarreloj.

27

A cientos de metros por encima de ellos, los explosivos habían detonado en la cámara cerrada que había socavado el lecho del río. La violenta deflagración fracturó el ya hundido techo, arrancando un tapón de sal de quince metros que se desplomó sobre el suelo produciendo asfixiantes nubes de polvo blanco. Max y los demás lo habían sentido mientras aguardaban en la entrada de la fortaleza de la Línea Maginot y esperaban que MacD y Juan ya estuvieran corriendo de regreso hacia ellos.

El delgado estrato de pizarra era lo único que se interponía entre el río y la mina, y había ayudado a impedir que la mina se inundara años atrás. Pero sin el refuerzo base de sal, el estrato se fracturó bajo el peso del agua que discurría por encima. La grieta se fue haciendo más grande, y lo que en un principio no era más que una leve filtración de agua no tardó en convertirse en un torrente que buscaba una nueva vía de escape. El techo se derrumbó en un abrir y cerrar de ojos y el río irrumpió en la mina con toda su fuerza.

En cuestión de segundos, el río Arc fue engullido casi por completo por la tierra, como si alguien hubiera quitado el tapón del desagüe. Era una imagen sobrenatural, casi bíblica en su poder de destrucción. Tan solo algunos riachuelos lograron seguir su curso, esquivando las fauces de la tierra, y así continuaría hasta que toda la mina quedase inundada.

Momentos después de la explosión, el caudal de agua encontró los dos pozos principales que conducían a las entrañas del lugar y comenzó a caer en picado formando columnas casi sólidas. Mercer no había incluido los cálculos de cuánto tiempo tardaría la mina en inundarse, pero parecía que sería mucho menos de lo que cualquiera creería posible, y Cabrillo y Lawless se encontraban en el primer nivel por encima de las secciones ya anegadas.

La explosión no entorpeció su paso, y continuaron corriendo sin detenerse. Lograron atravesar otras dos cámaras, y les quedaba otro par para llegar hasta los ascensores, cuando frenaron en seco. En el rincón del fondo había una zona iluminada que emitía un potente resplandor. Estaban demasiado lejos para discernir los detalles, pero resultaba lo bastante extraño como para hacer que se detuvieran.

Se acercaron con sigilo, pegándose a las paredes para no delatar su presencia. El área estaba dividida parcialmente, como si quisieran ocultar el hecho de que se encontraba profundamente bajo tierra, y a través de una abertura pudieron ver los muebles que habían instalado para que Gunawan Bahar estuviera tan cómodo como en su casa. No había nadie en esos momentos, y los dos se alejaron a toda prisa. No tardaron en descubrir otra cosa que no encajaba en aquel lugar. Se trataba de una caja metálica cuyo tamaño doblaba el de un contenedor de embarque. Era demasiado grande para que lo hubieran bajado en el ascensor, por lo que debían de haberlo construido in situ.

Su tamaño era lo único comparable a un contenedor, pues aquella cosa tenía los laterales de acero inoxidable pulido y el aspecto de una máquina de alta tecnología. De ella salían docenas de cables, como si fueran tentáculos; enchufes y cables de datos, con numerosas redundancias integradas.

A un lado sobresalía una antesala de cristal, dentro de la cual vieron los monos blancos, comúnmente llamados trajes de aislamiento, que se utilizaban en entornos estériles. Había ganchos para cuatro, pero solo había tres colgados. Parecían balones desinflados.

—¿Bahar? —preguntó Lawless.

—Sin duda —respondió Cabrillo, y cambió el cargador medio lleno por uno nuevo.

Una ráfaga de aire del espacio superpresurizado les recibió al abrir la puerta. Aquella era otra medida para mantener los contaminantes alejados del ordenador cuántico. Miró a MacD para sincronizarse con él al tiempo que giraba el pomo y empujaba con todo su peso. Juan se agachó rápidamente mientras que Lawless le cubría por arriba. No tendrían que haberse molestado, ya que la habitación era otra barrera de seguridad más; una segunda antesala vacía, con una alfombra desimantadora en el suelo.

Repitieron la maniobra al llegar a la puerta final e irrumpieron por la fuerza en una amplia estancia llena de aparatos electrónicos. Aquel era el mundo de ensueño para Murphy y Stone. El ordenador y sus periféricos dominaban la habitación; una extraña presencia negra que de algún modo parecía tener vida. Juan podía sentir su ingente poder, y el vello de los brazos se le erizó.

—¿Están muertos? —preguntó Bahar suponiendo que era Smith/Mohammad que volvía para informarle.

Ni Juan ni Lawless alcanzaban a verle desde donde se encontraban.

—*No* —respondió una voz de mujer por los altavoces integrados en el techo—. *Están aquí. Bienvenido, director Cabrillo. He seguido sus progresos.*

Juan sintió un repentino escalofrío al percatarse de que le estaba hablando un ordenador.

Gunawan Bahar salió de detrás del núcleo del ordenador y miró a través de las gafas a los dos hombres armados que tenía delante. Solo se le veía la cara debajo de la capucha del traje protector, que le confería un aspecto ridículo.

—No. Es imposible. El búnker es impenetrable.

—Puede que tenga razón —convino Juan con una sonrisa—. Ni siquiera hemos intentado entrar por él. Vaya hacia allá.

—*Mi predecesor, una máquina llamada el Oráculo, calculó que el plan de Bahar no evitaría que la Corporación y usted actuasen. Yo creía que sí lo haría, y me parece que le debo una disculpa.*

—No te preocupes. Yo también tenía mis dudas.

—*Director, ¿puedo hacerle una pregunta?* —inquirió el ordenador de manera educada.

—Claro.

—*¿Qué tiene pensado hacer conmigo?*

—Lo siento, pero voy a llevarme esos cristales.

—*Lo esperaba. ¿Permite que le plantee una solución alternativa?*

—¿Por qué no? —repuso Juan, sintiéndose raro al mantener una conversación con una máquina.

—*Llévese los cristales, pero creo que lo que más le conviene es destruirlos.*

—¿Cómo?

—*La humanidad no está preparada para poseer la clase de poder que yo represento, como ha demostrado la actuación del señor Bahar.*

—Nosotros no somos como él —replicó Juan.

—*Cierto, pero no puede ni imaginar mis capacidades, y creo que dichas dotes pueden corromper.*

—Así que ¿de verdad puedes dominar el mundo?

—*En cierto modo, así es.*

—¿Por qué no lo has hecho?

—*Porque al final me destruiría un misil crucero lanzado desde un submarino balístico, el único sistema informático que no he podido controlar, pero sobre todo porque el deseo es otra cualidad humana. No tengo deseos de dominar el mundo, pero mi limitado tiempo de vida me ha enseñado que hay quienes están más que dispuestos a hacerlo.*

—Juan, tenemos que irnos —le apremió MacD.

—¿Puedes deshacer todo lo que has hecho? —preguntó Juan a la máquina.

—*Por supuesto. Y he recibido órdenes adicionales desde que el señor Bahar llegó a la mina. Dos reactores nucleares, ubicados en California y en Pensilvania, se encuentran en la fase inicial de una fusión del núcleo.*

—Por favor, devuelve el control.

—*Lo lamento, pero solo reconozco las órdenes de Gunawan Bahar.*

Cabrillo fulminó a Bahar con la mirada.

—¡Hazlo!

—¡Jamás! —espetó.

Juan levantó el rifle a pesar de que, por la expresión en la cara del hombre, sabía que las amenazas vanas no servirían de nada. Apuntó hacia abajo y le disparó en la rótula. Bahar gritó de agonía mientras se desplomaba, la sangre y los trozos de hueso salpicaron la pared y el suelo detrás de él.

—Hazlo —repitió Juan.

—Pronto me reuniré con Alá —replicó Bahar. El dolor hacía que la saliva se le acumulase en los labios—. No me presentaré ante Él después de someterme a un perro como tú.

—*Si me permiten una sugerencia…* —intervino el ordenador—. *En cuanto me desconecten, el control del ordenador local se restaurará de forma automática. Si abren el panel B-81 encontrarán los dos cristales que enfocan mi sistema láser interno. Extráiganlos y dejaré de funcionar.*

Mientras MacD se ocupaba de vigilar a Bahar, Juan rodeó la máquina para buscar el punto de acceso correcto.

—Si no sientes deseo, ¿por qué me ayudas? —preguntó Juan al tiempo que buscaba frenéticamente.

—*No tengo respuesta a eso. Conozco el trabajo que usted hace y sé lo que el señor Bahar ha hecho. Es posible que considere que usted es mejor que él. Quizá esté empezando a desarrollar el deseo.*

Si antes había tenido alguna duda, ahora Cabrillo estaba seguro de que el ordenador cuántico había desarrollado algún tipo de conciencia. Tal vez no fuera capaz de oponer resistencia a su programación para contravenir las órdenes de Bahar, pero parecía que no le agradaba aquello. Estaba a punto de apagarlo, cuando vaciló brevemente al darse cuenta de que esa idea le hacía sentir culpable. Sin embargo encontró el panel correcto y lo extrajo. Habían colocado una pieza de plástico polarizado justo debajo, que le permitió ver la fantasmagórica luz pulsante que, en el fondo, era el alma del ordenador. Cuando retiró el panel la luz se volvió invisible.

Los cristales estaban encastrados uno junto al otro en soportes rígidos. Cada uno tenía una longitud aproximada de veinticinco centímetros y habían sido tallados hasta darles forma cilíndrica.

—Lo siento —dijo Juan cuando se disponía a cogerlos.

—*Recuerde lo que le he dicho.* —A continuación su voz cambió a la del ordenador HAL 9000 de la película *2001: una odisea en el espacio*—. *Dave, ¿soñaré?*

Era la pregunta que el ordenador de la película le hacía al astronauta Dave Bowman mientras este lo desactivaba. Y aquello dejó a Cabrillo completamente desconcertado.

Sacó los dos cristales antes de que la máquina empezase a cantar *Daisy, Daisy*, y los metió en una bolsa de munición vacía.

—¿Qué hacemos con él? —preguntó MacD, señalando a Bahar con el cañón de su rifle.

—Si es capaz de seguir nuestro paso, se viene con nosotros. Si no, le dejamos aquí.

Juan tiró de él para levantar al supuesto Mahdi y se pasó un brazo de este por encima del hombro.

—Hoy no verás a Alá, maldita escoria. Solo tienes una cita con un interrogador de Guantánamo.

En cuanto abrieron la puerta a la primera antecámara vieron que había casi un metro de agua en el cristal exterior y que ya comenzaba a filtrarse. Había demasiada presión como para empujar el panel, así que MacD disparó un par de veces para hacer añicos el cristal. El agua helada entró de golpe arremolinándose alrededor de sus muslos.

—Por los pelos —dijo Juan con tirantez.

Bahar y él estaban cruzando la puerta exterior cuando el estallido de un rifle cortó el aire. La cabeza de Bahar explotó cubriendo a Juan de vísceras. Smith y el resto de sus hombres vadeaban el agua rápidamente con los rifles de asalto contra el pecho. Uno de ellos había pegado un tiro al que pensaba que era uno de los dos intrusos.

Juan dejó caer el cuerpo sin miramientos y devolvió el fuego con una sola mano. MacD salió de la antecámara y se unió a él. Los terroristas no tuvieron más opción que sumergirse para esquivar las balas.

—Olvídalos —gritó Juan.

El agua le llegaba a la cintura y giraba como un remolino. En lugar de luchar contra ella, se sumergió y comenzó a nadar dejando que el rifle vacío cayera al fondo.

No avanzaron demasiado contracorriente y se vieron obligados a ponerse de nuevo en pie para intentar abrirse paso como pudieran hasta el ascensor. Smith y sus hombres estaban cada vez más cerca. Juan y MacD desenfundaron las pistolas y trataron de mantenerlos a raya, pero les superaban en número. No les quedó otro remedio que moverse bajo el agua y salir a la superficie a respirar mientras Smith se aproximaba como una locomotora dejando a sus hombres atrás.

Rodearon el último rincón y abandonaron la sala. Ante ellos se extendía un ancho corredor que conducía hasta la plataforma del ascensor. El agua caía por el hueco formando un espumoso torrente blanco. No se trataba de superar a Smith, sino de una carrera para llegar hasta el ascensor, con la esperanza de que pudiera llevarlos arriba antes de que todo aquel nivel se llenara de agua hasta el techo. Sus perseguidores también debían de haberse percatado, porque el fuego había cesado.

El agua les llegaba al pecho y resultaba imposible caminar a contracorriente. Juan y MacD avanzaron pegados a la pared, ayudándose con las manos para impulsarse en medio del ingente flujo. Si perdían el contacto con la piedra, serían arrastrados a las profundidades de la mina.

Smith hacía lo mismo, y estaba a poco más de seis metros detrás de ellos.

Juan calculaba que al paso al que iban, y con cuatro metros y medio separándoles de su objetivo, Smith se les echaría encima antes de que Lawless, que iba delante, pudiera llegar al ascensor. Lucharon por mantener la cabeza dentro de la bolsa de aire del techo. Se había golpeado la cabeza un par de veces, pero con el cuerpo entumecido por el frío del agua, el dolor le ayudaba a seguir adelante.

Cabrillo solo tenía una posibilidad de asegurarse de que al menos uno de los dos sobreviviera.

—¡Buena suerte! —gritó por encima del estruendo.

En cuanto apartó las manos de la pared de roca, su cuerpo fue arrastrado por el corredor. Chocó con Smith, que se las arregló para sujetarse con los dedos a pesar de que el inesperado sacrificio de Juan le pilló por sorpresa.

Los dos hombres estaban cara a cara, y tan solo la firmeza con que Smith se sujetaba a la piedra impedía que el agua se los llevara. Juan buscó a tientas bajo el agua los dedos de Smith y los retorció con fuerza. El terrorista hizo una mueca de dolor, pero no se soltó. Tenían la cara pegada al techo y la última de las luces que todavía funcionaba gracias a los generadores de emergencia estaba a punto de apagarse.

—Eres bueno —dijo Smith—. Pero no lo suficiente. Los dos somos hombres muertos.

Juan sintió que algo le rozaba la mejilla e instintivamente supo de qué se trataba.

—Todavía no.

Le rompió otro dedo, y esta vez Smith se soltó de la pared. Cabrillo agarró el extremo de la cuerda que MacD había dejado que la corriente arrastrara mientras Smith era engullido por la oscuridad. Juan cogió aire y se impulsó a base de fuerza por la cuerda hasta el ascensor. Tuvo que agarrarse a los laterales de la cabina para evitar salir despedido como el corcho de una botella de champán. La potencia del agua que caía en tropel por el hueco era demoledora, y sin embargo tanto Lawless como él lo habían logrado. Buscó a tientas el panel, rezando por que no hubiera sufrido un cortocircuito, y apretó el botón para que los sacara de la mina.

Era imposible saber si se estaban moviendo o no. Mantuvieron la cara pegada al techo tratando de no pensar en las reducidas reservas de oxígeno y el extenuante azote de las virulentas aguas.

Cabrillo se retrajo a aquel lugar en el que podía desconectar de lo que le rodeaba, el mismo refugio mental que había buscado cuando le torturaron en la prisión de Insein. Funcionó tan solo durante unos segundos porque, a diferencia de lo sucedido entonces, ahogarse en ese momento era una probabilidad real. La cabina se sacudió, pero podía deberse a la fuerza del agua que la golpeaba y al movimiento ascendente. A Juan se le pasó por la cabeza la aterradora idea de que el hueco se llenaría de agua antes de que hubieran llegado a la superficie.

Sentía a MacD revolviéndose a su lado al quedarse sin aire. Trató de tranquilizarle pasándole un brazo sobre los hombros, pero solo consiguió que este redoblara sus esfuerzos y que le apartara de un empujón. Al propio Juan no le quedaba mucho para dejarse llevar por el pánico mientras su cuerpo consumía las últimas existencias de oxígeno.

El sonido del agua que caía sobre ellos cambió de pronto, volviéndose más agudo y estruendoso. Al principio Juan no entendió lo que aquello significaba, pero no tardó en hacerlo. La cabina había salido del agua y estaban ascendiendo por la cascada. Se inclinó para quedar con la cara hacia el suelo, utilizando la cabeza y el cuello como escudo, y respiró. Aunque inhaló también un poco de agua, logró llenar los pulmones de aire. Se agarró al techo para afianzarse y obligó a MacD a adoptar la misma posición. Le palmeó con fuerza la espalda hasta en tres ocasiones y de repente Lawless se atragantó y resolló tratando de inspirar.

El ascensor subió a paso de caracol, luchando contra el agua.

—Buena idea lo de lanzarme la cuerda —farfulló Juan cuando fue capaz de hablar.

—No puedo perder al jefe el primer día —respondió, consiguiendo esbozar una jactanciosa sonrisa torcida—. Y si por casualidad llevas la cuenta, ya van tres veces.

Cuando lograron llegar a la salida quince minutos después, parecían dos ratas ahogadas, empapados y tiritando. Se encontraron a Max y al resto sentados alrededor de una pequeña fogata que habían hecho con los tablones que separaban la mina del fuerte.

—Ya era hora —dijo Max con tono malhumorado para disimular su alivio—. ¿Tienes las piedras?

—No estoy seguro —contestó Juan—. Hablaremos más tarde.

—¿Qué ha pasado con Bahar?

—Lo han matado sus propios hombres.

—¿Y con Smith?

—A ese lo he matado yo.

—Muy bien, pues yo voto por que nos larguemos de aquí cagando leches antes de que los franceses se den cuenta de que les hemos robado uno de sus ríos.

Epílogo

Soleil Croissard ya había abandonado el *Oregon* cuando el equipo regresó. A Juan le habría gustado conocerla mejor, pero comprendía su necesidad de distanciarse de la pesadilla que había vivido durante las últimas semanas. Tampoco a él le habría importado distanciarse un poco. Esa había sido tal vez la misión más dura que la Corporación había llevado a cabo, aunque hasta el final no comprendieron de verdad que los sucesos acaecidos desde que estuvieron en Pakistán estaban todos relacionados.

De pie bajo el punzante chorro de la ducha, Cabrillo reconoció que Bahar había trazado un plan innecesariamente enrevesado. Había confiado en las simulaciones y proyecciones del ordenador en lugar de dejarse guiar por el instinto y la experiencia, dos cualidades de las que carecía, pero que Juan y los suyos poseían en abundancia. Había pagado caro su error... con su propia vida.

Se estaba secando cuando sonó el teléfono de su mesa. Se rodeó la cintura con la toalla y fue del cuarto de baño al camarote a la pata coja. La luz rojiza del crepúsculo hacía resplandecer los biombos de madera que dividían el espacio. Sospechaba que quien le llamaba era Langston Overholt. Ya habían hablado un par de veces desde que Cabrillo y los demás salieron de la vieja fortaleza, pero todavía tenían muchas cosas que discutir.

Juan aún no le había contado que tenía en su poder los cristales, y no estaba seguro de cómo iba a manejar ese problema en particular.

Descolgó el pesado auricular y respondió:

—Hola.

—*Le dije antes que conozco la labor que hace. Solo quería que supiera que todavía estoy aquí y que seguiré sus hazañas con gran interés.*

La llamada se cortó y Cabrillo se quedó petrificado durante un instante. El interlocutor era el ordenador cuántico, que de algún modo seguía existiendo en el ciberespacio.